Heldensagen vom Kosmosinsel

옮긴이 **김완**

만화에서 라이트노벨, 일반소설까지 다방면으로 활동하는 번역자.
옮긴 책으로는 카와하라 레키의 『소드 아트 온라인』,
우로부치 겐의 『블랙 라군』, 후카미 마코토의 『영건 카르나발』등이 있다.

GINGAEIYUDENSETSU -REIMEI HEN-

ⓒ 2013 Yoshiki TANAKA
First published in Japan in 2007 by TOKYO SOGENSHA CO., LTD.
Korean translation rights reserved by D&C MEDIA Co., Ltd.
Under the license from Wright staff CO., Ltd., Tokyo

이 책의 한국어판 저작권은 Wright staff CO., Ltd.과의 독점 계약으로
(주)디앤씨미디어에 있습니다.
저작권법에 의해 한국 내에서 보호를 받는 저작물이므로 무단전재와 복제를 금합니다.

01
여명편
黎明篇

다나카 요시키_지음
미치하라 카츠미_그림
김완_옮김

은하영웅전설
HELDENSAGEN VOM KOSMOSINSEL

GC BOOKS

리뉴얼판
은하영웅전설 1권
여명편 黎明篇

2025년 8월 31일 초판 1쇄 발행

ISBN 979-11-278-7371-4 04830
ISBN 979-11-278-7344-8 (세트)

지은이 다나카 요시키
일러스트 미치하라 카즈미
옮긴이 김완

펴낸이 최원영 | **본부장** 장혜경 | **편집장** 김승신
표지·권도비라 이혜경디자인 | **디자인** 양우연
국제업무 박진해, 조은지, 남궁명일 | **마케팅** 김민원, 조은걸
물류 이순우 최준혁 박찬수

펴낸곳 (주)디앤씨미디어
출판등록 2002년 4월 25일 제 20-260호
주소 서울시 구로구 디지털로 32길 30, 코오롱디지털타워빌란트 1301-1308호

전화번호 02-333-2513
팩스 02-333-2514
E-mail globalcontents@dncmedia.co.kr

값 16,000원

* 별다른 표기 없는 각주는 모두 역자주입니다.
* 잘못 만들어진 책은 구매처에서 바꾸어 드립니다.

| 차례 |

서 장 ──────── 은하계사 개략 … 11

제1장　영원한 밤 속에서 … 29
제2장　아스타테 회전會戰 … 67
제3장　제국의 낙조落照 … 109
제4장　제13함대 탄생 … 141
제5장　이제르론 공략 … 181
제6장　자기만의 별 … 221
제7장　막간 촌극 … 271
제8장　사선死線 … 303
제9장　암릿처 … 343
제10장　새로운 서장 … 373

은하영웅전설을
만드는 법 ──────── 다나카 요시키 인터뷰 Part 1 … 397

은하영웅전설 VOL. 1 — 여명편 | **주요 등장인물**

*직책 및 계급 등은 여명편 첫 등장 시점 기준입니다.

은하 제국

라인하르트 폰 로엔그람	상급대장. 백작. 20세.
지크프리트 키르히아이스	라인하르트의 심복. 대령.
안네로제	라인하르트의 누나. 그뤼네발트 백작부인.
빌리바르트 요아힘 폰 메르카츠	대장. 제국군의 노장.
슈타덴	중장.
아달베르트 폰 파렌하이트	소장.
클라우스 폰 리히텐라데	국무상서. 후작.
겔라흐	재무상서. 자작.
토마 폰 슈톡하우젠	이제르론 요새 사령관. 대장.
한스 디트리히 폰 젝트	이제르론 요새 주둔함대 사령관. 대장.
파울 폰 오베르슈타인	이제르론 요새 주둔함대 참모. 대령.
볼프강 미터마이어	라인하르트 휘하의 함대 사령관. 중장.
오스카 폰 로이엔탈	라인하르트 휘하의 함대 사령관. 중장.
칼 구스타프 켐프	라인하르트 휘하의 함대 사령관. 중장.
프리츠 요제프 비텐펠트	라인하르트 휘하의 함대 사령관. 중장.
프리드리히 4세	제36대 황제.
에르빈 요제프 2세	제37대 황제. 다섯 살.
루돌프 폰 골덴바움	은하제국 골덴바움 왕조의 시조

자유행성 동맹

양 웬리	제2함대 참모. 준장. 29세.
율리안 민츠	전쟁고아. 양의 피보호자. 14세.
파에타	제2함대 사령관. 중장.
장 로베르 랍	제6함대 참모. 소령.
제시카 에드워즈	랍의 약혼녀.
알렉스 카젤느	통합작전본부장 차석 부관. 소장.
시드니 시톨레	통합작전본부장. 원수.
욥 트뤼니히트	국방위원장.
알렉산드르 뷰코크	제5함대 사령관. 중장. 동맹군의 노장.
에드윈 피셔	제13함대 부사령관. 함대 운용의 달인. 준장.
무라이	제13함대 수석 참모. 준장.
표도르 파트리체프	제13함대 차석 참모. 대령.
마리노	제13함대 기함 함장. 대령.
올리비에 포플랭	스파르타니안의 파일럿. 중위.
발터 폰 쇤코프	'로젠리터(장미기사)연대' 대장. 대령.
프레데리카 그린힐	제13함대 사령관 부관. 중위.
드와이트 그린힐	통합작전본부 차장. 대장. 프레데리카의 아버지.
앤드류 포크	제국령 원정군 정보주임 참모. 소장.
아서 린치	엘 파실 성역에서 민간인을 내버리고 도망침. 소장.

페잔
자치령

아드리안 루빈스키
니콜라스 볼텍

제5대 자치령주. '페잔의 검은 여우'.
루빈스키의 보좌관.

서장
은하계사 개략

서기 2801년, 태양계 제3행성 지구에서 알데바란 성계星界 제2행성 테오리아로 정치 통일의 중추를 옮겨 은하연방 성립을 선언한 인류는, 이 해를 우주력宇宙曆 원년으로 선포하고 은하계의 중심부와 변경을 향해 그칠 줄 모르는 확장을 개시했다. 서기 2700년대의 두드러진 특징이었던 전란과 무질서가 바깥세계를 향한 인류의 발전을 정체시켰던 요인이었던 만큼 그 넘쳐나는 에너지는 더더욱 폭발적이었다.

인류에게 항성간 비행을 가능케 해준 3대 미신美神, 다시 말해 아공간 도약항법亞空間跳躍航法, 중력제어, 관성제어 기술은 나날이 몸단장을 새로이 했고, 인류는 미지의 지평을 향해 우주선을 몰아 별들이 무리 짓는 대양 저 너머로 출항했다.

"멀리, 더 멀리!"

그것이 그 시대 사람들의 좌우명이었다.

인류라는 종족 전체의 바이오리듬은 명백한 고조기였다. 사람들은 물러날 줄 모르는 의지와 눈부신 정열로 매사에 맞서나갔다. 난관에 직면해도 그들은 불건전한 비장감에 도취되는 일 없이, 쾌활하게 극복해냈다. 당시 인류는 어쩌면 구제할 길 없는 낙천주의자들의 집단이었는지도 모른다.

맑고 깨끗한 정신과 진취적 기상이 넘쳐나던 황금시대!

그렇다고는 하나, 몇 가지 문제가 없었던 것은 아니다. 우선 우주해적의 존재가 있었다. 이는 서기 2700년대에 인류 사회의 패권을 다투었던 지구, 시리우스 양국의 사략선 전술이 낳은 기형아였다.

개중에는 자유를 부르짖는 의적 같은 인물도 있어, 그들과 그들을 쫓는 연방군의 대결은 입체 TV 드라마에 수많은 소재를 제공해주기도 했다.

그러나 현실이란 언제나 무미건조하기 짝이 없는 법이어서, 대부분의 해적은 악덕 정치가나 기업가와 결탁해 부당한 이익을 갈취하는 범죄자 그룹 그 이상도 그 이하도 아니었다. 특히 새로이 개척된 별의 주민들에게는 골칫거리 그 자체라고 할 수 있었다. 당연히 해적들이 출몰하는 변경 항로에는 취항하는 우주선이 줄어들어 물자 보급이 지연되었고, 그나마 도착한 물자는 하나같이 가격이 폭등했다. 본래의 경비에 안전보장 관련 비용이 더 얹혔기 때문이다.

이 문제를 과소평가할 수는 없었다. 피해자들의 불만과 불안이 쌓인다면 그것은 연방의 통치능력에 대한 불신으로 바뀌어, 변경 개발의 의욕을 깎는 결과를 낳을 것이 명백했기 때문이다.

우주력 106년, 은하연방은 본격적으로 우주해적 소탕에 착수해, M. 슈프랑, C. 우드와 같은 제독들의 활약으로 2년 후에는 거의 소기의 목적을 달성했다. 사실 쉬운 일은 아니었다. 독설가로 유명한 우드 제독의

회고록에서는 다음과 같은 구절을 찾아볼 수 있다.

『……나는 눈앞의 유능한 적, 배후의 무능한 아군과 동시에 싸워야만 했다. 하물며 나 자신조차 언제나 도움이 되는 것은 아니었다.』

우드 제독은 훗날 정계에 진출해서도 '말귀 못 알아먹는 벽창호 영감'이 되어 비리 정치가며 기업가들과 악전고투할 수밖에 없었다.

이러한 사회적 질환은 끊임없이 이어졌으나, 인류 전체를 한 인간으로 비유하자면 이는 가벼운 피부병과도 같은 것이었다. 피부에 때가 타는 것을 완전히 막을 수는 없듯, 이를 근절하는 것은 불가능했다. 그리고 적절한 치료만 한다면 이것이 원인이 되어 죽음에 이르는 사태는 일어나지 않는다. 인류는 수술대에 오르는 일 없이 2세기 이상의 세월을 거의 건강하게 보낼 수 있었다.

다만 홀로 이 번영과 발전에서 제외된 것이 옛 종주국 지구였다. 이 행성은 이미 자원을 모조리 소비해 정치적으로도 경제적으로도 실력과 잠재력을 잃어버렸다. 인구도 격감했으며, 그저 빛바랜 전통에만 매달린 채, 단지 해를 끼칠 수 없을 것이라는 평가 덕에 간신히 인정받은 자치권만을 근근이 지켜가는 노폐老廢국가로 전락하고 만 것이다. 지구가 아직 은하계의 지배자였던 당시, 시리우스 같은 항성 식민지에서 수탈해 축적한 부도 어디론가 사라진 모양이었다.

그리고 마침내 암세포가 증식을 개시했다. 인류 사회 위에 이른바 '중세적 정체停滯'의 그림자가 드리워지기 시작한 것이다.

피로와 권태가 사람들의 마음속에서 희망과 야심을 밀어냈다. 소극이 적극을, 비관이 낙관을, 태만이 진취를 대신했다. 과학기술 방면의 새로운 발견과 발명은 명맥이 끊어졌다. 민주 공화정치는 자정능력을 잃고,

이권이며 정쟁에만 손가락을 까딱하는 중우정치로 타락했다.
 변경 성역星域의 개발 계획은 모두 어정쩡한 단계에서 폐기되었으며, 주거에 적합한 무수한 행성이 풍부한 가능성과 건설 중이던 식민지를 남긴 채 버림받았다. 사회생활과 문화는 퇴폐 일로를 걸었다. 사람들은 따라야 할 가치관을 잃고, 마약과 술과 난교와 신비주의에 빠져들었다. 범죄가 증식하고 그에 반비례해 검거율은 저하되었다. 생명을 경시하고 도덕을 비웃는 경향은 점점 더 깊어질 뿐이었다.
 물론 이러한 현상을 우려하는 사람들은 많았다. 그들은 퇴폐 끝에 인류가 공룡처럼 처참하게 멸망해가는 것을 좌시할 수 없었다.
 그들은 인류사회의 병태가 근본적 치료를 필요로 하는 단계에 달했음을 인식했다. 이러한 인식은 올바른 것이었다. 그러나 그들 대부분은 그 병을 치료할 수단으로 인내와 끈기가 필요한 장기 요법이 아니라 부작용을 수반하는 즉효약을 선택했다. 그것은 '독재'라는 이름의 극약이었다.
 루돌프 폰 골덴바움이 등장할 토양은 이렇게 마련되었다.

 루돌프 폰 골덴바움은 우주력 268년, 군인 가문에서 태어나 당연하다는 듯 군에 입대했다.
 우주군 사관학교 석차는 완벽한 '수석'이었다. 신장 195센티미터, 체중 99킬로그램의 위풍당당한 대장부였기에 그와 마주선 사람들은 강철 거탑을 올려다보는 기분을 맛봐야 했다.
 그 거구에는 한 점의 군살도, 일말의 유약함도 없었다.
 그는 스무 살에 소위로 임관해 리겔 항로 경비부대에 법무장교로 배속받자마자, 부대 내의 기강을 바로잡기 시작해 술, 도박, 마약, 동성애라는 4대 악습을 추방했다. 상관이 얽힌 문제라 해도 정론과 규칙을 내세워 그냥 넘어가는 법이 없었으므로, 결국 항복한 상관들은 그를 중위로 승진시켜 베텔기우스 방면에 배치, 화근을 치워버리려 했다.

그곳은 우주해적들의 메인스트림이라 불리는 위험지역이었으나, 기꺼이 뛰어든 루돌프는 '제2의 우드 제독'이라 칭송받을 정도로 뛰어난 실력을 발휘하여 교묘하고도 가차 없는 공격으로 해적 조직을 소탕했다. 항복과 재판을 바라는 자마저 우주선과 함께 날려버리는 가혹함은 당연히 비판을 받았으나, 찬사는 그 이상으로 컸다.

폐쇄된 시대상황에 질식할 것 같았던 은하연방의 시민들은 젊고 패기에 넘쳐나는 새로운 영웅을 환호와 함께 맞이했다. 말하자면 루돌프는 짙은 안개로 뒤덮인 세계에 등장한 빛나는 초신성이었던 것이다.

우주력 296년, 스물여덟에 소장이 된 루돌프는 퇴역해 정계에 투신하고 의회에서 자리를 차지하더니, '국가혁신동맹'의 리더가 되어 젊은 정치가들을 자신의 인기 아래에 끌어모았다.

몇 차례의 선거를 거쳐 루돌프는 세력을 비약적으로 확대하고, 열광적 지지, 불안, 반발, 그리고 퇴폐한 무관심이 복잡하게 교차하는 가운데 강건한 정치 기반을 구축하는 데 성공했다.

그는 국민투표로 수상이 되었으며, 헌법에 겸임 금지 조항이 없는 것을 이용해 의회를 통해 국가원수로 추대되기에 이르렀다. 이 두 직위는 불문율로 겸임이 금지되어 각자 제한된 권력만을 소유할 수 있었으나, 그것이 한 인격에 통합되자 무시무시한 화학반응이 발생했다. 그의 정치권력을 제약할 수 있는 자는 이미 존재하지 않는 것이나 마찬가지였다.

『역사를 돌이켜 보았을 때, 민중이란 본래 자주적 사고와 그에 수반한 책임보다도 명령과 종속과 그에 따른 책임 면제를 선호한다. 루돌프의 등장은 이를 다시 한 번 예증하는 것이었다. 민주정치 체제에서 일어난 실정失政은 부적절한 위정자를 선택한 민중 자신에게 책임이 돌아오지만, 전제정치에서는 그렇지 않다. 민중은 자기반성보다도 마음 편히, 무책임하게 위정자를 험담할 수 있는 처지를 선호하는 법이다.』

후대의 D. 싱클레어라는 역사학자는 이렇게 기술했다. 그 평가가 옳은지 그른지는 차치하더라도, 분명한 것은 그 시대 사람들이 분명히 루돌프를 지지했다는 사실이다.

"강력한 정부를. 강력한 지도자를. 사회에 질서와 활력을!"

그렇게 부르짖던 '젊고 강력한 지도자'가 언제부터인가 비판 세력의 존재를 허용치 않는 절대적 독재자가 되어 '종신집정관'을 자칭하더니, 우주력 310년에는 '신성불가침한 은하제국 황제' 행세를 하기에 이르렀을 때, 역사의 교훈을 잊어버렸던 자신들의 어리석음을 저주한 사람도 많았다. 한결같이 루돌프를 비판했던 사람들은 통한을 금치 못했다. 그러나 환성을 지른 사람의 수는 그보다도 많았다.

당시 공화파 정치가 중 하나인 하산 엘 사이드는 루돌프의 대관식이 거행되던 날 일기에 다음과 같이 기록했다.

『민중이 루돌프 만세를 외치는 소리가 집까지 들려온다. 그들이 사형집행관에게 만세를 불렀다는 것을 자각할 때까지 과연 며칠이 필요할까?』

이 일기는 훗날 제국 당국에 의해 발매 금지 처분을 받게 된다.

이날은 또한 우주력이 폐지되고 제국력帝國曆 원년이 선포된 날이기도 했다. 이로써 은하연방은 무너지고 은하제국이, 골덴바움 왕조가 탄생한 것이다.

인류 통일 정치체제의 첫 전제군주, 은하제국 황제 루돌프 1세가 된 이 사내가 비범한 수완의 소유자였다는 것은 의심할 여지가 없다. 그는 더할 나위 없이 강력한 정치지도력과 굳은 의지로 사회기강을 바로잡고 행정 운용 능률을 높였으며 비리 공무원을 일소했다.

루돌프가 제시한 기준에 따른 것이기는 하나 '세련미를 넘어서 퇴폐하고 타락하고 불건전한' 생활양식과 오락이 자취를 감추고, 가혹할 정도로 엄중한 사법 활동이 범죄와 미성년자 비행을 격감시켰다. 아무튼 인류사회를 뒤덮었던 폐습은 자취를 감춘 것이다.

그러나 '강철의 거인'이라는 별명이 붙은 황제 루돌프는 아직 만족하지 않았다. 그의 이상은 강력한 지도자 아래 질서정연하게 통제되고 관리되는, 통일성 높은 사회였던 것이다.

자신을 굳게 의지하며, 자신이 행사하는 정의를 믿어 의심치 않는 루돌프에게는 비판이나 반대를 표하는 자는 사회의 통일과 질서를 흐트러뜨리는 이단자일 뿐이었다. 당연한 귀결로, 반대세력에 대한 가혹한 탄압이 이루어졌다.

그 계기가 된 것은 제국력 9년에 발령된 '열악유전자 배제법'이었다.

"우주의 섭리는 약육강식, 적자생존, 우승열패優勝劣敗이니라."

루돌프는 '신민臣民' 들에게 신념을 피력했다.

"인류 사회 또한 그 예외일 수 없노라. 이상자가 일정 숫자 이상 늘어난 사회는 활력을 잃고 쇠약해지게 마련. 짐이 열망하는 바는 인류의 영원한 번영이니라. 따라서 인류라는 종을 약화할 요소를 배제함은 인류의 통치자인 짐의 신성한 의무일진저."

구체적으로 그것은 신체장애자와 빈곤층과 '우수하지 않은' 사람들을 강제로 단종하고, 정신지체자를 안락사 시키며, 약자를 구제하는 사회정책을 거의 모두 폐지하는 법이었다. 루돌프에게는 '약하다' 는 것 자체가 용서할 수 없는 죄였으며, '약자임을 방패 삼아 당연하다는 듯 보호를 요구하는' 사회적 약자는 증오의 대상일 뿐이었다.

이 법안이 국민 앞에 제시되었을 때, 그때까지 루돌프를 숭배하고 맹종하던 민중들은 아연실색할 수밖에 없었다. 자신이 우수한 인간이라고 자신만만하게 단언할 수 있는 사람은 그리 많지 않다. 다소 억지스러운 것 아닌가, 누구나 그렇게 생각했다.

이러한 민심을 대표해 황제에게 비난을 퍼부었던 것이, 그때까지도 의회의 말석에서 명맥을 유지하던 공화파 정치가들이었다. 이에 대해 루돌프는 철저한 반격에 나서기로 결심했다.

그는 즉시 의회를 영구 해산했다.

그리고 이듬해, 제국내무성에 사회질서유지국이 설립되어 정치범에게 맹위를 떨치게 되었다. 루돌프의 심복인 에른스트 팔스트롱 내무상書尙書, 장관가 직접 국장을 겸해 '법률에 의지하지 않고 주체적 판단에 따라' 체포, 구금, 투옥, 처벌을 행한 것이다.

그것은 권력과 폭력의 축복받을 수 없는 결혼이었다. 그 사이에서 태어난 공포정치라는 이름의 젖먹이는 극히 짧은 기간 동안 거대하게 성장해 인류사회를 집어삼켰다.

당시 은밀히 유행하던 블랙 유머가 있다.

"사형을 당하고 싶지 않거든 경찰에는 잡히지 말라. 사회질서유지국에 잡혀라. 절대 사형은 당하지 않으니까."

사회질서유지국에 체포된 정치범과 사상범 중 정식으로 사형에 처해진 사람이 하나도 없다는 것은 사실이다. 그러나 재판 없이 사살된 자, 고문을 받다 숨이 끊어진 자, 불모의 유배성虐으로 추방당해 소식이 끊어진 자, 강제 전두엽 제거 수술 및 마약 투여로 폐인이 된 자, 옥중에서 **병사** 혹은 **사고사**한 자들은 여기에 포함되지 않는다. 이들의 총계는 40억 명에 이른다. 그래도 제국 전체 인구 3000억의 1.3퍼센트에 지나지 않으니, 사회질서유지국 당국자는 이렇게 강변할 수 있었다.

"사회 절대 다수의 안녕과 복지를 위해 한 줌의 위험분자를 배제한 것이다."

물론 그 '절대 다수' 중에는 40억 명의 운명에 전율해 쓰디쓴 침묵 속에 불만의 목소리를 삼킨 무수한 민중은 들어 있지 않았다.

이처럼 반대파를 압살하는 한편, 루돌프는 '우수한 인재'를 선택해 특권을 주어 황실을 지탱할 귀족계급을 만들었다. 그러나 전원이 백인이었으며, 이들에게 옛 게르만풍의 성을 하사한 것은 루돌프의 지적 쇠약을 증명하는 행위가 아니었을까.

팔스트롱도 공적에 따라 백작 작위를 받았으나, 어느 날 귀가하던 길에 지하에 잠복했던 공화파의 중성자폭탄 테러로 인해 비참한 죽음을 맞았다. 루돌프는 이를 애석해하며 2만 명에 달하는 용의자를 전원 처형해 공신功臣의 넋을 위로했다.

제국력 42년, 대제大帝 루돌프는 83년의 생애를 마쳤다. 거대한 육체는 그때까지도 강건함을 유지했으나, 정신적 고통이 그의 심장에 큰 부담을 주었다고 한다.

황제는 완전한 만족 속에 눈을 감은 것은 아니었다. 황후 엘리자베트와의 사이에서 얻은 네 아이는 모두 여자였으며, 후계자가 될 남자는 얻지 못했다. 만년에 총희 마크달레나가 남자아이를 출산했으나 태어날 때부터 백치였다고 전해진다.

이 출산에 관해 제국의 공식기록은 침묵을 지키고 있다. 하지만 그 후 마크달레나만이 아니라 그녀의 양친, 형제와 함께 그녀의 출산에 관계된 의사와 간호사까지 죽음을 맞은 사실로 추정컨대 항간에 유포된 이 소문은 거의 진실인 것으로 보인다.

아울러 이는 '열악유전자 배제법'을 발령해 우량한 인류의 발전을 바랐던 루돌프에게도 강렬한 타격이었으리라.

유전자가 모든 것을 결정한다는 루돌프의 신념을 지키기 위해 마크달레나는 죽어야만 했다. 대제 루돌프에게 백치를 생산할 유전적 자질이 있을 리 없으므로 모든 책임은 마크달레나에게 있다는 이유였다.

루돌프가 죽은 후 제2대 은하제국 황제의 관을 쓴 것은 루돌프의 장녀 카타리나의 아들 지기스문트였다. 스물다섯 살의 젊은 황제는 아버지 요아힘 폰 노이에 슈타우펜 공작의 보좌를 받아 은하계에 군림하게 되었다.

루돌프 1세의 죽음과 함께 제국 각지에서 잇달아 공화주의자들의 반란이 발발했다. 루돌프의 지도력과 개성을 잃은 제국은 금세 무너질 것으로 보였으나, 그것은 지나친 낙관론이었다. 루돌프가 40년의 세월을 들여 심복으로 육성한 귀족, 군대, 관료의 삼위일체 체제는 공화주의자들의 희망적 관측보다 훨씬 강건했던 것이다.

이 체제를 통솔한 것은 황부皇父이자 제국재상인 노이에 슈타우펜 공작이었다. 그는 루돌프가 사위로 선택한 인물다운 침착하고도 냉정한 지휘로 애초에 열세였던 반란군을 계란 껍데기라도 짓밟듯 분쇄했다.

반란에 참가한 5억 명이 처형되고, 그 가족 등 100억 명 이상이 시민권을 박탈당해 농노 계급으로 몰락했다. 반란세력은 가차 없이 짓밟으라는 제국의 국시國是는 충실하게 이행된 것이다.

공화주의자들은 다시 긴 겨울을 견뎌야만 했다.

강력한 전제정치 앞에 혹독한 겨울은 영원히 이어지는 것만 같았다. 요아힘이 죽은 후 지기스문트가 직접 정사를 맡고, 그가 죽은 후 장남 리하르트가 뒤를 잇고, 다음엔 장남 오트프리트가 즉위했다. 지고한 권력을 얻는 것은 루돌프의 자손들뿐이었으며, 세습만이 권력의 올바른 이동 방법인 것처럼 여겨졌다.

그러나 두꺼운 얼음 밑에서 물은 소리 없이 대류하고 있었다.

제국력 164년, 반도叛徒의 무리로 낙인찍혀 노예 계급으로 전락해 가혹한 노동에 시달리던 알타이르 성계의 공화주의자들이 직접 건조한 우주선을 이용해 도주에 성공했다.

그들의 계획은 몇 세대에 걸쳐 주도면밀하게 진행된 것은 아니었다. 그러한 계획은 입안된 수만큼 이미 실패로 끝났다. 공화주의자의 묘비가 늘어나고, 죽은 이를 애도하는 노래 대신 사회질서유지국의 조소가 울려 퍼졌다. 끝도 없이 이를 반복해왔다. 그러나 마침내 그들은 성공한 것이다. 그 계획은 입안에서 실행까지 표준력標準曆으로 겨우 3개월이 소요되었을 뿐이었다.

발단은 어린아이의 놀이였다. 혹한의 알타이르 제7행성에서 몰리브

덴과 안티몬 채굴에 종사하던 노예들의 아이가, 감시인의 시선을 피해 얼음을 깎아 만든 장난감 배를 물에 띄우며 놀고 있었다.

무심하게 그것을 보고 있던 청년 알레 하이네센의 뇌리에 하늘의 계시가 번뜩였다.

'이 버림받은 행성에는 우주선 재료가 무한히 널려 있지 않은가!'

물이 적은 제7행성에는 얼음보다도 천연 드라이아이스가 풍부했다. 하이네센과 그의 동료들이 선택한 것은 어떤 협곡을 통째로 메운 거대한 드라이아이스 덩어리로, 길이 122킬로미터, 폭 40킬로미터, 높이 30킬로미터에 달했다. 그 중심부를 도려내 동력부와 거주구역을 설치하고 우주선으로 만들어 띄우자는 것이었다.

그때까지 입안된 계획의 난점은 우주선 재료를 입수하는 방법이었다. 불법으로 재료를 입수하려면 당연히 무리수가 생겼으며, 그것이 사회질서유지국의 감시망에 걸려들면 가차 없는 탄압과 살육의 폭풍이 휘몰아쳤다.

그런데 이곳에 당국의 주의를 끌지 않는 천연재료가 있다.

절대영도인 우주공간에서 드라이아이스가 기화할 우려는 없다. 동력부나 거주구역에서 발생하는 열을 차단할 수만 있다면 상당히 오랜 기간 동안 비행이 가능하다. 그리고 그사이에 성간물질이나 무인행성에서 항성간 우주선의 재료를 모으면 된다. 꼭 처음에 띄운 배로 계속 날아야 한다는 법은 없다.

새하얗게 번뜩이는 드라이아이스 우주선은 '이온 파제카스 호'라 명명되었다. 얼음 장난감 배의 제작자인 소년의 이름이었다. 40만 명의 남녀가 이 배에 올라타 알타이르 성계를 탈출했다. 후세 역사가들이 '장정

長征 1만 광년'이라 명명한 긴긴 여로의 첫걸음이었다.

은하제국군의 집요한 추격과 수색을 피해, 그들은 한 이름 없는 행성 지하에 모습을 감추고 그곳에서 80척의 항성간 우주선을 건조한 후 은하계의 중심부로 발을 들였다. 그곳은 거성巨星, 왜성矮星, 변광성變光星 등의 위험이 도사린 거대한 공간이었다. 조물주의 악의가 잇달아 탈출자들에게 닥쳐왔다.

고난의 여정 가운데 그들은 지도자 하이네센을 사고로 잃었다. 그의 벗인 응웬 킴 호아가 뒤를 이었다. 그런 응웬마저 늙어 실명하게 되었을 때, 위험지대를 벗어난 이들은 안정된 장년기에 접어든 항성군을 발견했다. 알타이르를 떠난 지 반세기 이상이 지난 후였다.

신천지의 항성군에는 고대 페니키아 신들의 이름을 붙였다. 바라트, 아스타테, 메르카르트, 하다드 등이었다. 근거지를 둔 곳은 바라트 성계의 제4행성으로, 이제는 그들 곁을 떠난 지도자 하이네센의 이름을 붙여 공적을 영원히 칭송토록 했다.

'장정 1만 광년'이 끝난 것은 제국력 218년이었으나, 전제정치의 족쇄에서 벗어난 사람들은 제국력을 폐기하고 우주력을 부활시키기로 결정했다. 여기에는 자신들이야말로 은하연방의 정당한 후계자라는 긍지가 있었다. 루돌프는 민주주의의 비열한 배신자일 뿐이었다.

이리하여 우주력 527년, 자유행성동맹 성립이 엄숙하게 선언되었다. 초대 시민은 16만 명 남짓. 장정에서 동지의 과반수를 잃은 후였다.

인류사회를 양분했다고 칭하기에는 너무나도 조그마한 존재였으나, 자유행성동맹의 건국자들은 근면함과 열정에선 그 누구에게도 뒤지지 않는 사람들이었다. 그들의 세력은 급속도로 내실을 다져나갔다. 다산이 장려되어 인구도 증가했으며, 국가 체제가 갖춰지는 한편 농공생산력은 나날이 높아져갔다.

은하연방의 황금시대가 재현되려 하고 있었다.

그리고 우주력 640년, 은하제국과 자유행성동맹 두 세력은 처음으로 접촉했다. 형식은 전함 간의 조우였다.

동맹 측은 언젠가 이런 날이 오리라 각오하고 있었으나, 제국 측에는 청천벽력과도 같은 일이었다. 당연히 전투는 동맹 측의 승리로 끝났다. 하지만 중성자 빔 포砲의 직격을 받아 불덩어리로 변해 소멸하기 직전, 전함은 제국 본성本星을 향해 긴급 연락을 날렸다.

은하제국 관료들은 컴퓨터에 기록된 자료 한구석에서 오랜 기록을 끄집어내, 1세기도 더 전에 알타이르에서 도망친 노예들이 존재한다는 것을 알아냈다.

"어디서 나자빠져 죽지도 않고 살아있었다니!"

토벌군이 조직되고, 대규모 함대가 '반도들의 근거지'로 파견되었다. 그리고 완패했다.

물량 면에서 우세했던 제국군이 완패한 이유는 몇 가지를 들 수 있다. 어쩔 수 없이 장거리 원정을 해야만 했던 장병들에게 심신의 피로가 쌓였던 점, 그럼에도 보급을 경시한 점, 지리에 밝지 못했던 점, 적의 실력과 전의를 과소평가해 전략 구상을 소홀히 했던 점, 그리고 동맹군에 유능한 지휘관이 있었던 점 등이다.

동맹군 총지휘관 링 파오는 호색가에 술꾼에 대식가여서 고대의 청교도처럼 소박함을 중시하는 동맹의 위정자들에게 백안시되고 있었다. 그

러나 그의 용병술은 천재적이었다. 이를 보좌한 참모장 유수프 토패롤은 '불평꾼 유수프'라 불린 사내로,

"왜 이런 고생을 해야만 한단 말인가."

이렇게 틈만 나면 불평을 늘어놓는 것으로 유명했으나, 숨 쉬는 전술 컴퓨터라고 불릴 만큼 치밀한 이론가였다. 두 사람 모두 겨우 30대였지만, 이 콤비가 바로 다곤 성역 변방에서 역사적으로도 손꼽히는 포위섬멸전을 연출해 건국 이후 최대의 영웅이 된 자들이다.

이것이 자유행성동맹에는 양적 확장의 계기가 되었다. 제국에 대항하는 독립세력의 존재를 알아차린 제국 내의 이단자들이 안주할 땅을 찾아 대규모로 도망쳐 흘러들어 온 것이다. 루돌프 대제 사후 3세기를 거치는 동안 그토록 강건했던 체제는 **나사**가 헐거워져, 탄압에 광분하던 사회질서유지국의 위광도 흐려지고, 제국 내에선 나날이 불만의 목소리가 높아져갔던 것이다.

자유행성동맹은 '오는 자는 막지 않는다'는 정신으로 잇달아 흘러들어 오는 자들을 모두 받아들였으나, 그런 자들 중에는 공화주의자들만이 아니라 궁정 내의 권력쟁탈극에서 패배한 황족이나 귀족들까지도 포함되어 있었다. 그들을 받아들여 덩치를 키워나가는 과정에서 자유행성동맹이 차츰 변질된 것은 필연이었으리라.

첫 접촉 이래 골덴바움 왕조 은하제국과 자유행성동맹은 끊임없는 전쟁을 벌였으나, 이따금 유사 평화 상태가 찾아올 때도 있었다. 그 산물이 '페잔 자치령'이다. 이는 두 세력의 거의 한가운데에 위치한 페잔 성계를 영역으로 하는 일종의 도시국가였다. 은하제국 황제의 주권 아래 있으며 제국에 조공을 바치지만, 내정에 관해서는 거의 완전한 자치권

을 가졌다. 특히 주목할 점은 자유행성동맹과의 외교통상을 허가받았다는 것이다.

은하제국은 스스로 인류 사회의 유일하고도 절대적인 지배자임을 자처하기 때문에 '외국'의 존재를 인정하지 않는다. 자유행성동맹을 정식 명칭으로 부르지 않으며, 공문서에는 '반란세력'으로 표기한다. 동맹군은 '반란군'이며, 동맹의 국가원수인 최고평의회 의장은 '반란세력의 두목'이다.

그러한 국시가 있는 이상 외교와 통상이 이루어질 수는 없었지만, 지구 출신의 거상 레오폴드 라프가 기묘한 집착을 보이며 특수한 성격을 지닌 자치령의 설립을 추진한 것이다. 탄원과 설득, 그리고 무엇보다도 거액의 뇌물이 결정적 역할을 했다.

자치령의 대표자인 란데스헤르Landesherr, 영주는 황제의 신하로서 영지를 통치하며, 동맹과의 교역을 감독하고, 때로는 외교관의 역할도 수행했다. 페잔 자치령은 교역을 독점 지배해 어마어마한 부를 축적할 수 있었으므로, 영역은 작지만 그들의 힘은 결코 무시할 수 없었다.

제국과 동맹, 두 세력 간의 수호修好를 도모하는 움직임이 전혀 없었던 것은 아니다. 제국력 398년, 우주력 707년에 즉위한 황제 만프레트 2세는 선제先帝 헬무트의 수많은 서자 중 하나로, 암살자의 손을 피해 유년기를 자유행성동맹에서 보낸 경력이 있어 넓은 시야를 가진 자였다.

따라서 그가 즉위하자 두 세력의 평화와 대등한 외교, 제국 내의 정치개혁 등이 실현될 것으로 보였다. 그러나 많은 이들의 기대를 짊어진 젊은 황제가 즉위 후 1년도 지나지 않아 암살당하자, 두 세력 간의 관계는 급속도로 냉각되어 희망은 물거품으로 돌아가고 말았다. 만프레트 2세를 암살한 범인은 반동파의 귀족이었으나, 그 배후에서 교역권 독점 유지를 꾀하는 페잔의 손이 움직였다는 설도 유력하다.

이렇게 우주력 8세기 말, 제국력 5세기 말에 이르자 몸집만 클 뿐 규율도 통제도 없는 제국과, 건국 당초의 이상을 잊어버린 동맹이 페잔을 사이에 둔 채 타성적으로 대립 항쟁만을 계속하고 있었다. 어떤 경제학자의 계산에 따르면 세 세력 간의 국력비는 은하제국 48, 자유행성동맹 40, 페잔 자치령 12를 이루고 있다고 한다. 이는 '삼자견제' 라 부를 수밖에 없는 상태였다.

또한 은하연방의 전성기에 3000억을 헤아렸던 인류의 총인구는 오랜 혼란으로 인해 현재 400억까지 감소한 상태이다. 그 비율은 제국 250억, 동맹 130억, 페잔 20억이다.

이처럼 '어떻게든 됐으면 좋겠지만 어떻게도 될 것 같지 않은' 상황이 일변하는 것은 발할라 성계 제3행성 오딘 — 고대 게르만 신화의 주신에게서 이름을 따온, 루돌프가 천도한 은하제국의 수도성首都星에 한 젊은이가 나타난 후였다. 얼음 같은 미모와 대담무쌍한 표정을 가진 그 젊은이의 이름은 라인하르트. 라인하르트 폰 로엔그람 백작이었다.

라인하르트의 원래 성은 뮈젤이라고 하며, 이름만 귀족일 뿐인 가난한 가정에서 태어났다. 제국력 467년(우주력 776년)의 일이었다. 그가 열 살 때, 다섯 살 많은 누이 안네로제가 황제 프리드리히 4세의 후궁이 되면서 그의 운명은 바뀌었다. 황금색 머리카락과 푸른 얼음빛 눈동자를 가진 젊은이는 열다섯 살에 근위사단의 소위가 되었으며, 누이 안네로제에 대한 황제의 총애와 본인의 재능으로 눈부신 영달을 거듭했다.

나이 스무 살이 되었을 때, 그는 로엔그람 백작이라는 작위를 수여받아 제국군 상급대장에 올랐다. 전제국가다운 극단적 인사였으나 지위에는 책임도 따랐다. 문벌귀족 출신이라면 꼭 그럴 필요는 없었겠지만, 그저 '황제 총희의 동생'에 불과한 라인하르트는 자신의 재능을 남에게 드러낼 필요가 있었다.

한편, 거의 때를 같이하여 자유행성동맹도 한 용병가를 얻었다. 우주력 767년에 태어나 스무 살에 입대한 양 웬리였다.

그는 원래 군대에는 마음이 없었다. 몇몇 우연이 그의 등을 떠밀지 않았더라면 역사의 창조자가 아니라 관찰자로 생애를 마쳤을 것이다.

"할 수 있는 일과 할 수 없는 일이 있다."

이것이 양의 지론이었다. 그는 운명에 대해 라인하르트보다도 수동적이면서 넓은 포용력을 가지고 있었다. 그렇다고는 하나, 그는 전쟁이나 이를 수행하기 위한 군인이라는 직업에 대해 항상 위화감을 품었으며, 군부의 지위를 내팽개치고 은퇴하고 싶다는 욕구에서 평생 해방되지 못했다.

우주력 796년, 제국력 487년 초. 라인하르트는 2만 척으로 이루어진 함대를 이끌고 원정길에 올랐다. '자유행성동맹'을 참칭하는 반란군을 발밑에 무릎 꿇리고 그 공적으로 자신의 지위를 확립하기 위해서였다.

동맹군은 4만 척의 함대를 조직해 이에 맞서 싸울 준비를 했다. 그리고 참모진 중 하나에 양 웬리의 이름이 있었다.

그해 라인하르트 폰 로엔그람 백작은 스무 살, 양 웬리는 스물아홉 살이었다……

제 I 장

영원한
밤 속에서

I

 은하제국 대령 지크프리트 키르히아이스는 함교에 한 걸음을 들인 순간 자신도 모르게 우뚝 멈춰 섰다. 무수한 광점光點을 흩뿌려놓은 우주의 심연이 만인을 압도하는 부피로 그의 온몸을 짓누르고 있었기 때문이다.

"……."

 무궁한 암흑공간에 떠 있는 듯한 착각. 그러나 그 감각은 한순간에 사라졌다. 전함 브륀힐트의 함교는 거대한 반구형이며 그 윗부분 전체가 디스플레이 스크린이라는 사실이 키르히아이스의 기억 속에 있었기 때문이다.

 감성을 우주에서 지상으로 끌어내린 키르히아이스는 새삼 주위를 둘러보았다. 조명이 매우 낮게 설정되어 넓은 실내는 어스름에 뒤덮여 있었다. 크고 작은 무수한 스크린, 조종 콘솔, 각종 계기, 컴퓨터, 통신장치 등이 기하학적으로 배치된 사이를 사내들이 분주히 오갔다. 그들의 머리며 손발의 움직임은 물의 흐름을 따라 오가는 물고기 떼를 연상케 했다.

 있는 듯 없는 듯 어렴풋한 냄새가 키르히아이스의 후각을 자극했다. 전투를 앞두고 긴장한 인간이 분비하는 아드레날린의 냄새와 기계가 발하는 전자향을 환원산소 속에 섞으면 우주의 군인에게 친숙한 이 냄새가 태어나는 것이다.

 붉은 머리 청년은 함교 한가운데를 향해 큰 걸음으로 걸어갔다. 대령이라고는 해도 키르히아이스는 아직 스물한 살밖에 되지 않았다. 군복을 벗었을 때의 그는 후방의 여성 병사들이 쑥덕거리듯 '핸섬한 붉은 머리 키다리 청년'에 불과했다. 이따금 자신의 나이와 계급 사이에 불균형을 느껴 당황할 때가 있다. 그의 상관처럼 태연하게 받아들이는 것은 영 어려운 일이었다.

라인하르트 폰 로엔그람 백작은 지휘 시트를 눕혀 놓고 디스플레이 스크린을 가득 메운 별의 대해_{大海}를 가만히 바라보고 있었다. 그에게 다가간 키르히아이스는 부드러운 공기의 저항을 느꼈다. 차음력장_{遮音力場}이 펼쳐져 있었던 것이다. 라인하르트를 중심으로 반경 5미터 이내의 대화는 바깥에 있는 사람에게는 들리지 않는다.

"별을 보고 계셨습니까, 각하."

키르히아이스의 목소리에, 잠시 간격을 두고 라인하르트는 시선을 돌리더니 시트를 다시 세웠다. 그저 앉아 있을 뿐인데도, 검은색을 기조로 각 부위에 은색을 더한 기능적인 군복이 늘씬하게 균형 잡힌 몸을 한층 날렵하게 감싸준다는 인상을 주었다.

라인하르트는 아름다운 청년이었다. 유례를 찾아볼 수 없을 만한 미모라 해도 과언이 아니었다. 살짝 곱슬거리는 황금색 머리카락이 하얀 달걀형 얼굴의 세 방향을 장식하고 있다. 콧날과 입술의 단아함은 고대의 명공이 빚은 조각을 연상케 했다.

하지만 생명이 없는 조각이 아니라는 증거는 두 눈이었다. 푸른 얼음빛 눈동자는 날카롭게 연마된 검과도 같은 빛을 발했다. 아니, 얼어붙은 별의 광채라고 불러야 할까. 궁정 여인들은 '아름답고 야심찬 눈동자'라 수군거리며, 남자들은 '위험한 야심가의 눈'이라 표현한다. 어느 쪽

이든 무미건조한 완벽함을 가진 조각의 눈이 아니라는 것은 분명했다.

"그래. 별은 좋지."

그렇게 대답한 라인하르트는 자신과 동갑인 심복부하를 올려다보았다.

"키가 더 자란 것 같은데?"

"두 달 전과 같은 190센티미터입니다, 각하. 더 이상은 자라지 않을 겁니다."

"하기야 나보다도 7센티미터나 크면 충분하겠지."

그 목소리에는 호승심 강한 소년 같은 감정이 섞여 있었다. 키르히아이스는 슬쩍 웃었다. 6년쯤 전까지만 해도 두 사람의 신장은 거의 차이가 없었다. 금발 소년을 앞지르며 키르히아이스의 키가 자라기 시작하자 라인하르트는 진심으로 씨근덕거리며 친구를 내버려두고 혼자서만 자랄 셈이냐고 따지기도 했다. 키르히아이스를 제외하면 단 한 사람만이 아는 라인하르트의 어린아이 같은 일면이었다.

"그런데, 뭔가 볼일이라도 있어?"

"예, 반란군의 포진 때문입니다. 정찰정 3척의 보고에 따르면 역시 세 방향에서 동일속도로 아군에 접근하고 있다고 합니다. 지휘 콘솔의 디스플레이를 사용해도 되겠습니까?"

금발의 젊은 상급대장이 고개를 끄덕이는 것을 보며 키르히아이스는 손을 리드미컬하게 움직였다. 지휘 콘솔 왼쪽 절반을 차지한 디스플레이 화면에 네 개의 화살표가 떠올랐다. 상하좌우 각 방향에서 화면 중심으로 나아가는 형태였다. 아래쪽 화살표만이 붉었으며, 다른 화살표는 녹색이었다.

"붉은 화살표가 아군, 녹색 화살표가 적입니다. 아군의 정면에 적군의 제4함대가 위치하며, 그 병력은 함정 1만 2000척으로 추정됩니다. 거리는 2200광초光秒. 이대로 간다면 약 6시간 후 접촉할 것입니다."

화면을 가리키던 키르히아이스의 손가락이 움직였다. 왼쪽에는 적군 제2함대가 있으며 병력은 함정 1만 5000척, 거리는 2400광초. 오른쪽에는 적군 제6함대가 있으며 병력은 함정 1만 3000척, 거리는 2050광초.

반중력 자장 시스템을 비롯한 각종 레이더 투과장치나 방해전파 등이 발달하고, 또한 레이더를 무력화하는 소재가 등장하면서 레이더가 관측장치의 효용을 다할 수 없게 된 지 몇 세기가 지났다. 수색은 유인정찰기나 감시위성 등 고전적 수단에 의존할 수밖에 없다. 이들이 얻어온 정보에 시차 및 거리적 요소를 가산해 적의 위치를 알아낸다. 여기에 열량과 질량 측정을 더하면 불완전하나마 어느 정도는 수색이 가능해지는 것이다.

"적군은 합계 4만 척이라. 아군의 두 배로군."

"그리고 아군을 세 방향에서 포위하려는 중입니다."

"늙은이들 안색이 새파랗게 질렸겠는걸……. 아니, 새빨개졌을까?"

라인하르트는 새하얀 얼굴에 한순간 짓궂은 웃음을 지었다. 두 배의 적이 세 방향에서 포위망을 구축하고 있다는 것을 알면서도 낭패한 기색은 전혀 보이지 않았다.

"실제로 새파랗게 질렸습니다. 다섯 제독이 각하께 긴급 면회를 요청하셨습니다."

"호오, 내 얼굴도 보고 싶지 않다고 망언을 했던 주제에?"

"그럼 만나지 않으실 겁니까?"

"아니, 만나주지…… 그 치들의 무지몽매함을 일깨워주기 위해서라도."

라인하르트 앞에 나타난 것은 메르카츠 대장, 슈타덴 중장, 포겔 중장, 파렌하이트 소장, 엘라흐 소장 다섯이었다. 라인하르트가 말한 소위 '늙은이'들이었다. 하지만 그 평가는 가혹한 감이 있었다. 최연장자인 메르카츠조차 아직 예순이 되지 않았으며, 최연소인 파렌하이트는 겨우 서른한 살일 뿐이었다. 라인하르트와 키르히아이스가 너무 젊은 것이다.

"사령관 각하, 의견 개진을 허가해 주신 데 감사드립니다."

일동을 대표해 메르카츠 대장이 말했다. 라인하르트가 태어나기도 훨씬 전부터 군에 몸담고 있었으며, 실전에서도 군사 행정에서도 풍부한 지식과 경험을 지닌 자다. 중키에 뼈대가 굵은 체격과 졸린 듯한 두 눈을 제외하면 별 특징이 없는 중년 남성이지만, 그간 세운 실적과 그에 대한 평판은 라인하르트보다도 훨씬 높을 것이다.

"경들이 무슨 말을 하고 싶은지는 이미 알고 있소."

메르카츠가 보인 예의에 모양만 갖춘 인사로 답하며 라인하르트는 선수를 쳤다.

"아군이 불리한 상황이라는 사실에 내 주의를 환기시키려는 것이겠지."

"그렇습니다, 각하."

슈타덴 중장이 반걸음 앞으로 나서며 대답했다. 나이프처럼 깡마른 몸에 날카로운 인상을 지닌 40대 중반의 인물로, 전술이론과 언변이 뛰어난 참모형 군인이었다.

"아군에 비해 적의 수는 두 배이며, 게다가 세 방향에서 아군을 포위하려는 중입니다. 이는 이미 교전태세에서 적에게 뒤처졌다는 것을 뜻합니다."

라인하르트의 푸른 눈동자가 싸늘한 빛을 발하며 중장을 똑바로 쳐다보았다.

"다시 말해, 경은 아군이 패하리라는 것이오?"

"……그런 말씀은 드리지 않았습니다, 각하. 다만 불리한 태세에 있다는 것은 사실입니다. 디스플레이 스크린을 보셔도 알 수 있듯……."

일곱 쌍의 눈이 지휘 콘솔의 디스플레이에 집중되었다.

키르히아이스가 라인하르트에게 보여주었던 양군의 배치가 그곳에 일목요연하게 나타나 있었다. 차음력장 밖에서 몇몇 병사가 고위 장성들을 흥미진진하게 쳐다보고 있었으나, 슈타덴 중장이 노려보자 황급히 눈을 돌렸다. 헛기침을 한 차례 하며 중장이 다시 입을 열었다.

"이것은 지난 해, 제국이 자랑하는 우주함대가 자유행성동맹을 참칭하는 반란군으로 인해 통한의 패배를 맛보았을 때와 같은 진형입니다."

"'다곤 섬멸전' 말이로군."

"그렇습니다. 실로 원통한 패배였습니다."

무거운 탄식이 중장의 입에서 새 나왔다.

"정의는 인류의 정통한 지배자이신 은하제국 황제 폐하와 그 충실한 신하인 아군 장병들에게 있었으나, 반란군의 교활한 책략에 휘말려 충성스럽고도 용맹한 백만의 정예가 허공에 산화하였던 것입니다. 이번 전투에서 만약 다곤 섬멸전의 전철을 밟는다면 필시 황제 폐하의 신금宸襟을 어지럽힐 터, 지금은 공을 탐하기보다는 명예로운 후퇴를 하심이 옳지 않을까, 모자라나마 그렇게 생각하는 바입니다."

그야말로 모자란 놈이군. 무능하기 짝이 없는 궤변가 같으니.

라인하르트는 속으로 욕설을 퍼부었다. 다만 입으로는 이렇게 말했다.

"경의 말재주는 인정하오. 하지만 주장은 인정할 수 없겠군. 후퇴라니, 당치 않은 소리지."

"……어째서 그렇게 생각하시는지요. 이유를 들려주실 수 있겠습니까?"

구제할 길 없는 애송이라고 욕설을 퍼붓는 표정이 슈타덴 중장의 눈동자에 맺혀 있었다. 라인하르트는 개의치 않고 대답했다.

"아군이 적보다 압도적으로 유리한 태세를 취하고 있기 때문이오."

"뭐라고요?"

슈타덴의 눈썹이 크게 오르내렸다. 메르카츠는 망연자실해, 포겔과 엘라흐는 놀라 미모의 젊은 지휘관을 바라보았다. 다만 다섯 명 가운데 가장 어린 파렌하이트만이 색소 옅은 하늘색 눈동자에 흥미진진한 표정을 담고 있었다. 그는 하급귀족 출신으로, 먹고살기 위해 군인이 되었다며 큰소리를 치고 다니는 사내였다. 기동성을 발휘하는 속공의 용병술로 정평이 났으나 방어전에선 약간 끈기가 부족하다는 평가를 받고 있다.

"아무래도 소관과 같이 불민한 자는 이해하기 어려운 견해를 가지고 계신 모양이로군요. 조금 더 자세히 설명해 주시면 고맙겠습니다만……"

슈타덴 중장이 귀에 거슬리는 목소리로 말했다. 그 불쾌한 혀를 뽑는 것은 훗날로 미뤄두기로 하고, 라인하르트는 상대의 요청에 응했다.

"내가 유리하다고 한 것은 다음 두 가지 사항 때문이오. 첫째, 적이 세 방향으로 병력을 분산한 데 반해 아군은 한 곳에 집중되어 있소. 전체를 합친다면 적이 우세하나, 적의 한 방향만을 상대할 때는 아군이 우세하오."

"……"

"둘째, 한 전장에서 다음 전장으로 이동할 때는 중앙에 위치한 아군이

지름길을 점할 수 있소. 적이 아군과 싸우지 않고 다음 전장으로 가려면 크게 우회할 수밖에 없소. 이것은 시간과 거리 양쪽이 모두 우리 편을 들어준다는 뜻이오."

"……."

"다시 말해 아군은 적에 비해 병력의 집중과 기동성 두 가지 면에서 우위에 있소. 이를 승리의 조건이 아니면 무엇이라 하겠소!"

날카롭게 도려내듯 라인하르트가 말을 끝냈을 때, 다섯 제독은 한순간 그 자리에서 결정이 되어 굳어버린 것만 같았다. 적어도 키르히아이스에게는 그렇게 보였다. 라인하르트는 자기보다도 훨씬 풍부한 경력을 가진 연상의 군인들에게 극단적이라고 할 만한 발상의 전환을 요구한 것이다.

멍하니 서 있던 슈타덴 중장의 얼굴에 빈정대는 시선을 꽂으며 라인하르트는 추격타를 가했다.

"아군은 포위당할 위기에 처한 것이 아니오. 오히려 적을 각개격파할 절호의 기회를 얻은 것이지. 이 기회를 살리지 않고 허망하게 후퇴해야 한다고 경은 말했으나, 그것은 지나치게 소극적이며, 죄악이라 불러 마땅한 생각이오. 왜냐하면 아군에게 내려진 임무는 반란군과 싸워 이를 격멸하는 것이기 때문이오. 명예로운 후퇴라고 했소? 황제 폐하께서 명하신 임무를 완수하지 못하는 것이 무슨 명예요! 겁쟁이의 자기변호나 마찬가지라고 생각지 않으시오?"

황제라는 두 글자가 나오니 파렌하이트를 제외한 네 제독의 몸에 긴장의 파도가 스치고 지나갔다. 라인하르트에게는 그 모습조차 바보처럼 여겨졌다.

슈타덴은 가쁜 숨을 몰아쉬며 항변을 시도했다.
"기회라 하시지만, 그렇게 믿으시는 건 총사령관 각하뿐입니다. 용병학의 상식으로 봐도 승복할 수 없습니다. 실적을 통해 보여주시지 않는다면……."
이놈은 무능할 뿐만 아니라 저능하기까지 하군.
라인하르트는 단정했다. 전례가 없었던 작전에 실적이 어디 있단 말인가. 실적은 이제부터 치를 전투에서 올려야 할 것 아닌가.
"내일이 되면 경은 두 눈으로 실적을 확인하게 될 것이오. 그러면 납득하겠소?"
"승산이 있다는 말씀이십니까?"
"있고말고. 단, 경들이 내 작전에 충실히 따라준다면 말이지만."
"어떤 작전입니까?"
노골적으로 의구심을 드러내며 슈타덴이 물었다. 라인하르트는 잠시 키르히아이스의 얼굴을 쳐다보고는, 작전을 설명하기 시작했다.
2분 후, 슈타덴의 외침이 차음역장을 가득 메웠다.
"탁상공론입니다! 이런 작전이 성사될 리가 없습니다, 각하! 이런 식으로는……."
라인하르트는 손바닥으로 지휘 콘솔을 거세게 내리쳤다.
"집어치우시오! 더 이상의 논의는 필요 없소. 황제 폐하는 나를 반란군 정벌 사령관으로 임명하셨소. 경들은 나의 지휘에 따라 움직여 폐하에 대한 충성을 증명해야 하지 않겠소? 그것이 제국 군인의 책무가 아니오? 잊지 마시오. 내가 경들의 상관이라는 것을."
"……."

"경들의 생사여탈권은 모두 내 손에 있소. 스스로 폐하의 뜻을 저버리겠다면, 알아서들 하시오. 폐하께 하사받은 나의 직권으로 경들의 직위를 박탈하고 항명자로 엄벌에 처할 뿐이오. 그럴 각오는 돼 있소?"

라인하르트는 눈앞의 다섯 사람을 응시했다. 대답은 없었다.

II

다섯 제독은 물러갔다. 납득도 승복도 하지 않았으나 황제의 위광에는 거역할 수 없다는 태도였다. 파렌하이트만은 라인하르트의 작전 구상에 호의 어린 표정을 보여준 것도 같았으나, 나머지 네 사람의 표정에는 정도의 차이는 있을지언정 '황제의 위광을 업은 애송이놈'이라는 비난이 감추어져 있었다.

키르히아이스로서는 도저히 잠자코 넘어갈 수 없는 상황이었다. 그렇지 않아도 라인하르트는 지나치게 어린 주제에 벼락출세를 했다는 좋지 못한 평판을 듣고 있다. 노련한 장수들이 보기에 라인하르트는 누이 안네로제를 통해 황제의 위광을 업었을 뿐 스스로 빛을 발할 수는 없는 힘없는 소행성에 불과했다.

이번이 라인하르트의 첫 출전은 아니었다. 군에 입대한지 5년, 이미 몇 차례에 걸쳐 무공을 세운 바 있다. 그러나 그것도 뭇 장수들의 눈에는 운이 좋았거나 적이 너무 약했던 것으로만 보인다. 또한 라인하르트가 매사에 겸손하다고는 할 수 없는 자세를 보이니, 그에 대한 악감정은 증폭되어 이제는 '건방진 금발 애송이'라는 호칭이 은근히 정착되었을 정도였다.

"괜찮으시겠습니까?"

붉은 머리 청년은 푸른 눈에 염려하는 표정을 담아 라인하르트에게 물었다.

"내버려둬."

당사자인 상관이 오히려 더 태연했다.

"제깟 놈들이 뭘 할 수 있다고. 한마디 비아냥거리는 것도 혼자는 못하고 떼로 몰려와야 하는 겁쟁이들인데. 황제의 위광에 저항할 용기 따위 있겠어?"

"하오나 그만큼 불만을 품을지도 모릅니다."

라인하르트는 부관을 보며 나직하게 키득거렸다.

"넌 언제나 걱정이 많구나. 마음에 둘 것 없어. 지금은 불평만 늘어놓고 있어도 하루만 지나면 양상이 바뀔 테니. 슈타덴 그 저능아의 낯짝에 놈이 좋아하는 실적이란 걸 들이대 주지."

이제 그 이야기는 그만하자며 자리에서 일어난 라인하르트는 사령관실에서 쉬자고 제안했다.

"한잔하지 않겠어, 키르히아이스? 괜찮은 포도주가 있거든. 410년산 명품이라던데."

"좋지요."

"그럼 갈까? 그런데, 키르히아이스……."

"예, 각하."

"그 각하 말이다. 다른 사람이 없을 때는 그놈의 각하 소리는 빼. 전부터 말했을 텐데."

"알고는 있습니다만……."

"알고 있다면 실천해. 이 전투가 끝나 오딘에 귀환하면 너도 각하가 될 테니까."

"……."

"준장으로 승진하는 거야. 기대하라고."

함장 로이슈너 대령에게 뒷일을 맡기고 라인하르트는 사령관실로 걸어갔다. 그 뒤를 따르며 키르히아이스는 상관의 발언을 속으로 되새기고 있었다.

전투가 끝나 귀환하면 준장……. 금발의 젊은 제독은 패배 따위 생각하지도 않는 모양이었다. 키르히아이스가 아닌 다른 사람이었다면 분명 구제할 길 없는 교만으로 받아들였을 것이다. 그러나 라인하르트가 벗에 대한 호의를 가지고 있기 때문에 한 말이라는 것을 키르히아이스는 잘 안다.

이 사람을 만난 지도 벌써 10년이 지났구나…….

키르히아이스는 문득 그런 생각을 했다. 라인하르트와 그의 누이 안네로제를 만나며 그의 운명은 바뀌었던 것이다.

지크프리트 키르히아이스의 아버지는 사법성司法省에 근무하는 하급 관리였다. 4만 제국마르크 정도의 연봉을 벌기 위해 매일 상사와 서류와 컴퓨터에 휘둘리면서, 넓지도 않은 정원에서 발두르 성계산產의 뭐라나 하는 난초의 일종을 가꾸는 것과 식후 흑맥주만이 낙인, 평범하고도 선량한 사내였다. 어린 지크프리트는 학교에선 어찌어찌 우등생 그룹 끄트머리에 매달려 있으면서 스포츠엔 만능인, 부모님의 자랑거리였다.

어느 날, 폐가나 다름없는 이웃집에 가난한 가족이 이사 왔다.

무기력해 보이는 중년 사내가 귀족이란 말을 듣고 소년 키르히아이스는 놀랐으나, 금발 남매를 보자 믿을 수 있었다. 누이와 남동생 모두 어쩌면 저렇게 아름다울까 생각했던 것이다.

동생과는 당장 다음 날 인사를 나누었다. 라인하르트라는 소년은 키르히아이스와 동갑이었으며, 표준력으로 키르히아이스보다 두 달 늦게 태어났을 뿐이었다. 붉은 머리 소년이 이름을 대자 금발 소년은 모양 좋은 눈썹을 한껏 틀어 올리며 말했다.

"지크프리트라니, 흔해 빠진 이름이로군."

생각지도 못한 말에 붉은 머리 소년은 깜짝 놀라 할 말을 잃었다. 그러자 라인하르트는 이어서 이렇게 말했다.

"하지만 키르히아이스라는 성은 멋진걸. 마치 시를 듣는 것 같아. 그러니 난 널 성으로 부르겠어."

한편 누이인 안네로제는 그의 이름을 줄여 '지크'라고 불렀다. 얼굴은 동생과 매우 닮았지만 훨씬 여렸으며, 안개꽃 같은 미소는 한없이 부드러웠다. 라인하르트에게 소개를 받아 대면했을 때, 그녀는 나무 사이로 새어드는 햇살 같은 표정을 붉은 머리 소년에게 향했다.

"지크, 동생과 친하게 지내주렴."

그 후로 오늘까지 키르히아이스는 그녀의 부탁을 충실히 지켜왔다.

수많은 일이 있었다. 본 적도 없는 호화로운 랜드카가 옆집 앞에 멈춰 서더니 고급스러운 옷을 입은 중년 사내가 내렸다. 그날은 지기 싫어하는 라인하르트가 울면서 아버지를 힐난하는 목소리가 밤새도록 끊이질 않았다.

"아버지는 누나를 팔아먹은 거라고요!"

다음 날 아침, 라인하르트와 함께 학교에 가겠다는 구실로 옆집을 찾은 키르히아이스에게 안네로제는 다정하게, 그러나 쓸쓸한 미소를 지으며 말했다.

"동생은 이제 너와 같은 학교에 다닐 수 없단다. 짧은 기간이었지만, 고마워."

아름다운 소녀는 그의 이마에 입을 맞추고 손수 만든 초콜릿 케이크를 주었다.

그날 붉은 머리 소년은 학교에 가지 않은 채 케이크를 꼭 끌어안고 자연공원으로 향했다. 순찰 로봇에게 들키지 않도록 조심하며, 아무도 모르는 이유로 화성소나무라 불리는 침엽수 그늘에 앉아 오랜 시간에 걸쳐 케이크를 먹었다. 남매와 헤어진다는 슬픔에 눈물이 흘러나와 이를 손으로 닦는 바람에 소년의 얼굴에는 흑갈색 줄무늬가 생겼다.

어두워진 후에야 혼날 것을 각오하고 집으로 돌아갔으나 부모님은 아무 말도 없었다. 이웃집의 불은 꺼진 채 켜질 줄을 몰랐다.

한 달 후, 제국군 유년학교의 제복을 입은 라인하르트가 예고도 없이 찾아왔다. 놀라고 기뻐하는 키르히아이스에게 금발 소년은 어른스러운 어조로 말했다.

"군인이 될 거야. 가장 빨리 사회에 나갈 수 있으니까. 출세해서 누님을 자유롭게 해드려야지. 그러니까 키르히아이스, 나랑 같은 학교에 가자. 유년학교에 있는 놈들은 죄다 마음에 안 들어."

키르히아이스의 부모님은 반대하지 않았다. 아들의 출세를 바란 것인지, 아니면 아들을 옆집 남매에게 빼앗겼다는 사실을 깨달았기 때문인지는 모른다. 아무튼 키르히아이스는 라인하르트와 같은 길을 걷기 위해 어린 소년 시절에 결단을 내린 것이었다.

유년학교 생도들은 대부분 귀족 자제들이었으며, 그 외에는 상류 시민의 아들들뿐이었다. 키르히아이스가 입학을 허가받은 데 라인하르트의 열망과 안네로제의 고생이 있었음은 두말할 나위도 없었다.

라인하르트의 성적은 항상 수석이었으며 키르히아이스도 상위권을 유지했다. 자기 자신을 위해서도 남매를 위해서도 나쁜 성적을 받을 수는 없었다.

이따금 생도들의 학부형이 학교를 찾아오는 일이 있었다. 신분 높은 귀족. 그러나 그들에게 존경을 품을 마음은 들지 않았다. 특권을 과시하는 자들의 썩은 냄새만이 코에 맴돌았다.

그러한 귀족들을 볼 때마다 라인하르트는 격한 혐오와 모멸을 담아 속삭였다.

"저놈들을 봐, 키르히아이스. 놈들은 지금의 지위를 자기 자신의 노력으로 획득한 게 아니야…… . 권력과 재산을, 그저 피가 섞였다는 이유만으로 부모에게 물려받았으면서, 그것을 부끄러워하지도 않는 파렴치한들이지. 저딴 놈들에게 지배당하기 위해 우주가 존재하는 게 아니야."

"라인하르트 님…… ."

"그렇고말고, 키르히아이스. 나도 너도, 저딴 놈들 밑에 설 이유는 전혀 없어."

두 사람은 이런 대화를 수도 없이 나누었으나, 어느 날 라인하르트는 붉은 머리 벗에게 너무나도 강렬한 충격을 안겨주었다.

수도 곳곳에는 루돌프 대제의 동상이 오만하게 서 있다. 여기에 예를 갖추는 것은 제국 신민의 신성한 의무였다. 동상의 두 눈에는 정밀한 카메라가 내장되어 있어, 황제의 권위를 두려워 않는 위험분자는 내무성의 엄격한 감시를 받는다.

  라인하르트는 루돌프의 동상에 경례를 한 후 키르히아이스에게 열기 어린 어조로 말했다.

  "키르히아이스, 혹시 이런 생각 해본 적 없어? 골덴바움 왕조는 인류가 발생한 이래 계속 이어져 내려온 것이 아니야. 시조는 저 오만불손한 루돌프였지. 시조가 있다는 건, 그 이전엔 황실도 없었고 루돌프 또한 이름 없는 일개 시민에 불과했다는 뜻 아닐까? 원래 루돌프는 벼락출세한 야심가일 뿐이야. 다만 시류를 잘 타서 신성불가침한 황제 노릇을 했던 거지."

  이 사람은 대체 무슨 말을 하려는 것인가?

  키르히아이스는 심장 박동이 점점 빨라지는 것을 느꼈다. 라인하르트는 말했다.

  "루돌프가 할 수 있었던 일을, 내가 할 수 없을 것 같아?"

  그리고 키르히아이스를 응시하는 라인하르트의 푸른 얼음빛 보석 같은 눈동자를, 붉은 머리 소년은 숨이 멎을 듯한 기분으로 마주보았다. 그것은 두 사람이 군대에 들어가기 직전의 겨울이었다.

III

  『……과학기술의 무질서한 발전이 인류의 정체성에 위험을 가져온 사례는 서기 20세기부터 21세기에 걸쳐 다수 찾아볼 수 있다. 특히 유전공학의 한 성과인 생명복제는 단순히 이론상의 가능성만을 제시했음에도 영원한 생명이 보장된 것과도 같은 오해를 샀다. 그것이 사회진화론과 결합되었을 때 무시무시한 생명 경시 사상이 지구라는 이름의 행성을 휩쓸기에 이르렀다. 열악한 유전자의 소유자에게는 아이를 낳을 자격이 없으며, 열등 인종을 도태해 인간의 질적 향상을 꾀해야 한다는 의견이 세력을 얻어나갔다. 이것이 바로 훗날 루돌프 폰 골덴바움이 펼칠 주장의 토대가 되었으며⋯⋯.』

콘솔의 조그만 화면에 비춰지던 문장이 갑자기 흐릿해지더니 사라졌다. 조절 버튼에 손가락이 닿기도 전에 다른 문장이 떠올랐다.

『양 준장님, 사령관 각하의 호출입니다. 속히 지휘관석으로 와 주시기 바랍니다.』

독서를 중간에 방해받은 양 웬리 준장은 군용 베레모를 집으며, 언제나 수습이 안 되는 흑발을 긁적거렸다.

그는 자유행성동맹군 제2함대의 차석참모로 기함 파트로클로스에서 함교의 한자리를 차지하고 있었다. 원래는 전술 컴퓨터용인 콘솔에 서적 VTR을 집어넣어 사사로운 독서를 즐기던 중이었으니 방해를 받았다고 불쾌해할 수는 없었다.

양의 성명표기 형식은 E형식이다. 이것은 은하연방 성립 이전부터 내려온 전통으로 성이 이름 앞에 오는 형식이며, E란 Eastern의 머리글자를 딴 것이다. 반대로 이름이 성 앞에 오는 표기형식을 W형식이라 하며, 이는 Western의 머리글자이다. 어차피 혼혈이 엄청나게 이루어진 이 시대에 성명이란 직계 선조의 출신을 희미하게 나타내는 역할 정도밖에는 없지만.

양은 검은 머리에 검은 눈, 중키에 중간 체구를 지닌 스물아홉 살의 청년으로 군인이라기보다는 냉정한 학자 같은 인상을 풍겼다. 아니, 좋게 말해야 그 정도일 뿐 타인의 눈에는 지극히 온화한 청년 이상으로는 보이지 않는 모양이었다. 그의 계급을 들으면 대부분의 사람들은 놀라기 때문이다.

"준장 양 웬리, 사령관 각하께 부름 받고 왔습니다."

경례를 올리는 청년 장교에게 함대 사령관 파에타 중장은 호의와는 거리가 먼 시선을 보냈다. 양과는 달리 이쪽은 군인 외의 직업을 상상할 수 없는 엄격한 생김새의 중년 사내였다.

"자네가 제출한 작전안을 보았네."

그 말만 하고는 다시 양을 관찰한다. 이렇게 심약해 보이는 애송이가 자신과 두 계급밖에 차이가 나지 않는다는 것을 도저히 납득하지 못하겠다고 말하고 싶은 표정이었다.

"제법 재미있는 의견이더군. 하지만 지나치게 신중한 것 아닌가? 다소 소극적인걸."

"그런가요?"

양은 지극히 온화한 말투로 대답했으나, 생각하기에 따라서는 상관에게 상당히 무례한 답변이었을지도 모른다. 파에타 중장은 깨닫지 못한 눈치였다.

"자네가 기술한 대로, 분명 패배하기 어려운 작전안이긴 했네. 하지만 패배하지 않는 정도로는 의미가 없어. 이겨야 하지 않겠나. 우리 군은 적을 세 방향에서 포위하고 있네. 그것도 적의 두 배 병력으로 말일세. 이 정도로 대승의 요건을 갖추고도, 도대체 왜, 새삼스럽게, 패배하지 않을 궁리를 해야 한다는 건가?"

"하지만 아직 포위망이 완성된 것은 아닙니다."

이번엔 중장도 깨달았다. 그는 불쾌한 듯 눈살을 찡그려 멋진 세로 주름 하나를 미간에 깊이 새겼다.

양은 태연했다.

9년 전, 국방군 사관학교를 졸업했을 때 양은 평범한 신임 소위였다. 졸업 당시 석차는 4840명 가운데 1909등이었다. 그리고 현재는 평범한 준장, 이라고는 할 수 없다. 그는 동맹군 전체를 통틀어 열여섯 명밖에 없는 20대 장성 중 하나인 것이다.

파에타 중장도 이 젊은 준장의 경력을 모르는 것은 아니다. 양 웬리 준장은 9년간 100회 이상의 전투에 참가했다. 이번처럼 만 단위의 함정이 집결하는 대규모 전투는 별로 없었지만, 그래도 어린아이 불꽃놀이와는 차원이 다른 것이다. 그리고 무엇보다도 그는 그 유명한 '엘 파실 탈출작전'의 빛나는 영웅이 아니던가.

젊으면서도 역전의 용사인 것은 분명하지만, 파에타는 전혀 그러한 인상을 품을 수 없었다. 후방근무본부에서 병사들 월급이나 계산하고 있으면 어울리겠다는 생각만 들었다.

"아무튼 이 작전안은 기각하겠네."

중장은 서류를 양에게 내밀었다.

"말해두지만 자네에게 감정이 있어서 이러는 게 아니야."

쓸데없는 한마디였다.

IV

양 웬리의 아버지 양 타이롱은 자유행성동맹의 수많은 교역상인 중에서도 수완이 뛰어난 사람으로 알려져 있었다. 남을 꽉 붙들어놓는 미소 뒤에서 고성능 상업용 두뇌를 돌려, 일개 소형 상선주에서 출발했던 그는 점점 재산을 불려나갔다.

양 타이롱은 성공의 비결을 묻는 친구에게 이렇게 대답했다.

"난 돈을 예뻐해 주니까, 은혜를 입은 돈이 출세해서 돌아오는 거지. 동화는 은화로, 은화는 금화로 말일세. 다시 말해 잘 키우고 볼 일이야!"

그는 그것을 센스 있는 농담이라고 생각했는지, 무슨 일이 있을 때마다 그렇게 말하며 돌아다니는 바람에 '돈 키우기의 달인'이라는 별명을 얻었다. 호의적이라고만은 볼 수 없는 별명이었지만 당사자는 마음에 들었던 모양이다.

양 타이롱은 또한 골동품 수집가이기도 했다. 서기 연호가 쓰였던 당시의 그림이며 조각, 도자기 등이 그의 저택에는 산더미처럼 쌓여 있다. 사무실에 앉아 항성간 상선대를 지휘하지 않을 때는 저택 내의 골동품을 감상하거나 먼지를 닦느라 바빴다.

취미가 지나친 탓에 그는 배우자까지 골동품으로 골랐다고 뒷손가락질을 당했다. 낭비벽이 있는 첫 아내와 이혼한 그는 평판이 좋은 미녀와 재혼했으나, 그녀는 어떤 군인의 미망인이었던 것이다.

그리고 아들, 양 웬리가 태어났다.

양 타이롱은 아들이 태어났다는 소식을 자택 서재에서 들었다. 그는 오래된 꽃병을 닦던 손을 잠시 멈추더니 이렇게 중얼거렸다.

"내가 죽으면 이 미술품은 전부 그놈 것이 되고 말겠구먼."

그리고 다시 닦고만 있었다고 한다.

양 웬리가 다섯 살이 되었을 때 어머니가 죽었다. 급성 심장질환이었다. 그때까지 건강했던 만큼 그녀의 갑작스런 죽음은 양 타이롱마저 놀라게 했다.

그는 손에 들고 있던 청동 사자 장식품을 바닥에 떨어뜨렸으나, 제정신을 차리고 이를 주워들더니 아내의 유족들이 분개할 만한 말을 내뱉었다.

"깨질 만한 물건을 닦고 있었더라면 큰일 날 뻔했군……."

생별과 사별로 두 아내를 잃은 양 타이롱은 더 이상 결혼할 생각을 품지 않았다. 그는 아들에게 가정부를 붙여주었으나, 가정부가 휴가를 내거나 해 집을 비울 때면 아들을 어떻게 감당해야 좋을지 몰라 자신의 곁에 앉혀놓고 함께 도자기를 닦고만 있었다.

죽은 아내의 친척들은 그의 저택을 찾아갔다가 서재에서 말없이 도자기를 닦는 부자의 모습을 보고 망연자실해, 이렇게 무책임한 아버지의 손에서 아이를 구출해야 한다고 주장하기에 이르렀다. 아들과 골동품 중 어느 쪽이 소중하냐는 힐문에 교역상인은 이렇게 대답했다.

"골동품을 수집하는 데는 자금이 많이 들었거든."

아들은 거저 얻었다는 말이었다.

그의 말에 미칠 듯이 분노한 친척 일동은 이 문제를 법정으로 끌고 가 해결할 태세를 보였으나, 일찌감치 눈치를 챈 양 타이롱은 아들을 안고 직접 항성간 상선에 올라타 수도 하이네센에서 자취를 감추고 말았다. 아무리 그래도 아버지가 아들을 유괴했다고 고발할 수도 없는 노릇이라 친척 일동은 어깨를 늘어뜨린 채 밤하늘에서 우주선의 자취를 좇아야만 했다.

"어쩔 수 없지. 아들을 데리고 갔다면 그 작자에게도 생각이 있는 것 아니겠어……."

이렇게 양 웬리는 열여섯이 될 때까지 인생 대부분을 우주선 안에서 지내게 되었다.

어린 양 웬리는 처음엔 워프할 때마다 컨디션이 저조해져 구토하거나 열이 나곤 했지만, 마침내 익숙해지고 나니 여유 있게 자신의 처지를 받아들였다. 그는 기계에 대한 흥미를 한 차례 채우고 나자 다른 방면으로 관심을 돌렸다. 그것은 바로 역사였다.

소년은 비디오를 보고, 복간된 옛 서적들도 읽고, 옛날이야기도 재미있게 들었다. 특히 '사상 최악의 찬탈자' 루돌프에 대한 관심이 깊었다. 자유행성동맹 사람들이 하는 이야기인 만큼 루돌프는 당연히 악의 화신으로 묘사되었으나, 듣는 동안 소년은 의문을 품게 되었다. 루돌프가 그렇게 악당이었다면 왜 사람들은 그를 지지하고 권력을 준 걸까?

"그야 루돌프는 끝장나게 나쁜 놈이었으니까 민중을 교묘하게 속인 거지."

"민중은 왜 속은 거야?"

"루돌프가 무진장 나쁜 놈이었으니까 그렇지."

이런 문답은 소년을 만족시켜주지 못했으나, 소년의 아버지는 다른 사람들과 다소 다른 견해를 보였다. 아들의 질문에 그는 이렇게 대답했다.

"민중들은 고생하길 싫어했거든."

"고생하길 싫어해?"

"그렇고말고. 스스로 노력해 문제를 해결하지 않고, 어디서 뚝 떨어진 초인이나 성자가 자기들 고생을 전부 혼자 짊어져 주기를 기다렸던 거지. 루돌프는 그걸 이용한 거야. 너도 잘 들어둬. 독재자는 독재자를 만들어낸 쪽에 더 많은 책임이 있다는 걸. 적극적으로 지지하지 않았더라도, 잠자코 지켜봤다면 공범이야. ……하지만 너 말이다, 그런 것보다도 더 유익한 데 관심을 좀 가져봐라."

"더 유익한 게 뭔데?"

"돈과 미술품 말이다. 돈은 주머니를, 미술품은 마음을 풍요롭게 해 주거든."

말은 그렇게 했으나, 아버지가 아들에게 자신의 사업이나 취미를 강요하는 일은 없었으므로 양 웬리는 점점 더 역사에 빠져들었다.

그가 열여섯 살이 되기 며칠 전, 아버지 양 타이롱이 죽었다. 우주선의 핵융합로에 사고가 발생한 결과였다. 아들은 하이네센 기념대학의 역사학과를 지원하기로 결심하고 아버지에게 막 승낙을 얻었던 참이었다.

"……뭐, 괜찮겠지. 역사로 돈을 번 놈이 전혀 없었던 것도 아니고."

그런 표현으로, 아버지는 아들이 좋아하는 길을 가도록 허락해 주었다.

"돈은 절대 경멸해야 할 대상이 아니야. 이게 있으면 마음에 안 드는 놈에게 고개를 숙이지 않아도 되고, 생활을 위해 지조를 굽힐 일도 없지. 정치가랑 똑같아서 말이다, 내가 고삐를 꽉 잡고 제멋대로 달리게 내버려두지만 않으면 돼."

양 타이롱이 48년의 생애 동안 남긴 것은 아들과 교역회사, 그리고 막대한 미술품이었다.

양 웬리는 아버지의 장례식을 마친 후 상속이며 세금 같은 현실적인 문제에 시달렸다. 그리고 어처구니없는 사실을 알게 되었다. 아버지가 생전에 열심히 수집했던 미술품은 거의 전부 가짜였던 것이다.

에트루리아의 도자기인지 뭔지도, 로코코 양식 초상화인지 뭔지도, 한漢 제국의 동마銅馬인지 뭔지도 전부 정부 공인 감정사의 무정한 선고를 받아야만 했다.

"1디나르의 가치도 없습니다."

그뿐만이 아니었다. 아버지가 생전 회사에 대해 가지고 있던 권리에는 저당이 잡혀 있었다. 결국 양은 **쓰레기더미**와 함께 길바닥에 나앉고 말았다.

한숨 섞인 쓴웃음과 함께, 어린 시절과 마찬가지로 양은 자신의 처지를 받아들였다. 그렇게나 수완가였던 아버지가 좋아하는 미술품에 한해선 감정안이 없었다는 사실에는 오히려 웃음이 배어 나왔다. 만에 하나 알고서도 위작을 모았던 것이라면 그것도 아버지답다는 생각이 들었다. 애초에 사업도 물려받을 생각이 없었던 만큼 회사 또한 어떻게 되든 알 바 아니었다.

그래도 난관은 있었다. 양의 수중에는 상급학교로 진학할 학비마저 남아 있지 않았던 것이다.

그칠 줄 모르는 은하제국과의 전쟁은 거액의 군사비 지출로 이어져 국가 예산을 압박했으며, 직접 전쟁에 기여하지 않는 인문과학 관계의 교육 예산은 삭감되기 바빴다. 역사를 공부하면서 장학금을 타기는 어려웠다.

'어딘가 공짜로 역사학을 공부할 수 있는 학교는 없을까……'

있었다.

그곳은 바로 국방군 사관학교 전쟁사연구과였다. 양은 제출 마감 직전에 원서를 내고 입시를 치른 결과, 수석에서는 한참 먼 성적이었지만 간신히 합격했다.

V

이처럼 양 웬리가 사관학교에 입학한 것은 누가 뭐라 해도 임시방편이었다. 애국심이나 호전성과는 무관한 데서 그의 진로가 결정된 것이다.

그는 아버지에게 물려받은 **쓰레기**를 대부분 버렸지만 일부는 임대창고에 보관한 후 문자 그대로 맨손으로 사관학교 기숙사에 들어갔다.

동기가 동기인 만큼 양이 우등생일 리 없었다. 그는 전쟁사와 그 배경이 되는 다양한 역사는 열심히 배웠으나, 다른 과목은 가능한 적당히 공부했다. 특히 사격과 전투정 조종, 기계공학 같은 관심 없는 과목에서는 간신히 낙제를 면할 성적만을 거두고도 태연했다.

낙제를 받으면 퇴교당할 우려가 있었으며, 혹은 그렇지는 않더라도 재시험에 시간을 빼앗길지 모른다. 바꿔 말하면 낙제만 하지 않으면 되는 것이다. 그의 목표는 통합작전본부장도 우주함대 사령장관도 참모총감도 아닌 전쟁사 편찬실의 연구원이었다. 군인으로 출세하는 데는 전혀 관심이 없었다.

전쟁사연구 성적만은 발군이었으며, 실기 방면 성적은 초저공비행, 합계를 내면 평균점 그 자체였던 양도 전략전술 시뮬레이션의 성적은 나쁘지 않았다. 이 과목은 컴퓨터를 이용한 생도간의 대전을 통해 성적을 결정하는데, 10년 만에 나온 수재라고 칭찬이 자자하던 학년 수석 말콤 와이드본을 양이 격파하고 만 일은 교관들을 놀라게 했다.

양은 모든 병력을 한 점에 모아 상대의 보급을 끊어버린 후 방어전으로만 일관했다. 와이드본은 다양한 전술을 구사해 양의 진영 깊숙이 쳐들어갔으나 보급이 끊어진 이상 퇴각할 수밖에 없었다. 컴퓨터의 판정, 교관의 채점 모두 양의 승리였다.

자존심에 상처를 입은 와이드본은 격앙하여 외쳤다.

"정정당당하게 정면으로 싸웠더라면 내가 이겼을 거다! 놈은 도망치기만 하지 않았나!"

양은 반론하지 않았다. 그는 기계공학에서 부진했던 학점을 이 과목으로 벌충할 수 있었으므로 충분히 만족했던 것이다.

하지만 그 만족도 오래가진 못했다. 2학년을 마치고 교관에게 불려간 양은 전략연구과로 전과할 것을 명령받은 것이다.

교관은 양을 달랬다.

"자네만이 아닐세. 전쟁사연구과 자체가 폐지되어 학과생 전원이 다른 과로 옮겨야 하거든. 자네는 시뮬레이션에서 와이드본을 격파한 실적이 있지 않나. 특성을 살리기 위해서라도 과를 옮기는 게 나아."

"저는 전쟁사를 배우고 싶어서 사관학교에 들어온 것입니다. 생도를 모집해 놓고선 졸업하기도 전에 과를 폐지하다니, 공정하지 않습니다."

"양 후보생, 자네는 아직 현역은 아니네만 이 학교에 들어온 시점에서 군인이 된 것일세. 부사관 대우로 말이지. 군인인 이상 명령에는 따라야만 하네."

"……."

"게다가 이건 자네에게도 섭섭한 이야기가 아닐 텐데. 전략연구과는 수재들만 모인 학과야. 전략연구과를 지망했다가 떨어진 사람이 다른 과로 흘러가는 게 현실이지. 이 흐름이 반대로 되는 경우는 거의 없네."

"영광입니다. 저는 원래 수재가 아닌데 말이지요."

"빈정대지 말게. 아니, 물론 싫다면 그만둘 권리도 있네. 하지만 그러 겠다면 지금까지 제공받은 학비를 반환하게. 군인이 될 자만이 공짜로 배울 수 있으니까."

양은 하늘을 쳐다보았다. 죽은 아버지가 돈에 대해 했던 말을 상기하지 않을 수 없었다.

'나 원. 인간은 인간으로 태어난 이상 자유로워질 수 없는 존재로군.'

스무 살이 되던 해, 양은 전략연구과를 평범한 성적으로 졸업해 소위로 임관했다. 1년 후에는 중위로 승진했으나 사관학교 졸업생은 그러는 것이 보통이며 딱히 양의 근무 성적이 우수했던 것은 아니었다. 배속된 곳이 통합작전본부의 기록통계실이라는 부서이고 보니 무훈은 세우려야 세울 수도 없었지만, 오래된 기록을 접할 수 있는 업무는 양에게 오히려 기쁜 것이었다.

그러나 중위 승진과 동시에 양은 전선근무를 명령받았다. 엘 파실 성역 주둔부대의 참모가 되어 그는 임지로 향했다.

'첫 단추를 잘못 끼우면 모든 것이 잘못되는 법이로군.'

젊은 중위는 속으로 그렇게 중얼거리고 있었다.

적극적으로 군인이 되고자 했던 적은 한 번도 없었거늘, 현재 자신이 몸에 걸친 것은 하얀 오각형 별 마크가 달린 검은 베레모, 목깃에 아이보리 화이트 스카프를 심어놓은 검은색 점퍼, 스카프와 똑같은 색의 바지에 검은 단화…… 극히 기능적으로 디자인된 군복인 것이다.

그해, 우주력 788년에 발생한 '엘 파실 전투'는 양 웬리 중위의 인생에 큰 가속도를 가했다.

이 전투는 자유행성동맹군에게는 매우 불명예스러운 형태로 막을 열었다. 전투 그 자체는 적과 아군 모두 1000척 전후의 함대를 동원해 서로 20퍼센트 정도의 피해를 입힌 후 일단락되었다. 이 전투에선 양은 아무것도 하지 않았다. 기함의 함교에서 자기 자리에 앉아 전투를 바라보고 있었을 뿐이다. 그에게 의견을 묻는 사람도 없었다.

그런데 동맹군은 귀환하려던 찰나 배후에서 뜻하지 않았던 공격을 받았다. 제국군은 자신들도 돌아가는 척하면서 급속 반전하여, 안심하고 등을 보인 동맹군을 습격한 것이다.

에너지 광선의 창이 암흑의 우주공간을 찢어발기고, 초미니 사이즈 항성이 순간적으로 번뜩였다가는 사라져갔다. 파괴된 함정에서 방출된 에너지가 강풍으로 변해 다른 함정들을 희롱했다. 동맹군 사령관 린치 소장은 공황에 빠졌는지 아군의 혼란을 진정시키려고도 하지 않은 채 기함을 몰아 엘 파실 본성으로 도망가고 말았다.

지휘관이 도망친 것을 깨달은 동맹군은 당연히 전의를 상실했다. 그때까지 고립된 채로도 눈앞의 적과 싸웠던 함정들마저 잇달아 함수를 돌려 전장을 이탈했다. 그들 중 약 절반은 알아서 퇴로를 골라 엘 파실 성역에서 탈출했으며, 나머지 절반은 기함을 따라 엘 파실 본성으로 도망쳤다. 기회를 놓친 함정의 운명은 둘 중 하나. 완전히 파괴되거나, 투항하는 것이었다. 대부분이 투항을 선택했다.

엘 파실로 도망친 동맹군 잔여부대는 그나마 함정 200척, 장병 5만 명 이상의 병력을 유지하고 있었으나, 그 후 제국군은 병력을 세 배로 증강해 이 기회를 틈타 단숨에 엘 파실 성역을 '반란군의 마수에서 해방' 시키려 하였다. 엘 파실의 민간인 300만 명은 절박한 상황에 전율했다. 엘 파실 함락은 이제 피할 수 없었다.

그들은 군부에 교섭을 요청해 민간인 전원의 탈출계획을 입안하고 수행해달라고 부탁했다. 이때 그들의 앞에 책임자로 나타난 것이 양 웬리 중위였다.

"너무 젊잖아?"

"게다가 계급도 낮은걸."

"군부 놈들, 우리 의견을 진지하게 받아들일 생각이 없나?"

민간인들은 의혹을 품었으나 양은 못미덥게 머리를 긁적거리면서도 해야 할 일은 해냈다. 제국군의 침공이 임박한 혼란 속에서 민간선과 군용선을 조달해 탈출 준비를 착착 진행한 것이다. 물론 이 정도는 유능한 군인이라면 양이 아니라 누구라도 할 수 있었으리라.

그런데 젊은 중위는 준비를 마치고도 움직일 생각을 하질 않았다. 민간인들은 술렁였으나, 양은 조바심을 내는 그들을 다독였다. 무언가 시기를 기다리는 것 같았다.

그러던 어느 날 날아든 급보가 사람들을 놀라게 했다. 린치 사령관과 그의 직속 부하들이 민간인과 다른 부하들을 버리고 군수물자를 빼돌려 엘 파실 본성에서 도망치고 있다는 것이었다.

소란을 떠는 사람들에게 양은 드디어 탈출 지시를 내렸다. 린치 사령관과 반대쪽으로.

"걱정할 것 없습니다. 사령관 각하께서 제국군의 주의를 끌어주실 테니까요. 레이더 투과장치 따위는 켜지 마십시오. 태양풍을 타며 유유히 탈출할 수 있습니다."

젊은 중위는 다름 아닌 사령관을 미끼로 이용한 것이었다.

그의 예언은 적중했다. 린치 소장 휘하 장병들은 탈출을 예측하고 이를 갈던 제국군에게 발각돼 사냥당하듯 이리저리 내몰린 끝에 백기를 들고 포로가 되었다.

그사이에 양이 지휘하는 선단은 엘 파실 성계를 이탈해 단숨에 후방 성역으로 향하고 있었다. 사실 제국군의 탐지망은 이미 그들을 포착했다. 하지만 탈출하려는 우주선이라면 반드시 모종의 탐지 방어 시스템을 갖추고 있을 것이라는 선입견이 그들의 눈을 가렸다. 레이더에 비친 이상 인공물이 아니라 대규모의 운석이라 생각한 제국군은 눈 뜨고도 선단을 놓쳐버렸던 것이다.

뒤늦게 이 사실을 깨달은 제국군 장교들은 승리의 축배를 바닥에 내팽개쳤다고 한다.

300만 명의 민간인을 보호해 후방 성역에 도착한 양을 환호가 기다리고 있었다.

군 수뇌부는 양의 침착함과 대담함에 유성우와도 같은 찬사를 쏟아냈다. 그럴 수밖에 없었다. 패배와 도주, 여기다 민간인을 보호해야 할 군대가 민간인을 내버렸다는 지극히 불명예스러운 오명을 씻기 위해서는 군인 영웅이 필요했던 것이다.

"양 웬리 중위야말로 자유행성동맹 무인의 귀감이다. 정의와 인도人道에 빛나는 전사이다. 전군이 하나되어 젊은 영웅을 칭송하라!"

그해 표준력 6월 12일 오전 9시, 양은 대위로 승진했다. 같은 날 오후 1시에는 소령 사령을 받았다. 산 사람에게 2계급 특진은 허용되지 않는다는 군규 때문에 상층부는 이 기묘한 조치를 내린 것이다.

"거참."

당사자는 주위만큼 소란을 떨 마음이 들지 않아 어깨를 움츠리고 중얼거렸을 뿐이었다. 승진과 함께 급료가 올라 역사에 관한 고서적을 살 수 있게 된 것만큼은 기뻤지만.

다만 이때 양은 처음으로 용병에 흥미를 품게 되었다.

"결국 3, 4000년 전부터 전투의 본질이란 변하질 않았군. 전장에 도착할 때까지는 보급이, 도착한 후에는 지휘관의 질이 승패를 좌우하는 거야."

전쟁사 지식에 비추어 그는 그렇게 생각했다.

'용장 밑에 약졸 없다', '사자 한 마리가 이끄는 양 백 마리는 양 한 마리가 이끄는 사자 백 마리를 이긴다' 등등, 예로부터 지휘관의 중요성을 강조한 격언은 헤아릴 수도 없었다.

스물한 살의 소령은 자신이 성공한 원인을 누구보다도 잘 알고 있었다. 제국군만이 아니라 동맹군도 과학기술을 맹신한 결과 레이더에 비치는 것은 인공물이 아니라는 고정관념에 사로잡혔던 것이다. 바로 여기에 기책을 도입할 허점이 있었다.

경직된 고정관념만큼 위험한 것은 없다. 생각해 보면 생도 시절, 그가 와이드본에게 시뮬레이션으로 승리를 거둔 것도 정면대결만 고집하는 상대의 의표를 찔렀던 덕 아니었던가.

적의 심리를 읽는다. 용병의 포인트는 여기에 있다. 그리고 전장에서 능력을 완전히 발휘하려면 보급이 반드시 필요하다. 극단적으로 말하자면 적의 본대를 칠 필요는 없다. 보급만 끊으면 된다. 적은 싸우지도 못하고 퇴각할 수밖에 없다.

양의 아버지는 틈만 나면 돈의 중요성을 강조하던 사람이었다. 개인을 군대로 비유하자면 돈은 보급이다. 그렇게 생각하면 제법 유익한 말이었다.

그 후 양은 전투에 참가하면 두 번에 한 번은 큰 공을 세웠다. 그에 따라 중령, 대령으로 승진해 스물아홉 살에는 준장이 되었다. 당시 동창생 와이드본은 소장이었다. 다만 그는 대령 때 정공법을 고집한 나머지 적의 기습을 받아 전사, 2계급 특진을 한 것이었지만.

그리고 양 웬리는 현재 아스타테 성역에 있다.

갑작스런 **술렁임**이 함교를 뒤덮었다. 밝은 느낌은 아니었다. 정찰정이 급보를 가져온 것이다.

"제국군은 예상 공역空域에 존재하지 않음. 급속 전진해 제4함대와 접촉하려 함."

"뭐라고! 그놈들은 상식이란 걸 모르나……! 말도 안 돼!"

파에타 중장의 목소리는 높고 히스테릭한 음감을 띠고 있었다.

양은 자신의 콘솔 위에 오도카니 놓여 있던 서류를 집어 들었다. 종이 서류다. 고대 중국에서 종이가 탄생한 지도 벌써 4000년 가까이 지났지만, 인류는 문자를 기술하는 데 이보다 나은 수단을 결국 발명하지 못했다.

그 서류는 양이 제출한 작전안이었다. 그는 페이지를 넘겼다. 워드프로세서로 친 개성 없는 문자의 나열이 시야에 들어왔다.

『……적이 과감한 전술을 염두에 둔다면 이 상황을 포위에 따른 위기로 보지 않고 분산된 아군을 각개격파할 절호의 기회로 생각할 것이다. 이때 적의 최초 공격목표는 정면에 위치한 제4함대가 될 것이다. 제4함대는 가장 소수이므로 공격했을 때 쉽게 승리할 수 있으며, 그 후에는 제2, 제6함대 중 어느 쪽을 다음 표적으로 삼을지 선택권마저 얻을 수 있기 때문이다. 이에 대항할 수단은 다음과 같다. 도전을 받은 제4함대는 가볍게 응전한 후 천천히 후퇴한다. 추격하는 적의 배후를 제2, 제6함대가 친다. 적이 반전공세에 나서면 제2, 제6함대가 가볍게 응전하며 후퇴, 이번에는 제4함대가 적의 배후를 친다. 이를 반복해 적이 지치기를 기다렸다가 마지막에는 포위섬멸한다. 지극히 성공률이 높은 전법이나, 유의해야 할 점은 병력 집중, 상호간 긴밀한 연락, 전진후퇴의 유연성이며……』

양은 서류를 덮고는 시선을 들어 천장의 광각 모니터를 바라보았다. 수억의 별무리가 냉담하게 그를 쳐다보고 있었다.

젊은 준장은 휘파람을 불 뻔하다 그만두고는, 무언가 자신의 콘솔을 바쁘게 조작하기 시작했다.

제 2 장

아스타테
회전會戰

I

 동맹군 제4함대 사령관 파스톨레 중장은 '제국군 함대 급속 접근' 소식에 충격을 받았다.
 함대 기함 레오니다스의 디스플레이 스크린 전체에서 인공의 광점이 무리를 짓더니 매 초마다 명도를 더하며 커졌다. 보는 이들의 심장을 두근거리게 하고 입 안을 바싹 말릴 만큼 위압감에 가득 찬 광경이었다.
 "이게 어떻게 된 거냐."
 중장은 지휘관석에서 몸을 내밀며 신음했다.
 "제국군은 뭘 어쩌려는 거지? 무슨 생각을 하는 거냐?"
 이상한 질문이라고 생각한 사람도 있었으나 그 수는 얼마 되지 않았다. 제국군의 의도는 총력을 기울여 제4함대를 공격하는 데 있었다. 그것은 명백할 텐데도, 세 방향에서 포위되어가던 적이 이만큼 대담하게 공격을 가하리라고 동맹군 수뇌부는 상상도 하지 못했던 것이다.
 그들의 예측에 따르면 포위 태세에 빠진 제국군은 다수의 적에 대한 방어본능에 몸을 맡긴 채 전선을 축소하여 밀집형태를 취해야 했다. 그러면 동맹군은 세 방향에서 같은 스피드로 쇄도해 엄중한 포위망을 펼치고 화력을 집중하여 천천히, 확실하게 저항을 깎아나가면 되는 것이었다.
 156년 전 '다곤 섬멸전'은 그렇게 치러졌으며, 승자인 두 명장의 영명令名은 오늘까지 전해져 오고 있다. 그런데 이 적은 동맹군의 계산대로 놀아나지 않았다.

"이게 무슨 짓이란 말이냐! 적의 사령관은 용병을 모르는 놈이로군! 이런 전법이 어디 있나!"

중장은 어리석은 소리를 지껄이고 있었다. 지휘관석에서 벌떡 일어나 손등으로 이마의 땀을 훔쳐낸다. 섭씨 16.5도로 유지되고 있는 함내에서 땀이 나올 이유도 없지만.

"사령관 각하, 어떻게 하시겠습니까?"

질문하는 참모의 목소리도 흥분을 억제하지 못한 것이었다. 그 어조가 중장을 더더욱 언짢게 했다. 세 방향에서 몰아치는 분산협공이야말로 필승의 전법이라고 주창했던 것은 그들 참모단이 아니었던가. 그것이 실패했을 때의 대책을 세울 책임도 당연히 그들에게 있을 텐데, 이제 와서 '어떻게 하시겠습니까'가 대체 무슨 소리냔 말이다! 그러나 화만 내고 있을 상황은 아니었다.

제국군 함대는 2만 척, 동맹군 제4함대는 1만 2000척이었다. 완전히 예상이 빗나갔다. 3개 함대 4만 척으로 2만 척의 적을 포위 공격할 생각이었는데, 압도적으로 많은 적과 단독으로 싸워야만 하는 것이다.

"제2, 제6함대에 긴급 연락! α 7.4, β 3.9, γ -0.6 공역에서 적과 충돌, 즉시 지원 바란다."

중장이 명령했으나 기함 레오니다스의 통신장 낸 기술소령은 절망에 찬 몸짓과 표정으로 명령에 대답했다. 제국군이 쏜 방해전파가 동맹군의 통신회로를 탐욕스럽게 침식해나가고 있었던 것이다. 라인하르트의 명령으로 뿌려진 수만 대의 방해전파 발생기가 우주공간을 떠돌며 효력을 발휘하고 있었다.

"그럼 연락정을 보내! 각 함대에 두 척씩!"

그렇게 고함을 지르는 중장의 얼굴이 스크린에서 터져 나온 섬광으로 한순간 하얗게 물들었다. 적이 공격을 시작해 중성자 광선포를 일제사격한 것이다. 방대한 에너지의 사출과 그에 따른 발광이 동맹군 병사들의 망막까지 염색해버릴 것만 같았다.

무지개와도 같은 광채가 동맹군 함대 여기저기에서 발생하고 있었다. 적의 광선을 에너지 중화 자장이 가로막는 순간 발생하는 광채다. 극소 에너지 입자가 고속으로 충돌해 동족상잔을 일으키는 것이다.

중장은 팔을 크게 휘저으며 외쳤다.

"선두함대, 반격하라! 전숖 함 총력전 준비!"

파스톨레 중장의 명령을 수신한 것은 아니지만, 제국군 총기함 브륀힐트의 함교에서는 라인하르트가 푸른 얼음빛 눈동자에 냉소의 파도를 일렁이며 혼잣말을 하고 있었다.

"무능한 놈. 반응이 늦었어!"

"전투정 발진하라! 근접격투전에 들어간다!"

이 명령은 파렌하이트 소장이 내린 것이었다. 전투의 고양감에 선수를 잡았다는 자신감이 더해져 그의 표정과 목소리에는 예리한 생기가 번뜩였다. '금발 애송이'가 공적을 세우건 말건, 아무튼 이기는 거다!

거대한 모함에서 X자 날개를 가진 단좌식單座式 전투정 '발퀴레'가 잇달아 발진한다. 초고속으로 우주공간을 질주하는 모함에서 풀려난 시점에서 관성에 의해 이미 모함 이상의 속도에 달하므로 활주로나 사출장치는 필요 없다. 발퀴레는 소형이기 때문에 화력은 떨어지지만 운동성이 뛰어나 근접격투전에서 큰 효력을 발휘한다.

발퀴레에 대응하는 단좌식 전투정은 동맹군에도 있으며, 이름은 '스파르타니안'이라고 한다.

여기저기서 핵융합로 폭발의 섬광이 내달리고, 해방된 에너지의 난기류가 무질서하게 꿈틀거리며 양군의 함정을 뒤흔들었다. 그 한가운데를 새로운 에너지 다발이 찢어발기며 이를 꿰뚫고 발퀴레가 비상한다. 은색으로 빛나는 네 장의 날개를 가진 죽음의 천사다. 동맹군의 스파르타니안은 격투전 능력에서 발퀴레에 떨어지지는 않으나 기선을 제압당한 것은 큰 약점으로 작용할 수밖에 없었다. 모함에서 이탈하는 순간 저격당해 승무원과 함께 광선의 제물이 되어갔다.

……전투 개시 후 1시간, 제국군 파렌하이트 부대의 격렬한 공격에 제4함대 선두집단은 거의 궤멸 상태에 빠졌다.

2600척의 함정 가운데 전투에 참가한 것은 20퍼센트가 채 못 되었다. 핵융합로 폭발을 일으켜 증발한 전함, 폭발은 면했지만 대파되어 전투 속행 불능에 빠진 전함, 함체의 손상은 가볍지만 승무원 대부분을 잃고 허무하게 우주를 표류하는 전함에 이르기까지, 그야말로 참담한 상태였다. 전선 붕괴까지는 반걸음도 남지 않은 것 같았다.

전함 네스토르의 경우 손상 부위는 함저艦底 한 곳뿐이었으나 함내에 침입해 터진 중성자탄두가 광란하는 살인 입자의 파도를 낳았다. 한순간에 함 전체를 휩쓴 이 파도는 거함을 장병 660명의 관으로 만들고 말았다.

이렇게 승무원을 잃은 네스토르는 항주사航宙士가 설정한 마지막 침로를 지키며 관성의 보이지 않는 레일을 따라 돌진하고 우군함 렘노스의 함수를 스쳤다. 그것도 렘노스의 전방 주포가 적함을 향해 일제사격되던 순간이었다. 네스토르는 지근거리에서 광자포光子砲를 맞아 한순간

후 소리도 없이 폭발했다. 불운한 렘노스 또한 금세 그 뒤를 따랐다. 핵융합로 폭발 에너지가 중화자장을 찢어발기고 렘노스의 함체를 직격했기 때문이다.

백색 섬광이 쌍둥이처럼 연속으로 발생하고, 그것이 사라진 후에는 무기질 한 조각 남지 않았다. 렘노스의 승무원은 우군함을 소멸시킨 보상으로 죽음을 얻은 것이다.

"뭣들 하고 있는 건가!"

그 목소리는 파스톨레 중장의 것이었으며,

"뭣들 하고 앉아있는 건지."

그렇게 중얼거린 것은 파렌하이트 소장이었다. 두 사람 모두 기함 스크린을 통해 그 광경을 바라보고 있었던 것이다. 한쪽은 절망과 초조함의 외침이었으며, 다른 한쪽은 여유에 가득 찬 조롱이었다. 그 차이는 동시에 전황의 차이기도 했다.

II

이때 동맹군 제2, 제6함대는 간신히 파악한 사태의 급박함에 놀라면서도 당초의 작전을 변경할 결심을 하지 못한 채 이전과 똑같은 속력으로 전장을 향해 진군하고 있었다.

제2함대 사령관 파에타 중장은 기함 파트로클로스의 지휘관석에 앉아, 남에게는 보이지 않게 다리를 달달 떨고 있었다. 초조함이 그의 무릎을 끊임없이 흔들어놓는 것이다. 그런 지휘관의 심리가 부하에게 투영되어 함교 내의 공기가 전류를 띠고 있는 것만 같았다.

그런 와중에도 단 하나, 침착한 표정을 유지하는 사람이 있다는 것을 중장은 알아차렸다. 한순간 머뭇거린 후 그를 불렀다.

"양 준장!"

"네?"

"귀관은 이 사태를 어떻게 보고 있나? 의견을 말해보도록."

자신의 자리에서 일어난 양은 다시 베레모를 벗어 검은 머리를 한 손으로 가볍게 긁적거렸다.

"적이 각개격파로 나왔다는 뜻이겠죠. 우선 가장 소수인 제4함대를 처리하러 나선 것은 당연한 수순이랄까요. 그들은 분산된 동맹군 중에서 당면할 적을 선택할 권리를 행사한 것뿐입니다."

"……제4함대가 버틸 수 있을 것이라 보나?"

"양측은 정면에서 충돌했습니다. 그렇다면 물량 면에서 우세하고, 아울러 기선을 제압한 측이 유리합니다."

양은 표정도 목소리도 담담하기 짝이 없었다. 그를 지켜보던 파에타 중장은 조바심을 씻어버리려는 듯 손바닥을 쥐었다 폈다 했다.

"아무튼 서둘러 전장으로 달려가 제4함대를 구해야 한다. 잘만 하면 제국군의 등을 칠 수도 있을 것이다. 그러면 단숨에 전국이 유리해지겠지."

"아마도 소용없을 겁니다."

이번에도 양의 목소리는 담담하기 짝이 없어 파에타 중장도 하마터면 듣지 못할 뻔했다. 중장은 스크린으로 돌리려던 얼굴을 다시 젊은 참모에게 향했다.

"그게 무슨 뜻인가?"

"아군이 도착했을 때면 전투는 이미 끝났을 테니까요. 적은 전장을 이탈해 제2, 제6함대가 합류하기 전 어느 한쪽의 배후로 돌아가 공격을 가하려 들 겁니다. 그리고 상대적으로 수가 적은 제6함대가 표적이 될 것이 거의 분명합니다. 우리는 한 차례 선수를 빼앗겼고, 그 상황은 여전히 변하지 않았습니다. 더 이상 적의 생각대로 놀아날 필요는 없을 거라 생각합니다만."

"그럼 어쩌라는 건가?"

"순서를 바꿔야 합니다. 전장에서 제6함대와 합류하는 것이 아니라, 지금 당장 제6함대와 합류해 그 공역에 새 전장을 설정하는 겁니다. 두 함대를 합치면 2만 8000척이 되니 그 후에는 호각 이상의 승산이 있지 않을까요?"

"……그렇다면 자네는 제4함대를 전멸하도록 내버려두자 이건가?"

중장의 말투에선 비난의 의사가 노골적으로 배어 나왔다. 너무 냉정한 소리를 한다고 생각했던 것이리라.

"지금 간다 해도 어차피 늦습니다."

중장의 심리를 아는지 모르는지 양의 말투는 무뚝뚝했다.

"하지만 우군의 위기를 방치할 수는 없네."

중장의 목소리에 양은 가볍게 어깨를 으쓱했다.

"그러면 결국 세 함대 모두 적의 각개격파 전법에 희생되고 말 겁니다."

"반드시 그러리란 법은 없네. 제4함대는 그리 호락호락 당하고만 있지는 않을 테고. 그들이 버텨주기만 한다면……."

"조금 전에도 무리라고 말씀드렸습니다만."

"양 준장, 현실은 귀관의 말처럼 계산만으로 성립되는 것이 아닐세. 적의 지휘관은 로엔그람 백작이지. 아직 어리고 경험도 부족하네. 그에

비하면 파스톨레 중장은 백전연마의 노장이 아닌가."

"사령관 각하, 경험이 부족하다고 말씀하셨습니다만 그의 전략구상은……."

"그만 됐네, 준장."

파에타 중장은 쓰디쓴 표정으로 말을 끊었다. 그가 원하는 대답을 해주려 들지 않는 이 젊은 참모에게 불쾌감을 금할 수 없었다.

중장은 양에게 앉으라고 손짓한 후 스크린으로 얼굴을 돌렸다.

III

전투 후 4시간. 동맹군 제4함대는 더 이상 함대라고 부를 수 있는 존재가 아니었다. 정돈된 전투대형은 없다. 통일된 지휘체계도 없다. 여기저기 끊어지고 고립된 채 각 함정 단위로 절망에 찬 저항을 드문드문 시도할 뿐이었다.

기함 레오니다스는 거대한 쇳덩어리로 변해 허공을 헤매고 있었다. 그 함내에는 이미 생명이 존재하지 않았다. 사령관 파스톨레 중장의 몸은 함교가 적의 집중포화를 받아 외각外殼에 큰 균열이 발생한 순간 내외의 기압차에 의해 진공 속으로 빨려나갔다. 그 시체가 어떤 형태가 되어 어느 공간을 헤매고 있는지는 아무도 모른다.

한편 라인하르트는 이미 완전한 승리를 거머쥐었다는 것을 확신했다. 메르카츠가 통신 스크린을 통해 보고했다.

『조직적인 저항은 끝난 것으로 보입니다. 이제부터 소탕전으로 들어가려 합니다만…….』

"소용없소."

『예?』

메르카츠는 가느다란 두 눈을 한층 더 가늘게 떴다.

"싸움은 3분의 1이 끝났을 뿐이오. 패잔병 따위 방치해도 상관없소. 다음 전투에 대비해 전력을 아껴두시오. 후에 지시하겠소. 그때까지 대형을 재정비하도록."

『알겠습니다, 사령관 각하.』

무겁게 고개를 끄덕이더니 메르카츠의 모습은 통신 스크린에서 사라졌다.

라인하르트는 붉은 머리 전속부관을 돌아보았다.

"태도가 좀 바뀐 것 같군, 저자도."

"예. 바뀔 수밖에 없겠지요."

초반 전투에서 이 승리가 차지하는 의미는 매우 크다고 키르히아이스는 생각했다. 라인하르트의 전략구상이 주효했다는 것을 제독들도 인정하지 않을 수 없었으며, 병사들은 활기를 띠었다. 아울러 적은 필승 태세가 박살나 동요에 빠졌으리라.

"다음은 어느 쪽 함대를 공격해야 한다고 생각하나, 키르히아이스?"

"어느 쪽도 배후를 칠 수 있겠습니다만, 이미 마음을 정하신 것 아닙니까?"

"맞아."

"우측에 위치한 제6함대가 병력이 적군요."

"그렇지."

금발의 젊은 지휘관은 입가에 회심의 미소를 지었다.

"적이 예측하고 있을지도 모릅니다. 그것만이 조금 걱정되긴 합니다만……."

라인하르트는 고개를 가로저었다.

"그럴 걱정은 없어. 알아차렸다면 분산협공 전법을 유지하지 않고 가능한 빨리 합류하려 했겠지. 두 함대를 합치면 아군보다도 훨씬 우세하니까. 그리 하지 않았다는 것은 아직까지도 아군의 의도를 깨닫지 못했다는 증거야. 적 제6함대의 우측 배후로 돌아가 공격을 가한다. 몇 시간 필요한가?"

"약 4시간입니다."

"녀석, 벌써 계산해놨군."

라인하르트는 다시 한 번 싱긋 웃었다. 웃으니 소년의 표정이 되었다. 그러나 금세 미소를 거둔 것은 그를 응시하는 몇몇 시선을 깨달았기 때문이었다. 라인하르트는 키르히아이스 이외의 사람들에게 쉽게 웃음을 보이지 않는다.

"그 내용을 전 함대에 전달하도록. 시계방향으로 침로를 변경하며 진군, 적 제6함대의 우측 배후를 공격한다."

"알겠습니다."

키르히아이스는 대답했으나 무언가 하고 싶은 말이 있는지 금발의 상관을 바라보았다. 라인하르트는 의아한 듯 눈썹을 살짝 모으며 그를 돌아보았다.

"무언가 이견이라도 있나?"

"아니요. 그렇지는 않습니다만, 시간에 여유가 있으니 병사들에게 휴식을 취하게 함이 어떨까 해서……."

"아, 그렇지. 내가 미처 생각을 못했군."

라인하르트는 병사들에게 1시간 반씩 2교대로 휴식하고 그사이에 식사와 탱크 베드 수면을 마치라는 명령을 전달시켰다.

탱크 베드란 가벼운 플라스틱제 밀폐식 탱크 내에 수심 30센티미터의 진한 소금물을 채운 것이다. 수온은 항상 섭씨 32도로 유지된다. 이 내부에 몸을 눕히고 떠 있으면 색채, 빛, 열, 음향 등 외부의 자극에서 격리된 채 완전한 정적 상태에 빠져들 수 있다. 한 시간을 탱크 내에서 보냈을 때의 심신 회복 효과는 여덟 시간의 숙면에 필적한다고 한다. 전투에서 심신이 지친 병사들을 단시간 내에 회복시키는 데 이 이상의 수단은 존재하지 않는다.

탱크 베드 설비를 갖추지 못한 소규모 부대에선 각성 효과가 있는 약물을 사용하는 경우가 있으나, 이것은 때때로 인체에 위험을 일으킬 뿐만 아니라 군대 조직 그 자체에도 악영향을 미친다. 약물에 중독된 병사는 인적자원으로 아무런 가치가 없기 때문이다. 따라서 이 수단이 동원되는 것은 최악의 경우뿐이다.

부상자들 또한 치료를 받았다. 전자電子가 인체세포를 활성화하여 자연치유능력을 비약적으로 높여준다는 것은 서기 20세기 말에는 널리 알려진 사실이다. 여기에 사이보그 기술의 발전이 더해져, 이제는 군의관의 손에만 넘어간다면 90퍼센트는 생명을 구할 수 있는 시대가 되었다. 물론 '죽는 편이 차라리 나은' 상황을 완전히 추방하는 것은 불가능했지만.

아무튼 제국군 병사들에게는 한순간의 평안이 찾아왔다. 각 함내 식당은 쾌활한 소음으로 들썩거렸다. 알코올은 금지되어 있어도 전투와 승리에 도취한 병사들은 평소보다도 식욕이 도는 것을 느꼈다.

병사들 사이에서 활달한 속삭임이 오갔다.

"우리 젊은 사령관도 제법이던데?"

"그러게. 얼굴 말고는 봐줄 게 없는 장식인형인 줄 알았더니, 대단한 전술가야."

"어쩌면 옛날 우드 제독 이래 최고의 인재인지도 몰라."

누구를 위해, 무엇을 위해 알지도 못하는 상대와 살육전을 벌여야만 하는가. 이 순간 병사들에게 그런 의문은 존재하지 않았다. 그들은 단순히 살아남는 것과 승리하는 것에 기뻐하고 있었다.

그러나 몇 시간 후면 살아남은 그들 중 얼마는 새로운 사자死者의 대열에 끼어야만 한다.

IV

"4시 반 방향에 함영艦影 확인. 식별 불능."

후위부대 구축함으로부터 보고를 받았을 때 동맹군 제6함대 사령관 무어 중장은 참모단과 함께 식사를 하던 중이었다.

글루텐 커틀릿에 나이프를 꽂은 채 중장은 함교에서 온 연락장교를 불쾌하다는 눈초리로 노려보았다. 나이프보다도 날카로운 시선을 받은 그는 내심 겁을 집어먹었다. 무어 중장은 호탕하지만 거친 인물이라는 평이 있기 때문이다.

"4시 반 방향이라고?"

중장의 목소리 또한 눈초리에 어울리는 것이었다.

"그, 그렇습니다. 4시 반 방향입니다. 적인지 아군인지는 아직 판별할 수 없습니다."

"그게 어느 쪽 4시 반이지? 오전인가, 오후인가?"

빈정대면서도 무어는 식사를 중단하고 간부용 식당을 나왔다. 허겁지겁 뒤를 따르는 참모들을 돌아보더니 늠름하게 딱 벌어진 어깨를 으쓱해 보였다.

"허둥대기는! 적이 4시 반 방향에서 나타날 리가 없잖나. 적은 우리 함대의 진행방향에 있는데."

중장은 큰 목소리로 말했다.

"우리는 전속 전진 중이다. 제2함대도 같은 행동을 취하고 있을 것이 분명하다. 그렇다면 적을 좌우에서 협공할 수 있다. 승리의 기회는 충분하지. 아니, 반드시 승리할 것이다. 물량으로 봐도 진형으로 봐도……."

"하오나, 각하……."

중장의 웅변을 가로막은 것은 참모 중 하나인 랍 소령이었다. 기름기가 묻은 입을 손수건으로 닦고 있었다.

"뭔가?!"

"적이 전장을 이동한 것은 아닐까 하는 생각이 듭니다만……."

"제4함대를 방치해놓고 말인가?"

"송구스러운 말씀이지만, 소관은 제4함대가 이미 패퇴했을 것이라 예측하고 있습니다."

중장은 굵디굵은 눈썹을 일그러뜨렸다.

"대담하고도 불쾌한 예측이로군, 소령. 기름기 덕에 입놀림이 부드러워졌나 보지?"

랍 소령은 얼굴을 붉게 물들이며 손수건을 집어넣었다.

일동이 함내 자동주로自動走路를 타고 함교에 도착한 직후, 갑자기 몸이 비틀거렸다. 한순간 중력제어 시스템에 수정 시차가 발생했기 때문이다. 모종의 이유로 방향을 급격히 전환할 수밖에 없었던 것이다.

그리고 그때, 에너지 측정장치가 함을 파괴하기에 충분한 지향성 에너지를 외각 바로 측면에서 감지했다.

『우측 후방으로부터 적습!』

제6함대의 통신회로는 경악의 비명으로 가득 찼으나 눈 깜짝할 사이에 잡음으로 바뀌었다.

장교들은 등골이 오싹해졌다. 통신의 혼선은 곧 적이 지근거리에 있다는 사실을 확증하는 것이기 때문이다.

"허둥대지 마라!"

무어 중장의 질타는 반쯤은 자신에게 보내는 것이었다. 사태를 대수롭지 않게 여겼던 것에 대한 후회가 중장의 두툼한 뺨을 호되게 후려쳤다. 함대 후위에는 최신예 함정을 배치해두지 않았던 것이다. 배후에서 밀려드는 기습에는 도저히 견뎌낼 수 없으리라.

'제국군이 뒤에서 나타나다니! 그렇다면 제4함대는 패배했단 말인가? 아니면 제국군이 풍부한 별동대를 준비해두었단 말인가?'

마음속에 혼란이 끓어오르는 가운데, 그 혼란을 가라앉히지도 않은 채 중장은 최저한도의 명령을 내렸다.

"반격하라! 전 포문 개방!"

노련한 메르카츠 대장이 지휘하는 제국군은 정연한 공격대형을 갖추고 동맹군 제6함대의 우측 후방에서 짓쳐들어오고 있었다. 중성자 광선포가 찬란한 죽음의 섬광을 내던져 노후한 동맹군 함체의 약한 자장을 찢어발기며 함체를 꿰뚫었다.

눈앞이 아찔해지는 불덩어리가 암흑 속에서 탄생했다가 사라져가는 정경을 메르카츠는 스크린을 통해 지켜보고 있었다. 40년 동안 익숙하게 보았던 광경이지만 이제까지 맛보지 못했던 감개가 느껴졌다.

메르카츠에게 라인하르트는 더 이상 '금발 도자기 인형'이 아니었다. 초반 전투의 승리는 우연이 아니다. 정확한 통찰과 판단을 토대로 대담하게 발상을 전환했기 때문에 얻어낼 수 있었던 정당한 결과였다.

'세 방향에서 포위망이 좁혀드는데도 포위당하기 전에 각개격파 작전으로 나서다니!'

자신은 도저히 할 수 없는 일이다. 오래전부터 함께 싸웠던 전우들도 동감하리라. 인습에 사로잡히지 않은 젊은이이기 때문에 가능했던 것이다.

'이미 우리 같은 노병의 시대는 지난 것일지도 모르지.'

문득 그런 생각까지 들었다.

그러는 사이에도 전투는 점점 더 격렬해지고 있었다.

제국군은 쐐기를 박듯 동맹군 대열로 파고들며 포격전에서도 근접격투전에서도 우위를 점해나갔다. 전군이 승리의 기세를 타고 선제공격의 유리함을 유감없이 발휘했다. 동맹군도 필사적으로 반격을 시도하고는 있으나, 지휘관 자신이 혼란에서 벗어나지 못한 이상 대단한 효과는 바랄 수 없다.

"전 함대 반전하라!"

무어 중장은 함교 한가운데에 우뚝 선 채 외쳤다. 드디어 마음을 정한 것이다. 그때까지는 그저 무턱대고 소리만 지르고 있었을 뿐이었다.

"각하, 반전해도 혼란만 가중될 뿐입니다! 시계방향으로 침로를 바꾸면서 전속 전진해 반대로 적의 배후를 쳐야 한다고 봅니다."

랍 소령의 제안은 중장의 거구에 부딪혀 허무하게 튕겨 나왔다.

"적의 배후에 도달할 때까지 아군은 태반이 당하고 말 거다. 반전 공격해야 한다!"

"하지만……."

"닥쳐!"

무어 중장은 온몸을 부들부들 떨며 노성을 지르고, 소령은 입을 다물었다. 상관이 냉정함을 잃었다는 것을 똑똑히 깨달았기 때문이다.

제6함대 기함 페르가몬이 거체를 반전하기 시작하자 후위 함정들도 이를 따랐다. 그러나 싸우면서 반전하는 것은 쉬운 일이 아니다. 노련한 메르카츠는 적의 혼란을 놓치지 않았다.

제국군의 광선포는 즉시 유성우와도 같은 빛다발을 때려 박았다. 곳곳에서 과부하 상태에 빠진 에너지 중화 자장이 찢겨나가고 동맹군의 함정은 파괴되어갔다.

제4함대를 휩쓸었던 에너지의 노도가 새 전장에서도 재현되고 있었다. 이번에도 그 노도에 희롱당하는 것은 동맹군의 함정뿐인 모양이었다. 그것은 무어 중장과 랍 소령의 공통된 생각이었다.

"소형 함정 다수, 본 함으로 급속 접근!"

오퍼레이터가 외쳤다. 발퀴레 대군이 스크린 하나에 비춰졌으나 그 모습은 금세 여러 스크린을 점거하고, 경쾌한 운동성능을 과시하며 지근거리에서 광선을 쏘아댔다.

"격투전이다. 스파르타니안을 발진하라!"

이 명령 또한 시기를 놓친 것이었다. 발퀴레는 스파르타니안이 모함에서 이탈하는 순간을 기다리고 있었다. 빛줄기가 무자비하게 솟아날 때마다 동맹군의 전투정은 싸우다 죽을 권리마저 빼앗긴 채 불덩어리로 변해 흩어졌다.

"사령관님, 저길!"

오퍼레이터가 스크린 하나를 가리켰다. 제국군의 전함이 육박하고 있었다. 그 뒤에도, 그리고 그 뒤에도. 수도 없이 겹쳐진 적의 함영이 보였다. 함교에 위압감이 넘쳐났다. 페르가몬은 이미 셀 수도 없는 포위망 한가운데에 있었다.

"발광신호를 보내고 있습니다."

오퍼레이터가 속삭이듯 보고했다.

"해독하게."

무어 중장이 침묵을 지키고 있었으므로 랍 소령이 말했다. 그 목소리도 낮고 메마른 것이었다.

"해독하겠습니다……「귀함은 완전히 포위되었다. 탈출할 방법은 없다. 투항하라. 관대한 처우를 약속한다.」……"

해독이 되풀이된 후 끝을 맺자, 무수한 시선과 무수한 침묵이 무어 중장의 거구에 꽂혔다. 그리고 이들 모두가 사령관의 결단을 촉구했다.

"투항하라고……"

중얼거린 중장의 얼굴은 시커멓게 물들어 있었다.

"아니. 내가 무능한 건 사실이지만 비겁자는 되지 않겠어."

20초 후, 새하얀 섬광이 그들을 감쌌다.

V

축적된 불안이 포화상태에 달하려 한다.

동맹군 제2함대 기함 파트로클로스의 함교는 보이지 않는 먹구름에 지배당하고 있었다. 언제 무시무시한 벼락이 떨어질 것인가. 제1급 임전태세 발령에 따라 전원 스페이스 슈트를 착용하고 있었으나 불안은 슈트를 뚫고 그들의 피부에 소름이 돋게 만들었다.

"제4함대, 제6함대 모두 전멸한 모양이군."

"우린 고립됐어. 이제 적은 우리 함대보다도 수가 많아."

"정보가 필요해. 도대체 지금 상황이 어떻게 돌아가는 거야?"

사담은 금지되어 있다. 그러나 무언가 말을 하지 않으면 불안함을 견딜 수 없는 것도 사실이었다. 이런 일은 예정에 없었다. 반수인 적을 세 방향에서 포위 격멸해 완승의 개가를 올릴 예정이었는데.

『적 함대 접근!』

갑자기 오퍼레이터의 목소리가 마이크를 통해 함교 내에 울려 퍼졌다.

"1시에서 2시 방향이겠지……."

양은 중얼거렸다. 그 혼잣말에 다음 보고가 대답했다.

『방향은 1시 20분, 내림각 11도, 급속 접근 중.』

기함 파트로클로스의 함교를 움켜쥔 긴장에 양은 감응하지 않았다.

예측했던 대로였다. 제국군은 동맹군 제6함대의 우측 후방으로부터 좌측면으로 뚫고 나와 자연스러운 커브를 그리며 마지막으로 남은 제2함대를 향해 칼을 들이댄 것이다. 제2함대가 직진한 이상 제국군이 1시에서 2시 사이 방향에 나타난 것은 당연한 이치였다.

"전투 준비!"

파에타 중장이 지령했다.

'이미 늦었어.'

양은 속으로 생각했다. 적이 다가오기를 기다렸다가 응전하는 전법이 틀린 것은 아니지만 이런 경우에는 유연하지 못한 사고방식을 지적하지 않을 수 없었다. 손쓸 방법도, 그러기 위한 시간도 충분히 있었을 텐데. 신속하게 이동해 적의 배후를 치고 제6함대와 호응해 협공하는 것도 불가능하지 않았다.

전쟁을 하는 이상 희생을 치르지 않을 수는 없다. 그러나 동시에 희생의 증가에 반비례해 승리의 효과는 감소한다. 용병학의 존재 의의는 이 두 가지 명제를 양립시키는 데에 있지 않은가. 쉽게 말해 최소 희생으로 최대 효과를 거두라는 것이며, 냉혹하게 표현한다면 '어떻게 해야 더욱 효율적으로 아군을 죽일 수 있는가' 라는 한마디로 귀결된다. 사령관이 과연 이 사실을 이해하고 있을지 양은 의심스러웠다.

이미 발생한 희생은 어쩔 수 없다. 사실 어쩔 수 없다는 한마디로 넘어갈 수 있는 상황은 아니었다. 수뇌부는 자신들의 작전지휘가 얼마나 졸렬했는지 부끄러워해야 한다. 그러나 이는 모든 것이 끝난 후 이야기할 일이다. 지금 염두에 두어야 할 것은 실수의 확대재생산을 방지하면서 전화위복의 계기로 삼을 수 있도록 머리를 짜내는 것이다.

후회한다고 전사한 장병이 부활한다면 킬로리터 단위의 눈물을 흘려도 좋다. 그러나 결국 그것은 비통함을 연기하는 것에 불과하지 않은가.

"전 함대, 포문 개방!"

그 명령과 거의 동시에, 망막을 태워버릴 듯한 섬광이 함교에 있는 전원의 시력을 빼앗아갔다.

다음 순간 파트로클로스는 작렬하는 에너지에 휩쓸려 이리저리 흔들렸다.

비명과 노성에 넘어지고 부딪치는 소리가 겹쳐졌다. 양도 균형을 잡지 못하고 넘어졌다. 마구 뒤섞인 주위의 소음과 목소리, 강렬한 공기 흐름을 헬멧의 통신장치로 들으며 양은 호흡을 가다듬고 보이지 않는 눈에 손바닥을 가져다대 뒤늦게 감쌌다.

누구를 책망해야 할까. 스크린의 입광량入光量조차 조정해놓지 않았던 것은 용납할 수 없는 실수였다. 이런 일이 겹쳐지면 패하지 않는 것이 오히려 이상한 일이다.

『……여기는 후방 포탑! 함교, 응답하라! 부디 지령 바란다!』

『기관실, 여기는 기관실. 함교, 응답 바란다…….』

양은 간신히 눈을 떴다. 시야 전체에 에메랄드색 안개가 끼어 있었다.

상반신을 일으킨 후에야 곁에 쓰러져 있던 사람을 알아보았다. 짙은 색조를 띤 끈적끈적한 액체가 입가에서 가슴께에 걸쳐 몸을 뒤덮고 있었다.

"총사령관 각하!"

양은 중장의 얼굴을 살펴보며 두 발을 딛고 일어났다.

벽면 일부에 균열이 발생해 기압이 급속히 떨어지고 있었다. 자력 신발 스위치를 켜놓지 않았던 사람 몇몇이 빨려나가고 만 것 같았다. 하지만 그 균열은 자동 수복 시스템의 작업총이 뿜어낸 접착제 안개에 급속히 뒤덮이고 있었다.

서 있는 사람은 아무도 없었다. 양은 한순간에 처참한 몰골로 바뀐 함교를 둘러본 후, 스페이스 슈트의 통신장치가 고장 나지 않은 것을 확인하고 지시를 내리기 시작했다.

"총사령관 각하께서 부상을 입으셨다. 군의관 및 간호병은 함교로 이동하라. 운용장교는 즉시 함체의 피해상황을 조사해 수복하라. 보고는 그 후에 해도 좋다. 서둘러라. 후방 포탑은 이미 전 함대가 전투상태에 들어간 이상 딱히 지령을 내릴 필요는 없을 것이다. 주어진 임무를 다하라. 기관실은 무슨 일인가?"

『함교의 상황이 걱정됐습니다. 이쪽은 피해가 없습니다.』

"그거 다행이군."

양의 목소리에는 다소 비아냥거림이 섞여 있었다.

"말했다시피 함교는 제대로 돌아가고 있다. 안심하고 임무에 전념하도록."

다시 함교 내를 둘러보았다.

"장교들 중에 누구 무사한 자 없나?"

"저는 괜찮습니다. 준장님."

다소 위태위태한 걸음걸이로 한 명이 다가왔다.

"자네는, 음……."

"참모팀의 라오 소령입니다."

스페이스 슈트의 헬멧 너머로 눈과 코가 작은 얼굴을 보니 양과 동년배인 듯했다. 그 외에 항주사 두 명, 오퍼레이터 한 명이 손을 들며 일어났으나, 그것이 전부였다.

"그 외에는 없나……."

양은 이마를 덮은 헬멧을 두드렸다. 이래서야 제2함대 수뇌부는 전멸한 것이나 마찬가지다.

군의관과 간호병들이 뛰어왔다. 능숙한 솜씨로 파에타 중장을 진찰하더니 지휘 콘솔 모서리에 가슴을 강타당했을 때 부러진 늑골이 폐를 찌른 것이라고 보고했다. 운이 안 좋았다는 불필요한 감상까지 늘어놓았다. 그 반대로 양이 운이 좋았다는 사실은 부정할 수 없었다.

"양 준장……"

심신 양쪽의 고통에 시달리며 파에타 중장이 젊은 참모를 불렀다.

"자네가 함대를 지휘하게……"

"제가 말입니까?"

"건재한 장교들 중에서는, 아무래도 자네가 제일 계급이 높은 모양일세. 자네의 용병 실력을……"

목소리가 끊어지더니 중장은 실신했다. 군의관이 구급용 로봇 카를 불렀다.

"높은 평가를 받고 계시군요."

라오 소령이 감탄했다.

"그럴까?"

중장과 양의 의견 대립을 모르는 라오 소령은 양의 대답에 의아한 표정을 지었다. 양은 통신 콘솔로 다가가 함외 통신 스위치를 켰다. 인간보다도 기계 쪽이 튼튼하게 만들어진 모양이었다.

"전 함대에 알린다. 나는 파에타 총사령관 각하의 차석참모 양 준장이다."

양의 목소리는 허무의 공간을 뚫고 달려갔다.

"기함 파트로클로스가 공격을 받아 총사령관 각하께서 중태에 빠지셨다. 각하의 명령에 따라 본관이 전 함대의 지휘를 인수했다."

그리고 잠시 한 호흡을 두어, 아군이 경악에서 풀려날 만한 여유를 주었다.

"걱정하지 마라. 본관의 명령을 따르면 살아날 수 있다. 생환하고 싶은 자는 침착하게 지시에 따라주기 바란다. 우리 함대는 현재 패하고 있으나, 중요한 것은 마지막 순간 이기는 것이다."

어라라, 나도 참 건방진 소리를 다 하고 있군…….

양은 속으로 쓴웃음을 지었으나 겉으로 드러내지는 않았다. 모름지기 지휘관이란 당사자는 고개를 숙일지언정 그림자만큼은 가슴을 펴고 있어야만 한다.

"패하지는 않을 것이다. 새로운 지시를 전달할 때까지 각 함은 각개격파에 전념하라. 이상."

그 목소리는 제국군에도 방수되었다. 기함 브륀힐트의 함교에서 라인하르트가 모양 좋은 눈썹을 가볍게 치켜세웠다.

"패하지는 않을 것이다, 자신의 명령만 따르면 살 수 있다, 라고 했나? 반란군에도 제법 큰소리를 칠 줄 아는 놈이 있군."

얼음조각과도 같은 싸늘한 광채가 두 눈에 깃들었다.

"이 상황에서 어떻게 열세를 만회할 생각이지? ……흐음. 뭐, 좋아. 실력을 한번 보도록 할까. 키르히아이스!"

"예."

"전열을 재정비하겠어. 전 함대에 방추진형紡錘陣形을 짜도록 전달해. 이유는 알겠지?"

"중앙돌파를 하실 생각이십니까?"

"맞아. 과연 키르히아이스야."

키르히아이스를 통해 라인하르트의 지령이 제국군 전 함대에 전달되었다.

헬멧을 쓰지 않았다면 양은 베레모를 들고 검은 머리를 긁적거렸을 상황이었다. 병력에 큰 차이가 없을 경우 공세에 나서는 측에 유효한 전법은 중앙돌파 내지는 반포위이다. 그는 제국군이 더욱 적극적으로 나서리라고 예측하고 있었다. 아무래도 예측이 적중한 모양이었다.

"라오 소령."

"예, 사령관 대리 각하."

"적은 방추진형을 짜고 있군. 중앙돌파를 할 생각이야."

"중앙돌파!"

"제4, 제6함대를 격멸해 사기가 높아졌을 테니, 제국군의 입장에선 당연한 전법이겠지."

논평하는 양을 라오 소령은 불안한 표정으로 바라보았다. 그 표정으로 대표되는 동맹군의 나약함이야말로 제국군의 적극적인 전법이 자아낸 성과라고 양은 생각했다.

"어떻게 대처하실 생각입니까?"

"대책은 마련해놨네."

"하지만 아군에게 어떻게 연락을 하실 겁니까? 통신은 적에게 방수될 위험이 있고, 발광신호도 마찬가지입니다. 연락정은 시간이 지나치게 많이 걸립니다."

"걱정할 것 없네. 여러 개의 통신회로를 이용해 각 함에 전술 컴퓨터

C4 회로를 열라고, 그렇게만 지시해주게. 그 정도라면 방수해봤자 적은 무슨 말인지 모를 테니까."

"그렇다면, 사령관 대리 각하께선 이미 작전을 고안해 정보를 컴퓨터에 입력해두셨단 말입니까……? 전투가 일어나기 한참 전에?"

"쓸모없게 됐더라면 좋았겠지만 말일세."

다소 변명 같은 어조로 들렸을지도 모른다. 트로이의 왕녀 카산드라 이래 패전의 예언자는 백안시되는 것이 통념이다.

"그보다도 어서 지시를 전해주게."

"예, 즉시 하달하겠습니다."

라오 소령은 보충된 통신장교들의 자리를 향해 종종걸음으로 달려갔다. 무사했던 다섯 명만 가지고는 함교를 운영하는 것이 불가능했기 때문에 함내 각 부서에서 10명 정도의 인원을 소집한 것이다. 원래 군함에는 잉여 인원이란 것이 없으므로 이 조치로 인해 일손이 부족한 부서가 나오게 되겠지만, 어쩔 수 없었다.

제국군은 유유히 방추진형을 갖춘 후 전진을 시작했다. 동맹군은 포화로 이에 맞섰으나 제국군은 개의치 않았다. 쌍방의 거리가 좁혀듦에 따라, 솟아나는 광선은 무수한 격자 모양을 이루었다.

파렌하이트가 지휘하는 제국군 선두함대는 속도를 늦추지 않은 채 동맹군의 진열에 돌입해 왔다.

"적군 전 함대 돌입!"

오퍼레이터의 목소리가 높고도 날카로웠다.

양은 천장의 패널을 올려다보았다. 그곳에는 270도 광각 모니터가 설치되어 있다. 시시각각 속도를 높이며 접근하는 적의 실루엣은 힘차게 달려드는 것처럼 느껴졌다. 역동적이며 날카로운 움직임이다. 그에 비해, 맞서 싸우는 동맹군의 움직임이 둔하고 거칠어 보이는 것은 어쩔 수 없는 일이리라.

자아, 이젠 어떻게 될까.

양은 지휘관석에서 팔짱을 끼었다. 그도 표정만큼 태연한 것은 아니었다. 아직까지 적의 행동은 양의 예측을 넘어서지 않고 있었다. 문제는 아군의 행동이다. 그의 작전에 따라 움직여준다면 좋겠지만, 잘못하면 수습하지 못한 채 전군이 패주敗走하는 사태에 빠질 것이다. 그때는 어떻게 해야 할까?

"머리나 긁적거리면서 어물쩍 넘어가야지 뭐."

양은 자신에게 그렇게 대답했다. 모든 상황을 예측할 수는 없으며, 완벽한 행동을 취할 수도 없다. 자신의 능력을 넘어서는 일까지 책임을 지진 못하는 법이다.

VI

천장의 패널이 맥동하는 빛에 뒤덮였다. 이젠 기함 파트로클로스는 작렬하는 빛줄기의 한가운데에 있었다. 앞뒤로, 좌우로, 상하로 짓쳐드는 광선은 창이라기보다는 곤봉 같은 굵기였다.

파트로클로스 또한 포문을 개방하고 죽음과 파괴의 숨결을 적에게 내던졌다. 인적, 혹은 물적 에너지의 막대한 낭비가 이곳에서는 승리와 생존의 수단이라는 정당성을 얻었다.

"적 전함 접근! 함형으로 보아 발렌슈타인으로 추정!"

발렌슈타인은 함체에 이미 상당한 손상을 입고 있었다. 포화 속을 돌진해 온 모양이었다. 반감된 주포가 정면에서 파트로클로스를 겨누었으나 이때만큼은 파트로클로스의 반응도 신속했다.

"주포 일제사격! 목표 지근거리!"

임시로 포술장을 겸한 라오 소령의 명령이었다.

파트로클로스의 전방 주포가 있는 대로 중성자 광선을 토해내 발렌슈타인의 함체 한가운데를 직격했다.

제국군의 거대한 전함은 한순간 고통에 몸부림친 후 소리도 없이 터져나갔다. 양의 헬멧에 내장된 통신회로에 환성이 울려 퍼졌으나 그 말끝은 새로운 경악의 신음으로 바뀌었다. 순백으로 빛나는 핵융합 폭발의 소용돌이를 거만하게 돌파하며 다음 적함 캐른텐이 위용을 드러낸 것이다. 제국군의 중후한 진용과 높은 전의를 양은 새삼 확인했다.

높은 전의가 압도적 승리로 인한 것임은 두말할 나위도 없었다. 자신은 명장이 탄생하는 순간을 보고 있는 것일지도 모른다는 생각이 양을 사로잡았다.

지장智將이니 맹장猛將이니 하는 말이 있다. 이러한 구분을 넘어 부하에게 불패의 신앙을 안겨주는 지휘관을 명장이라 한다는 구절을 역사서에서 읽은 적이 있다. 라인하르트 폰 로엔그람 백작은 아직 어리다고 들었지만, 적어도 지금 명장으로 오르는 길을 가고 있다. 동맹군에게는 위협이 될 것이며, 제국군의 구세력에게도 아마 그럴 것이다.

양은 다리를 다시 꼬며 자신이 역사의 흐름 속에 서 있다는 생각에 가벼운 만족감을 느꼈다.

그러는 동안에도 전장의 양상은 시시각각 변화하고 있었다.

캐른텐과 파트로클로스는 포화를 나누었으나 서로 치명상을 입히지는 못한 채 혼전 속에서 멀어져 갔다.

양은 전술 컴퓨터가 모니터에 비춘 전장의 시뮬레이션 모델에 눈을 돌렸다. 단순화된 도형이 두 진영의 배치와 전황을 나타내주었다.

이따금 역방향으로 조그만 파동이 섞이긴 했으나, 전체적으로 보았을 때 그것은 제국군의 전진과 동맹군의 후퇴를 알려주고 있었다.

그 움직임이 차츰 속도를 높였다. 제국군이 일제히 전진하고, 동맹군이 일제히 후퇴한다. 역방향으로 가는 조그만 파동이 사라지고 시뮬레이션 모델의 영상이 한층 단순화되자 그것만으로도 효과는 증폭되었다. 누가 보아도 제국군이 승리의 손을, 동맹군이 패배의 꼬리를 붙든 것처럼 보였다.

"보아하니 이긴 것 같군."

라인하르트는 중얼거렸다. 중앙돌파책이 빛을 보고 있는 듯했다.

한편 양 또한 라오 소령에게 중얼거리고 있었다.

"보아하니 잘돼 가는 것 같군."

안도의 한숨까지 내쉬지는 않았다.

아군이 자신의 지시에 고분고분 따라줄지 걱정하고 있었던 것이다. 입안한 작전에 대해서는 자신이 있었다. 이 단계에 왔으니 이미 승리는 생각하기 힘들다. 그러나 패하지 않고 생환하는 것은 가능하다. 다만 작전대로 아군이 움직여준다는 전제하에 말이다.

양 같은 애송이의 말을 따르는 것을 탐탁찮게 생각하는 고집 센 부대 지휘관들도 분명 있겠지만, 그들도 달리 유효한 작전이 없는 이상 양의 지휘를 받아들일 수밖에 없으리라. 충성심이라기보다는 생존에 대한 욕망이 그렇게 시킨 것이라 해도 양은 딱히 상관하지 않았다.

라인하르트의 얼굴에선 어렴풋한 곤혹의 빛이 떠오르기 시작했다.

그는 자리에서 일어나 지휘 콘솔에 두 손을 짚고 천장의 스크린을 노려보았다. 그의 몸속에서 조바심이 솟아나고 있었다.

아군은 전진하고, 적은 후퇴한다. 중앙돌파 공세를 받아 반란군은 좌우로 갈라지고 있다. 스크린에 비친 광경도, 전술 컴퓨터가 모니터에 재구성한 시뮬레이션 모델도, 선두함대에서 날아드는 전황보고도, 모두 동일한 상황을 알려주었다.

그럼에도 라인하르트의 가슴속에는 희미한 잡음이 일기 시작했다. 무언가 질 나쁜 속임수에 걸려든 것과도 같은 불쾌감에 신경이 침범당하고 있다는 것을 그는 자각했다.

그는 왼손 주먹을 입가에 대고 검지를 슬쩍 깨물었다. 그 순간 그는 이유도 없이 적의 의도를 깨달았다.

"아차……."

그 낮은 신음소리는 오퍼레이터의 절규에 뒤덮여 그 누구의 귀에도 들리지 않았다.

"적이 좌우로 갈라졌습니다! 이, 이럴 수가, 아군의 양쪽을 고속으로 역진하고 있습니다!"

"키르히아이스!"

함교가 경악으로 술렁이는 가운데 라인하르트는 붉은 머리 부관을 불렀다.

"당했다……. 적은 양쪽으로 갈라져 아군의 배후로 돌아갈 생각이야. 중앙돌파 전법을 역으로 이용한 거야……. 빌어먹을!"

금발 젊은이는 지휘 콘솔에 주먹을 내리쳤다.

"어떻게 하시겠습니까? 반전 요격할까요?"

키르히아이스의 목소리는 여전히 침착했다. 덕분에 일시적으로 고양되었던 상관의 신경도 가라앉았다.

"말도 안 되지. 나더러 저능아가 되라는 거야? 적의 제4함대 사령관보다도 더한?"

"그럼 전진할 수밖에 없겠군요."

"그렇고말고."

라인하르트는 고개를 끄덕인 후 통신장교에게 명령했다.

"전 함대 전속 전진! 역진하는 적의 배후로 따라붙는다. 방향은 오른쪽! 서둘러라!"

VII

30분 후, 쌍방의 진형은 고리 모양으로 이어졌다. 기묘한 광경이었다. 동맹군의 선두함대는 제국군의 후미에 맹공을 가하고, 제국군의 선두함대는 두 갈래로 갈라진 동맹군의 한쪽 후미를 잡아먹고자 달려든다.

우주의 심연 저편에서 이 전장을 바라본 자가 있다면, 빛을 발하는 두 마리의 거대한 뱀이 상대를 꼬리부터 집어삼키려는 모습처럼 여겼을지도 모른다.

"이런 진형은 처음 보는군요."

모니터의 시뮬레이션 모델을 응시하던 라오 소령이 양에게 탄성과 함께 말했다.

"그렇겠지……. 나도 그렇거든."

양은 그렇게 말하긴 했으나 뒷말은 거짓말이었다. 인류가 지구라는 변경의 행성 위에서만 생활하던 당시, 전장에서 이러한 진형이 태어난 사례는 몇 번이나 있었다. 이번 로엔그람 백작의 기발한 용병술 또한 지상에서 선례를 찾아볼 수 있다. 불행인지 다행인지는 모르겠지만, 예로부터 전란의 시대에는 반드시 기존의 용병 개념을 뒤엎는 군사적 천재가 등장하곤 했다.

"이 무슨 꼴사나운 진형이란 말이냐!"

브륀힐트의 함교에서는 격분한 외침이 터져 나왔다.

"이래서야 단순한 소모전이 될 뿐 아닌가……."

라인하르트는 목소리를 억누르며 씁쓸하게 중얼거렸다.

고급지휘관이 전사했다는 소식이 도착했다. 엘라흐 소장이 함정과 함께 폭사했다는 내용이었다. 전속 전진하라는 라인하르트의 지령을 무시하고 동맹군을 반전 요격하려다가 선회 도중 중성자 광선포에 직격당한 것이다.

'등 뒤에서 육박하는 적을 두고 함대를 선회시키다니, 그런 저능아가 다 있나! 자업자득이지.'

그렇다고는 하나 제국군의 승리에 일말의 그림자가 드리워진 것은 부정할 수 없었다.

이것이 소모전이라는 사실은 작전을 입안한 양도 처음부터 잘 알고 있었다. 제국군의 지휘관 로엔그람 백작은 현명하다. 유혈과 파괴만을 늘리는 무익한 전투를 계속하지는 않으리라. 이것은 적에게 그러한 결단을 내리도록 유도하는 작전이었던 것이다.

"이제 곧 적이 물러나기 시작할 거야."

양은 라오 소령에게 말했다.

"그럼 추격하실 겁니까?"

"……관두지."

젊은 지휘관은 고개를 가로저었다.

"적과 호흡을 맞춰서 우리도 물러나야지. 그 정도가 고작일걸. 더 이상 전투를 계속하긴 어려워."

브륀힐트의 함교에서도 대화가 오가고 있었다.

"키르히아이스, 어떻게 생각해?"

"슬슬 물러날 때가 아닐까 합니다만."

조심스럽긴 하나 명확한 대답이었다.

"너도 그렇게 생각하나?"

"더 이상 싸워봤자 양측 모두 피해만 늘어날 뿐입니다. 전략적으로 아무런 의미도 없습니다."

라인하르트는 고개를 끄덕였으나 젊음이 넘치는 두 뺨에서 석연찮은 빛을 지우지는 못했다. 이성이 납득해도 감정이 만족하지 못한 것이다.

"분하십니까?"

"그 정도는 아니지만, 조금 더 크게 이겼으면 좋았을 텐데 말이지. 화룡점정을 못한 것이 아쉽군."

라인하르트다운 대답이라는 생각에 키르히아이스는 자신도 모르게 입가에 웃음을 지었다.

"두 배의 적에게 세 방향으로 포위를 당하면서도 각개격파 전법으로 2개 함대를 전멸시키고, 마지막 적에게는 배후를 빼앗기면서도 호각으로 싸웠습니다. 이 정도면 충분하지 않을까요? 그 이상을 바라는 것은 다소 과욕이 아닐까 생각합니다."

"나도 알아. 훗날의 즐거움이란 것이 있다는 것도."

마침내 동맹군과 제국군은 포화를 나누면서도 차츰 진형을 옆으로 벌려 서로 거리를 두기 시작했다. 그에 따라 포화도 가라앉고, 방출되는 에너지의 밀도는 급격히 낮아졌다.

"저쪽도 제법인걸."

라인하르트의 목소리에는 씁쓸함과 칭찬의 감정이 함께 녹아들어 있었다. 금발의 젊은 지휘관은 무언가를 생각하더니, 잠시 후 부관을 불렀다.

"적의 제2함대 지휘관…… 도중에 권한을 위임받은 자가 누구라고 했지?"

"양 준장이었습니다."

"그래, 양이었지. 그자에게 내 이름으로 통신을 보내줘."

키르히아이스는 싱긋 웃었다.

"무어라고 보내면 되겠습니까?"

"귀관의 용전에 경의를 표한다, 다시 싸우게 될 날까지 건강하기를…… 그 정도면 무난하겠지."

"알겠습니다."

키르히아이스가 라인하르트의 명령을 전하자 통신장교는 살짝 고개를 갸웃거렸다. 키르히아이스는 호감 어린 미소를 지어 보였다.

"귀관과 마찬가지로, 나 또한 이렇게 버거운 상대와는 이제 싸우고 싶지 않네. 칭찬할 만한 적과 만나느니, 편하게 이길 수 있는 적이 좋지."

"지당하신 말씀입니다."

통신장교는 고개를 끄덕였다.

라인하르트의 새로운 명령이 울려 퍼졌다.

"수도 오딘으로 귀환하겠다. 전 함대, 대열을 정비하라!"

도중 이제르론 요새에 기항할 것, 속히 적과 아군의 손해를 산출할 것 등 몇몇 명령을 덧붙인 후 라인하르트는 지휘관석에 등을 기대고 구형 천장에 거의 대칭을 이루는 자세로 눈을 감았다.

의식의 물밑에서 피로가 물거품처럼 떠오르는 것을 느꼈다.

잠시 동안은 눈을 붙여도 별일이 없겠지. 깊이 자려는 것은 아니니까. 무슨 일이 있으면 키르히아이스가 깨워줄 테고, 귀환 항로 설정은 관성 항법 시스템에 맡겨두면 될 테고…….

패군지장敗軍之將에게는 하급지휘관에게 부대 운영을 맡겨놓고 눈을 붙이는 사치는 허용되지 않았다. 가장 큰 임무는 패잔병을 수용하는 일이었다. 제2함대는 제4, 제6함대의 생존자를 찾아 전장을 헤매야만 했다.

'무슨 일이나 그렇지만 사후처리가 가장 힘든 법이지.'

양은 스페이스 슈트 헬멧을 벗고 종이컵으로 프로틴이 함유된 우유를 마시며 생각했다. 그때 라오 소령이 다가왔다.

"차석참모, 아니, 사령관 대리 각하. 제국군 측의 통신이 들어왔습니다만……."

보고하는 라오 소령의 얼굴에는 호기심이 가득했다. 이번 전투는 처음부터 이례적인 일뿐이라고 말하는 표정이었다.

"통신이라고? 읽어주게."

"예, 그럼 읽겠습니다. 「귀관의 용전에 경의를 표한다. 다시 싸우게 될 날까지 건강하기를. 은하제국군 상급대장 라인하르트 폰 로엔그람.」 ……이상입니다."

"용전이라고 평해주다니, 이거 황송한걸."

다음에 만나면 박살을 내 주겠다는 소리군.

양은 그렇게 이해했다. 치기라고 해야 하겠지만, 반감은 들지 않았다.

"어떻게 할까요……? 답신을 보내시겠습니까?"

라오 소령의 질문에 양은 심드렁한 목소리로 대답했다.

"저쪽도 그런 건 기대하지 않을걸. 괜찮네, 내버려두어도."

"네에……."

"그보다도 서둘러 잔존병력을 수용해주게. 구할 수 있는 한 최대로 구하고 싶으니."

라오 소령이 곁을 떠나자 양은 시선을 돌렸다. 콘솔 밑의 바닥에는 전투가 시작되기 전 파에타 중장에게 제출했던 작전제안서가 떨어져 여기저기 흩어져 있었다. 양의 입가에 쓸쓸한 웃음이 떠올랐다. 자신의 의견이 옳다는 것이 결코 이런 식으로 증명되기를 바라지 않았다. 희생은 과연 어느 정도 규모에 이를까. 양은 군 수뇌부의 새파랗게 질린 얼굴을 쉽게 상상할 수 있었다.

'아스타테 회전會戰'은 이렇게 종결되었다.

전투에 참가한 인원은 제국군 244만 8600명, 동맹군 406만 5900명. 함정은 제국군 약 2만 척, 동맹군 약 4만 척. 전사자는 제국군 약 15만

3400명, 동맹군 약 150만 8900명. 상실 혹은 대파된 함정은 제국군 약 2200척, 동맹군 약 2만 2600척이었다. 동맹군의 손실은 제국군의 열 배에서 열한 배에 달했으나, 제국군이 아스타테 성계로 침입하는 것만은 겨우 막아낼 수 있었다.

제 3 장

제국의
낙조落照

I

 우아한 곡선을 그리는 특수 유리 벽면 너머로 범종 모양을 한 바위가 우뚝 솟아 있었다. 그 너머로 보이는 하늘에는 황혼이 소리도 없이 날개를 펼치고, 습도 낮은 공기의 미립자가 보는 이들의 시야 전체를 깊고 깊은 푸른색으로 물들이는 것만 같았다.

 허리 뒤에 가볍게 두 손을 모은 채 벽에 서 있던 인물이 고개만을 돌려 실내를 돌아보았다. 커다란 흰색 콘솔 곁에 초로의 사내가 자세를 단정히 하고 서 있었다.

 "그렇다면……"

 벽에 서 있던 인물의 입에서 목소리가 흘러나왔다. 묵직한 울림을 가진 굵고 남성다운 목소리였다.

 "……제국군이 승리했다, 다만 압승도 아니었다. 그런 말이로군, 볼텍."

 "그렇습니다, 란데스헤르. 동맹군은 패하긴 했으나 전군이 붕괴되지는 않았습니다."

 "태세를 재정비했나?"

 "태세를 재정비하고 반격했으며, 어느 정도 타격을 주기도 했습니다. 전체적으로 보면 제국군이 승리한 것이 분명하나, 동맹군 또한 얻어맞고만 있었던 것은 아니므로…… 아무튼 우리 페잔의 입장에서는 만족스러운 결과를 얻었다고 평해도 좋지 않을까 생각합니다만, 어떠신지요, 란데스헤르."

 벽에 서 있던 사내 —— 제5대 페잔 란데스헤르 아드리안 루빈스키는 실내를 향해 몸을 돌렸다.

기이한 인상이었다. 연령은 마흔 전후로 보이나 머리에는 머리카락이 한 올도 없다. 피부는 칠흑빛이었다. 눈썹, 눈, 코, 입 등 얼굴을 구성하는 요소들이 모두 큼지막해 미남자라 칭하기에는 어렵지만, 다른 이에게 강렬한 인상을 줄 수밖에 없는 풍모였다. 키가 클뿐더러 어깨가 넓고 흉곽은 다부져서 남을 압도하는 정력과 활력을 뿜어내고 있는 것 같았다.

재임 5년, 제국과 동맹에서는 '페잔의 검은 여우'라고 야유 섞인 별명으로 부르는 중계교역국가의 종신제 통치자, 그것이 바로 그였다.

"만족만 하고 있어서 되겠나, 볼텍."

기이한 인상의 란데스헤르는 빈정대는 시선과 목소리를 심복 보좌관에게 던졌다.

"그 결과가 도출된 것은 우연이었지, 그렇게 되도록 우리가 노력했기 때문이 아닐세. 앞으로도 행운만을 의지해서는 안 되지 않겠나. 정보를 한층 활발하게 수집하고 분석해, 사용할 수 있는 카드의 수를 늘려놓아야지."

검은 터틀넥 스웨터에 연녹색 정장. 도무지 일국의 지배자답지 않은 간편한 차림을 한 루빈스키는 여유로운 발걸음으로 콘솔에 다가갔다.

볼텍의 손이 움직이자 콘솔 중앙 디스플레이에 어떤 도면이 떠올랐다.

"이것이 양군의 배치도입니다. 천정 방향에서 부감한 것입니다. 보십시오."

그것은 사흘 전 키르히아이스가 라인하르트에게 제시한 것과 동일했다. 제국군이 붉은색, 동맹군이 녹색이다. 붉은색 화살표를 향해 녹색 화살표가 세 개, 앞과 좌우에서 육박하고 있다. 화살표를 점으로 놓는다

면 녹색 점을 꼭짓점으로 한 삼각형의 중심에 붉은색 점이 위치한 것처럼 보이기도 했다.

"함정의 수는 제국군이 2만 척, 동맹군이 합계 4만 척이었습니다. 숫자로는 동맹군이 압도적으로 유리했습니다."

"위치도 그렇군. 세 방향에서 제국군을 포위하는 진형이야. 하지만 잠깐. 이건……."

루빈스키는 굵은 손가락으로 이마 한쪽을 눌렀다.

"이건 분명 100년도 더 전에 '다곤 섬멸전'에서 동맹군이 사용했던 진형이 아닌가. 꿈이여 다시 한 번, 뭐 그런 건가? 진보할 줄 모르는 놈들이군."

"하오나 용병학 견지에서 보자면 정확한 작전입니다."

"흥! 탁상에서 펼치는 작전은 언제나 완벽한 법이지. 그러나 실전에선 상대가 있거든. 제국군의 총지휘관은 그 금발 애송이였겠지?"

"그렇습니다. 로엔그람 백작이었습니다."

루빈스키는 흐뭇한 표정으로 웃었다. 5년 전 급사한 전임 발렌코프의 뒤를 이어 당시 서른여섯 살이었던 그가 정권을 잡았을 때, 반대파는 50대의 노련한 후보자를 내세우며 30대의 원수는 지나치게 젊다고 소란을 떨어댔다. 그런데 로엔그람 백작은 당시의 그보다도 열여섯 살이나 더 어리지 않은가. 아무래도 선례니 관습을 들먹이는 것 말고는 능력도 없는 노인네들에게는 불쾌한 시대가 찾아오고 있는 모양이다.

"이 위기를 로엔그람 백작은 어떻게 돌파했을지, 란데스헤르께서는 아시겠습니까?"

볼텍의 어조에는 어딘가 이 문답을 즐기는 듯한 느낌이 섞여 있었다.

기이한 인상의 란데스헤르는 보좌관을 흘끔 쳐다보더니 디스플레이를 주시했다. 그리고는 별일도 아니라는 듯 단언했다.

"적이 분산된 상황을 이용해 각개격파에 나섰겠군. 그것밖엔 없지."

보좌관은 뺨을 얻어맞은 표정으로 정치적 충성의 대상을 바라보았다.

"말씀하신 그대로입니다. 각하의 통찰력에 감복했습니다."

루빈스키는 뻔뻔스러울 정도로 조용한 미소를 지으며 그 찬사를 받아들였다.

"전문가가 문외한에게 밀리는 경우가 종종 있지. 장점보다도 단점을, 기회보다도 위기를 보기 때문일세. 이 쌍방의 포진을 보면 전문가는 포위된 제국군의 패배가 불가피하다는 고정관념에 사로잡히겠지. 하지만 아직 포위망이 완성된 것도 아니니, 병력이 분산된 동맹군 쪽에 오히려 위기가 보였던 걸세."

"말씀하신 그대로입니다."

"다시 말해 동맹군은 로엔그람 백작의 지휘능력을 과소평가했다는 뜻이지. 뭐, 무리도 아니겠지만. 어디, 자세한 상황 변화를 보여주게."

볼텍이 콘솔을 조작하자 디스플레이에 비친 도형이 약동하며 변화를 보였다. 붉은 화살표가 녹색 화살표 하나를 향해 빠르게 직진해 이를 분쇄한 후 반전하여 금세 한 화살표를 소멸시키고는 다시 방향을 바꿔 세 번째 녹색 화살표와 대치한다. 이 전황을 란데스헤르는 두 눈을 가늘게 뜬 채 지켜보았다. 조작을 정지하라고 명령하고는, 디스플레이를 주시한 채 탄식했다.

"완벽한 각개격파로군. 역동적이며 적극적인 용병이야. 훌륭하긴 한데……."

잠시 말을 끊고 고개를 갸웃한다.

"하지만 이 정도까지 갔다면 제국군의 승리는 거의 완벽해진 것 아닌가? 이 단계에서 동맹군이 열세를 만회하기는 쉽지 않았을 텐데. 전군이 붕괴해 패주했더라도 당연한 상황이지. 동맹군의 세 번째 함대는 누가 지휘하고 있었나?"

"처음에는 파에타 중장이었습니다. 하지만 전투 개시 후 기함에 피해가 발생해 중상을 입어, 그 후에는 차석참모 양 웬리 준장이 지휘권을 이어받았습니다."

"양 웬리…… 들어본 적이 있는 이름인데."

"8년 전 엘 파실 탈출작전을 지휘한 자입니다."

"아아, 그때 그 친구……."

루빈스키는 납득했다.

"동맹에도 제법 재미있는 사내가 있다 싶었지……. 그래, 엘 파실의 영웅은 어떻게 병력을 움직였나?"

루빈스키의 질문을 받은 수석보좌관은 디스플레이를 조작해 '아스타테 회전' 최종단계의 전황을 상사에게 보여주었다.

녹색 화살표가 좌우로 갈라지자, 기선을 제압하려는 듯 붉은 화살표가 급진해 중앙돌파를 꾀한다. 좌우로 분단된 것처럼 보였던 녹색 화살표가 붉은 화살표의 양 측면을 역진해 배후에서 합류하고, 붉은 화살표의 후방을 치고 들어갔다.

루빈스키는 낮은 신음소리를 냈다. 이렇게나 세련된 전술을 구사하는 지휘관이 동맹군에 있다는 것은 예상 밖이었다.

게다가 전군이 붕괴될 위기에 직면하면서도 이렇게나 냉정하게 전황을 파악하고 사태에 대처할 수 있다니, 로엔그람 백작 이상으로 보통이 아닌 모양이다.

제5대 페잔 란데스헤르는 한동안 디스플레이에 시선을 고정한 채 얼어붙었다.

"제법 흥미로운 마술을 보았군."

마침내 루빈스키는 디스플레이의 영상을 끄도록 손짓했다. 이를 따른 후 볼텍은 한 걸음 물러나 다음 지시를 기다렸다.

"양 웬리라고 했나? 그 준장에 대해 속히 데이터를 모으도록, 하이네센의 고등판무관 사무소에 지령을 보내게. 엘 파실 탈출작전이 우연이 아니었다는 것을 이제야 알겠군."

"알겠습니다."

"어떤 조직이건 기계건, 운용은 어차피 인간의 손에 맡겨지는 것. 위에 선 자의 재간과 기량에 따라 호랑이가 고양이가 되기도 하고 그 반대가 되기도 하지. 호랑이의 이빨이 어느 쪽으로 향할지, 이것 또한 조련사에게 달린 법. 자세한 인적사항을 알아두어 나쁠 건 없네."

그에 따라 용도도 나올 테니…….

그렇게 생각하며 루빈스키는 보좌관을 퇴실시켰다.

항성 페잔은 네 개의 행성을 거느리고 있다. 그중 셋은 고열의 가스 덩어리이며, 제2행성만이 단단한 지각을 가졌다. 대기의 성분비는 인류의 고향인 태양계 제3행성과 거의 다를 바 없어, 80퍼센트에 가까운 질소와 20퍼센트에 가까운 산소가 존재했다. 다만 가장 큰 차이는 원래부터 이산화탄소가 없다는 것으로, 이 때문에 식물은 자라나질 않았다.

물도 적다. 남조류에서 시작해 순차적으로 고등 식물종자를 뿌려나가던 행성 녹화 계획도 지표 전역을 녹색 옥토로 바꾸지는 못했으며, 수리水利가 원활한 지역만이 녹색 띠 형태로 행성 표면을 채색하고 있다. 붉은 부분은 바위사막이 펼쳐진 황야로, 침식과 풍화가 진행된 지형은 기이한 절경을 이루었다.

페잔은 항성의 이름임과 동시에 유일한 유인행성인 제2행성의 이름이며, 성계 전체의 이름이고, 이를 영역으로 제국력 373년에 성립된 자치령의 이름이다. 군대는 소수의 경비함대뿐이며, 20억 명의 페잔인은 제국과 동맹 사이의 교역로를 지배해 이익을 올리는 데 열정을 쏟는다. 형식상 제국을 섬기면서 사실상 완전에 가까운 정치적 독립을 유지해, 경제력 면에서는 양 대국을 능가하는 기세마저 보였다.

그러나 오늘날에 이르는 여정이 평탄했던 것만은 아니다. 초대 레오폴드 라프 이래 역대 란데스헤르는 자신의 지위를 안전하게 유지하기 위해 정치 공작에 부심했다.

'멸시받을 만큼 약하지 않으며, 공포를 줄 만큼 강하지 않게.' ——그것이 페잔의 국시였다. '제국48, 동맹 40, 페잔 12'라는 세력비의 수치가 반세기동안 전혀 변화하지 않았다는 사실에서 페잔 위정당국의 고심을 엿볼 수 있으리라.

제국과 페잔의 세력을 합치면 동맹보다도 유리한 입장이 되지만, 그래도 동맹을 멸망시키기는 어렵다. 반대로 동맹과 페잔이 연합한다면 제국을 능가하는 것이 가능하나, 압도할 정도까지는 미치지 못한다.

이 예술적이라고도 할 수 있는 절묘한 밸런스를 유지하는 것이 페잔의 정치, 군사 양대 전략의 핵심이었다. 지나치게 강해져서는 안 된다.

제국과 동맹 양측의 반발과 경계를 불러 쌍방이 연합을 결성한다면 우주에서 존재를 말살당할 것이다. 제국과 동맹이 연합한다면 그 세력은 88. 단 한 차례의 전쟁으로 페잔을 멸망시킬 수 있다. 그렇다고 해서 지나치게 약해지면 무가치한 존재로 전락해 제국에도 동맹에도 독립을 존중받을 수 없다.

제국이 페잔의 독립을 빼앗기 위해 나선다면 페잔은 동맹에 몸을 의탁할 의사를 보였다. 동맹이 페잔에 야심을 품으면 페잔은 제국 쪽을 향해 아양을 떨었다. 쌍방에 필요한 물자를 공급하고, 그 내부에 파고들어 권력자를 농락하며 페잔은 **끈덕지게** 살아남았다.

그 **끈덕진** 국민을 통치하는 제5대 지도자가 바로 이 사람, 아드리안 루빈스키인 것이다.

제국과 동맹 어느 한쪽이 다른 쪽을 정복해서는 안 된다. 양 세력은 균형을 유지해 병존해야만 하며, 만약 멸망한다면 동시에 멸망해야만 한다. 다만, 페잔이 휘말려들지 않도록.

페잔이 역사를 제어한다. 그것도 군사력 따위 사용하지 않고, 재력과 술책으로. 대함거포大艦巨砲를 끌어안고 유혈을 뿌려, 결국 국력의 피폐와 사회의 황폐를 조장하는 어리석은 짓은 두 대국에 맡기면 그만이다.

절대군주제 은하제국이든 민주공화제 자유행성동맹이든, 결국 살육과 파괴 외의 수단으로는 나라를 지킬 수 없는 고루한 저능아들 아니던가. 놈들은 정통성 놀음에 도취된 채 페잔의 손바닥 위에서 놀아나면 되는 것이다.

그렇다고는 하나 로엔그람 백작과 양 준장 두 사람의 등장에는 새로운 시대의 조짐이 느껴지는 무언가가 있었다. 두 사람의 앞날을 주시할 필요가 있으리라. 과대평가일지도 모르지만, 후각은 날카롭게, 쓸 수 있는 카드는 많이 준비해 나쁠 것은 없다.

II

밤의 부드러운 손바닥이 행성 오딘의 서반구를 감쌌다.

제국령이든 동맹령이든, 자전하는 행성은 밤낮의 교대에서 벗어날 수 없다. 은하계 우주의 삼라만상을 지배하고자 했던 루돌프 대제조차 천체의 운행을 멈추는 것은 불가능했다. 게다가 천체란 어느 것 하나 똑같은 주기를 가진 것이 없어, 어떤 행성의 자전주기는 18시간 반, 다른 행성은 40시간 등 저마다 다른 개성을 주장한다.

한편 인간의 체내시계는 인류의 발상지인 태양계 제3행성에 거주하던 때에도 사실은 지구의 자전주기와 한 시간 정도 어긋난 25시간 단위로 움직이고 있었다. 그것을 각자 조절해 24시간 단위로 생활했을 뿐이다. 관습으로만 24시간제를 확립했던 것이다.

따라서 항성간 비행을 이루어낸 인류는 밤낮의 구별을 심리적으로 조절하는 난제에 직면하게 되었다.

우주선, 우주공간 도시, 그 외에 다양한 이유에 따라 인공 환경이 필요한 행성은 별문제가 없었다. 24시간 주기의 생활에 환경을 맞춰버렸기 때문이다. 인공조명으로 낮을 밝히고 밤을 어둡게 한다. 이러한 곳에서는 온도를 조절해 새벽녘을 가장 저온으로 만들고, 여름과 겨울 사이에는 온도만이 아니라 밤의 길이에도 변화를 준다.

또한 자전주기가 극단적으로 길거나 짧은 행성에서는 억지로 하루 24

시간제를 시행했다. 그런 곳에서는 종종 이런 대화를 들을 수 있다.

"오늘은 하루 종일 밤이군요. 해는 내일 모레 뜬다고 합니다."

"이 행성에서는 하루 두 번 석양을 볼 수 있지요."

난감한 것은 오히려 21시간 반이나 27시간처럼 지구에 가까운 자전주기를 지닌 행성이다. 이런 경우 시행착오 끝에 자전주기를 24등분해 행성지방시行星地方時를 사용하는 경우와 다소의 불편을 감수하고 표준 24시간제를 사용하는 경우로 나뉘었다. 어느 쪽이건 마음을 느긋하게 먹고 적응할 수밖에 없다.

24시간이 하루, 365일이 1년. 흔히 말하는 이 '표준력'은 제국에서도 동맹에서도 쓰인다. 은하제국의 1월 1일은 자유행성동맹에서도 1월 1일이다.

"언제까지고 지구의 주박에 사로잡혀 있을 수는 없다. 지구는 이미 인류사회의 중심이 아니며 우주력도 시행되었다. 새로운 시간의 기준을 만들어야 하지 않겠는가."

옛것은 곧 나쁜 것이라고 생각하는 사람들 중에는 그렇게 주장하는 자도 있었으나, 그럼 무엇으로 새로운 기준을 삼을 것인가를 물으면 모든 사람이 납득할 만한 해답은 나오지 않았다. 결국 예부터 내려온 습관이 가장 많은 지지를 얻어 오늘에 이른 것이다. 비단 모든 이가 적극적으로 지지한 것은 아니라 해도.

'지구의 주박'은 도량형 단위에까지 미쳤다. 1그램은 1세제곱센티미터의 물을 섭씨 4도일 때 지구의 중력에서 계측한 중량이다. 그리고 1센티미터란 지구 둘레의 40억분의 1이다. 이러한 단위 또한 전 인류사회에서 공통적으로 쓰인다.

루돌프 대제는 도량형의 단위를 개혁하려 한 적이 있다. 자신의 신장을 1카이저파덴kaiserfaden, 자신의 체중을 1카이저첸트너kaiserzentner로 해 모든 단위의 기준으로 삼는다는 것이었다. 그러나 이것은 고안만 되었을 뿐 실행되지는 않았다. 너무나 비합리적이기 때문은 아니었다.

자문을 받은 당시의 재무경財務卿 클레페는 어떤 자료를 황제에게 정중하게 제출했다. 그것은 도량형의 단위를 개혁하려면 인류사회에서 쓰이는 모든 컴퓨터의 기억회로며 계기류를 뜯어고쳐야 한다는 내용과, 그에 필요한 경비를 계산한 것이었다. 마침 당시 통화단위를 크레디트에서 제국마르크로 바꾼 참이기도 해, 자료에 늘어선 0의 숫자는 아무리 완고한 루돌프라 해도 주눅이 들 만한 것이었다고 전해진다.

이렇게 미터와 그램은 생존을 허락받았다. 다만 오늘날의 통설에 따르면 클레페의 계산은 명백하게 과장된 수치였으며, 한도를 모르는 루돌프의 자기신성화에 대해 온화한 것만이 장점이라고 여겨졌던 클레페가 말없는 반항을 감행한 것이라고 한다.

은하제국 황제의 거성居城 '노이에 상수시Neue Sans-Souci'는 장려한 모습을 밤하늘 아래 드러내고 있었다.

독립된, 혹은 서로 연결된 크고 작은 건물, 무수한 분수, 자연의 숲과 인공의 숲, 침상식[1] 장미 정원, 조각, 화단, 정자, 잔디가 무제한으로 펼쳐져 있으며, 이러한 요소들이 절묘한 조명효과에 의해 시신경에 자극을 주지 않도록 배려된 은은한 은색에 휩싸여 있다.

궁전은 천 개 이상의 항성계를 지배 통치하는 정치의 중추이다. 주위에는 관청들이 배치되어 있으나 고층건물은 하나도 없다. 주요한 시설은 오히려 지하에 있다. 신민이 높은 위치에서 황제 폐하의 궁전을 내려다보는 것은 용서할 수 없는 불경이기 때문이다. 오딘의 상공을 도는 수많은 위성 또한 절대로 황궁 상공을 통과할 수 없다.

궁전에는 5만 명이 넘는 시종과 여관女官이 일하고 있다. 기계를 쓸 수 있는 곳에 인간을 쓰는 것이 높은 지위와 강한 권력을 증명하는 시대이다. 조리, 청소, 방문객 안내, 정원 관리, 방사한 사슴을 돌보는 일 등이 모두 인력으로 이루어진다. 그야말로 패자覇者의 사치였다.

궁전에는 자동주로도 에스컬레이터도 없다. 자신의 다리로 복도를 걷고 계단을 오르내려야만 한다. 이것은 황제조차 예외가 아니다. '위대한 루돌프'는 육체의 힘도 통치자의 조건 중 하나라고 생각했기 때문이다.

"자신의 다리로 걷지도 못하는 자가 어찌 거대한 제국을 어깨에 짊어질 수 있단 말인가."

그것이 루돌프의 지론이었다.

궁전에는 몇몇 알현실이 있다. 그중에서도 그날 밤 무수한 고관들이 모여든 곳은 '흑진주실'이었다. 아스타테 회전에서 포악무도한 반란군을 격파하고 황제 폐하의 위광을 찬란하게 떨친 라인하르트 폰 로엔그람 백작에게 제국원수장帝國元帥杖을 수여하는 식전式典이 있는 날이기 때문이다.

제국원수는 단순히 상급대장보다 계급이 하나 높은 것만이 아니다. 연간 250만 제국마르크에 달하는 종신연금이 주어지고, 대역죄 외의 범죄에 대해서는 형법으로 처벌이 면제되며, 원수부를 개설해 참모를 자

1__ 침상식沈床式:주위보다 낮게 파내 탁 트인 반지하 공간으로 만든 건축 양식.

유로이 임면任免할 수 있다.

  이러한 특권을 누리는 제국원수는 지금까지 네 명뿐이었으나, 이제 로엔그람 백작이 새로 이 대열에 끼어 다섯 명이 되었다. 게다가 로엔그람 백작은 제국 우주함대 부사령장관에 임명되어 18개 함대로 이루어진 제국 우주함대의 반을 지휘하게 된다고 한다.

  "다음엔 작위 아니겠나? 백작에서 후작으로."

  광대한 '흑진주실' 한구석에서 그렇게 수군거리는 목소리가 있었다. 예로부터 소문은 불과 함께 인류의 좋은 벗이었다. 이 벗을 사랑하는 사람은 시대와 상황을 불문하고 호화로운 궁전에나, 추레한 빈민가에나 끊이는 법이 없다.

  황제의 옥좌에 가까운 위치에는 제국 최고의 지위에 오른 자들이 모여 있다. 대귀족, 고급 문관 및 무관, 혹은 그중 몇 가지를 겸한 자들이다. 그들은 200명의 장인이 사반세기에 걸쳐 짰다는 폭 6미터의 붉은 융단을 사이에 두고 두 줄로 서 있었다. 한쪽은 문관의 열로, 가장 높은 위치에 리히텐라데 후작이 있었다.

  제국 정부 국무상서인 리히텐라데 후작은 제국재상 대리를 겸해 내각회의를 주재한다. 뾰족한 코와 눈처럼 흰 은발, 날카롭다기보다는 험악한 안광을 가진 일흔다섯 살의 노인이다. 그의 위치에서 아래쪽으로 내려가 보면 겔라흐 재무상서, 플레겔 내무상서, 룸프 사법상서, 빌헬미 과학상서, 노이쾰른 궁내상서, 킬만젝 내각 서기관장 등등의 인물들이 늘어서 있다.

  반대편은 무관의 열이었다. 군무상서 에렌베르크 원수, 제국군 통수본부총장 슈타인호프 원수, 참모총감 클라젠 원수, 우주함대 사령장관 뮈켄베르거 원수, 장갑척탄병裝甲擲彈兵총감 오프레서 상급대장, 근위병 총감 람스도르프 상급대장, 헌병총감 크라머 대장, 그리고 18개 함대의 사령관들.

고풍스러운 나팔의 맑은 음색에 일동은 자세를 바로잡았다. 나뭇잎이 바람에 흔들리는 듯한 술렁임이 가라앉았다. 지존至尊의 입장을 알리는 의전관의 목소리가 참석자들의 고막을 두드렸다.

"전 인류의 지배자이시며, 전 우주의 통치자이시며, 천계를 다스리는 질서와 법칙의 보호자이시며, 신성하고도 불가침한 은하제국 황제 프리드리히 4세 폐하께서 입장하십니다!"

그 말끝에 제국 국가의 장중한 선율이 겹쳐졌다. 이에 일동은 목덜미를 짓눌린 것처럼 깊이 머리를 숙였다.

몇몇은 입속으로 숫자를 세고 있었을지도 모른다. 천천히 고개를 들자 황금으로 장식된 호화찬란한 의자에 그들의 황제가 앉아 있었다.

은하제국 제36대 황제 프리드리히 4세. 올해 나이 예순셋이며 어딘가 피곤에 찌든 인상이 느껴지는 자였다. 노인이라고 할 만한 나이는 아닌데도 노인이라 형용하고 싶어지는 면이 있다.

그는 국사에 거의 관심이 없다. 절대권력을 적극적으로 구사할 능력과 의지도 없을 것 같다. 지극히 강렬한 선조 루돌프의 후광을 입고 있음에도 선조와는 정반대로 나약하기 짝이 없는 사내, 황제 프리드리히 4세.

황제는 10년 전에 황후를 잃었다. 난치병은 아니었다. 감기가 도져 폐렴이 된 것이다. 암은 아득한 옛날에 극복했으나, 감기를 병명 목록에서 추방하는 것은 동맹의 역사가들이 악의를 담아 기술한 것처럼 '위대하신 루돌프의 위광으로도' 불가능했다.

이후 황제는 황후를 세우지 않고 총희寵姬 중 하나에게 그뤼네발트 백작부인이라는 칭호를 내려 사실상의 아내 자리를 주었다. 그러나 그 총희는 대귀족 출신이 아니므로 공식 국사에 참석하는 것을 사양해, 이날 밤도 사람들의 눈앞에 그 아름다운 자태를 드러내지 않았다. 그뤼네발트 백작부인, 그녀의 본명은 안네로제라고 한다.

"로엔그람 백작 라인하르트 경!"

의전관이 낭랑한 목소리로 이 식전의 주인공을 호명했다.

이번엔 최고 예우의 인사를 올릴 필요가 없었다. 일동은 융단을 밟고 들어오는 젊은 무관에게 시선만을 보냈다.

귀부인들 사이에서 탄성이 새 나왔다. 유례를 찾아보기 힘든 라인하르트의 미모는 그에게 반감을 품은 자들 —— 다시 말해 참석자 대부분 —— 조차 인정할 수밖에 없었다.

최상급 백자로 만들어진 인형처럼 단아하다. 그러나 인형이라고 하기에는 안광이 예리하고 표정이 너무나 강렬했다. 그의 누이 안네로제에 대한 황제의 탐닉과 그 자신의 이 표정이 없었더라면 이 군신君臣은 분명 남색에 관한 험담에 시달렸으리라.

참석자들의 수많은 감정이 교차하는 한가운데를 무관다운 절도 있는 걸음걸이로 나아가 옥좌 앞에 선 라인하르트는 마음에도 없는 정중한 예를 갖춰 한쪽 무릎을 꿇었다.

그 자세로 황제가 옥음玉音을 내리기를 기다린다. 공식석상에서 신하가 황제보다 먼저 입을 여는 것은 용납되지 않는다.

"로엔그람 백작, 이번 전투에서 세운 무훈은 그야말로 훌륭했노라."

별다른 개성도 없는 발언이었다.

"황송하옵니다. 오로지 폐하의 위광에 힘입은 결과이옵니다."

라인하르트의 응답에도 개성은 없었으나 이것은 계산과 자제의 결과였다. 재치 있는 말을 한다 한들 알아들을 상대도 아니거니와, 참석자들의 반감만을 살 뿐이다. 그에게는 황제가 의전관에게서 넘겨받아 읽어내릴 한 장의 종이쪽이 훨씬 더 중요했다.

"아스타테 성역에서 반란군을 토벌한 공적에 따라, 그대 로엔그람 백작 라인하르트를 제국원수로 서임하노라. 또한 제국 우주함대 부사령장관에 보임, 우주함대의 절반을 그대의 휘하에 맡기노라. 제국력 487년 3월 19일, 은하제국 황제 프리드리히 4세."

라인하르트는 자리에서 일어서 계단을 올라 최고 예우의 경례와 함께 그 사령을 받아 들었다. 이어서 제국원수의 지위를 상징하는 지팡이, 제국원수장을 하사받았다. 이 순간 라인하르트 폰 로엔그람 백작은 제국원수가 된 것이다.

그는 화사한 미소를 지으면서도 내심으로는 결코 만족하지 못했다. 이것은 그가 나아갈 여정의 첫걸음에 지나지 않았다. 권력을 휘둘러 그에게서 누님을 빼앗아간 무능한 자의 자리를 차지해야 한다.

"흥, 스무 살짜리 원수라."

낮은 목소리로 중얼거린 것은 장갑척탄병총감 오프레서 상급대장이었다. 40대 후반의 뼈마디가 굵은 거한으로, 동맹군 병사가 쏜 레이저 광선에 잘려나간 왼쪽 광대뼈의 흉터가 생생하게 보랏빛을 띠었다. 완치시킬 수도 있으나 일부러 놔두어 역전의 맹장임을 과시하는 것이다.

"영광스러운 제국 우주함대가 언제부터 애들 장난감으로 전락한 겁니까, 각하?"

선동하듯 그가 속삭인 인물은 라인하르트에게 휘하 부대 절반을 빼앗긴 사내였다.

우주함대 사령장관 뮈켄베르거 원수는 반백의 눈썹을 미묘한 각도로 틀어 올렸다.

"경은 그렇게 말씀하시지만, 저 금발 애송이에게 용병의 재능이 있다는 것은 부정할 수 없소. 실제로 반란군을 격파했으며, 그 수완에는 백전노장 메르카츠마저 혀를 내둘렀다 하지 않소이까."

"하긴, 정말로 이빨 뽑힌 호랑이 같군요."

무관의 대열 속에서 묵묵히 서 있는 메르카츠 대장의 모습에 시선을 던지며 오프레서는 가차 없이 평했다.

"이겼다고는 하나 단 한 번뿐이니 우연일 수도 있지 않습니까? 소관에겐 적이 지나치게 무능했던 것으로밖에 보이지 않습니다. 승패란 결국 상대적이니 말입니다."

"목소리가 크구려."

다독이기는 했으나 원수는 상급대장의 발언 내용 그 자체를 부정한 것은 아니었다. 라인하르트의 공적을 아무런 거리낌 없이 수용한다는 것은 대귀족 출신이나 고참 장성들에게는 결코 쉬운 일이 아니다. 그러나 장소가 장소인 만큼 원수는 화제를 바꿀 필요를 느낀 모양이었다.

"헌데 그 적장 말이오. 양이라던가 하는 지휘관의 이름을 경은 알고 계신지?"

"글쎄요…… 기억에 없군요. 그 인물에게, 무언가 마음에 걸리시는 점이라도?"

오프레서는 엘 파실 사건을 떠올리지 못했다.

"이번 회전에서 반란군의 전면 붕괴를 막고 엘라흐 소장을 전사시킨 사내라 하더이다."

"오, 그렇습니까?"

"상당한 재능의 소유자인 듯하오. 금발 애송이도 콧대가 꺾였다는 정보가 있으니."

"그건 유쾌한 일이 아닙니까?"

"그것이 라인하르트 한 사람에게만 국한된 일이라면 물론 그렇겠지만, 그 양이란 자가 싸울 때 적을 가릴 거라 보시오?"

그제야 원수의 목소리에서 씁쓸한 감정을 느낀 오프레서는 두툼한 어깨를 서툴게 움츠렸다.

'흑진주실'에 다시 음악이 흐르기 시작했다. 훈공을 세운 무관을 칭송하는 노래, '발퀴레는 그대의 용기를 사랑하노라'였다.

대귀족들에게는 결코 유쾌할 수 없는 이 식전도 바야흐로 종막으로 접어들고 있었다.

지크프리트 키르히아이스 대령은 다른 영관급 군인들과 함께 '자수정실'에서 식이 끝나기만을 기다리고 있었다. 자수정실은 식전이 치러지는 '흑진주실'에서 폭이 넓은 복도를 하나 지난 곳에 마련되어 있었다.

귀족도 장성도 아닌 키르히아이스는 '흑진주실'에 입실할 자격이 없었다. 그러나 내일이면 그는 준장을 건너뛰고 소장으로 승진해 '각하'라 불리게 된다. 그러면 식전에서 배제되는 일도 없으리라.

'라인하르트 님이 한 계단을 오를 때마다 나도 함께 끌려 올라간다……'

그 생각에 키르히아이스는 가볍게 전율했다. 자신에게 재능이 없다는 생각은 하지 않았지만, 영달의 속도가 보통이 아닌 것만은 분명하다. 그것이 자신의 실력만으로 이루어진 것이라 생각한다면 큰 오만이리라.

그때, 곁에서 조용한 목소리가 들려왔다.

"지크프리트 키르히아이스 대령이시지요?"

30대 초반 정도로 보이는 장교가 키르히아이스의 앞에 서 있었다. 계급장을 보니 대령이었다. 키르히아이스에게는 약간 못 미치지만 상당한 장신이었으며, 새치가 많은 거뭇한 머리에 엷은 갈색 눈을 가졌다. 피부는 창백했다.

"그렇습니다만, 귀관은 누구신지?"

"처음 뵙겠습니다. 파울 폰 오베르슈타인 대령입니다."

그렇게 말했을 때, 오베르슈타인이라는 사내의 두 눈에 기이한 광채가 번뜩여 키르히아이스를 놀라게 했다.

"이거 실례."

오베르슈타인이 사과했다. 키르히아이스의 표정을 눈치 챈 모양이었다.

"의안의 상태가 조금 나쁜 모양입니다. 놀라게 해 드려서 죄송합니다. 내일 당장 바꿔야겠군요."

"의안을 하고 계셨습니까? 이거 저야말로 실례를 범했습니다."

"괘념치 마십시오. 광光 컴퓨터가 내장된 것이라, 이것 덕택에 아무런 불편 없이 지내고 있지요. 하지만 영 수명이 짧아서 말입니다."

"전투에서 부상을 입으셨습니까?"

"아니요, 타고난 것입니다. 만약 제가 루돌프 대제 시대에 태어났더라면 '열악유전자 배제법'에 걸려 처분을 당했겠지요."

그 목소리는 공기의 진동이 소리가 되어 인간의 귀에 들릴 수 있는 하한선을 겨우 넘어선 것이었으나 키르히아이스의 숨을 멎게 만들기에는 충분했다. 루돌프 대제에 대한 비판적 발언은 당연히 불경죄 대상이다.

"귀관은 좋은 상관을 두셨습니다, 키르히아이스 대령."

오베르슈타인은 이번엔 약간 목소리를 높여 말했으나, 그것도 거의 속삭임에 가까웠다.

"좋은 상관이란 부하의 재능을 살려주는 인물을 말합니다. 현재 제국군에는 그런 인재가 매우 드물지요. 하지만 로엔그람 백작은 다릅니다. 젊은데도 대단한 분이더군요. 문벌의식만 강한 대귀족들은 이해하지 못하겠지만……."

함정에 대한 경고신호가 키르히아이스의 뇌리에 깜빡였다. 이 오베르슈타인이라는 사내가 라인하르트의 실각을 꾀하는 자들의 꼭두각시가 아니라고는 단언할 수 없었다.

키르히아이스는 은근슬쩍 화제를 돌렸다.

"귀관께선 어느 부대 소속이신지요?"

"지금까지는 통수본부 정보처리과에 있었습니다만, 이번에 이제르론 요새 주둔함대 참모 보직을 받았습니다."

대답한 후 오베르슈타인은 슬쩍 웃음을 지었다.

"저를 경계하시는군요."

한순간 당황한 키르히아이스가 무언가 말하려 했을 때, 때마침 자수정실로 들어온 라인하르트의 모습이 보였다. 식전이 끝난 모양이었다.

"키르히아이스, 내일……."

라인하르트는 말을 걸려다 부하의 곁에 있는 창백한 얼굴의 사나이를 발견했다.

경례를 올린 오베르슈타인은 자기소개와 함께 형식적으로 짧은 축사를 보낸 뒤 몸을 돌려 퇴실했다.

라인하르트와 키르히아이스는 복도로 나왔다. 그날 밤 그들은 궁전 한곳에 마련된 조그만 내빈용 저택에서 묵기로 되어 있었다. 그곳까지 가려면 정원 안을 15분 정도 걸어야만 한다.

밤하늘 아래로 나왔을 때 라인하르트가 말했다.

"키르히아이스, 내일 누님을 뵙기로 했어. 너도 갈 거지?"

"제가 동행해도 괜찮겠습니까?"

"새삼스럽게 무슨 사양을 하고 그래. 우린 가족이잖아."

라인하르트는 소년 같은 미소를 지어 보였으나, 금방 이를 거두더니 약간 목소리를 낮추었다.

"그런데 조금 전 그자는 누구지? 좀 마음에 걸리던데."

키르히아이스는 간단하게 사정을 설명하고 한마디를 덧붙였다.

"아무래도 수상쩍은 자였습니다."

라인하르트는 그림으로 그린 듯 모양 좋은 눈썹을 가볍게 찡그리며 듣고 있었지만 이내 키르히아이스의 의견에 찬성했다.

"내가 보기에도 수상쩍은걸. 무슨 의도로 네게 접근했는지는 모르겠지만, 경계하는 게 좋겠어. 하기야 이렇게 적이 많으니 경계하기도 쉽지는 않지만."

두 사람은 동시에 웃었다.

III

안네로제 폰 그뤼네발트 백작부인의 저택은 역시 노이에 상수시의 한 곳에 있었다. 이곳을 찾아가려면 요란하게 치장된 궁정용 랜드카로 10분이나 달려가야 했다.

키르히아이스는 차라리 걸어가는 것이 마음 편할 것 같았으나, 황제 폐하의 호의로 궁내성宮內省에서 랜드카를 보내주는 바람에 어쩔 수가 없었다.

저택은 보리수가 우거진 호숫가에 있었다. 여주인에게 어울리는 청초한 건축양식이었다.

안네로제의 늘씬하고도 우아한 모습을 현관 포치 앞에서 발견한 라인하르트는 아직 멈추지도 않은 랜드카에서 뛰어내려 잽싸게 달려갔다.

"누님!"

안네로제는 봄철 햇빛과도 같은 미소로 동생을 맞아주었다.

"라인하르트, 잘 와주었구나. 그리고 지크도……"

"……안네로제 님도 건강하신 것 같아 기쁩니다."

"고마워. 자, 둘 다 들어오렴. 너희가 오기를 며칠이나 기다렸단다."

'아아, 이분은 옛날과 조금도 변함이 없으시구나.'

키르히아이스는 생각했다. 그 자상함, 청초함은 황제의 권력으로도 해할 수 없었던 것이다.

"커피를 내올게. 자두 케이크도 함께. 직접 만든 거라 너희 입맛에 맞을지 어떨지 모르겠구나. 먹고 가렴."

"입맛을 맞추면 되죠."

라인하르트가 웃으며 대꾸했다. 적당한 넓이의 거실에는 화사한 분위기가 가득 찼다. 젊은이들은 시간의 정령이 이 공간만을 10년 전으로 돌려놓은 듯한 착각을 동시에 맛보았다.

커피잔이 달그락거리는 소리, 청결한 테이블보, 자두 케이크에 섞인 어렴풋한 바닐라 에센스의 향. 그것은 분명 조용한 행복의 한 형태였다.

물 흐르는 듯한 손놀림으로 케이크를 자르며 안네로제가 미소 지었다.

"백작부인이나 돼서 조리실에 드나들면 안 된다는 말을 가끔 듣지만…… 아무리 그래도 이게 즐거우니 어쩔 수 없는걸. 기계에만 의존하지 않고 내 손으로 요리를 한다는 게 말이지."

커피를 타고 크림을 넣었다. 손수 만든 케이크에, 속내를 캘 필요가 없는 대화. 따뜻한 파도에 마음이 잠겨드는 듯한 시간이 흘러갔다.

"라인하르트가 늘 떼만 써서 마음고생이 많지, 지크?"

"아니요, 그렇지는……."

"솔직하게 말해봐. 나 때문에 정말 마음고생이 많은지."

"라인하르트, 놀리면 못써. 아, 맞아. 샤프하우젠 자작부인께서 맛있는 로제와인을 보내주셨단다. 지하실에 있으니 좀 가져다주겠니? 제국원수 각하께 심부름을 시켜 미안하지만."

"누님이야말로 절 놀리시는군요. 예, 심부름이든 뭐든 기꺼이 하고말고요."

라인하르트는 선선히 자리에서 일어났다.

이제 남은 것은 안네로제와 키르히아이스뿐이었다. 안네로제는 동생의 친구에게 부드러운 미소를 보냈다.

"지크, 라인하르트가 많은 신세를 지고 있구나."

"당치 않으십니다. 일방적으로 신세를 지는 것은 오히려 저인걸요. 귀족도 아닌 제가 이 나이에 대령이라니, 분에 넘치는 일입니다."

"이제 곧 소장이라면서? 들었단다. 축하해."

"고맙습니다."

키르히아이스는 귓불의 열기를 느끼고 있었다.

"라인하르트는 이런 말을 하는 법이 없는 데다, 어쩌면 본인도 자각하지 못할 수 있지만…… 그 아이는 지크 너를 정말로 많이 의지한단다. 부디 앞으로도 라인하르트를 잘 보살펴주렴."

"황송한 말씀이십니다, 저 같은 사람이 무슨……."

"지크, 자신을 과소평가하면 못써. 라인하르트는 물론 재능이 있지. 아마 다른 그 누구에게도 없는 재능이. 하지만 그 아이는 너만큼 어른스럽지는 못해. 자신의 속도에 취해 절벽에서 떨어지는 영양羚羊과 같은, 그런 면이 있단다. 이건 라인하르트를 태어날 때부터 지켜본 나이기 때문에 할 수 있는 말이야."

"안네로제 님……."

"지크, 부탁해. 라인하르트가 절벽에서 발을 잘못 내딛는 일이 없도록 지켜봐주렴. 그런 조짐이 보이면 꾸짖어도 괜찮아. 동생은 네 충고라면 기꺼이 받아들일 테니까. 만약 네 말도 듣지 않는다면…… 그때는 그 아이도 끝이지. 아무리 재능이 있다고 해도, 그에 어울리는 그릇이 아니었다고 스스로 증명한 셈이니까."

안네로제의 미모에선 이미 미소가 사라졌다. 동생의 눈보다도 짙은 사파이어색 눈동자 속에선 슬픔과도 닮은 그늘이 흔들리고 있었다.

보이지 않는 칼날이 마음 위를 미끄러지며 키르히아이스에게 날카로운 아픔을 주었다. 그렇다. 지금은 10년 전이 아닌 것이다. 라인하르트와 자신은 평범한 소년이 아니며, 안네로제 또한 가정적이던 평범한 소녀가 아니다.

황제의 총희와, 제국원수와, 그의 부관. 권력의 향기와 썩은 냄새를 동시에 맡는 입장에 있는 세 남녀.

"제가 할 수 있는 일이라면 무엇이든 하겠습니다, 안네로제 님."

키르히아이스의 목소리는 감정을 억제하려는 그의 생각을 간신히 따라주었다.

"라인하르트 님에 대한 제 충성심을 믿어 주십시오. 결코 안네로제 님의 마음을 저버리는 일은 없을 것입니다."

"고맙구나, 지크. 미안해, 이렇게 억지만 부려서. 하지만 내겐 너 말고는 의지할 사람이 없단다. 부디 이해해주렴."

'저는 두 분께서 더욱 의지해 주셨으면 합니다.'

키르히아이스는 속으로 말했다.

'10년 전, 안네로제 님께서 동생과 친하게 지내달라고 부탁하셨던 순간부터, 언제나 그랬습니다……'

10년 전…….

다시 키르히아이스의 마음이 시큰거렸다.

10년 전에 자신이 지금의 나이였더라면 안네로제를 결코 황제 따위에게 넘겨주지는 않았으리라. 수많은 난관을 뿌리치고 남매와 함께, 아마도 자유행성동맹으로 도망쳤을 것이다. 그랬더라면 지금쯤은 동맹군의 장교가 되었을지도 모를 일이다.

그 당시에는 그런 능력도 없었거니와, 자기 자신의 생각조차 확실하게 파악하지 못했다. 지금은 그렇지 않다. 그러나 10년 전과 마찬가지로, 아니, 그보다도 더더욱, 어찌할 방법이 없다. 인간은 어째서 가장 중요한 순간 그에 필요한 나이로 살아갈 수 없단 말인가.

"……좀 찾기 쉬운 곳에 놔두시지 그러셨어요."

라인하르트가 돌아왔다는 것을 알리는 목소리였다.

"수고 많았구나. 하지만 고생해서 찾은 가치가 있을 거야. 잔은 내가 가져올게."

이러한 시간을 잠시라도 가질 수 있었던 것을 행복으로 여겨야 한다.

키르히아이스는 자신에게 그렇게 되뇌었다.

다음에 반드시 다가올 전투의 순간에서 눈을 돌리는 일이 있어서는 안 된다.

제 4 장

제13함대 탄생

I

 지상 55층, 지하 80층. 이것이 행성 하이네센 북반구 낙엽수림 기후대에 위치한 자유행성동맹군 통합작전본부 건물의 위용이다. 주위에는 기술과학본부, 후방근무본부, 우주방위관제사령부, 사관학교, 수도방위사령부 등의 건물이 질서정연하게 배치되어 수도 하이네센폴리스의 중심부에서 100킬로미터 정도 떨어진 군사중추지구를 형성하고 있다.
 통합작전본부의 지하 4층을 통째로 터놓은 강당에서 아스타테 회전 전사자의 위령제가 치러지려 하고 있었다. 동맹군 아스타테 파견부대가 전력의 60퍼센트를 잃고 피로에 지쳐 패잔병의 몸으로 귀환한지 이틀이 지난, 아름답게 갠 오후였다.
 식장으로 향하는 자동주로는 참석자의 무리로 가득했다. 전사자의 유족, 정부 및 군부 관계자. 그 안에는 양 웬리의 모습도 있었다.
 말을 걸어오는 주변 사람들에게 적당히 대꾸하며 양은 머리 위에 펼쳐진 푸른 하늘에 시선을 돌렸다. 그의 눈에는 보이지 않지만 대기층이 몇 겹으로 뒤덮인 그 위의 공간에는 무수한 군사위성이 소리도 없이 날아다니고 있을 것이다.
 그중에서도 12개의 요격위성으로 이루어진 '아르테미스의 목걸이'가 있다. 우주방위관제사령부가 제어하는 이 거대한 살인과 파괴의 시스템은 '이것이 있는 한 행성 하이네센은 난공불락'이라고 동맹군 간부가 호언장담을 할 정도였다. 그 말을 들을 때마다 양은 난공불락이라 일컬어지던 요새가 대부분 겁화劫火 속에 무너졌던 과거의 역사를 떠올렸다. 아니 그보다도, 군사적으로 강하다는 것이 정말로 자랑거리가 된다고 생각하는 것일까?

양은 두 손으로 가볍게 이마를 두드렸다. 아직도 머리가 완전히 깨어나지 않은 것 같았다. 16시간 연속으로 자긴 했지만, 그 전까지는 60시간 내내 뜬눈으로 지냈기 때문이다.

식사도 제대로 하지 못했다. 위장이 활력을 잃는 바람에 율리안이 끓여준 채소수프만을 조금 홀짝거렸을 뿐이었다. 관사에 돌아오자마자 침대에 쓰러졌다가, 한 시간도 자지 못하고 뛰어나온 참이었다. 생각해보면 자신의 피보호자가 된 소년과 제대로 이야기를 나눈 기억조차 없었다.

'이거야 원, 이래서야 보호자 실격이지……'

그렇게 생각하고 있을 때 누군가 그의 어깨를 두드렸다. 돌아보니 사관학교 선배인 알렉스 카젤느 소장이 웃으며 서 있었다.

"아직 잠이 덜 깬 모양이군, 아스타테의 영웅께서는."

"누가 영웅이라고요?"

"내 앞에 서 계신 인물 말고 누가 있어? 전자신문을 볼 시간도 없었던 모양이지만, 매스컴에서는 모두들 그렇게 써대고 있다고."

"전 패장인데요."

"그래. 동맹군은 졌지. 그렇기 때문에 어떻게든 영웅이 필요한 거야. 대승을 거뒀다면 굳이 그럴 필요도 없지만, 졌을 때는 민중의 시선을 대국에서 돌려야만 하거든. 엘 파실 때도 그랬잖아?"

독설은 알렉스 카젤느의 특징이었다. 그는 중키에 건장한 체구를 가진 서른다섯 살의 사내로, 동맹군 통합작전본부장 시드니 시톨레 원수의 차석부관이다. 전선 근무보다 사무경험이 풍부하며 기획조정, 사무처리 등의 능력이 뛰어나 장래에는 후방근무본부장 자리가 확실시되는 인물이었다.

"이제야 행차하셔도 되는 겁니까? 부관이란 자리는 잡무 때문에 바쁠 줄 알았는데요."

가볍게 반격했으나 민완 군사관료는 입가에 기묘한 미소를 지었다.

"오늘 식전은 의전국이 주최하거든. 사실 군인만이 아니라 유족도 필요 없어. 제일 열을 올리고 있는 건 국방위원장 각하야. 까놓고 말하자면 차기 정권을 노리는 국방위원장을 위한 정치 쇼라 이거지."

두 사람은 동맹정부 국방위원장 욥 트뤼니히트의 얼굴을 떠올리지 않을 수 없었다.

큰 키와 단정한 이목구비를 갖춘 마흔 살의 소장파少壯派 정치가. 행동력 풍부한 대對제국 강경론자. 그를 아는 자의 절반은 웅변가라 떠받들고, 나머지 반은 궤변가라 혐오한다.

현재 동맹의 국가원수는 최고평의회 의장 로열 샌포드지만, 그는 정치 싸움의 소용돌이에서 떠오른 조정자 타입의 늙은 정객政客이다보니 만사에 선례존중주의를 취해 영 활력이 없다. 그래서 욥 트뤼니히트가 차기 지도자로 각광을 받는 것이다.

"그 작자의 천박한 선동 연설을 지루하게 듣고 있어야 한다는 건 밤샘 근무보다도 고통스럽지만……."

카젤느는 씁쓸하게 내뱉었다. 그는 군부에선 소수파였다. 사실 선심성 정책이지만 제복군인들 가운데에는 무조건 군비충실과 제국 타도를 부르짖는 트뤼니히트에게 호의를 품는 자가 훨씬 많다. 그리고 양 또한 소수파의 일원이었다.

식장에서 두 사람의 자리는 멀리 떨어져 있었다. 카젤느는 귀빈석의 시톨레 본부장 뒤, 양은 연단 바로 아래의 맨 앞줄이었다.

식은 판에 박은 듯한 형식으로 시작해 판에 박은 듯한 형식으로 진행되었다. 관료가 작성한 원고를 무미건조하게 읽어 내리는 샌포드 의장이 물러나자, 기다렸다는 듯 트뤼니히트 국방위원장이 연단에 올랐다. 그가 모습을 드러내자 벌써부터 장내의 공기가 열기를 띠며 의장 때보다도 큰 박수가 터져 나왔다.

트뤼니히트는 원고도 들지 않은 채 활기찬 목소리로 6만여 명의 참석자에게 연설을 시작했다.

"만장하신 시민 여러분, 병사 여러분! 오늘 우리가 이 자리에 모인 목적은 무엇입니까? 아스타테 성역에서 산화한 150만의 넋을 위로하기 위해서입니다. 그들은 고귀한 생명을 바쳐 조국의 자유와 평화를 지키고자 했습니다."

양은 벌써부터 귀를 틀어막고 싶었다. 듣는 사람이 낯 뜨거울 지경이었다. 속 보이는 미사여구를 늘어놓는 연설자가 오히려 위풍당당한 이 우스꽝스러운 정경은 고대 그리스 시대부터 내려오는 인류의 전통인가.

"고귀한 생명이라고 저는 지금 말씀드렸습니다. 그렇습니다. 생명은 진정으로 고귀하며 존중받아야 하는 것입니다. 그러나 여러분, 그들이 산화한 것은 개인의 생명보다도 더더욱 귀중한 무언가가 존재한다는 것을 살아남은 우리에게 가르쳐주기 위함이었습니다. 그것은 무엇인가? 바로 조국과 자유입니다! 그들의 죽음은 아름답습니다. 개인을 희생해

대의에 몸을 바쳤기에 아름다운 것입니다. 그들은 좋은 남편이었습니다. 좋은 아버지였으며 좋은 자식이었으며 좋은 연인이었습니다. 그들에게는 충실하고도 행복한 긴 생애를 누릴 권리가 있었습니다. 그러나 그들은 그 권리를 버리고 전장으로 달려갔으며, 그리고 목숨을 잃은 것입니다! 시민 여러분, 저는 다시금 묻습니다. 150만 장병은 어찌하여 죽은 것입니까?"

"수뇌부의 작전지휘가 개판이었거든."

양이 중얼거렸다. 독백치고는 목소리가 컸다. 주위의 몇 명이 깜짝 놀라 흑발의 젊은 장교를 쳐다보았다. 양이 그중 한 사람의 눈을 똑바로 쳐다보자 상대는 당황해 시선을 연단으로 되돌렸다.

그 시선 너머에선 국방위원장의 연설이 장황하게 이어지고 있었다. 트뤼니히트의 얼굴은 붉게 달아올랐으며 두 눈에는 자아도취의 광채마저 어렸다.

"그렇습니다. 그 답은 이미 말씀드린 바와 같습니다. 그들은 조국과 자유를 지키기 위해 생명을 내던진 것입니다! 이보다도 숭고한 죽음이 과연 어디 있겠습니까? 자신을 위해서만 살아가는 것, 자신을 위해서만 죽는 것이 얼마나 졸렬한가를, 이보다도 큰 웅변으로 우리에게 가르쳐 준 존재가 어디 있겠습니까? 조국이 있고서야 비로소 개인이 있다는 것을 여러분은 상기하셔야만 합니다. 이것이 바로 생명보다도 귀중한 가치입니다. 명심하십시오, 이 사실을! 저는 한층 소리 높여 부르짖습니다. 조국과 자유야말로 생명과 맞바꿔 지킬 가치가 있노라고, 우리의 싸움은 정의롭다고! 제국과의 화해를 주장하는 일부 자칭 평화주의자들이여. 전제적 전체주의와 공존할 수 있다고 생각하는 일부 자칭 이상주의자들이여. 꿈에서 깨어나라! 그대들의 행위는 동기야 어찌 되었든 결과적으로 동맹의 힘을 저해하고 제국에 이익을 가져다주는 행위이다. 제국은 반전反戰과 평화의 주장 따위는 인정하지도 않는다. 자유의 나라인 우리 동맹이기 때문에 국책에 대한 반대가 허용되는 것이다. 그대들은 그 사실에 응석을 부리고 있을 뿐이다! 평화를 입으로 부르짖는 것만큼 쉬운 일은 없다!"

'하나 있긴 하지. 안전한 곳에 숨어 주전론主戰論을 부르짖는 것.'

양은 생각했다. 주위에서 열광의 수위가 시시각각 높아지는 것이 온몸으로 느껴져 진절머리가 났다. 언제, 그 어떤 시대가 되어도 선동자가 지지를 잃는 일은 없을 모양이다.

"저는 감히 말씀드립니다. 은하제국의 전제적 전체주의를 타도하기 위한 이 성전에 반대하는 자는 모두 국가를 해하는 자들이라고. 영예로운 동맹의 국민 될 자격이 없는 자들이라고! 자유로운 사회와 이를 보장하는 국가체제를 지키기 위해 죽음을 두려워않고 싸우는 자만이 진정한 동맹국민이라고. 그 각오가 없는 비겁자들은 영령 앞에 부끄러워하라고! 이 나라는 우리의 선조가 세운 것입니다. 우리는 역사를 알고 있습니다. 우리의 선조가 피로 자유를 쟁취했다는 사실을 알고 있습니다. 이처럼 위대한 역사를 가진 우리 조국! 자유로운 우리 조국! 마땅히 지켜야 할 유일한 가치를 지키기 위해 우리는 일어나 싸워야만 합니다. 싸우자, 조국을 위해! 동맹 만세! 공화국 만세! 제국을 타도하라!"

국방위원장의 절규와 함께 청중의 이성도 어딘가로 날아가고 말았다. 열광의 노도가 6만 명의 몸을 밀어올린 것처럼, 그들은 자리에서 일어나 어금니까지 보일 정도로 입을 벌리고 트뤼니히트와 입을 맞춰 절규했다.

"동맹 만세! 공화국 만세! 제국을 타도하라!"

무수한 팔뚝의 숲이 군모를 허공으로 높이 내던졌다. 박수와 환성의 광상곡狂想曲.

그 가운데 양은 묵묵히 **앉아 있었다**. 검은 눈으로 싸늘하게 단상의 연설자를 쳐다보았다. 두 손을 높이 치켜들어 만장한 광열에 화답하던 트뤼니히트의 시선이 청중들의 제일 앞줄에 머물렀다.

한순간 그 눈빛에 딱딱한 불쾌감이 드러나며 입가가 굳어졌다. 혼자서만 앉아있는 젊은 장교가 시야에 들어왔기 때문이다. 뒷줄이었다면 보이지 않았겠지만 공교롭게도 제일 앞줄이었다. 숭고한 조국애의 화신 앞에 발칙한 반역자가 있는 셈이었다.

"귀관은 왜 일어나지 않나?!"

노성을 지른 것은 두툼한 뺨을 가진 중년의 장교였다. 양과 같은 준장 계급장을 달고 있었다. 시선을 돌리더니 양은 조용히 대답했다.

"이 나라는 자유의 나라입니다. 일어나고 싶지 않을 때 일어나지 않아도 되는 자유가 있지 않습니까? 저는 그 자유를 행사했을 뿐입니다."

"그러면 왜 일어나고 싶지 않은가."

"대답하지 않을 자유를 행사하겠습니다."

스스로 생각해도 밉살맞은 대답이로군. 카젤느 소장님은 분명 비웃겠지. 저항치고는 치졸하다고.

하지만 양은 굳이 어른스럽게 대처하고 싶지 않았다. 일어나기도 싫었고, 박수를 치기도 동맹 만세를 외치기도 싫었다. 트뤼니히트의 연설에 감동하지 않았기 때문에 비애국자라 지탄을 받는다면 받을 수밖에. 어느 시대고 임금님은 벌거숭이라고 외쳤던 것은 어른이 아니라 아이였다.

"귀관은 대체 무슨 생각으로……."

중년 준장이 떠들어대려 할 때, 단상의 트뤼니히트가 팔을 내렸다. 가볍게 두 손으로 청중을 제지하는 동작을 취한다. 그에 따라 열광의 수위가 감소하고 정숙이 음향을 누르기 시작했다. 사람들의 머리 위치가 낮아졌다.

양을 노려보던 중년 준장도 두툼한 뺨을 불만스럽게 흔들며 자리에 앉았다.

"……여러분."

단상의 국방위원장은 다시 입을 열었다. 장광설과 절규로 그의 입은 바짝 말라 불협화음처럼 갈라진 목소리만이 나왔다. 트뤼니히트는 헛기침을 한 차례 하더니 연설을 재개했다.

"우리의 가장 강대한 무기는 전 국민의 통일된 의지입니다. 자유의 나라이며 민주공화제를 선택한 이상 아무리 숭고한 목적이라 해도 강제할 수는 없습니다. 각 개인에게는 국가에 반대할 자유가 있습니다. 그러나 양식 있는 국민 여러분이라면 잘 알고 계시리라 믿습니다. 진정한 자유란 왜소한 자아를 버리고 단결해 공통된 목적을 향해 전진하는 것이라고. 여러분……."

그때 트뤼니히트가 입을 다문 것은 입이 말라 목소리가 갈라졌기 때문이 아니었다. 한 여성이 좌석 사이의 통로를 지나 연단으로 다가오는 것을 보았기 때문이었다. 엷은 갈색 머리를 한 젊은 여성으로, 그녀가 지나갈 때마다 남자들의 절반 이상이 돌아볼 만큼은 아름다웠다. 그녀가 걸어가는 통로 양쪽에서 의문을 품은 술렁임이 일며 주위로 파문이

퍼졌다.

"……누구지, 저 여자는?"

"뭘 하려는 거야?"

양이 다른 청중들을 따라 그녀에게 시선을 돌린 것은 트뤼니히트의 얼굴을 계속 보는 것보다는 낫다고 생각했기 때문이었으나, 여자가 눈에 들어온 순간 움찔했다. 그의 기억에 있는 얼굴이었다.

"국방위원장 각하."

그 여성은 잘 울리는 메조소프라노 풍의 목소리로 연단을 향해 말했다.

"저는 제시카 에드워즈라고 합니다. 아스타테 회전에서 전사한 제6함대 참모 장 로베르 랍의 약혼녀입니다. 아니, 약혼녀였습니다."

"그건……."

희대의 웅변가이자 '차기 지도자'는 말문이 막혔다.

"그건, 심심한 위로의 말씀을 드립니다, 아가씨. 그러나……."

말을 제대로 잇지도 못한 채, 국방위원장은 의미도 없이 넓은 식장을 둘러보았다. 6만여 청중은 침묵으로 그에게 대답했다. 모두 숨을 죽인 채, 약혼자를 잃은 여인을 바라보았다.

"위로하실 필요는 없습니다, 위원장 각하. 제 약혼자는 조국을 지키고 숭고하게 산화한 것이니까요."

제시카는 낭패한 위원장을 조용히 다독였다. 트뤼니히트는 노골적으로 안도하는 표정을 지었다.

"그렇군요. 당신은 진정 후방 여인들의 귀감입니다. 당신의 고귀한 정신은 분명 큰 보답을 받을 것입니다."

염치도 없는 그 모습에 이번엔 양이 눈을 감고 싶어졌다. 수치심이라고는 찾아보기 힘든 인물에게 못 할 일은 없다는 생각이 들었다.

한편 제시카는 변함없이 냉정해 보였다.

"감사드립니다, 위원장 각하. 저는 그저 위원장 각하께 한 가지 질문을 드리고 싶었을 뿐입니다."

"오오, 그렇습니까? 어떤 질문인지요? 제가 대답해드릴 수 있는 질문이라면 좋겠습니다만……."

"당신은 지금 어디에 있습니까?"

트뤼니히트는 눈을 깜빡였다. 질문의 의도를 제대로 이해하지 못한 청중 대다수도 마찬가지였다.

"네? 뭐라고 하셨는지……."

"제 약혼자는 조국을 지키기 위해 전장으로 달려가, 이제는 이 세상 어디에도 없습니다. 위원장 각하, 당신은 어디에 있습니까? 죽음을 찬미하시는 당신은 어디에 있는 것입니까?"

"아가씨……."

국방위원장은 누가 보더라도 당혹한 기색이 역력했다.

"당신의 가족은 어디에 있습니까?"

제시카의 추궁은 가차 없이 이어졌다.

"저는 약혼자를 희생했습니다. 국민에게 희생할 필요를 부르짖는 당신의 가족은 지금 어디에 있습니까? 당신의 연설에는 한 점의 잘못도 없습니다. 그러나 스스로 그것을 실행하고 있습니까?"

"경비병!"

좌우를 둘러보며 트뤼니히트가 외쳤다.

"이 아가씨께서 정신이 혼란하신 모양이다. 별실로 안내하도록. 군악

대! 내 연설은 끝났다. 국가, 국가를 연주하라!"

누군가가 제시카의 팔을 붙들었다. 뿌리치려던 그녀는 상대의 얼굴을 보고 팔을 멈추었다.

"그만 가지."

양 웬리는 조용히 말했다.

"여긴 당신이 있을 곳이 아닌 것 같으니……."

웅장한 고양감이 넘쳐나는 음악이 식장에 퍼지기 시작했다. 자유행성동맹의 국가 '자유의 깃발 자유의 겨레'였다.

벗이여 그 언젠가 압제자를 타도하고
해방될 행성 위에
자유의 깃발을 세우세
우리 이에 싸우노라 빛나는 미래를 위해
우리 이에 싸우노라 결실 맺을 내일을 위해
벗이여 노래하세 자유의 넋을
벗이여 보여주세 자유의 넋을

음악에 맞춰 청중이 노래하기 시작했다. 조금 전의 무질서한 외침과는 달리 그것은 통일된 풍부한 선율이었다.

전제정치의 어둠 저편에서
자유의 새벽을 우리의 손으로 불러오세

대! 내 연설은 끝났다. 국가, 국가를 연주하라!"

누군가가 제시카의 팔을 붙들었다. 뿌리치려던 그녀는 상대의 얼굴을 보고 팔을 멈추었다.

"그만 가지."

양 웬리는 조용히 말했다.

"여긴 당신이 있을 곳이 아닌 것 같으니……."

웅장한 고양감이 넘쳐나는 음악이 식장에 퍼지기 시작했다. 자유행성동맹의 국가 '자유의 깃발 자유의 겨레'였다.

벗이여 그 언젠가 압제자를 타도하고
해방될 행성 위에
자유의 깃발을 세우세
우리 이에 싸우노라 빛나는 미래를 위해
우리 이에 싸우노라 결실 맺을 내일을 위해
벗이여 노래하세 자유의 넋을
벗이여 보여주세 자유의 넋을

음악에 맞춰 청중이 노래하기 시작했다. 조금 전의 무질서한 외침과는 달리 그것은 통일된 풍부한 선율이었다.

전제정치의 어둠 저편에서
자유의 새벽을 우리의 손으로 불러오세

연단에 등을 돌린 채 양과 제시카는 통로를 나아가 출구로 향했다.
청중들은 두 사람이 곁을 지나갈 때마다 시선을 보냈지만, 금세 단상을 돌아보며 노래를 계속했다. 양과 제시카 앞에서 소리도 없이 열린 문이 그들의 뒤에서 닫힐 때, 국가의 마지막 한 소절이 귀를 때렸다.

오오 우리는 자유의 겨레
우리는 영원히 굴하지 않으리라…….

II

저녁놀 너머로 마지막 빛줄기가 사라지고 감미로운 밤의 청량감이 지상을 뒤덮었다. 현란한 별무리가 은청색 광채를 쏟아내기 시작했다. 이 계절이 되면 나선형의 비단폭에 비유되는 별자리의 광채가 선명해진다.
하이네센폴리스의 우주항宇宙港은 매우 북적거렸다.
넓은 로비에 각양각색의 사람들이 무리를 지어 돌아다니고 있었다. 여행을 마친 사람들, 이제부터 여행을 떠날 사람들. 배웅하는 사람, 마중을 나온 사람, 정장 차림의 일반시민, 검은 베레모를 쓴 군인, 단체 작업복을 입은 기술자, 인파에 질렸는지 굳은 표정으로 요소요소에 서 있는 경비병, 일에 휘둘리며 빠른 걸음으로 걷는 우주항 직원, 신나게 떠들어대는 아이들, 거치적거리는 사람들의 틈새를 뚫고 생쥐처럼 뛰어다니는 화물운반 로봇 카 등등.
"양."
제시카 에드워즈는 곁에 있던 청년의 이름을 불렀다.

"응?"

"내가 한 짓이 마음에 안 들지?"

"왜?"

"슬퍼도 잠자코 견디는 유족들이 대부분인데, 많은 사람들 앞에서 그런 소리를 했으니까. 불쾌하게 생각해도 당연해."

잠자코 견디기만 해서 사태가 개선된 사례는 없다. 누군가가 지도자의 책임을 규탄해야만 한다.

양은 그렇게 생각했으나 입 밖에 낸 말은 이것뿐이었다.

"아니, 그렇진 않아."

두 사람은 우주항 로비의 소파 중 하나에 나란히 앉아 있었다.

제시카는 한 시간 후에 올 정기선으로 하이네센의 이웃 행성 테르누젠으로 돌아간다고 했다. 그녀는 그곳의 초등학교에서 음악을 가르치고 있다. 장 로베르 랍 소령이 살아있었더라면 분명 가까운 장래에 퇴직해 결혼했을 것이다.

"당신은 출세했구나, 양."

제시카가 눈앞을 지나가는 세 가족을 보며 말했다. 양은 대답하지 못했다.

"아스타테에서 활약했던 것, 들었어. 그 전의 공적도……. 장이 언제나 칭찬하던걸. 동기들의 자랑이라고."

장 로베르 랍은 좋은 사내였다. 제시카가 그를 선택한 것은 현명한 판단이었다고, 다소 서운한 심정으로 양은 생각했다. 사관학교 사무장의 딸로, 음악학교에 다니던 제시카 에드워즈. 현재는 약혼자를 잃은 음악 선생.

"당신을 제외한 동맹군 제독들은 전부 부끄러운 줄 알아야 해. 한 전투에서 100만 명도 넘는 전사자를 냈는걸. 도의상으로라도 부끄러워해야지."

그 말에는 조금 어폐가 있다고 양은 생각했다. 비전투원을 학살했다거나 휴전협정을 어기는 만행을 저질렀다면 모를까, 본래 명장과 졸장은 도의를 기준으로 우열을 가릴 수 없다. 졸장이 아군을 100만 명 죽였을 때, 명장은 적을 100만 명 죽였다는 차이가 있을 뿐. 죽음을 당할지언정 죽이지는 않는다는 절대평화주의의 견지에서 본다면 어느 쪽이나 대량살인자라는 데는 차이가 없다.

졸장이 부끄러워해야 할 것은 능력의 부족함이지, 도의와는 차원이 다른 문제이다. 그러나 이 사실을 말해봤자 이해해줄 것 같지도 않았으며, 이해를 구해야만 할 일도 아닌 것 같았다.

우주항의 탑승 안내방송이 제시카를 소파에서 일으켰다. 그녀가 탈정기선의 출항 시간이 다가온 것이다.

"잘 있어, 양. 배웅해줘서 고마워."

"몸조심해."

"출세해줘. 장의 못까지."

양은 탑승구로 사라지는 제시카의 뒷모습을 한동안 지켜보았다.

출세해달라니.

그것은 곧 지금보다도 더 많은 적을 죽이라는 뜻이다. 그녀는 그 사실을 알고 있을까. 아마, 아니, 절대 모를 것이다. 그것은 은하제국에 그녀와 똑같은 처지를 가진 여성을 만들라는 말이기도 하다. 그때 제국의 여성들은 누구에게 비탄과 분노를 쏟아내야 할까.

"저어, 양 웬리 준장님 아니십니까?"

그때 한 노년 여성이 말을 걸었다. 양은 천천히 돌아보았다. 대여섯 살쯤 된 사내아이와 함께 서 있는 우아한 노부인의 모습이 눈에 들어왔다.

"그렇습니다만……."

"아아, 역시. 얘, 윌. 이 분이 아스타테의 영웅이시란다. 어서 인사를 드려야지."

사내아이는 부끄러워하며 노부인의 등 뒤로 숨었다.

"저는 메이어 부인이라고 합니다. 남편도 아들도…… 아, 아들이란 이 아이의 아버지입니다만, 모두 군인이었지요. 제국군과 싸우다 명예롭게 전사했습니다. 준장님의 무훈을 뉴스에서 보고 감격했는데, 이런 곳에서 뵙게 되다니 생각지도 못한 영광이에요."

"……."

자신은 대체 지금 어떤 표정을 짓고 있을까, 양은 걱정이 들었다.

"이 아이도 군인이 되고 싶다고 해요. 제국군을 물리치고 아빠의 원수를 갚겠다고……. 양 준장님, 염치불구하고 드리는 부탁입니다. 영웅이신 준장님께서 이 아이의 손을 잡아주실 수는 없을까요? 악수만 해 주신다면 이 아이에겐 평생의 격려가 될 것입니다."

양은 노부인의 얼굴을 똑바로 바라볼 수 없었다.

대답이 없는 것을 승낙으로 받아들였는지, 노부인은 손자를 젊은 제독 앞에 밀어내려 했다. 하지만 손자는 양의 얼굴을 보면서도 할머니의 옷을 붙든 채 떨어지려 하지 않았다.

"왜 이러니, 윌? 이래서야 어디 용감한 군인이 되겠어?"

"메이어 부인."

마음속으로 식은땀을 닦아내며 양은 말했다.

"월이 어른이 될 때쯤이면 평화로운 시대가 찾아올 겁니다. 그러면 억지로 군인이 될 필요도 없을 테고요. ……꼬마야, 잘 지내렴."

가볍게 인사를 하고 양은 몸을 돌려 빠른 걸음으로 그 자리를 떠났다. 다시 말해 도망친 것이다. 그것을 불명예로 여기지는 않았다.

III

양이 실버브리지 거리 24번지에 위치한 관사로 돌아왔을 때 손목시계는 하이네센 표준시로 20시를 알리고 있었다. 이 일대는 독신자 내지는 핵가족을 대상으로 한 고급장교용 주택지구로, 자연의 엽록소가 신선한 향기를 뿜어내는 곳이었다.

그렇다고는 하나 건물이나 설비가 꼭 새것이거나 호화로운가 하면 그렇지는 않았다. 면적에 여유가 있고 녹음이 풍부한 것은 단지 신축 내지 증개축에 필요한 경비가 만성적으로 부족하기 때문이다.

느릿한 자동주로에서 내린 양은 손질이 잘 되지 않은 넓은 공용 잔디를 가로질렀다. 식별장치를 겸한 대문이 과중노동에 대해 불평하듯 삐걱거리면서도 B-6호 관사의 주인을 맞이해주었다.

이제는 사비를 들여서라도 바꿔야 할까 싶었다. 경리부에 교섭을 해봐도 좀처럼 고개를 끄덕여주질 않았기 때문이다.

"다녀오셨어요, 준장님?"

율리안 민츠 소년이 현관에서 그를 맞이했다.

"혹시 외박하시는 것 아닌가 했어요. 하지만 다행이네요. 준장님이 좋아하시는 아이리시 스튜를 만들었거든요."

"배를 비우고 온 보람이 있었구나. 하지만 어째서 외박을 할 거라 생각했지?"

"카젤느 소장님께서 연락을 주셨거든요."

"연락?"

양의 군용 베레모를 받아 들며 소년은 대답했다.

"행사 도중에 웬 미인과 다정하게 손을 잡고 빠져나가더라고 하셨어요."

"그 인간은……"

현관으로 들어서며 양은 쓴웃음을 지었다.

율리안 민츠 소년은 양의 피보호자이며 열네 살이다. 신장은 나이에 어울리는 정도. 아마색亞麻色 머리와 짙은 갈색 눈동자와 섬세한 용모를 지닌 미소년이라, 카젤느 같은 자들은 이제 외롭지는 않겠다고 양에게 천박한 농담을 던지기도 했다.

율리안 소년은 2년 전 '군인자녀복지 전시특별법'에 의해 양의 피보호자가 되었다. 이것은 발안자의 이름을 따 통칭 '트래버스 법'이라 불린다.

자유행성동맹은 1세기 반에 걸쳐 은하제국과 전쟁을 벌이고 있다. 이는 끊임없이 전사자와 전재민이 발생한다는 것을 뜻한다. 친인척이 없는 전쟁고아를 구제하면서 동시에 인적자원을 확보한다는 일석이조의 목적으로 만들어진 것이 바로 트래버스 법이었다.

그 요지는 다음과 같다. 우선 고아들은 군인 가정에서 양육된다. 정부에서는 일정 액수의 양육비를 대출해준다. 고아들이 소년병이 되거나 사관학교, 기술학교 같은 군 관계 학교에 입학할 경우에만 양육비 반환이 면제된다. 물론 여자아이도 마찬가지였다. 군대의 입장에선 여성도 보급, 경리, 수송, 통신, 관제, 정보처리, 시설관리 등의 후방근무에 빼놓을 수 없는 인적자원이기 때문이다.

"말하자면 중세시대의 도제 제도를 도입한 셈이랄까. 아니, 더 악질적이려나? 금전으로 장래를 묶어놓은 거니까."

당시 후방근무본부 소속이었던 카젤느는 한껏 비꼬며 설명해주었다.

"하지만 뭐가 어찌 됐든 인간은 먹이가 있어야 목숨을 부지하지. 이건 사실이거든. 그래서 사육 담당이 필요한 거고. 너도 한 명 정도는 맡아줘야겠어."

"저는 가정도 없는데요?"

"그러니까 하는 소리야. 처자식을 먹여 살린다는 사회적 의무를 다하지 않으니까. 양육비도 나오는데 이 정도는 맡아줘야지. 안 그래? 독신 귀족 나리."

"알겠습니다. 하지만 딱 한 명만이에요."

"기왕이면 둘로 하지?"

"하나면 충분하다니까요."

"그래? 그럼 2인분을 먹어치우는 놈으로 찾아주지."

두 사람 사이에서 이와 같은 대화가 오가고 나흘 후, 율리안 소년은 양이 기거하는 관사의 현관 앞에 서 있었다.

율리안은 첫날부터 자신의 위치를 확보했다. 그때까지 이 관사의 유일한 구성원이었던 누군가는 유능하고도 근면한 가정경영자와는 거리가 멀었다. 버젓이 갖춰놓은 홈 컴퓨터도 정보 입력을 게을리한 탓에 결국 무용지물일 뿐이었다. 그와 더불어 다른 생활기기들도 먼지를 뒤집어쓴 채 제 할 일을 다하지 못했다.

율리안은 자신을 위해서라도 가정의 물질적 환경을 정비해야겠다고 결심한 모양이었다. 율리안이 이 관사의 식구가 된 다음다음 날, 젊은 가장은 단기 출장을 갔다 일주일 후 귀가했다. 그리고 정돈과 능률의 연합군에 점령당한 자신의 집을 목격하게 되었다.

"홈 컴퓨터의 정보를 여섯 개 부문으로 나눠 정리했습니다."

열두 살짜리 점령군 사령관은 멍하니 서 있는 가장에게 그렇게 보고했다.

"어디 보자, 1. 가정경영 관리, 2. 기기 제어, 3. 보안, 4. 정보수집, 5. 가정학습, 6. 오락, 이상입니다. 더 자세히 설명을 드리자면, 가계부나 그날의 식사 메뉴는 1, 냉난방과 청소기, 세탁기 같은 것이 2, 방범과 소화장치가 3, 뉴스와 일기예보와 쇼핑 정보가 4…… 외워두셔야 해요, 대령님."

당시 양은 대령이었다. 그는 아무 말도 못하고 거실 겸 식당의 소파에 주저앉아서는, 천진난만하게 웃고 있는 이 조그마한 침략자에게 뭐라고 따질까 고민했다.

"그리고 청소도 해 두었습니다. 침대 시트도 빨았고요. 정돈한다고 하긴 했는데, 혹시 불만이 있으시다면 말씀해 주세요. 뭔가 필요하신 건 없나요?"

"……홍차를 한 잔 타주겠니?"

양이 그렇게 말한 것은, 그가 좋아하는 홍차로 목을 축인 후 불평을 늘어놓아야겠다고 생각해서였다. 그러나 부엌으로 뛰어간 소년이 신품처럼 깨끗해진 다기 세트를 가져와서는 그의 눈앞에서 실론섬토산 홍차를 끓이는 그 손놀림을 보고 또 한 번 놀라야 했다.

그의 눈앞에 내밀어진 차를 한 모금 마시고, 그는 소년에게 항복하기로 했다. 그만큼 향도 맛도 좋았던 것이다. 율리안의 죽은 아버지는 우주함대의 대위였는데, 양보다 더한 홍차광이어서 아들에게 찻잎의 종류며 차 끓이는 법에 대한 지식을 전수해주었다고 한다.

양이 율리안 소년식 가정경영을 받아들이고 나서 보름이 지나, 3차원 체스를 두러 집을 찾아온 카젤느가 실내를 둘러보더니 논평했다.

"유사 이래 처음으로 너희 집이 청결해졌군. 부모가 무능하면 그만큼 아이가 착실해진다는 옛말이 사실이었어."

양은 반론하지 않았다.

그로부터 2년이 지났다. 율리안은 키도 10센티미터 이상 자라고, 약간이지만 어른스러워지기도 했다. 학업성적도 좋은 모양이었다. 모양이었다, 고 한 데는 이유가 있다. 보호자는 '낙제를 하지 않는 이상 일일이 보고할 필요는 없다'고 무책임하게 선언한 반면 피보호자는 이따금 표창 메달 같은 것을 들고 돌아오곤 했기 때문이다. 카젤느의 말마따나 청출어람이라고나 할까.

"오늘 학교에서 선생님이 내년 이후의 진로를 물어보셨어요."

식사를 하며 율리안이 말을 꺼내는 일은 흔치 않았다. 양은 스튜를 뜨던 스푼을 멈추고 소년을 보았다.

"졸업은 내년 6월 아니었니?"

"학점을 따면 반년 일찍 졸업하는 제도가 있거든요."

"오오."

무책임한 보호자는 그저 감탄할 뿐이었다.

"그럼, 군인이 되려는 거냐?"

"네. 전 군인의 아이니까요."

"부모의 직업을 아이가 꼭 물려받아야 한다는 법은 없어. 실제로 우리 아버지는 교역상이셨고. 네가 달리 하고 싶은 일이 있다면 그 길을 가렴."

우주항에서 만난 월 소년의 천진한 얼굴이 다시금 떠올랐다.

"하지만 군대에 들어가지 않으면 양육비를 갚아야 하잖아요……."

"갚지 뭐."

"네?"

"네 보호자를 과소평가하면 못써. 그 정도 저축은 해 놨으니까. 애초에 그렇게 일찍 졸업할 필요도 없고. 좀 더 노는 건 어떻겠냐?"

소년은 매끈한 뺨이 슬쩍 붉어진 것 같았다.

"그렇게까지 폐를 끼치고 싶지는 않은걸요."

"건방진 소리를 다 하는구나, 어린애 주제에. 애들이란 원래 어른을 빨아먹으면서 자라는 거야."

"말씀만으로도 고맙습니다. 하지만……."

"하지만, 왜. 그렇게 군인이 되고 싶어?"

율리안은 의아한 표정으로 양의 얼굴을 보았다.

"어쩐지 군인을 싫어하시는 것처럼 들리는데요……."

"싫고말고."

간단명료한 양의 대답에 소년은 당황했다.

"하지만, 그렇다면 왜 군인이 되신 거예요?"

"당연한 걸 묻고 그러는구나. 달리 능력이 없었기 때문이야."

스튜를 다 먹은 양은 냅킨으로 입을 닦았다. 율리안은 식기를 치우고 홈 컴퓨터로 부엌의 식기세척기를 조작했다. 그리고 다기 세트를 가져와 실론 홍차를 끓이기 시작했다.

"뭐, 좀 더 천천히 생각해 보고 결정하렴. 서두를 필요는 없으니까."

"네, 그럴게요. 하지만 준장님, 뉴스에서 그러던데, 로엔그람 백작이 군대에 들어갔을 때는 열다섯 살이었다면서요?"

"그렇다더구나."

"얼굴도 나왔는데 굉장한 미남이었어요. 혹시 아시나요?"

라인하르트 폰 로엔그람 백작의 얼굴이라면 직접은 아니어도 레이저 홀로그램 등으로 몇 번인가 본 적이 있다. 후방근무본부의 여성병들 사이에서는 동맹군의 어떤 장교보다도 인기가 높다는 소문도 들었다. 그도 그럴 것이다. 양도 그 정도 미모를 가진 젊은이는 본 적이 없었으니까.

"하지만 나도 그리 모자라지는 않지. 안 그러냐, 율리안?"

"홍차에는 밀크를 탈까요? 아니면 브랜디가 좋으시겠어요?"

"……브랜디."

그때 신경에 거슬리는 소리와 함께 방범 시스템의 붉은 램프가 깜빡였다. 율리안이 모니터 TV의 스위치를 켜자 적외선 화면에 수많은 사람들의 실루엣이 비쳤다. 모두들 하얀 두건을 뒤집어쓴 채 두 눈만을 내놓고 있었다.

"율리안."

"네?"

"요즘엔 저런 광대들이 집단으로 가정방문을 하는 게 유행이니?"

"저건 우국기사단憂國騎士團이에요."

"그런 서커스단은 모르겠는데."

"과격한 국가주의자들 집단이죠. 국가 정책이나 전쟁에 반대하는 언동을 보이는 사람들에게 온갖 행패를 부려서 요즘은 유명해요. ……하지만 이상하네. 왜 우리 집에 쳐들어온 거람? 준장님은 칭찬을 받으면 모를까, 비난받을 일은 하지 않으셨잖아요?"

"몇 명이나 되나?"

양은 은근슬쩍 화제를 돌렸다. 율리안이 모니터 화면 구석의 숫자를 읽었다.

"마흔두 명이에요, 부지 내로 침입한 건. 아, 마흔셋, 마흔넷으로 늘었어요."

『양 준장!』

마이크 너머로 들려온 고함 소리에 특수 유리로 된 화면이 살짝 떨렸다.

"네, 네."

양은 중얼거렸으나 실외에는 들릴 리가 없다.

『우리는 진정으로 이 나라를 사랑하는 자들의 집단 우국기사단이다. 우리는 당신을 탄핵한다! 전공戰功에 도취된 것인가? 당신은 군의 의사통일을 흐트러뜨리고 전의를 꺾는 행동을 보였다. 가슴에 손을 대고 물어보라!』

뺨 언저리에 율리안의 놀란 시선이 느껴졌다.

『양 준장, 당신은 신성한 위령제를 모욕했다. 참석자 전원이 국방위원장의 열변에 호응해 제국 타도를 맹세할 때 오직 한 사람, 당신만은 자리에서 일어나지 않은 채 전 국민의 결의를 조롱하는 태도를 보이지 않았나! 우리는 당신의 그 오만함을 탄핵한다! 주장이 있다면 우리의 앞으로 나와라. 말해두지만 치안당국에 연락해봤자 소용없다. 우리에게는 신고 시스템을 교란할 방법이 있다.』

양은 속으로 납득했다.

'그렇군. 우국기사단인지 뭔지 하는 것들 뒤에는 절세의 애국자 트뤼니히트 각하께서 버티고 계신 모양이야. 요란하기만 할 뿐 싸구려 콩소메 수프보다도 알맹이가 없는 그 연설과 아주 잘 어울리는 친구들인걸.'

율리안이 물었다.

"정말로 그러셨어요, 준장님?"

"응, 그랬나봐."

"왜 또 그러셨어요! 속으로는 반대하더라도 일어나서 박수만 쳤더라면 무사히 넘어갔을 텐데. 어차피 남들이야 표면밖에 못 보는 법이잖아요."

"카젤느 소장님 같은 소리를 하는구나, 너."

"딱히 카젤느 소장님이 아니라 애들이라도 그 정도는 아는걸요."

『……뭘 꾸물대나! 당장 나오지 못하겠나! 그나마 수치심은 있는 모양이군. 그러나 아무리 참회한다 한들 우리 앞에서 그렇게 확언하지 않는 한 성의를 인정하지 않겠다!』

바깥에서 들려오는 목소리가 오만하게 고했다. 양이 혀를 차고 일어나려 하자 율리안이 그의 소매를 잡아끌었다.

"준장님, 아무리 화가 나셔도 무기는 쓰면 안 돼요."

"넌 아까부터 내 행동을 너무 앞질러가는구나. 왜 내가 놈들과 이야기를 나눌 마음이 없다고 단정 짓는 거냐?"

"사실, 없으시잖아요?"

"……."

그때 귀를 찢는 소리와 함께 특수 유리창에 균열이 갔다. 투석 정도로 깨질 유리가 아니다. 다음 순간, 사람 머리만한 금속제 구체가 실내에 날아들더니 벽의 장식에 격돌해 그 부근에 진열되어 있던 몇몇 도자기를 박살낸 후 무거운 소리를 내며 바닥을 굴렀다.

"엎드려, 위험해!"

양이 외치고 율리안이 홈 컴퓨터를 끌어안은 채 재빨리 소파 뒤로 뛰어든 순간, 금속구는 요란하게 여러 덩어리로 분열해 사방팔방으로 날아갔다. 불협화음 같은 불쾌한 소리가 실내 여기저기서 동시에 발생해 조명이며 식기며 의자 등받이 등이 잡동사니로 바뀌었다.

양은 아연실색했다. 우국기사단은 척탄통擲彈筒을 들고 와선 비화약성 소규모 가옥파괴탄을 쏜 것이다. 공병대가 인화 위험이 있을 때 사용하는 병기였다.

그나마 이 정도 피해로 끝난 것은 파괴력을 최저 수준으로 맞춰놓았기 때문이리라. 원래는 실내를 초토화할 만한 물건이다. 그렇다고는 해도 민간인이 어떻게 군용품을 소유하고 있단 말인가.

양은 어떤 아이디어를 떠올리고 손가락을 딱 튕겼다. 그리 좋은 소리는 나지 않았지만.

"율리안, 살수기 스위치가 어떤 거냐?"

"2-A-4예요. 응전하시게요?"

"놈들에게 예의를 좀 가르쳐줄 필요가 있을 것 같아서."

"……그렇다면 누르세요."

『뭐 하는 거냐. 뭐라고 한마디쯤 해 보시지. 대답이 없다면 다시……』

바깥에서 들려오던 위압에 가득한 목소리가 갑자기 비명으로 바뀌었다. 최고 수압에 맞춘 살수기가 굵은 물의 채찍을 하얀 복면의 사내들에게 내리쳤기 때문이다. 때 아닌 폭우를 만난 것처럼 그들은 흠뻑 젖어 물의 커튼 속을 우왕좌왕 도망쳐 다녔다.

"신사를 화나게 하면 무섭다는 걸 좀 알겠나? 숫자에만 의존하는 불한당들."

양이 혼잣말을 했을 때 치안경찰 특유의 사이렌 소리가 멀리서 들려오기 시작했다. 다른 관사의 주민이 신고한 모양이었다.

그렇다고는 해도 이제까지 치안 당국의 출동이 없었다는 사실은 우국기사단을 자칭하는 독선가들의 세력이 의외로 널리 퍼져있음을 은연중에 말해주는 것일지도 모른다. 배후에 트뤼니히트의 존재가 있다고 생각하면 수긍이 가는 일이다.

우국기사단은 재빨리 철수했다. 승리의 개가를 올릴 마음은 들지 않았을 것이다. 그 후에야 도착한 푸른 제복 차림의 경관은 우국기사단을 열렬한 애국자 단체라고 평해 양을 불쾌하게 만들었다.

"자네 말이 맞는다면 왜 놈들은 군대에 지원하지 않나? 한밤중에 아이가 있는 집을 에워싸고 소란을 피워대는 것이 애국자가 할 짓인가? 게다가 하는 짓이 정당하다면 얼굴을 가리는 것 자체가 모순 아닌가."

양이 경관을 논파하는 동안 율리안은 살수기 스위치를 끈 후 참담한 몰골로 변한 실내를 청소하고 정리하기 시작했다.

"나도 하마."

쓸모없는 경관을 쫓아낸 양이 말하자 율리안은 손을 저었다.

"아뇨, 오히려 방해만 되니까. 아, 거기 테이블 위에라도 앉아 계세요."

"테이블이라니, 율리안 너……."

"금방 끝나요."

"테이블 위에서 뭘 하란 말이냐."

"그럼 홍차를 끓여드릴 테니 그거라도 드세요."

투덜거리며 테이블 위에 올라간 양은 책상다리를 하고 앉았으나, 율리안이 주워든 도자기 파편을 보며 탄식했다.

"만력적회[2] 구나. 그건 아버지의 유품 중에서 유일한 진품이었는데."

율리안이 실내 청소를 거의 마친 22시 무렵, 카젤느 소장이 TV 전화로 연락을 했다.

『여어, 꼬마. 네 보호자 좀 바꿔다오.』

"저기 계세요."

율리안이 가리킨 것은 테이블 위에서 책상다리를 하고 앉은 채 홍차를 홀짝이는 이 집의 가장이었다. 카젤느는 5초 정도 그 광경을 바라본 후 조용히 물었다.

『너, 집에선 테이블 위에 앉는 습관이 있었냐?』

"요일에 따라서요."

양은 테이블 위에서 대답해 카젤느를 쓴웃음 짓게 만들었다.

『뭐, 됐고. 시급한 용건이 있으니 당장 통합작전본부로 출두해. 랜드카가 곧 그쪽에 도착할 테니까.』

2__ 만력적회萬曆赤繪: 명나라 만력(1573~1620) 시기에 만들어진 도자기의 한 양식. 적회라는 특수한 안료로 그림을 그린 후 유약을 발라 굽는다. 오채五彩라고도 한다.

"지금 당장 말입니까?"

『시톨레 본부장님 명령이야.』

양이 찻잔을 받침 위에 내려놓았을 때, 그 소리가 평소보다도 조금 거칠었다. 율리안은 한순간 그 자리에 얼어붙었으나, 정신을 차렸을 때는 이미 양의 군복을 꺼내기 위해 뛰어가고 있었다.

"본부장님이 제게 무슨 용건이시랍니까?"

『내가 아는 건 시급한 용건이라는 것뿐이야. 그럼 나중에 본부에서 보자고.』

TV 전화는 끊어졌다. 양은 잠시 팔짱을 끼고 생각에 잠겼다. 돌아보니 그의 군복을 두 손에 받쳐 든 율리안이 서 있었다. 갈아입는 동안 본부의 공용차량이 도착했다. 어쩐지 바쁜 밤이라는 생각을 지울 수가 없었다.

현관을 나가려 했을 때 양은 문득 율리안을 보며 말했다.

"아무래도 늦어질 것 같으니 넌 먼저 자렴."

"예, 준장님."

대답은 그렇게 했지만, 양은 어쩐지 소년이 고분고분 말을 들을 것 같지가 않았다.

"율리안, 언젠가는 오늘 밤 사건도 웃으며 넘어가게 될 날이 올 거다. 하지만 나중엔 그 정도로 끝날 것 같지가 않구나. 아무래도 조금씩 안 좋은 시대가 되어가는 모양이야."

왜 갑자기 이런 말을 꺼냈는지 양도 자신의 생각을 알 수 없었다. 율리안은 젊은 제독을 똑바로 바라보았다.

"준장님. 제가 이런저런 건방진 말씀을 드리기도 했지만, 그런 건 마음에 두지 마시고 옳다고 생각하시는 길을 걸어가셨으면 해요. 전 누구보다도 준장님이 옳다고 믿으니까요."

양은 소년을 바라보며 무언가를 말하려다 결국 잠자코 아마색 머리만을 가볍게 쓰다듬어주었다. 그리고 등을 돌려 랜드카 쪽으로 걸어갔다. 율리안은 랜드카의 미등이 어둠 속으로 녹아들 때까지 현관에서 움직이지 않았다.

IV

자유행성동맹 통합작전본부장 시드니 시톨레 원수는 2미터에 육박하는 장신을 가진 초로의 흑인이다. 재기발랄한 타입은 아니지만 군대조직의 관리자로서, 또한 전략가로서 건실한 수완을 지녔으며, 수수하고도 중후한 인격으로 신망이 두터웠다. 요란한 인기는 없지만 지지층은 두껍고도 넓다.

통합작전본부장은 제복군인의 최고봉이며, 전시에는 동맹군 최고사령관 대리라는 칭호가 주어진다. 최고사령관은 동맹의 국가원수인 최고평의회 의장이다. 그 밑에서 국방위원장이 군정軍政을, 통합작전본부장은 군령軍令을 담당하는 것이다.

유감스럽게도 자유행성동맹에선 이 둘의 관계가 반드시 양호하지만은 않았다. 군정 담당자와 군령 책임자는 서로 협력해야만 한다. 그래야만 군대조직을 원활하게 움직일 수 있다. 하지만 서로 뜻이 맞지 않는 데다가 눈엣가시처럼 얄미워서, 트뤼니히트 국방위원장과 시톨레 통합작전본부장의 관계는 좋게 말해야 무장중립 정도의 관계라고 할 수 있었다.

집무실에 들어선 양을 시톨레 원수는 친근하게 맞아주었다. 양이 사관학교 생도였던 당시 원수는 교장이었다.

"앉게나, 양 소장."

시톨레 원수가 의자를 권하자 양은 사양하지 않고 앉았다. 원수는 즉시 본론으로 들어갔다.

"전할 것이 있어서 이렇게 오라 한 것일세. 정식 발령은 내일이 되겠지만, 자네는 이번에 소장으로 승진하게 되었네. 내정이 아니라 결정사항일세. 승진한 이유는 알겠나?"

"졌기 때문이겠죠."

양의 대답에 초로의 원수는 입가에 웃음을 머금었다.

"이거야 원. 자넨 옛날과 조금도 달라진 게 없군. 온화한 표정으로 신랄한 말을 한다니까. 사관학교 시절부터 그랬지."

"하지만 그것이 사실 아닙니까, 교장…… 아니, 본부장 각하."

"왜 그렇게 생각하나?"

"공연히 은상을 내리는 것은 궁색하다는 증거라고 고대의 병서에도 실려 있습니다. 패배에서 남들의 눈을 돌려놓을 필요가 있기 때문이라고 하더군요."

양이 눈 하나 깜빡하지 않고 말하자 원수는 쓴웃음을 지었다. 그는 팔짱을 끼더니 옛 제자를 바라보았다.

"어떤 의미로는 자네 말이 맞네. 근래 없던 참패를 당해 군대도 민간인도 동요하고 있지. 이를 가라앉히려면 영웅의 존재가 필요한 게야. 다시 말해 자네일세, 양 소장."

양은 미소를 지었으나, 유쾌해 보이지는 않았다.

"물론 자네도 만들어진 영웅이 되길 바라지는 않을 테지. 하지만 이것도 군인에게는 일종의 임무일세. 게다가 자네는 실제로 승진해 마땅한 공적을 세웠어. 그럼에도 승진시키지 않는다면 국민들은 통합작전본부와 국방위원회의 신상필벌 원칙에 대해 의구심을 품을 걸세."

"국방위원회 이야기가 나왔으니 말입니다만, 트뤼니히트 위원장의 의향은 어떻습니까?"

"여기선 개인의 의향은 아무 문제가 되지 않아. 설령 위원장이라 해도 말일세. 공인의 입장이라는 것이 있어."

겉으로야 그렇겠지. 하지만 개인의 입장이라면 트뤼니히트는 우국기사단을 출동시킬 수도 있을 것이다.

"각설하고. 자네가 아스타테에서 전투 개시 직전에 파에타 중장에게 제출한 작전계획, 그게 실행됐더라면 아군이 이겼으리라 보나?"

"예. 아마도요."

양은 가능한 겸손하게 대답했다. 시톨레 원수는 생각에 잠긴 듯 손가락으로 이마를 짚었다.

"하지만 다른 기회에 그 작전안을 살리는 일도 가능하지 않겠나? 그때는 로엔그람 백작에게 복수할 수도 있겠지."

"그건 로엔그람 백작이 어떻게 나오느냐에 달린 것 아닙니까? 그가 이번 전투의 성공으로 교만에 빠져 다시 소수의 병력으로 대군을 물리치려는 유혹을 이기지 못한다면 그 작전안이 빛을 볼 수도 있겠지요. 하지만……."

"하지만?"

"하지만 아마, 그럴 일은 없을 겁니다. 소수로 다수를 격파하는 것은 언뜻 화려해 보이기는 합니다만, 용병의 상식에서 벗어난 일이며 전술이 아닌 기술奇術의 범주에 속하는 것이니까요. 로엔그람 백작도 그것을 모르지 않겠지요. 다음에는 어마어마한 대군을 이끌고 공격하려 들 겁니다."

"그렇지. 적보다도 많은 병력을 갖추는 것이 용병의 근본이니. 그러나 문외한들은 오히려 자네가 말하는 기술 쪽을 환영하기 마련일세. 소수의 병력으로 다수의 병력을 격파하지 못하면 무능하다고까지 생각하거든. 하물며 반수의 적에게 대파당했다면……."

원수의 검은 얼굴에서 양은 고뇌를 엿볼 수 있었다. 양 개인에 대해서라면 모를까, 군부 전체에 대해 정부와 시민의 평가가 혹독해지는 것은 당연한 노릇이었다.

"양 소장, 돌이켜보면 우리 동맹군은 용병의 근본에 대해 잘못 생각했던 것은 아니었네. 적의 두 배나 되는 병력을 전장에 투입했어. 그럼에도 참패한 이유가 무엇 때문이겠나?"

"병력의 운용을 그르쳤기 때문입니다."

양의 대답은 간결하고도 요점을 짚는 것이었다.

"적보다도 많은 병력을 준비했음에도 그 이점을 살리기 위한 노력을 게을리했습니다. 병력의 규모에 안심했던 것이죠."

"구체적으로 말한다면?"

"버튼 전쟁이라 불리던 한 시대, 레이더와 전자공학이 기형적으로 발달했던 한 시대를 제외한다면 전장의 용병에는 항상 일정한 법칙이 있었습니다. 병력을 집중하는 것, 그 병력을 고속으로 이동하는 것, 이

두 가지입니다. 이를 요약한다면 단 한마디, '쓸모없는 병력을 만들지 않는다'가 되겠지요. 로엔그람 백작은 이를 완벽하게 실행해냈을 뿐입니다."

"흐음……."

"반대로 아군을 보십시오. 제4함대가 적에게 분쇄되는 동안 다른 두 함대는 당초의 예정에 집착해 시간을 낭비하고 있었습니다. 적의 정황을 정찰하고 정보를 분석하려는 노력도 충분하지 않았습니다. 3개 함대는 모두 고립무원에서 적과 싸워야만 했던 것입니다. 집중과 고속이동이라는 두 법칙을 잊어버린 당연한 결과입니다."

양은 입을 다물었다. 요즘은 이렇게 말을 많이 한 적이 드물었다. 다소 흥분했던 것일까.

"그렇군. 자네의 식견은 잘 알았네."

원수는 몇 번이고 고개를 끄덕였다.

"그런데 또 한 가지, 이건 결정이 아니라 내정사항이네만, 군 편성에 일부 변경이 생겼네. 제4, 제6함대의 잔여부대에 신규 병력을 더해 제13함대가 창설된 것이지. 그리고 자네가 그 초대 사령관에 임명될 걸세."

양은 고개를 갸웃했다.

"함대 사령관은 보통 중장으로 보임하지 않습니까?"

"새 함대의 규모는 통상의 절반 정도일세. 함정 6400, 병력 70만 정도가 되겠지. 그리고 제13함대의 첫 임무는 이제르론 요새 공략이 될 걸세."

본부장의 말투는 지극히 담담했다.

잠시간의 침묵을 거쳐, 양은 확인하듯 천천히 입을 열었다.

"**반쪽짜리 함대**로, 다름 아닌 이제르론을 공략하라고 말씀하신 겁니까?"

"그렇다네."

"가능하다고 생각하시나요?"

"자네가 못 한다면 아무도 못 할 거라는 생각은 하네."

'너라면 할 수 있다……. 오랜 전통을 가진 설득용 멘트로군.'

이 달콤한 속삭임에 자존심을 자극당해 불가능에 도전했다가 몸을 망친 사람이 얼마나 많았던가. 반면 감언이설로 꼬드긴 자가 책임을 지는 경우는 절대로 없는 법이다.

양은 침묵을 지키고 있었다.

"자신이 없나?"

본부장이 그렇게 물었을 때, 양은 더더욱 대답할 수 없었다. 자신이 없다면 그렇게 즉답했을 것이다. 하지만 양에게는 자신도 승산도 있었다. 그가 이제르론 공략 지휘를 맡았다면 과거 여섯 차례에 걸쳐 격퇴당하고 수많은 전사자를 내는 동맹군의 불명예는 없었으리라. 그럼에도 대답하지 못했던 것은, 시톨레 원수의 손바닥 위에 오르는 것이 싫었기 때문이었다.

"만약 자네가 새 함대를 이끌고 이제르론 요새 공략이라는 위업을 달성해낸다면……."

시톨레 본부장은 양의 얼굴을 바라보았다. 모종의 의미가 있음직한 시선이었다.

"자네 개인에 대한 호오야 어찌 됐건, 트뤼니히트 국방위원장도 자네의 재능을 인정할 수밖에 없을 걸세."

그리고 위원장에 대한 시톨레 본부장의 지위도 강화되겠지. 사태는 전략이라기보다는 정략政略의 범주에 빠져 있는 모양이었다.

'그건 그렇다 쳐도, 본부장님도 참 사람이 교활하군.'

상당한 시간을 들여 양은 대답했다.

"미력하나마 최선을 다하겠습니다."

"그래? 해주겠나?"

시톨레 본부장은 만족한 듯 고개를 끄덕였다.

"그럼 카젤느에게 명해, 서둘러 새 함대를 편성하고 장비를 맞추라고 해야겠군. 필요한 물자가 있다면 무엇이든 그에게 주문하게. 가능한 편의를 도모할 테니."

양은 생각해 보았다.

발진은 언제가 될까. 본부장의 임기는 앞으로 70일 정도 남았을 것이다. 그렇다면 본부장이 재임을 노리는 이상 그때까지는 이제르론 공략 작전을 마쳐야만 한다. 작전에 따라서는 30일을 소요할 것이라 가정하면, 늦어도 40일 후에는 하이네센에서 발진해야 할 것 같았다.

트뤼니히트는 이 인사와 작전에 반대하지 않으리라. **반쪽짜리 함대로** 이제르론을 공략할 수는 없으리라 생각할 것이며, 만약 작전이 실패한다면 시톨레와 양을 당당하게 배제할 수 있기 때문이다. 정적들이 스스로 무덤을 팠다고 축배를 들지도 모른다.

'또 한동안 율리안이 끓여준 홍차를 마실 수 없게 되었군.'

그 사실이 양에게는 가장 유감스러웠다.

제 5 장

이제르론 공략

I

이제르론.

은하제국의 중요 군사거점.

제국 수도성 오딘으로부터 6250광년 떨어진 곳에, 알테나라는 장년기의 항성이 있다. 원래 알테나는 행성을 가지지 않은 고독한 태양이었으나, 은하제국은 이곳에 직경 60킬로미터의 인공행성을 건설해 기지로 삼았다. 이곳의 지리적 중요성을 감안한 초대형 계획이었다.

은하계를 천정 방향에서 내려다보면 이제르론은 은하제국의 세력이 자유행성동맹 쪽으로 뻗어나간 가장자리의 삼각형을 그리는 정점 부근에 위치하고 있다. 이 일대는 항해가 매우 곤란한 지점으로, 과거 자유행성동맹의 건국자들이 다수의 동지를 잃었던 '우주의 묘지'였다. 제국의 중진들은 이러한 역사적 사실에도 만족해, 이 공역에 동맹을 위협하는 군사거점을 구축하고자 했을 것이다.

변광성, 적색거성, 이상중력장. 이런 것들이 밀집된 한가운데에 뚫린 가느다란 한 줄기의 안전지대 중심에 이제르론이 있다. 이곳을 지나지 않고 동맹에서 제국으로 가기 위해선 다른 루트를 통해 페잔 자치령을 경유해야 하는데, 물론 이를 군사행동에 사용할 수는 없다.

이제르론 회랑回廊과 페잔 회랑. 동맹의 위정자와 용병가들은 이 두 곳 외에도 동맹과 제국을 잇는 루트를 찾을 수는 없을지 부심하였으나, 성도星圖가 미비한 데다 제국 및 페잔의 온갖 방해로 말미암아 그 노력은 좌절되고 말았다. 페잔의 입장에서 보자면 '제3의 회랑'이 발견될 경우 중계교역지라는 존재 가치에 큰 타격을 입는 것이다.

이런 이유로 제국영역을 침공하고자 하는 동맹군의 의도는 이제르론 공략전으로 귀결되었다. 그러나 사반세기 동안 감행한 여섯 차례의 대규모 공략작전은 모조리 격퇴되어, 이제는 제국군이 "이제르론 회랑은 반란군 병사의 시체로 포장되어 있다."고 큰소리를 칠 정도였다.

이제르론 공략작전에는 양 웬리도 두 차례 참가했다. 제5차 작전 때는 소령, 제6차 작전 때는 대령이었다. 그는 두 차례에 걸쳐 전사자를 대량생산하는 광경을 목격하면서 맹목적인 강공强攻이 얼마나 어리석은 짓인지를 깨닫게 되었다.

이제르론은 바깥에서 공략해선 안 된다고, 패주하는 함대 안에서 양은 생각했다. 그렇다면 어떻게 해야 할 것인가?

이제르론은 요새이면서, 동시에 '이제르론 주둔함대'라 불리는 1만 5000척의 함대를 거느리고 있다. 요새 사령관과 함대 사령관은 별개의 인물로, 계급은 모두 대장이다.

그 점에 파고들 틈이 있지 않을까?

아스타테 회전 때의 로엔그람 백작 또한 이제르론을 전진기지로 삼아 침공했다. 동맹에는 불길하기 짝이 없는 이 제국의 군사거점을 어떻게든 함락해야만 한다. 그러나 양에게 주어진 것은 '반쪽짜리 함대' 뿐이었다.

"솔직히 말해 네가 이 임무를 승낙할 줄은 몰랐어."

카젤느 소장이 부대편성서의 페이지를 손가락으로 넘기며 말했다. 이곳은 통합작전본부 건물 내에 위치한 그의 집무실이다.

"위원장도 본부장도 각자 꿍꿍이가 있을 텐데 말이야……. 네가 그걸 모르진 않겠지만."

그의 앞에 앉은 양은 웃기만 할 뿐 대답하지 않았다. 카젤느는 서류를 테이블 위에 내던지더니 흥미롭다는 시선으로 사관학교 후배를 쳐다보았다.

"너도 알겠지만, 우리 동맹군은 과거 여섯 차례에 걸쳐 이제르론 공략을 시도하고 여섯 번 실패했어. 그걸 **반쪽짜리 함대**로 해내겠다고?"

"뭐, 한번 해 보려고요."

양의 대답에 선배는 두 눈을 슬쩍 가늘게 떴다.

"승산이 있는 모양이구만. 어쩔 생각이야?"

"비밀입니다."

"나한테도?"

"이런 건 애간장을 좀 태워야 나중에 빛이 나는 법이거든요."

"그건 그렇지. 필요한 물자가 있으면 말해. 리베이트 없이 협조할 테니."

"그럼 제국군 군함을 한 척 마련해 주십시오. 전에 노획한 함정이 있다고 들었습니다. 그리고 제국군 군복도 200벌 정도 준비해 주시고요."

이번에는 카젤느의 눈이 휘둥그레졌다.

"기간은?"

"사흘 이내."

"……초과근무수당까지 내놓으라곤 안 하겠지만, 코냑 한 잔 정도는 사줘야겠다."

"두 잔 사지요. 하는 김에 한 가지 더 부탁드려도 될까요?"

"세 잔 내놔. 뭔데?"

"우국기사단인지 하는 **과격분자**들 말입니다만."

"아, 들었어. 고생 많았다."

양이 원정을 나가면 그동안 율리안은 혼자 집을 봐야 한다. 그래서 양은 헌병의 순찰 코스에 자신의 관사를 포함시키도록 카젤느에게 부탁했다. 물론 소년을 어딘가 다른 집에 맡겨놓는 방안도 생각했으나, 부재중 임시사령관에 임명된 율리안이 한사코 거부했던 것이다.

카젤느는 즉시 수배하겠다고 대답하더니 문득 생각났다는 듯 새삼 양을 쳐다보았다.

"아, 맞아. 페잔의 고등판무관이 요즘 이상하게 너에 대해 알고 싶어 하던걸."

"네?"

페잔이라는 특수한 존재에 양은 남들과 다소 다른 관심을 품고 있었다. 그 '자치령'을 만든 것은 레오폴드 라프라는 지구 출신 거상이었는데, 그의 경력과 자금의 출처에는 알 수 없는 부분이 많았다.

'누가, 무슨 목적으로 라프에게 페잔이라는 존재를 만들게 한 걸까?'

역사가 지망생이었던 양은 그런 부분도 생각해 보았다. 물론 이 사실은 아무에게도 이야기한 적이 없다.

"페잔의 검은 여우가 네게 관심이 있나보지? 조만간 스카우트되는 거 아냐?"

"페잔 홍차는 맛있답니까?"

"독으로 맛을 내진 않을까? ……그보다 예정 진행상황은 어때?"

"매사가 예정대로 진행되는 일은 별로 없죠. 하기야 딱히 예정을 세운 것도 아니지만요."

그렇게 말하며 양은 자리에서 일어났다. 산더미처럼 쌓인 업무가 그를 기다리고 있다.

제13함대는 함정과 장병의 수가 통상의 절반일 뿐만 아니라, 장병 대부분은 아스타테에서 참패한 제4, 제6함대의 패잔병들이고, 나머지는 전투경험이 부족한 신병들이다. 지휘관은 신진기예의 소장이라고는 하나 20대의 애송이……. 노련한 제독들이 놀라고 어이없어하고 비웃는 소리는 당연히 양의 귀에도 들렸다.

"대소변도 못 가리는 갓난아기가 맨손으로 사자를 때려잡겠다고 한다더군."

"좋은 구경거리 아닌가?"

"시키는 사람이나 하겠다는 사람이나, 거참……."

대충 그런 목소리들이었다.

양은 딱히 언짢아하지 않았다. 양 스스로도 이번 작전에 대해 성공을 의심하지 않는 자가 있다면 엄청난 낙천가일 것이라고 생각할 정도였으니까.

단 한 사람, 양을 변호해준 것은 제5함대 사령관 뷰코크 중장이었다. 나이는 일흔 살, 무뚝뚝한 백발의 제독으로, 완고하면서도 성질 급한 인물로 잘 알려져 있다. 양이 경례하면 어디에서 온 애송이가 대뜸 인사를 하냐는 듯 미심쩍은 눈초리로 성의 없이 경례를 받아주었다. 그런 '무서운 노인네'가 고급 간부 클럽 '화이트 스태그White Stag'에서 제13함대와 양을 웃음거리 삼고 있던 동료 제독들에게 이렇게 말했다는 것이다.

"훗날 망신을 당하지는 않았으면 좋겠군. 혹시 자네들은 거목의 묘목을 보고 별로 크지도 않다고 비웃는 어리석음을 범하고 있는 것 아닐까?"

일동은 모조리 입을 다물었다. 아스타테 회전이나 그 전의 전투에서 보여준 양의 재능을 떠올렸던 것이다. 노장의 한마디에 군중심리가 사라지자, 제독들은 겸연쩍어하며 술잔을 비우곤 자리를 떴다고 한다.

그 이야기를 전해 들은 양은 딱히 뷰코크 중장에게 감사를 올리지는 않았다. 그렇게 한들 백발의 제독은 코웃음을 칠 것이 뻔했기 때문이다.

제독들의 반감이야 일단 물리쳤다고 해도, 정황이 그리 호전된 것은 아니었다. 난공불락의 요새를 공략할 함대가 패잔병과 신병뿐인 '혼성 반쪽짜리 함대'라는 비관적인 현실은 지울 수 없는 것이니까.

양은 간부 인사에 힘을 쏟았다. 부사령관에는 제4함대에서 선전했던 노장 피셔 준장을 임명했으며, 수석참모에는 독창성이 부족하나 치밀하고 정리된 두뇌를 가진 무라이 준장을, 차석참모에는 파이터로 용명을 떨쳤던 파트리체프 대령을 각각 임명했다.

무라이에게는 상식론을 제시하도록 해 작전 입안과 결단에 참고하기로 했다. 파트리체프에게는 병사에 대한 질타 및 격려를 맡길 것이다. 피셔에게는 견실한 함대운용을 기대할 생각이었다.

여기까지는 양의 의도를 만족할 만한 배치가 이루어졌으나 부관 인선이 문제였다. 밑져야 본전이라 생각해 카젤느에게 주문을 넣었다.

"우수하고 젊은 장교로 부탁합니다."

그러자 대답이 돌아왔다.

『794년도 사관학교 차석졸업. 귀관보다도 훨씬 우등생이며, 현재 통합작전본부 정보분석과 근무 중.』

그리고 양의 앞에 나타난 것은 자연스러운 웨이브의 금갈색 머리카락과 개암색 눈동자를 가진 아름답고도 젊은 여성이었다. 검은색과 상아색을 기조로 한 단순한 디자인의 군복마저도 화려하게 느껴졌다. 양은 선글라스를 벗고 가만히 그녀를 바라보았다.

"프레데리카 그린힐 중위, 양 웬리 소장님의 부관 보직을 명받아 이에 신고합니다."

그것이 그녀의 첫인사였다.

양은 선글라스를 다시 걸쳐 표정을 감추고 생각했다. 알렉스 카젤느라는 인간은 군복 바지 안에 끄트머리가 뾰족한 검은 꼬리를 감추고 있음이 틀림없다고.

그녀는 통합작전본부차장 드와이트 그린힐 대장의 딸이며, 놀라운 기억력의 소유자로 잘 알려져 있다.

제13함대의 인사는 이렇게 마무리되었다.

II

우주력 796년 4월 27일, 자유행성동맹군 제13함대 사령관 양 웬리 소장은 이제르론 요새 공략에 나섰다.

이는 공식적으로는 제국 방면 국경과 반대쪽 변경성역에서 벌이는 신규 함대의 첫 대규모 기동훈련으로 발표되었다. 따라서 50광속의 펄스 워프 항법으로 동맹 수도 하이네센에서 이제르론과는 반대방향으로 멀어져, 사흘간 이를 반복한 후 새로 항로를 산정하여 8회의 장거리 워프와 11회의 단거리 워프를 반복해 겨우 이제르론 회랑에 들어섰다.

"4000광년을 24일 만에. 나쁘지 않군."

양은 그렇게 중얼거렸으나, 급편성된 **폐물** 함대가 한 척의 탈락도 없이 목적지까지 도착했다는 것은 나쁘지 않은 정도가 아니라 칭찬받아 마땅한 일이었다. 물론 이 공은 전함 운용의 달인으로 칭송이 자자한 부사령관 피셔 준장의 숙련된 수완에 돌아가야 하리라.

"제13함대에는 달인들이 있으니까."

그렇게 말하며 양은 그 방면은 피셔에게 완전히 맡겨놓은 채, 그가 말하면 고개만 끄덕여 승낙할 뿐이었다.

양의 두뇌는 이제르론 요새 공략법 단 한 가지에만 집중하고 있었다. 이 계획을 처음 함대수뇌부 세 사람, 다시 말해 피셔, 무라이, 파트리체프에게 밝혔을 때 돌아온 대답은 '경악'이었다.

은색 머리카락과 수염을 자랑하는 초로의 피셔, 신경질적으로 보이는 깡마른 중년 사내 무라이, 군복이 터질 듯한 볼륨을 자랑하는 몸에 대머리와 긴 구레나룻을 가진 파트리체프까지, 세 사람 모두 그저 젊은 사령관을 한참 동안 바라보고 있을 뿐이었다.

"만약 실패한다면 어떡하시겠습니까?"

잠시 후 튀어나온 무라이의 질문은 당연한 것이었다.

"꼬랑지를 말고 도망칠 수밖에요."

"하지만 그래선……."

"뭐, 걱정하지 마십시오. 애초에 반쪽짜리 함대로 이제르론을 함락하라는 것 자체가 무리한 주문 아닙니까? 망신은 시톨레 본부장 각하와 제가 당할 겁니다."

세 사람을 물러가게 한 후, 양은 이번엔 부관 프레데리카 그린힐 중위를 불렀다.

　부관이라는 입장 덕에 프레데리카는 세 간부보다도 먼저 양의 계획을 알고 있었으나 이의를 제기하거나 의구심을 표명하지는 않았다. 아니, 그뿐 아니라 양 본인보다도 확신을 품고 성공을 예언하기까지 했다.

　"어떻게 그리 자신만만하지?"

　이상한 질문이라고 자각하면서도 양은 그렇게 묻지 않을 수 없었다.

　"8년 전, 엘 파실 때도 제독께서는 성공하셨으니까요."

　"그거 참, 희박하기 짝이 없는 근거 아닌가?"

　"하지만 그때 제독님께서는 한 여자아이의 마음에 절대적인 신뢰를 심는 데 성공하셨습니다."

　"……?"

　고개를 갸웃거리는 상관에게 금갈색 머리의 아름다운 여성 장교는 말했다.

　"저는 그때 어머니와 함께 엘 파실에 있었습니다. 외가가 그곳이었으니까요. 식사할 틈도 없어 샌드위치를 손에 들고 탈출을 지휘하던 젊은 중위님의 모습을 저는 똑똑히 기억합니다. 하지만 그 샌드위치가 목에 걸렸을 때 종이컵에 커피를 따라드린 열네 살짜리 소녀를 그때 그 중위님은 이미 잊어버리셨겠죠?"

　"……"

　"그 커피를 드시고 목숨을 건진 후 뭐라고 말씀하셨는지도."

　"……뭐라고 했나?"

　"커피는 싫어하니 홍차를 줬다면 좋았을 텐데, 라고 하셨습니다."

　웃음의 발작이 터질 뻔해, 양은 큰 헛기침으로 이를 떨쳐버렸다.

"그런 실례되는 소리를 했단 말인가."

"예, 하셨습니다. 빈 종이컵을 손으로 꽉 구기시면서."

"그랬군. 사과하겠네. 하지만 그 기억력은 좀 더 유익한 방면에 살리는 게 어떻겠나?"

그럴듯한 소리 같긴 했지만 그것은 패배자의 억지에 불과했다. 프레데리카는 1만 4000장에 달하는 이제르론 요새의 슬라이드 사진 가운데에서 앞뒤가 모순된 여섯 장을 발견해 그 기억력이 얼마나 유익한지를 이미 증명했던 것이다.

"쉔코프 대령을 불러주게."

양은 그렇게 명령했다.

발터 폰 쉔코프 대령은 그로부터 정확히 3분 후 양 앞에 모습을 나타냈다. 동맹군 육전총감부陸戰摠監部 소속 '로젠리터Rosenritter, 장미기사 연대'의 연대장이었다. 세련된 용모를 자랑하는 30대 초반의 남성이지만 같은 남자들에게서는 '아니꼬운 놈'이라는 평가를 받는 경우가 많다. 어엿한 제국 귀족 출신으로, 원래는 제국군의 제독 군복을 입고 전장에 서 있어야 할 몸이다.

'로젠리터 연대'는 제국에서 동맹으로 망명한 귀족 자제를 중심으로 창설된 조직으로 반세기의 역사를 지녔다. 그 역사에는 황금문자로 기록된 부분도 있는가 하면 먹칠이 된 부분도 있었다. 역대 연대장 열두 명. 그중 네 명은 옛 모국과의 전투에서 사망. 두 명은 장성으로 출세한 후 퇴역. 여섯 명은 다시 옛 모국의 품으로 달려간 자들이었다. 그중에는 몰래 탈영한 자도 있지만, 전투 중에 적과 아군을 바꿔버린 자도 있다. 쉔코프는 제13대 연대장이었다.

"13이라는 숫자가 불길해. 놈은 언젠가 반드시 일곱 번째 배신자가 될 거야."

그렇게 주장하는 자도 있었다. 왜 13이라는 숫자가 불길한지에 대한 정설은 없었다. 지구 인류를 전멸시킬 뻔해 핵분열병기 완전 폐지의 계기가 된 열핵전쟁이 13일간 이어졌기 때문이라는 설이 있다. 이미 이 세상에서 자취를 감춘 옛 종교의 교주가 열세 번째 제자로부터 배신을 당한 데에서 비롯되었다는 설도 있다.

"폰 쇤코프, 사령관님의 부름을 받고 왔습니다."

공손한 말투와 불손한 표정이 부조화를 이루었다. 양은 자신보다 서너 살 많은 구 제국군인을 보며 생각했다. 이 사내는 일부러 이런 태도를 취해 나름 인물을 감별하는 수단으로 사용하는 것일지도 모른다. 그렇다고 한들 일일이 어울려줄 수는 없지만.

"귀관과 상담할 게 있네."

"중요한 일입니까?"

"아마도. 이제르론 요새 공략에 대한 일이거든."

쇤코프의 시선이 몇 초 동안 실내를 헤맸다.

"그건 매우 중요한 일이로군요. 소관 같은 자에게 그런 말씀을 하셔도 괜찮겠습니까?"

"귀관이 아니면 아무도 못할 일이야. 잘 들어주게."

양은 설명을 시작했다.

5분 후, 설명을 다 들은 쇤코프의 갈색 눈에 기묘한 표정이 어렸다. 경악을 억지로 감추기 위해 고심하는 것 같았다.

"귀관의 생각을 미리 앞질러 말하자면, 대령. 이것은 제대로 된 작전이 아니야. 간계, 아니, 차라리 잔꾀라고 해야겠군."

검은 군용 베레모를 벗어 버릇없이 손끝으로 빙글빙글 돌리며 양은 말했다.

"하지만 난공불락인 이제르론 요새를 점령하려면 이 방법밖에 없을 것 같거든. 이래도 안 되면 내 능력이 미치지 않는다는 뜻이겠지."

"──하긴, 다른 방법은 없을 것 같군요."

날카로운 턱을 쓰다듬으며 쉰코프는 말을 이었다.

"견고한 요새에 의지하다 보면 사람은 방심하게 마련입니다. 성공할 가능성은 제법 클 겁니다. 다만……."

"다만?"

"제가 소문대로 일곱 번째 배신자가 된다면 이 작전은 모두 수포로 돌아갈 텐데요. 그땐 어쩌실 겁니까?"

"난감하지."

양의 진지한 표정을 보고 쉰코프는 쓴웃음을 지었다.

"그야 물론 난감하시겠지요. 하지만 난감해하시기만 할 겁니까? 무언가 대책을 생각하셨을 텐데요?"

"생각은 해 봤네만."

"만?"

"아무것도 떠오르질 않더군. 귀관이 배신한다면 그때는 손을 들 수밖에. 어쩔 도리가 없어."

베레모가 양의 손을 벗어나 바닥으로 날아갔다. 구 제국인의 손이 뻗어나가 이를 주워들고는, 묻지도 않은 먼지를 털어 상관에게 건넸다.

"고맙네."

"천만에요. 그렇다면 저를 전면적으로 신용하신다는 뜻입니까?"

"사실은 그리 자신이 없네."

양은 천연덕스럽게 대답했다.

"하지만 귀관을 신용하지 않는 한, 이 계획 그 자체가 성립될 수 없어. 그러니 신용해야지. 이건 대전제일세."

"그렇군요."

말은 그렇게 했으나, 쉔코프의 표정은 전적으로 납득한 것은 아니었다. '로젠리터 연대'의 지휘관은 반쯤은 속내를 헤아리려는 듯, 반쯤은 자성하듯 다시금 젊은 상관을 쳐다보았다.

"한 가지 여쭈어도 되겠습니까, 제독님?"

"그러게."

"이번에 제독님께서 받으신 명령은 매우 무리한 것이었습니다. 반쪽짜리 함대, 그것도 오합지졸이나 마찬가지인 약골들을 데리고 이제르른 요새를 함락하라니 말입니다. 거부하셔도 제독님을 책망할 사람은 별로 없었을 겁니다. 그런데도 승낙하신 이유는 기술면에서 충분히 실행할 자신이 있는 이 계획 때문이셨겠지요. 하지만 그보다도 더 밑바닥에 있을 무언가를 알고 싶은 겁니다. 명예욕입니까, 출세욕입니까?"

쉔코프의 안광은 신랄하면서 가차 없었다.

"출세욕은 아닐 것 같군."

양의 대답은 담담해 마치 남의 이야기를 하는 것 같았다.

"서른 전에 각하 소리까지 들었으면 충분하지 않겠나? 게다가 이 작전이 끝나 살아남는다면 난 퇴역할 생각이거든."

"퇴역이라고요?"

"그렇다네. 뭐, 연금도 나오고 퇴직금도 나올 테고……. 나하고 식솔한 사람 정도 소박하게 살아가는 데는 불편하지 않겠지."

"이런 정세에 퇴역을 하신단 말씀입니까?"

이해할 수 없다는 쇤코프의 목소리에 양은 웃었다.

"그래. 바로 그 정세라는 것 때문일세. 아군이 이제르론을 점령한다면 제국군은 거의 유일한 침공 루트를 잃는 셈이지. 동맹에서 역침공을 가한다는 멍청한 짓만 시도하지 않는 한, 양측은 충돌하고 싶어도 할 수 없어. 적어도 대규모로는 말이야."

"……."

"그리고 이건 동맹 정부의 외교 실력에 달린 거지만, 군사적으로 유리한 위치를 다져놓는다면 제국과 어떻게든 만족할 만한 평화조약을 맺어줄지도 모르잖나. 그렇게 되면 나는 안심하고 퇴역할 수 있는 걸세."

"하지만 그 평화가 영원히 계속될 거라 보십니까?"

"인류 역사상 영원한 평화란 없었네. 그래서 나도 그런 건 바라지 않아. 하지만 몇십 년 정도 평화롭고 풍요로운 시대는 얼마든지 존재했지. 우리가 다음 세대에 무언가 유산을 남겨줘야만 한다면, 역시 평화가 제일 좋지 않겠나? 그리고 지난 세대에서 물려받은 평화를 유지하는 건 다음 세대의 책임이지. 각 세대가 다가올 세대에 대한 책임을 잊지 않는다면 결국 오랜 기간 평화를 유지할 수 있을 거야. 잊어버린다면 선조의 유산은 좀먹히고, 인류는 처음부터 재출발하게 되겠지. 뭐, 그것도 괜찮지만."

그때까지 줄곧 만지작거리던 군용 베레모를 양은 가볍게 머리 위에 얹었다.

"쉽게 말해 내 희망은 고작 향후 몇십 년짜리 평화일세. 하지만 그래도 몇 년짜리 전란보다는 수만 배나 낫지 않을까? 우리 집에는 열네 살 된 남자아이가 있어. 나도 그 아이가 전장에 끌려나가는 것을 보고 싶지는 않다, 뭐 그런 말이지."

양이 입을 다물자 사령관실에는 침묵이 찾아왔다. 그것도 그리 길지는 않았다.

"실례되는 말씀입니다만 제독님, 당신은 매우 솔직한 분 아니면 루돌프 대제 이래 최고의 궤변가겠군요."

쉰코프는 씨익 웃으며 덧붙였다.

"아무튼 기대한 것보다 좋은 대답을 들었습니다. 그렇다면 저도 미력 하나마 최선을 다하지요. 영원하지 않은 평화를 위해."

두 사람 모두 감격한 나머지 손을 맞잡는 취미는 없었으므로, 화제는 곧장 실무로 바뀌어 세부사항 검토가 이루어졌다.

III

이제르론에는 두 명의 제국군 대장이 있다. 한 사람은 요새 사령관 토마 폰 슈톡하우젠 대장이며, 또 하나는 요새 주둔함대 사령관 한스 디트리히 폰 젝트 대장이다. 나이는 모두 쉰 살이며 키가 큰 것도 똑같지만 슈톡하우젠은 젝트보다도 훨씬 깡말랐다.

두 사람은 친밀한 사이는 아니었으나 이는 개인의 책임이라기보다는 전통에 가까웠다. 동일한 직장에 동격의 사령관이 두 명 있는 것 아닌가. 충돌하지 않는 것이 오히려 이상한 일이다.

감정 대립은 당연히 휘하 병사들에게까지 미쳤다. 요새 수비병들이 보기에 함대는 오만불손한 식객이었으며, 밖에서 싸우다 위험해지면 안전한 곳을 찾아 도망쳐 들어오는, 말하자면 탕자 같은 존재였다. 반면 함대 승무원들이 보기에 요새 수비병들은 안전한 곳에 틀어박혀 적당히 전쟁놀이나 즐기는 우주 두더지들이었다.

난공불락의 이제르론 요새를 떠받치고 있다는 전사의 긍지와 '반란군'에 대한 투지가 간신히 양측의 사이에 다리를 놓고 있을 뿐이었다. 실제로 그들은 서로를 경멸하고 매도할지언정 동맹군의 공격이 시작되면 서로 공을 다투었으며, 그 결과 혁혁한 전과를 세우곤 했다.

요새 사령관과 주둔함대 사령관을 동일인이 겸해 지휘체계를 일체화한다는 군정 당국의 조직개편안은 나올 때마다 기각되었다. 사령관 자리가 하나 줄어든다는 것은 고급군인들에게 큰 문제였으며, 양측 대립이 심각한 결과를 초래한 사례도 없었다는 것이 그 이유였다.

표준력 5월 14일.

슈톡하우젠과 젝트 두 사령관은 회견실에 있었다. 원래 이곳은 고급간부용 응접실의 한구석에 위치한 방이었으나, 두 사람의 집무실에서 같은 거리에 있다는 이유로 완전 방음 설비를 갖춰 개조한 것이다. 서로 상대의 방에 찾아가는 것을 싫어했으며, 그렇다고 같은 요새 내에서 TV 통신에만 의존할 수도 없었기 때문에 이런 조치가 내려진 것이다.

최근 이틀 사이, 요새 주변의 통신이 교란당하고 있었다. 반란군이 접근하고 있다는 점은 의문의 여지가 없다. 그러나 좀처럼 공격해 올 조짐은 보이지 않았다. 두 사람의 회견은 이 사태에 대한 대처법을 상담하기 위한 것이었으나, 대화는 건설적으로만 흐르지는 않았다.

"경께서는 적이 있으니 출격하겠다고 말씀하시지만, 그 위치를 알 수 없잖소이까. 이래서야 어떻게 싸우겠소?"

요새 사령관 슈톡하우젠이 말하자 젝트가 반론했다.

"그렇기 때문에 나가야 한다는 것이외다. 적이 숨은 장소를 찾기 위해서라도. 만약 이번에 반란군이 공격해 온다면 엄청난 대군을 동원할 테니 말이오."

젝트의 말에 자신감을 듬뿍 담아 슈톡하우젠이 고개를 끄덕였다.

"그리고 물론 다시 격퇴될 것이오. 반란군은 여섯 차례 침공했고 여섯 차례 격퇴되었소. 다시 온다 한들 여섯 번이 일곱 번으로 늘어날 뿐이오."

"과연, 이 요새는 실로 위대하군요."

딱히 네가 유능해서 그런 것은 아니라는 뜻을 행간에 담은 함대 사령관 젝트의 말이었다.

"아무튼 적이 근처에 있다는 것은 사실이오. 우리 함대가 출격해 찾아보겠소."

"하지만 어디 있는지도 모르는 것을 어떻게 찾겠단 말이오? 조금만 더 기다려 보는 것이 어떻겠소?"

논의가 제자리걸음을 하고 있을 때, 통신실에서 연락이 들어왔다. 회선 하나에 기묘한 통신이 끼어들었다는 보고였다.

방해가 극심해 통신이 띄엄띄엄 끊어지기는 했으나, 간신히 다음과 같은 내용이 판명되었다고 통신장교는 알렸다.

『제국 수도 오딘에서 중요한 연락사항을 지닌 브레멘형 경순항함輕巡航艦 1척이 이제르론으로 파견되었으나, 회랑 내에서 적의 공격을 받아 현재 도주 중. 이제르론 측의 구조를 바람.』

두 사령관은 얼굴을 마주보았다.

"회랑 내 어디인지는 모르겠으나, 이래서야 출격할 수밖에 없겠군."

그 말에 젝트는 굵은 목구멍 안에서 신음소리를 짜냈다.

"하지만 괜찮겠소?"

"그게 무슨 뜻이오? 내 부하는 안전한 곳만 원하는 우주 두더지들과는 다르단 말이오."

"그게 무슨 뜻이오?"

두 사람은 불쾌한 표정을 나란히 한 채 공동 작전회의실에 모습을 나타냈다. 젝트가 함대 출격 명령을 자신의 참모에게 전하고 이유를 설명하는 동안 슈톡하우젠은 딴 곳을 보고 있었다.

젝트가 이야기를 마쳤을 때 그의 참모 중 하나가 자리에서 일어났다.

"잠시 기다려 주십시오, 각하."

"오베르슈타인 대령이로군……."

젝트 대장의 목소리에는 한 점의 호의도 담겨 있지 않았다. 그는 신임 참모를 싫어했다. 반백의 머리, 핏기가 부족한 얼굴, 이따금 이상한 광채를 발하는 의안. 그 모든 것이 마음에 들지 않았다. 음습함의 표본과도 같은 사내라는 생각이 들었다.

"무언가 의견이라도 있나?"

상관의 성의 없는 목소리에도 오베르슈타인은 개의치 않는 모양이었다. 적어도 표면적으로는.

"예."

"좋아, 말해보게."

젝트는 마지못해 고개를 끄덕였다.

"그럼 말씀드리겠습니다. 이것은 함정일 것입니다."

"함정?"

"그렇습니다. 함대를 이제르론에서 멀리 떨어뜨리기 위한 함정입니다. 나가선 안 됩니다. 움직이지 말고 정황을 살펴야 합니다."

젝트가 불쾌한 듯 콧방귀를 뀌었다.

"나가면 적이 기다리고 있다, 싸우면 질 것이다, 귀관은 그렇게 말하고 싶나?"

"그런 말씀이 아니라……"

"그럼 어떤 말씀인가. 우리는 군인이며, 군인의 본분은 싸우는 것이다. 일신의 안전을 추구하는 것보다도 나아가 적을 치는 것을 생각해야 하지 않나? 하물며 궁지에 몰린 아군을 구하지 않는다는 것이 무슨 말인가?"

오베르슈타인에 대한 반감도 있고, 한껏 빈정대는 표정으로 사태의 추이를 지켜보는 슈톡하우젠에 대한 체면도 있었다. 게다가 원래 젝트는 적을 보면 싸우지 않고는 못 배기는 맹장 타입으로, 요새에 틀어박혀 적을 기다리는 것은 성미에 맞지 않았다. 그래서는 군함에 탄 보람이 없다고 생각하는 것이다.

"글쎄요. 경의 참모가 하는 말에도 일리가 있지 않소, 젝트 제독? 적이든 아군이든, 확실한 위치도 알 수 없는 데다 위험요소가 지나치게 크니 말이오. 조금 더 기다려 봄이 어떨지."

끼어들며 그렇게 말한 슈톡하우젠의 의견이 상황에 종지부를 찍었다.

"아니. 한 시간 후에 전 함대를 출격시키겠소."

젝트는 단언했다.

마침내 크고 작은 1만 5000척의 함정으로 구성된 이제르론 주둔함대가 출항을 개시했다.

슈톡하우젠은 요새지령실 출입 관제 모니터 화면으로 이를 바라보고 있었다. 거대한 탑을 옆으로 눕혀놓은 듯한 전함이며 유선형 구축함 등이 질서정연하게 우주공간을 향해 나아가는 정경은 분명 장관이었다.

"흥. 호되게 당하고 돌아와 보라지."

슈톡하우젠은 입속으로 중얼거렸다. 뒈져버리라느니 지라는 말은 농담으로도 할 수 없다. 그것이 그 나름의 절도였다.

여섯 시간 정도 지나 다시 통신이 날아들었다. 예의 브레멘형 경순항함에서 온 것으로, 겨우 요새 부근까지 도착했으나 여전히 반란군의 추격을 받고 있다, 원호 포격을 부탁한다는 내용이 잡음 속에서 들려왔다.

포수에게 원호사격 준비를 명령하며 슈톡하우젠은 얼굴을 잔뜩 찌푸렸다.

'젝트 그 저능아는 어디를 헤매고 있단 말인가. 큰소리를 치는 것도 좋지만 최소한 고독한 아군은 구해 왔어야지.'

"스크린에 적함!"

부하가 보고했다. 사령관은 확대 투영을 명했다.

브레멘형 경순항함이 취한 것처럼 위태위태한 모습으로 요새에 접근하고 있었다. 그 배후에 보인 수많은 광점은 당연히 적일 것이다.

"포격 준비!"

슈톡하우젠이 명령했다.

그런데 동맹군의 함정은 요새 주포 사정거리 바로 앞에서 일제히 정지했다. 겁을 먹은 듯 보이지 않는 경계선 위를 떠다니고 있었으나, 브레멘형 경순항함이 요새 관제실의 유도전파를 따라 항내로 들어가는 모습을 지켜보더니 포기한 듯 뱃머리를 돌리기 시작했다.

"똑똑한 놈들이군. 당해낼 수 없다는 걸 알고 있잖나."

제국군 병사들은 폭소를 터뜨렸다. 요새의 힘과 자신의 힘이 하나가 된 듯한 일체감이 그들에게 심리적 여유를 주었다.

입항해 자장에 의해 계류된 브레멘형 경순항함은 언뜻 봐도 처참한 몰골이었다.

바깥쪽만 해도 십여 곳에 이르는 파손의 흔적이 있었다. 찢어진 외각 틈에서 허연 완충재가 동물의 내장처럼 비어져 나왔으며, 작은 균열의 수는 병사 백 명의 손발가락을 모두 합쳐도 계산할 수 없을 것 같았다.

정비병들을 가득 실은 수소동력차가 달려갔다. 그들은 요새 병력이 아니라 주둔함대 사령관 휘하였지만 이 참상을 보고 진심으로 동정했다.

경순항함의 해치가 열리더니 머리에 하얀 붕대를 감은 젊은 장교가 나타났다. 미남이었으나 창백한 얼굴은 덕지덕지 달라붙은 검붉은 것으로 지저분했다.

"함장인 폰 라켄 소령이다. 요새 사령관을 뵙고 싶다."

명료한 제국공용어였다.

"알겠습니다. 헌데 요새 바깥쪽 상황은 어떻습니까?"

정비장교 중 하나가 묻자 라켄 소령은 씁쓸하게 내뱉었다.

"우리도 모르겠네. 오딘에서 왔으니. 하지만 아무래도 주둔함대는 궤멸된 모양일세."

침을 꿀꺽 삼키는 사람들을 노려보듯 라켄 소령이 외쳤다.

"아무래도 반란군은 회랑을 통과하는 어처구니없는 방법을 고안해낸

듯하네. 사태는 이제르론만이 아니라 제국의 존망까지 걸린 일이 되었지. 어서 사령관에게 안내해주게."

요구는 즉시 받아들여졌다.

지령실에서 기다리고 있던 슈톡하우젠 대장은 경비병의 부축을 받아 입실한 다섯 명의 경순항함 장교들을 보고 몸을 일으켰다.

"요새 사령관 슈톡하우젠이다. 사정을 설명해 보라. 어떻게 된 일인가?"

요새 사령관은 큰 걸음으로 다가오며 필요 이상으로 목소리를 높였다. 조금 전 연락받은 것처럼 반란군이 회랑을 통과할 방법을 고안해냈다면 이제르론 요새의 존재 의의 그 자체가 의심스러워진다. 당장 반란군의 행동에 대처할 방책이 필요하다.

이제르론 그 자체는 움직일 수 없으므로 이러한 때야말로 주둔함대가 필요한 것이다.

'그런데도 돌진밖에 모르는 젝트 그 머저리는!'

슈톡하우젠은 평정심을 유지할 수 없었다.

"그것이 어떻게 된 일인가 하면……."

라켄 소령이라는 인물의 목소리는 슈톡하우젠과는 달리 낮고 약했으므로, 다급해진 요새 사령관은 상반신을 숙여 그에게 얼굴을 가까이 가져다댔다.

"……이런 겁니다, 슈톡하우젠 각하. 귀관은 우리의 포로요."

한순간의 동결이 풀리고, 날카로운 고함과 함께 경비병들이 블래스터 권총을 뽑아 들었을 때는 이미 모든 상황이 끝난 뒤였다. 슈톡하우젠의 목에 팔을 감은 라켄 소령은 요새 사령관의 옆머리에 권총을 들이대고 있었던 것이다. 그의 블래스터는 금속 탐지 시스템에 반응하지 않는 세라믹제였다.

"네놈……!"

지령실 경비주임인 레믈러 중령이 불그레한 얼굴을 한층 더 붉게 물들이며 신음했다.

"반도들의 패거리구나. 이런 발칙한 짓을……!"

"앞으로 잘 부탁드리겠소. 로젠리터 연대의 쇤코프 대령이오. 두 손이 자유롭지 않아 분장을 지우고 인사드리지 못하는 점 양해해 주시길."

대령은 대담하게 웃었다.

"솔직히 이렇게까지 잘 될 줄은 몰랐는걸. ID 카드까지 위조해서 왔는데 조사하려 들지도 않으니……. 제아무리 엄중한 시스템도 운용하는 사람이 못나서야 아무런 소용도 없다는 좋은 교훈이로군."

"과연 누구에 대한 교훈이 될까?"

불길한 목소리와 함께 레믈러 중령의 블래스터는 슈톡하우젠과 쇤코프를 겨누었다.

"인질을 잡을 생각이었겠지만, 너희 반도 놈들과 제국군인을 똑같이 생각하지 마라. 사령관 각하께서는 죽음보다도 불명예를 두려워하시는 분이다. 네놈의 목숨을 지키기 위한 방패가 되진 않을 것이다!"

"글쎄? 사령관 각하는 과대평가가 영 부담스러우신 모양인데?"

비웃음을 지은 쇤코프는 그의 주위를 에워싼 부하 넷 중 하나에게 눈짓을 했다. 그 부하는 제국군 군복 안에서 손바닥 크기의 원반형 물체를 꺼냈다. 이것도 세라믹제였다.

"보면 알겠지? 제플 입자 발생장치다."

쉰코프가 말하자 넓은 실내에 전류가 흐른 듯 모두들 충격에 빠졌다.

제플 입자란 발명자인 칼 제플의 이름을 따 명명된 화학물질의 일종이다. 응용화학자였던 제플이 행성 규모의 광물 채굴이나 토목공사를 위해 발명한 것으로, 말하자면 일정량 이상의 열량이나 에너지에 반응해 제어 가능한 범위 내에서 인화 및 폭발하는 가스 같은 것이다. 하지만 어떤 분야의 공업기술이건 인류는 언제나 이를 군사용으로 바꿔 사용했다.

레믈러 중령의 얼굴은 이젠 숫제 시커멓게 물들었다. 에너지 광선을 발사하는 블래스터는 사용할 수 없게 되었다. 쏘면 모두 죽는다. 공기 중의 제플 입자가 광선에 인화해 실내에 있는 전원이 한순간에 재가 되고 말 것이다.

"주, 중령님……."

경비병 중 하나가 비명 같은 목소리로 말했다. 레믈러 중령은 공허한 빛이 담긴 눈으로 슈톡하우젠 대장을 보았다. 쉰코프가 슬쩍 팔을 풀어주자 두 차례 격렬하게 기침하더니, 이제르론 요새 사령관은 굴복했다.

"네놈들이 이겼다. 어쩔 수 없지. 항복한다."

쉰코프는 내심 안도의 한숨을 내쉬었다.

"좋아. 전원 예정대로 행동한다."

대령의 부하들은 지시에 따라 행동에 착수했다. 관제 컴퓨터의 프로그램을 변경하고 온갖 방어 시스템을 무력화한 후 공조 시스템을 통해 전 요새에 수면 가스를 흘려보냈다. 브레멘형 경순항함에 몸을 숨기고 있던 기술병들이 뛰어나와 이러한 작업을 척척 실행해나갔다. 극히 일부의 사람들 외에는 모르는 사이에 이제르론의 체세포는 암에 걸린 것처럼 기능을 빼앗기고 있었다.

다섯 시간 후, 콩 수프처럼 탁한 잠에서 해방된 제국군 장병들은 무장을 해제당한 채 포로가 된 자신의 모습을 보고 아연실색했다. 그들의 총인원은 전투, 통신, 보급, 의료, 정비, 관제, 기술 등의 요원을 합쳐 50만 명에 이르렀다. 거대한 식량공장 등 주둔함대까지 포함해 100만 명 이상의 인구를 거느릴 만한 환경과 설비가 갖추어져 있어, 이로써 제국이 이제르론을 명실 공히 영구요새로 삼고자 의도했다는 사실이 백일하에 드러났다.

하지만 이제 그곳엔 동맹군 제13함대의 장병들이 오가고 있었다.

이렇게 과거 동맹군 장병 수백만의 피를 펌프처럼 빨아들였던 이제르론 요새는 새로운 피를 한 방울도 더하지 않은 채 소유자를 바꾸었다.

IV

장애물과 위험으로 가득 찬 회랑 속에서 제국군 이제르론 주둔함대는 적을 찾아 배회하고 있었다.

통신장교들은 요새와 연락을 취하기 위해 고심하고 있었다. 그러던 중 느닷없이 안색이 창백해져 젝트 사령관을 불러댔다. 집요한 방해전파를 배제하고 간신히 통신을 회복시켰으나, 요새에서 날아온 것은 '일부 병사의 반란 발발, 구원을 청한다'는 내용의 통신이었던 것이다.

"요새 내부에서 반란이라고?"

젝트는 혀를 찼다.

"부하 통솔도 제대로 못하나, 슈톡하우젠 그 무능한 놈은!"

그러나 고개를 숙이고 구원을 청하는 목소리가 젝트의 우월감을 자극한 것도 사실이었다. 동료에게 적잖은 빚을 안겨줄 수 있을 거라 생각하니 한층 유쾌해졌다.

"발등의 불부터 꺼야겠지. 즉시 이제르론으로 귀환한다."

젝트의 명령에,

"잠시만 기다려 주십시오."

음습할 정도로 조용한 목소리가 들렸다. 그러나 그 목소리는 실내를 압도했다. 자신의 앞으로 나선 장교를 본 젝트의 얼굴에 노골적인 혐오와 반발의 표정이 떠올랐다. 반백의 머리, 창백한 뺨. 또다시 오베르슈타인 대령이라니.

"귀관에게 의견을 청한 적은 없다, 대령."

"알고 있습니다. 하오나 감히 말씀드리고자 합니다."

"……무슨 말을 하려는 겐가?"

"이것은 함정입니다. 귀환해서는 안 됩니다."

"……."

사령관은 말없이 턱을 끌어당기며, 불쾌한 소리를 불쾌한 말투로 말하는 불쾌한 부하를 밉살스럽게 노려보았다.

"귀관의 눈에는 모든 것이 함정으로만 보이는 모양이군."

"각하, 제 말을 들어 주십시오."

"그만, 됐다! 전 함대, 함수를 이제르론으로 돌리고 제2 전투속도로 전진. 우주 두더지들에게 은혜를 베풀 절호의 기회다."

널찍한 등이 오베르슈타인에게서 멀어져 갔다.

"노기만 있고 진정한 용기는 없는 소인배. 말이 안 통하는군."

냉정한 모멸을 담아 중얼거리더니 오베르슈타인은 발걸음을 돌려 함교를 나갔다. 아무도 제지하지 않았다.

간부의 성문聲紋에만 반응하는 전용 엘리베이터에 탄 오베르슈타인은 60층 건물에 필적하는 거함의 밑바닥을 향해 내려갔다.

"적 함대, 사정거리에 들어왔습니다!"

"요새 주포, 에너지 충전 이미 완료."

"조준 OK! 언제든지 발사할 수 있습니다."

활성화된 긴장감을 띤 목소리가 이제르론 요새 사령실 내부에서 교차했다.

"조금만 더 끌어들이지."

양은 슈톡하우젠의 지휘 콘솔에 앉아 있었다. 착석한 것이 아니라 콘솔 위에 책상다리를 한 버릇없는 자세로, 넓은 스크린을 메우며 접근하는 광점의 무리를 바라보고 있었다. 마침내 한 차례 심호흡을 하더니 말했다.

"발사!"

양이 내린 명령은 크지는 않았으나, 헤드폰 너머로 포수들에게 똑똑히 전달되었다.

스위치가 눌러졌다.

하얀, 양감이 넘치는 빛덩어리가 광점의 무리를 향해 짓쳐들어가는 것을 포수들은 보았다. 그것은 충격적인 광경이었다.

제국군의 선두에서 이제르론 요새 주포군主砲群의 직격을 받은 백여 척은 순식간에 소멸되었다. 엄청난 고열, 고농도의 에너지가 폭발을 발생시킬 틈조차 주지 않았던 것이다. 유기물도 무기물도 증발해버린 후, 완벽에 가까운 허무만이 남았다.

폭발이 발생한 것은 그 후방, 제국군의 제2진 내지는 직격을 받지 않은 좌우의 함렬艦列이 있는 곳이었다. 그보다 바깥쪽에 위치한 함정도 방대한 에너지의 여파를 받아 무질서하게 흔들렸다.

제1격에 살아남은 제국군 함정의 통신회로를 비명과 절규가 점거했다.

"왜 아군을 쏘는 거냐?!"

"아니다! 분명 반란을 일으킨 놈들의 짓이다!"

"어떻게 하지?! 대항할 수 없다! 어떻게 저 주포를 벗어나란 말이냐!"

요새 안에선 스크린에 시선을 고정한 채 동맹군의 장병들이 나란히 숨을 죽이고 있었다. 뇌신의 철퇴, '토르 하머Thor Hammer'라 불리는 이제르론 요새 주포의 악마와도 같은 파괴력을 그들은 처음으로 목격했던 것이다.

반면 제국군은 공포로 온몸이 조여드는 것을 느꼈다. 조금 전까지만 해도 강력무비한 수호신이었던 요새 주포가, 이제는 대항할 수 없는 악령의 검이 되어 그들의 목덜미를 겨누고 있다.

"응전하라! 전 함대, 주포 일제사격!"

젝트 대장의 노성이 쩌렁쩌렁 울려 퍼졌다.

이 노성에는 혼란에 빠진 장병들을 나름 진정시키는 효과가 있었다. 창백한 안색의 포수가 콘솔에 손을 뻗어 자동조준 시스템을 맞추고 스위치를 누른다. 수백 가닥의 광선이 우주공간에 기하학적인 선을 그려냈다.

그러나 함포의 출력 정도로 이제르론 요새의 외벽을 파괴하는 것은 불가능했다. 함포에서 뿜어져 나온 모든 광선은 외벽에 부딪혀 튕겨 나가거나 허무하게 흩어졌다.

과거 동맹군 장병들이 맛본 굴욕과 패배감과 공포를 제국군은 한층 증폭된 크기로 깨닫게 되었다.

함포에서 뿜어져 나간 광선보다도 열 배나 굵은 빛다발들이 다시 한 번 이제르론 요새에서 넘쳐나 다시 한 번 대량의 죽음과 파괴를 낳았다. 제국군의 함렬에는 메울 수 없는 거대한 구멍이 뚫리고, 그 가장자리는 손상을 입은 함체며 파편으로 장식되었다.

겨우 두 차례의 포격으로 제국군은 반신불수가 되었다. 살아남은 자도 전의를 잃은 채 간신히 그 자리에 머물러 있는 것에 불과했다.

스크린에서 시선을 돌린 양은 위장 언저리를 쓰다듬었다.

'이 정도까지 안 하면 못 이기는 건가?'

양의 곁에서 역시 스크린의 정경을 보고 있던 쉰코프 대령이 짐짓 커다란 헛기침을 했다.

"이건 전투라고도 할 수 없겠군요, 각하. 일방적인 학살입니다."

양은 대령을 돌아보았다. 젊은 사령관의 표정에선 노기라고는 전혀 찾아볼 수 없었다.

"……그래, 귀관의 말이 맞네. 우리가 제국군의 나쁜 흉내를 낼 필요는 없지. 대령, 그들에게 항복을 권고해주게. 그게 싫다면 도망치라고, 추격하지는 않겠다고 말일세."

"알겠습니다."

쉰코프는 흥미로운 표정으로 젊은 상관을 쳐다보았다. 항복 권고는 다른 무인들도 하는 일이지만, 적에게 대고 도망치라고까지 하지는 않는다.

양 웬리라는 희대의 용병가에게 이런 면은 장점이 될 것인가, 단점이 될 것인가.

"사령관 각하, 이제르론 측의 통신입니다!"

기함 함교에서 통신장교가 외쳤다. 핏발선 눈으로 젝트가 노려보자 보고가 이어졌다.

"역시 이제르론은 동맹군, 아니, 반란군에게 점령당했습니다. 그 지휘관인 양 소장의 이름으로 보낸 것입니다.「더 이상의 유혈은 무익하다, 항복하라.」"

"항복하라고?!"

"예. 그리고「만약 항복하기 싫다면 도망쳐라, 추격하지는 않겠다」고……."

한순간 함교 내에 생기가 넘쳐났다. 그렇다, 도망치는 방법이 있다. 하지만 그 생기는 거친 노성에 지워져버렸다.

"반란군에게 어떻게 항복을 하란 말이냐!"

젝트는 군화로 바닥을 걷어찼다.

'이제르론을 적의 손에 넘기고, 휘하 함대 절반을 잃고, 패군지장이 되어 황제 폐하 앞에 나서란 말인가?'

젝트는 그럴 수 없었다. 그에게 남은 최후의 명예는 깨끗하게 죽는 것뿐이었다.

"통신장교, 반란군에게 회답하라. 내용은 이와 같다."

젝트의 입에서 흘러나온 내용을 듣고 주위 장병들의 얼굴에서 핏기가 사라졌다. 그들의 얼굴 위로 사령관의 냉혹한 안광이 지나가고 있었다.

"지금부터 전 함대는 이제르론에 돌입한다. 이제 와서 목숨을 아까워하는 놈은 없으렷다?"

"……."

대답은 없었다.

"제국군에게서 답신이 왔습니다."

한편 이제르론에서 양에게 보고한 것은 쉰코프였다. 떨떠름한 얼굴이었다.

「무인의 마음을 변별하지 못하는 자에게. 우리는 살아서 오욕에 물드느니, 죽음으로 명예를 보전하는 길을 택하노라.」

"……."

「이제부터 이제르론 주둔함대 잔여 전 함은 요새로 돌입해 깨끗이 산화할 것이며, 이로써 황제 폐하의 은총에 보답하리라.」 그렇게 말했습니다."

"무인의 마음이라고?"

쓰디쓴 분노의 감정. 프레데리카 그린힐 중위는 양의 목소리에서 분명히 그것을 느꼈다. 실제로 양은 분노했다. 죽음으로 패전의 죄를 씻을 수 있다면, 그것도 좋겠지. 하지만 그렇다면 왜 자신 혼자만 죽지 않는단 말인가. 왜 부하들을 강제로 길동무 삼으려 하는가.

'이런 놈이 있으니 전쟁이 끝나질 않는 거야.'

양은 그런 생각마저 들었다. 이젠 지긋지긋하다. 저런 놈을 상대하는 것은.

"적 함대, 돌입하고 있습니다!"

오퍼레이터의 목소리였다.

"포수! 적의 기함을 식별할 수 있겠나? 기함만을 집중 저격하라!"

양이 이처럼 날카로운 명령을 내린 것은 처음이었다. 프레데리카와 쇤코프는 저마다 다른 표정으로 사령관을 바라보았다.

"이것이 마지막 포격이 될 것이다. 기함을 잃으면 나머지는 도망가겠지."

포수들은 신중하게 조준을 맞추었다. 제국군으로부터 무수한 빛줄기가 뿜어져 나왔으나 무엇 하나 효과를 발휘하지는 못했다.

조준이 완벽하게 맞았다.

그때 제국군 기함의 함미에서 한 척의 탈출용 셔틀이 사출되었다. 셔틀은 조용한 은색 점이 되어 암흑 속으로 녹아들어갔다. 이를 알아차린 자가 과연 있었을까.

한순간의 간격을 두고 세 번째 빛줄기가 어둠을 꿰뚫었다.

제국군의 기함을 중심점으로 원형 공간이 도려져나간 것처럼 보였다. 젝트 대장의 거구와 노성은 불행한 참모들을 길동무 삼아 미크론 단위의 티끌로 변했다.

살아남은 제국군은 사태를 깨닫고 잇달아 함수를 돌리더니 이제르론 요새 주포의 사정거리 밖으로 벗어나기 시작했다. 자폭 전법을 부르짖던 사령관이 '소멸' 한 이상 무모한 전투, 아니, 일방적인 살육에 목숨을 내버릴 이유는 어디에도 없었다.

그중에는 오베르슈타인 대령이 탄 탈출용 셔틀도 있었다. 반자동조종으로 항행하며 그는 멀어져가는 구형의 거대 요새를 어깨 너머로 바라보았다.

젝트 대장은 죽기 직전 '황제 폐하 만세'라고 외쳤을까? 같잖은 짓이다. 살아남아야 복수전도 꾀할 수 있는 것을.

'하기야 이젠 상관없지.'

오베르슈타인은 마음속으로 중얼거렸다.

그의 기략에 걸출한 통솔력과 실행력이 더해진다면 이제르론 정도는 언제든 탈환할 수 있을 것이다. 아니면 이제르론을 그대로 동맹의 수중에 두더라도 동맹 그 자체가 파멸한다면 이제르론에는 아무런 가치도 없다.

그렇다면 누구를 선택하지? 문벌귀족들 중에는 인재가 없다. 역시 금발 애송이, 라인하르트 폰 로엔그람 백작뿐인가.

'아무래도 다른 자는 없겠군……'

호되게 얻어맞은 채 패주하는 아군 함정 사이를 가로지르듯 셔틀은 밤 속을 날아갔다.

이제르론 요새 안에서는 환희와 흥분의 활화산이 폭발하고, 음계를 무시한 웃음소리와 노랫소리가 곳곳을 점령하고 있었다. 조용한 것은 사태를 깨닫고 망연해진 포로들과, 연출가 양 웬리뿐이었다.

"그린힐 중위."

프레데리카가 대답하자 흑발의 젊은 제독은 지휘 콘솔에서 바닥으로 내려서며 말했다.

"동맹 본국에 연락해주게. 어찌어찌 잘 끝났다, 또 하라고 해도 못한다, 그렇게 전해. 뒷일 부탁하고. 난 어디 가서 한숨 잘 테니까. 이젠 지쳤어."

"마술사 양 웬리!"

"기적의 양 웬리!"

자유행성동맹 수도 하이네센에 귀환한 양 웬리를 환호의 폭풍이 맞이했다.

바로 얼마 전 아스타테 성역에서 겪은 참패는 순식간에 잊어버리고, 양의 지략과 그를 등용한 시톨레 원수의 식견을 상상할 수 있는 온갖 미사여구로 칭송했다. 그 와중에 어떻게 준비했는지 모를 축하 행사며 그 뒤를 잇는 축하연에, 양은 자신의 허상이 화려하게 혼자 나돌아다니고 있다는 것을 지긋지긋하게 실감했다.

간신히 행사에서 풀려나 진절머리를 치며 귀가한 양은 율리안 소년이 끓여준 홍차에 직접 브랜디를 따랐다. 소년이 보기에는 브랜디의 비율이 다소 많은 것 같았다.

"이놈이고 저놈이고, 다들 아무것도 모른다니깐."

이제르론의 영웅께서는 군화를 벗고 소파에 책상다리를 하고 앉더니 '홍차가 든 브랜디'를 홀짝거리며 투덜댔다.

"마술사니 기적이니, 남의 고생도 모르는 주제에 하고 싶은 말만 지껄이고 앉았어. 나는 고대부터 내려온 용병술을 응용한 거라고. 적의 주력부대와 본거지를 분단시켜 개별적으로 공략하는 방법을. 거기에 약간 양념을 쳤을 뿐이지, 마술 같은 건 쓰지도 않았는데. 깜빡 멋모르고 치켜세워주는 대로 좋아했다간 이번엔 혼자 맨손으로 가서 오딘을 점령해 오라고 그러겠지."

그 전에 때려치울 거라는 말은 입 밖으로 내지 않았다.

"하지만 모처럼 다들 칭찬해 주었잖아요."

그렇게 말하며 율리안은 은근슬쩍 브랜디 병을 양의 손이 닿지 않는 곳에 옮겼다.

"그냥 순수하게 기뻐하셔도 될 것 같은데요."

"칭찬받는 건 이기고 있을 때뿐이야."

순수하지 못한 말투로 양이 대꾸했다.

"싸우다 보면 언젠가는 지게 돼 있어. 그때 어떻게 손바닥을 뒤집고 나올지, 남 일이라면 참 재미있겠다만 말이다. 그런데 율리안, 브랜디 정도는 내 맘대로 마시게 해 주지 않겠니?"

I

이제르론 요새 함락!

흉보는 은하제국을 뒤흔들었다.

"이제르론은 난공불락의 요새였거늘……!"

군무상서 에렌베르크 원수는 창백한 얼굴로 중얼거리고는 집무용 책상 앞에서 움직일 줄을 몰랐다.

"믿을 수가 없군. 오보는 아닌가?"

제국군 통수본부장 슈타인호프 원수는 쉰 목소리로 신음하더니, 사실을 확인한 후 침묵의 요새에 틀어박히고 말았다.

국정에 대해 무관심하고 무기력하던 황제 프리드리히 4세조차 궁내상서 노이퀼른을 시켜 국무상서 리히텐라데 후작을 호출, 사태의 설명을 요구했다고 한다.

"제국 영토는 외적에 대해 신성불가침한 것이어야만 하며, 또한 사실상 그래왔습니다. 그럼에도 이와 같은 사태를 초래해 폐하의 신금을 어지럽히고 만 것은 소신의 불민함으로 인해 초래된 바, 실로 참괴慙愧함을 금할 수가 없나이다."

후작은 황공해하며 답했다고 전해진다.

"이상한 이야기도 다 있지, 키르히아이스?"

원수부 집무실에서 라인하르트 폰 로엔그람 백작은 심복이자 오랜 벗에게 말했다.

"제국 영토는 한 차라도 **외적**에게 침략당해서는 안 된다는군. '반란군'이 언제부터 대등한 외부 세력이 됐지? 현실을 보지 않으니 모순을 초래하는 거야."

원수부를 개설하고 제국 우주함대의 절반을 장악한 라인하르트는 매일 인사에 절치부심하고 있었다.

기본 방침은 하급귀족이나 평민 출신의 젊은 장교를 등용하는 것이어서, 일선 지휘관의 평균연령은 크게 낮아졌다. 볼프강 미터마이어, 오스카 폰 로이엔탈, 칼 구스타프 켐프, 프리츠 요제프 비텐펠트 등 혈기왕성하고 기개 넘치는 장교들이 새로 제독의 칭호를 얻어, 원수부에는 젊은 활력과 패기가 넘쳐났다.

그러나 최근 며칠 동안 라인하르트는 불만을 품지 않을 수 없었다. 용감하고 전술능력이 풍부한 전선지휘관은 갖춰졌지만, 참모로 쓸 만한 인재를 찾을 수가 없었던 것이다.

사관학교에서 우등생이었던 귀족 출신 참모 장교 따위에게는 애초에 기대도 하지 않았다. 군사능력은 학교 교육으로 길러지지 않는다는 사실을 알고 있었기 때문이다. 그 자신이 그러했듯, 타고난 군인이 학교에서 수재인 경우는 있어도 그 반대의 경우는 없다.

키르히아이스를 참모로 삼을 수는 없었다. 그는 라인하르트의 분신이 되어 때로는 여러 개의 함대를 지휘통솔해야만 한다. 라인하르트와 함께 어떤 때는 대국을 보며 결단을 함께 해야 한다. 그것이 심복이 짊어져야 할 책무였다.

얼마 전 라인하르트는 카스트로프 성계에서 일어난 동란에 자신의 대리인으로 키르히아이스를 단독 출정시켰다. 키르히아이스가 혼자 공을 세우게 해, 만인이 그를 라인하르트 군단의 부사령관이라 인정할 수밖에 없도록 하기 위한 조치였다.

라인하르트는 국무상서 리히텐라데 후작에게 키르히아이스가 칙명을 받을 수 있도록 수속을 밟아달라고 의뢰했다.

처음에 리히텐라데 후작은 고운 얼굴을 하지 않았다. 하지만 후작의 정무보좌관 중 바이츠라는 인물이 후작에게 진언했다.

"칙명이 내려지도록 주선해 주십시오. 키르히아이스 소장은 로엔그람 백작의 제일가는 심복입니다. 토벌에 성공했을 때는 보상을 주어 은혜를 베푸시면 훗날 크게 도움이 될 것입니다. 또한 실패한다 한들 그것은 그를 천거한 로엔그람 백작의 책임이 될 뿐입니다. 다시금 백작에게 토벌을 명하면 될 일이고, 부하가 한번 실패를 겪는다면 백작도 공을 자랑할 수만은 없을 것이옵니다."

"그렇군. 일리가 있소."

후작은 고개를 끄덕이고 키르히아이스에게 카스트로프 토벌 칙명이 내려오도록 수속을 취해주었다. 아무리 후작이라 한들 라인하르트가 바이츠에게 몰래 뇌물을 주며 그렇게 진언토록 부탁했다는 사실까지 알아차릴 수는 없었다.

이렇게 키르히아이스는 칙명을 받았다. 그것은 제국군인으로서 관록이 생겼다는 것을 의미한다. 라인하르트의 원수부에서 그는 계급이 같은 동료들을 제치고 제2인자의 위치를 공적으로 인정받게 되었다. 물론 이는 형식에 불과했다. 명실 공히 인정을 받으려면 키르히아이스는 눈에 보이는 무훈을 세워야만 한다.

카스트로프 성계에서 동란이 일어난 발단은 다음과 같은 것이었다.

그해 오이겐 폰 카스트로프 공작은 자가용 우주선 사고로 뜻하지 않은 죽음을 당했다.

그는 귀족이므로 자신의 영지에 대한 징세권이 있었다. 당연히 풍부한 재력을 소유했을뿐더러, 15년에 걸쳐 재무상서 자리에 있었던 조정의 중신이기도 했다.

공작은 이러한 직권을 이용해 평생 축재에 힘을 쏟았다. 이따금 불명예스러운 의혹에 얽힌 적도 있으나, 법망은 귀족의 범죄에 대해서는 지극히 느슨했으며, 그 느슨한 법망조차 피해갈 수 없게 되면 권력과 재력을 교묘히 구사해 처벌을 빠져나갔다.

당시의 사법상서 루게 백작이 '실로 멋들어진 재주'라 비아냥거렸을 만큼, 같은 문벌귀족의 눈으로 보아도 그의 특권 남용은 도를 넘어선 것이었다. 공작은 제정의 지주인 만큼 좀 더 공인이라는 자각을 가지고 법을 지켜야만 했다. 한 명의 중신에 대한 민중의 불만은 체제 전체에 대한 불신으로 쉽게 증폭되는 법이기 때문이다.

그런 카스트로프 공작이 죽었다. 제국 재무성財務省과 사법성司法省의 입장에서는 환영할 만한 기회가 아닐 수 없었다. 고인이지만 철저하게 비리를 파헤쳐야 한다. 대귀족이라 해도 결코 법의 지배를 벗어날 수는 없노라고 민중에게 본보기를 보이며, 귀족들 중에 무수히 존재하는 작은 카스트로프들을 견제하고, 나아가서는 제국의 법과 행정의 위신을 살려야만 한다. 하물며 생전에 카스트로프 공작이 사유화하였던 공금이며 그가 받았던 뇌물은 막대한 액수에 이를 것이다. 이를 국고로 환수한다면 군사비의 압박에 괴로워하던 재정은 한순간이나마 숨을 돌릴 것이 분명했다.

재정 관료들 중에는 귀족에 대한 과세를 역설하는 자도 있었으나 그것은 루돌프 대제 이래의 국시를 뒤집는 것이므로 반란이나 궁정혁명을 초래할 수도 있었다. 그러나 카스트로프 공작 개인이 대상이라면 귀족들의 반대도 적을 것이다.

재무성 조사관이 카스트로프 성계에 파견되었다. 사건은 여기서 터졌다.

카스트로프 공작에게는 막시밀리안이라는 아들이 있었다. 막시밀리안은 국무상서를 거쳐 황제로부터 인가가 내려지는 대로 죽은 아버지의 작위와 자산을 상속할 몸이었다. 그러나 위와 같은 사정 때문에 국무상서 리히텐라데 후작은 상속 수속을 연기했다. 재무성의 조사가 끝나 선대 오이겐이 부당하게 취득한 부분을 떼어낸 다음에야 재산 상속을 인정하겠다는 것이었다.

막시밀리안은 이에 반발했다. 중신이자 대귀족의 자제로서 특권과 부를 탐닉했던 이기적인 청년은 죽은 아버지가 지녔던 나쁜 의미의 정치력마저도 없었다.

그는 재무성의 조사관이 자택을 방문하자 사냥개를 풀어 위협해 쫓아냈다. 이 사냥개는 DNA 처리를 거쳐 머리에 뿔이 돋아난 유각견有角犬으로, 귀족 권력의 폭력성을 상징하는 흉포한 짐승이었다.

상상력이 빈곤한 청년은 자신의 행위가 위신을 중시하는 제국 정부의 낯짝을 후려갈겼다는 것을 전혀 깨닫지 못했다. 하지만 얻어맞은 쪽은 굴욕을 그대로 감수하지는 않았다.

재차 파견된 조사관도 무례와 함께 쫓겨나자, 재무상서 겔라흐 자작은 국무상서 리히텐라데 후작에게 막시밀리안을 궁정으로 호출해줄 것을 요청했다.

막시밀리안은 강경한 어조가 담긴 소환장을 받고서야 비로소 자신의 행위가 문제시되고 있다는 것을 깨달았다. 그렇게 되자 균형 잡힌 판단력을 잃은 그는 극심한 공포에 사로잡혔다. 제국 수도 오딘에 가면 두 번 다시 돌아오지 못할 것이라 믿어 의심치 않았다.

당연한 말이지만 카스트로프 공작가에는 수많은 친인척이 있었으며, 사태를 우려한 그들은 여러모로 중재를 꾀했으나 이는 막시밀리안의 의구심만 자극했다.

그의 친족 중 온화한 인품으로 정평이 나 있던 프란츠 폰 마린도르프 백작이 설득하러 갔다가 그대로 감금당하자, 모든 이들은 평화로운 해결이 절망적이라는 것을 깨달을 수밖에 없었다. 공포에 눈이 뒤집힌 막시밀리안은 공작령의 경비대를 중심으로 사병을 모았고, 제국 정부는 토벌군을 파견하기로 결정했다.

슈무데 제독이 지휘하는 함대가 오딘을 출발한 것은 아스타테 성역에서 제국 및 동맹 양측이 충돌한 것과 거의 같은 시기였다.

그리고 제1차 토벌군은 패배했다.

사회인으로는 낙제생이었던 막시밀리안이 순수하게 군사적으로는 어느 정도의 재능을 가지고 있었던 것, 토벌군이 적을 경시해 작전도 제대로 짜지 않고 전투에 임했던 것 등 몇몇 이유가 그 결과를 초래했으나, 아무튼 이 토벌군은 억지로 착륙을 시도했을 때 기습당해 슈무데 제독은 전사하고 말았다.

두 번째로 파견된 토벌군마저 실패했다. 그러자 기세등등해진 막시밀리안은 인접한 마린도르프 백작령을 병합해 제국의 한 귀퉁이에 반 독립 상태의 지방왕국을 건설하고자 했다. 당주 프란츠는 막시밀리안에게 감금되어 있었으나, 마린도르프 백작가의 경비대는 침공한 막시밀리안 군을 잘 막아내며 오딘에 원군을 청했다.

이러한 상황에서 키르히아이스가 동란을 진압하도록 칙명을 받은 것이었다. 그리고 그는 반년에 걸쳐 이어진 동란을 열흘 만에 진압하는 데 성공했다.

우선 키르히아이스는 마린도르프 백작령에 원군으로 출정하는 척하면서 느닷없이 기수를 돌려 카스트로프 공작령을 쳤다. 경악한 막시밀리안은 본거지를 빼앗겨서는 안 된다는 생각에 황급히 마린도르프 백작령의 포위를 풀고 모든 부대를 긁어모아 카스트로프 공작령으로 보냈다. 이로써 마린도르프 백작령은 위기에서 벗어났다. 게다가 키르히아이스가 카스트로프 공작령으로 향했던 것 또한 양동작전에 지나지 않았다.

본거지의 위기에 초조해진 막시밀리안은 배후의 대비를 태만히 했다. 키르히아이스는 좁은 소행성대에 함대를 감춘 채 이들을 지나가게 한 후, 무방비 상태인 배후를 급습해 궤멸시켰다.

간신히 전장을 벗어나기는 했으나, 막시밀리안은 죄가 가벼워질 것을 바란 부하의 손에 살해당했으며 나머지는 투항했다.

이렇게 카스트로프 동란은 싱겁게 막을 내렸다. 진압에 열흘이 소요되었다고는 하나 그중 엿새는 오딘에서 공작령까지 가는 데, 이틀은 카스트로프 공작령에서 사후처리를 하는 데 필요했던 것이므로 실제로 전투가 일어난 것은 고작 이틀에 불과했다.

이 동란에서 키르히아이스가 보여준 비범한 용병술에 라인하르트는 만족했으며, 그의 원수부 제독들은 고개를 끄덕였고, 문벌귀족들은 경악했다. 라인하르트만이라면 모를까, 심복마저도 그렇게나 뛰어난 실력을 지니고 있었다는 사실은 그들에게 썩 유쾌한 것만은 아니었다.

그러나 어찌 되었건 무훈은 무훈이다. 키르히아이스는 중장으로 승진해 황금색으로 찬연하게 빛나는 '쌍두독수리 무훈장'을 수여받았다. 국무상서 리히텐라데 후작이 제국재상 대리 자격으로 이를 키르히아이스에게 걸어주었으며, 그의 무훈을 칭송하고, 황제 폐하의 은총에 감사하며 더더욱 충성을 바치라고 훈시했다.

키르히아이스는 이미 모든 내막을 알고 있었다. 바이츠에게 부추김을 당한 리히텐라데 후작이 자신들의 비위를 맞추려 드는 모습은 환멸스럽기 짝이 없었으나, 물론 그런 심정은 겉으로는 드러내지 않았다.

그렇다고는 해도 황제에게 충성을 다하라니, 별 시답잖은 소리를 한다고 키르히아이스는 생각했다. 그가 충성을 다할 대상을, 그의 눈앞에서 납치해, 지금까지도 독점하고 있는 것이 바로 황제 프리드리히 4세 본인이 아니던가. 자신이 싸우고 있는 것은 제국을 위해서도, 황실을 위해서도, 황제를 위해서도 아니다.

사실 붉은 머리에 키가 훤칠한 청년 지크프리트 키르히아이스는 위로는 공작가의 영애로부터 아래로는 궁중의 허드렛일을 하는 소녀에 이르기까지 궁중 여성들에게 상당한 인기를 얻고 있었다. 본인은 전혀 눈치채지 못했으나, 눈치를 챘다 한들 거슬리게만 생각했을 것이다.

이렇게 라인하르트와 키르히아이스가 저마다 발판을 굳혀나가고 있을 때, 그들의 앞에 반백머리의 참모, 오베르슈타인 대령이 나타난 것이었다.

II

 참모가 필요하다는 라인하르트의 바람은 나날이 강해졌다.

 그가 바라는 참모란, 반드시 군사에 관한 의견만을 제시할 존재라고는 할 수 없었다. 그 정도라면 라인하르트 자신과 키르히아이스 정도면 충분하다. 오히려 정략과 모략 방면의 참모라고 해야 할 것이다. 이제부터는 궁정에 도사린 귀족들을 상대로 그런 종류의 투쟁이, 좀 더 정확하게 말하자면 음모와 기만이 넘쳐날 것이라고 라인하르트는 예상했다. 그렇다면 그 방면에서 상담할 상대가 필요하다. 키르히아이스는 여기에 적합하지 않다. 지능 문제가 아니라 성격과 사고방식 문제 때문이다.

 위병에게 블래스터 권총을 맡기고 비무장으로 집무실에 들어온 사내의 모습을 라인하르트는 머릿속의 인명 카드로 확인했다. 그 카드에는 그에 대해 호의적으로 대할 만한 이유가 적혀 있지 않았다.

 "오베르슈타인 대령이로군. 내게 무슨 볼일이 있나?"

 "우선 좌우를 물리쳐 주십시오."

 불청객은 거만하다고 해야 마땅할 태도로 요구했다.

 "여긴 셋밖에 없지 않나."

 "그렇습니다. 키르히아이스 중장 각하께서 계시지요. 그래서 물리쳐 주십사 부탁드린 것입니다."

 키르히아이스는 묵묵히, 라인하르트는 날카로운 안광으로 나란히 불청객을 바라보았다.

 "키르히아이스 중장은 나 자신이나 마찬가지다. 경은 그것을 모르나?"

"알고 있습니다."

"그럼에도 사람을 물리쳐 달라는 것은, 그의 귀에 들어가지 않았으면 하는 이야기가 있다는 뜻이로군. 그러나 후에 내가 그에게 말하면 결국 똑같은 일이 될 텐데?"

"그것은 물론 각하께서 결정하실 일입니다. 하오나 각하, 패업을 성취하시려면 수많은 종류의 인재가 필요하실 터. A에게는 A에게 적합한 이야기, B에게는 B에게 적합한 임무가 있지 않겠습니까?"

키르히아이스가 라인하르트를 쳐다보며 사양하듯 말했다.

"원수 각하, 저는 옆방에서 대기하는 편이 좋을 듯합니다만……."

"……알았다."

라인하르트는 무언가 생각에 잠긴 표정으로 고개를 끄덕였다. 키르히아이스가 퇴실하자, 그제야 오베르슈타인은 본론에 나섰다.

"사실은 각하, 저는 현재 다소 곤경에 처한 상태입니다. 아실지도 모르겠으나……."

"이제르론에서 도망쳤기 때문이지. 규탄받아 마땅하지 않은가. 젝트 제독은 장렬하게 전사했는데."

라인하르트의 대답은 싸늘했다. 그러나 오베르슈타인은 꿈쩍도 하지 않았다.

"평범한 지휘관이라면 저를 그저 비열한 도망자로 볼 것입니다. 그러나 각하, 제게는 제 명목이 있습니다. 각하께서 그것을 들어주셨으면 합니다."

"번지수를 잘못 찾아온 것 아닌가? 경이 목소리를 높일 자리는 이곳이 아니라 군법재판소일 텐데."

이제르론 주둔함대 기함의 유일한 생존자인 오베르슈타인은 살아남았다는 단 한 가지 이유로 처단을 피할 수 없는 입장이었다. 지휘관을 보좌해 잘못을 바로잡을 의무를 다하지 않았으며, 자신의 안전만을 꾀했다는 사실이 백안시와 규탄의 이유였으나, 이제르론이 함락당하던 자리에 있었던 적당한 인물에게 모종의 책임을 뒤집어씌워야 한다는 사정도 있었다.

라인하르트의 냉담한 응답을 들은 오베르슈타인은 갑자기 오른쪽 눈에 손을 가져갔다. 그리고 그 손이 내려왔을 때, 얼굴의 일부에 작지만 기괴한 구멍이 뚫렸다. 오른쪽 손바닥에 얹힌 조그마한, 거의 구형을 이루는 결정체와도 같은 것을 반백의 사내는 젊은 원수에게 내밀었다.

"이것을 보십시오, 각하."

"……"

"키르히아이스 중장 각하로부터 들으셨을 거라 생각합니다만, 이처럼 제 두 눈은 의안입니다. 루돌프 대제 시절이었더라면 '열악유전자 배제법'에 의해 태어나자마자 말살당했을 것입니다."

뽑아낸 의안을 다시 눈구멍에 집어넣더니, 오베르슈타인은 정면으로 라인하르트의 시야에 도려내는 듯한 안광을 보냈다.

"이해하셨습니까? 저는 증오하는 것입니다. 루돌프 대제와, 그의 자손들과, 그가 낳은 모든 것들을…… 골덴바움 왕조 은하제국 그 자체를."

"대담한 발언이로군."

폐소공포증 환자가 느끼는 답답함이 한순간 젊은 원수를 사로잡았다. 이 사내의 의안에는 사람을 압도, 혹은 압박하는 기능의 소자가 장치되어 있는 것 아닐까 하는 비합리적인 의혹마저 일어났다.

방음장치가 완비된 실내에서 오베르슈타인의 목소리는 낮게 퍼졌으나, 철 지난 봄철 번개처럼 쩌렁쩌렁 울려 퍼지는 것 같았다.

"은하제국, 아니, 골덴바움 왕조는 멸망해야 합니다. 가능하다면 제 자신의 손으로 없애버리고 싶습니다. 하오나 제게 그럴 역량은 없습니다. 제가 할 수 있는 일은 새로운 패자의 등장에 협력하는 것, 그뿐입니다. 다시 말해 당신입니다, 제국원수 라인하르트 폰 로엔그람 각하."

라인하르트는 전류를 띤 공기가 깨지는 듯한 소리를 들었다.

"키르히아이스!"

의자에서 벌떡 일어나며 라인하르트는 심복을 불렀다. 벽이 소리도 없이 열리고, 붉은 머리 젊은이가 훤칠한 모습을 드러냈다. 라인하르트의 손가락이 오베르슈타인을 가리켰다.

"키르히아이스, 오베르슈타인 대령을 체포하라. 제국에 대해 불경한 반역을 내포한 언사가 있었다. 제국군인으로서 간과할 수 없다."

오베르슈타인은 의안을 격렬하게 빛냈다. 붉은 머리 청년 장교는 신속하고도 정확하게 오른손으로 블래스터 권총을 뽑아 들고 오베르슈타인의 가슴 한복판에 겨누었다. 유년학교 이래 사격에서 그를 능가하는 기량을 보이는 자는 별로 없었다. 설령 오베르슈타인이 블래스터를 가지고 왔다 해도 저항은 무의미했으리라.

"당신도 고작 이 정도밖에 안 되는 사람이었군······."

오베르슈타인은 중얼거렸다. 실망과 자조의 쓸쓸한 그림자가 창백한 얼굴을 더욱 음습하게 물들였다.

"좋소. 어디 키르히아이스 중장 한 사람만 끌어안고 좁은 길을 걸어가 보시길."

반쯤은 연기로, 반쯤은 본심을 드러내 내뱉은 말이었다. 라인하르트의 침묵하는 모습에 시선을 던지더니 그는 키르히아이스를 다시 쳐다보았다.

"키르히아이스 중장, 나를 쏠 수 있겠소? 나는 보다시피 맨몸이오. 그래도 쏘겠소?"

라인하르트가 다시 명령을 내리지 않았기 때문이기도 했지만, 키르히아이스는 오베르슈타인을 조준한 채 방아쇠에 건 손가락에 힘을 주기를 주저하고 있었다.

"쏠 수 없겠지. 귀관은 그런 사람이니까. 존경받아 마땅한 사람이지만, 그것만으로는 패업을 이루기에 충분하다고 할 수 없소. 빛에는 그림자가 따르는 법……. 하지만 젊은 로엔그람 백작께선 아직 이해하기 힘든 일인지?"

라인하르트는 오베르슈타인을 응시한 채 블래스터를 거두도록 키르히아이스에게 손짓했다. 그의 표정은 미미하게 변해 있었다.

"하고 싶은 말은 솔직하게 하는 자로군."

"황공합니다."

"젝트 제독에게도 상당히 미움을 받았겠지? 그렇지 않나?"

"그 제독은 부하의 충성심을 자극하는 인물은 아니었습니다."

오베르슈타인은 태연하게 받아쳤다. 그는 도박에 이겼다는 것을 알고 있었다.

라인하르트는 고개를 끄덕였다.

"좋아. 경을 귀족 놈들에게서 사주지."

III

 군무상서, 통수본부총장, 우주함대 사령장관 세 직위를 제국군 3대 장관이라고 칭한다. 하지만 혼자서 이 셋을 겸임한 사례는 1세기쯤 전의 황태자였던 오트프리트뿐이었다.

 그는 제국재상까지도 겸임했는데, 그 후로는 신하가 황제의 선례를 따르는 것을 피하기 위해 제국재상을 정식으로 임명하지 않고 국무상서를 제국재상 대리로 삼게 되었다.

 오트프리트는 황태자 시절에는 유능하고 인망도 있었으나, 즉위해 오트프리트 3세가 되고부터는 거듭되는 궁정 음모의 소용돌이에서 의심 암귀만 커져 네 번에 걸쳐 황후를 갈아치우고 다섯 번에 걸쳐 제위계승자를 바꾸고, 마지막에는 독살을 두려워한 나머지 식사를 거르게 되어 40대 중반에 쇠약사했다.

 바로 그 제국군 3대 장관, 군무상서 에렌베르크, 통수본부총장 슈타인호프, 우주함대 사령장관 뮈켄베르거는 제국재상 대리인 국무상서 리히텐라데 후작에게 사표를 제출했다. 이제르론 함락의 책임을 지기 위해서였다.

 "책임을 지기 위해 지위에 집착하지 않으려는 경들의 청렴함은 칭송받아 마땅합니다. 허나 3대 장관 자리가 한꺼번에 빈다면, 적어도 그중 하나는 로엔그람 백작이 얻게 되지 않겠습니까? 굳이 경들께서 발 벗고 나서 그의 지위를 높여주실 필요는 없다고 생각합니다만……. 경들은 경제적으로도 곤란하지 않으니, 향후 1년간 녹봉을 반납하시는 정도면 어떻겠습니까?"

국무상서의 말에 슈타인호프 원수가 씁쓸한 표정으로 대답했다.

"그 점을 생각하지 못한 것은 아닙니다만, 저희도 무인입니다. 지위에 연연해 나아갈 때와 물러날 때를 그르쳤다는 소리를 듣고 싶지는 않습니다……. 부디 재가하여 주시기 바랍니다."

어쩔 수 없이 리히텐라데 후작은 궁정에 출두해 황제 프리드리히 4세에게 세 장관의 사표를 제출했다.

변함없이 무기력하게 국무상서의 이야기를 듣고 있던 황제는 시종에게 명해 라인하르트를 원수부에서 불러오라 일렀다. TV 전화를 쓰면 될 일이지만 굳이 어전으로 호출을 하는 것은 황제의 권력에 필요한 형식 중 하나였다.

라인하르트가 입궁하자 황제는 세 통의 사표를 젊은 제국원수에게 내밀며, 어느 직책이 탐나느냐고 마치 장난감이라도 고르게 하는 듯한 어조로 물었다. 망연자실해 가만히 서 있던 국무상서를 흘끔 쳐다보고 라인하르트는 대답했다.

"직접 공적을 세운 것도 아니거늘 어찌 다른 분들의 자리를 빼앗을 수 있겠사옵니까. 이제르론 함락은 젝트, 슈톡하우젠 두 제독의 불찰에 의한 것이었사옵니다. 하물며 젝트 제독은 죽음으로 죗값을 치렀고, 슈톡하우젠 제독은 적의 옥중에 있는 바, 달리 죄를 물어야 할 자가 있다고는 생각지 않사옵니다. 아무쪼록 세 장관들을 면책해 주십사, 삼가 폐하께 아뢰옵나이다."

"흐음. 그대는 욕심이 없군."

황제는 의외의 사태에 놀라고 있는 국무상서를 돌아보았다.

"백작은 이렇다고 하네. 그대는 어떻게 생각하는가."

"……연소한데도 고견을 가진 백작에게 소신은 감복하였나이다. 세 장관은 국가에 큰 공을 세운 중신인 바, 폐하께서 너그러이 여기시어 관대한 처분을 내려주시기를 감히 청하나이다."

"두 사람이 그리 말하니 짐도 그들에게 가혹한 처분을 내릴 수는 없지. 허나 조금도 죄를 묻지 않을 수도 없는 노릇이고……."

"하오면 폐하, 향후 1년간 그들의 녹봉을 반납케 하여 이를 전몰장병들의 유족 구제기금으로 돌리는 것이 어떠할까 소신은 생각하옵니다."

"그 정도면 타당하겠군. 좋다, 세부사항은 국무상서에게 임하노라. 용무는 그뿐인가?"

"예, 폐하."

"그러면 둘 다 그만 물러가도록. 온실에서 장미를 돌보아야 할 시간이니라."

두 사람은 퇴실했다.

하지만 5분도 지나지 않아 한 사람은 은밀히 돌아왔다. 헐레벌떡 뛰어온지라 올해 일흔다섯인 리히텐라데 후작은 호흡을 가다듬는 데 시간이 필요했으나, 황제의 장미 정원에 섰을 때는 적어도 육체적으로는 평정을 회복했다.

풍성한 색채와 향기를 자랑하는 장미꽃들 사이에 고목처럼 황제가 서 있었다. 노귀족은 천천히 다가가, 충분한 주의를 기울이며 무릎을 꿇었다.

"황공하오나, 폐하……."

"무언가?"

"심기를 언짢게 해 드릴 것을 각오하고 감히 아뢰옵건대……."

"로엔그람 백작 때문인가?"

황제의 목소리에선 예리함도 격렬함도 열기도 느껴지지 않았다. 바람에 날려가는 모래소리를 연상케 하는, 생기가 없는 노인 같은 목소리.

"짐이 안네로제의 동생에게 지위와 권력을 지나치게 안겨주고 있다는 생각이렷다."

"폐하께서는 이미 알고 계셨사옵니까?"

국무상서가 놀란 것은 황제의 말이 의외로 또렷했기 때문이기도 했다.

"두려움을 모르는 자인 까닭에, 중신으로서 권력을 휘두르는 것만이 아니라 주제를 모르고 찬탈을 꾀할지도 모른다, 그대는 그리 생각한 것인가?"

"차마 입에 담기조차 두려운 말이오나…… 그렇사옵니다."

"그도 좋지 아니한가."

"예?!"

"골덴바움 왕조가 인류 창성과 함께 있었던 것도 아닐 터. 죽지 않는 인간이 없는 것과 마찬가지로, 불멸의 국가도 없는 법. 짐의 대에 은하제국이 멸망한다 하여 안 될 도리라도 있느냐?"

메마르고 낮은 웃음소리가 국무상서를 전율케 했다. 무심코 들여다본 허무의 늪이 너무나도 깊어, 그의 영혼은 바닥까지 싸늘해졌다.

"기왕 멸망할 것이라면……."

황제의 목소리가 혜성처럼 불길한 꼬리를 끌고 있었다.

"한껏 화려하게 멸망함이 바람직하지 않겠는가……."

IV

 생각지도 못한 일인 데다 불쾌함마저 느꼈으나, 세 장관은 라인하르트에게 빚을 졌다는 것을 인정할 수밖에 없었다. 따라서 이튿날 라인하르트가 파울 폰 오베르슈타인 대령을 이제르론 함락 건에서 면책하고 자신의 원수부로 전속해 줄 것을 요청했을 때는 거절할 수가 없었다. 자신들은 '황제 폐하의 관용'에 은혜를 입었으면서 남에게는 혹독한 처치를 내릴 수도 없는 노릇이거니와, 기껏해야 일개 대령의 진퇴 따위 그리 중요한 일도 아니라고 생각했기 때문이다. 아무튼 오베르슈타인에게는 만족스러운 결과였다.

 라인하르트가 제국군 3대 장관의 지위에 오를 기회를 스스로 걷어찬 행동에 대해서는 호의적인 평가와 부정적인 관찰이 반반이었다.

"의외로 욕심이 없군."

"무슨 소릴. 그냥 멋을 부리고 싶었던 게지."

 어느 쪽이든 라인하르트는 개의치 않았다. 3대 장관직 따위 마음만 먹으면 언제든 차지할 수 있다. 한동안 늙은이들에게 빚을 만들어둔 것뿐이었다. 게다가 그러한 지위는 그에게 단순한 통과점일 뿐이었다.

 라인하르트가 지존의 위치에 올랐을 때 3대 장관직을 겸임할 인물은 영 떨떠름한 모양이었다.

"왜 그래, 키르히아이스? 무언가 하고 싶은 말이 있는 모양인데."

"알고 계시면서, 짓궂으십니다."

"화내지 마. 오베르슈타인 때문이지? 그 사내가 문벌귀족들의 끄나풀은 아닌가 싶어서. 한때는 나도 의심했지. 하지만 귀족들이 감당할 자는 아니야. 머리는 똑똑한 모양이지만, 성격이 너무 드세거든."

"라인하르트 님께선 감당하실 수 있겠습니까?"

라인하르트는 슬쩍 고개를 갸웃했다. 그러자 미려한 금발 한 줌이 살짝 흘러내렸다.

"글쎄…… 나는 그자에게 우정이나 충성심은 기대하지 않아. 그자는 나를 이용하려 들 뿐이거든. 자기 자신의 목적을 이루기 위해서."

길고 나긋나긋한 손가락이 뻗어 나와, 루비를 녹여 물들인 듯한 벗의 머리카락을 가볍게 잡아당겼다. 아무도 없을 때면 라인하르트는 이따금 이런 행동을 보인다. 어린 소년 시절, 가끔씩 키르히아이스와 다투었을 때면 —— 그런 상태가 오래간 적은 없었지만 —— "뭐야, 피 묻은 머리카락."이라 욕하고, 화해하면 "불꽃이 타오르는 것처럼 아름다워."라고 칭찬하는 등 라인하르트는 제멋대로였다.

"……그러니 나도 놈의 두뇌를 이용할 뿐이지. 동기야 아무래도 상관없어. 그런 녀석 하나 다루지 못한다면 우주의 패권을 바라는 건 불가능하지 않을까?"

정치란 과정이나 제도가 아니라 결과다.

라인하르트는 그렇게 생각한다.

루돌프 대제를 용서할 수 없는 이유는 은하연방을 찬탈했기 때문이 아니며, 황제가 되었기 때문도 아니다. 그렇게 얻은 강대한 권력을 자기 신성화라는 가장 저열한 행위에 사용했기 때문이다. 그것이 영웅 행세를 한 망자 루돌프의 정체다. 그 강대한 권력을 올바르게 사용했다면 문명의 진보와 건설에 얼마나 공헌을 했을지 알 수 없다. 인류는 정치사상의 차이로 인한 항쟁에 에너지를 낭비하지도 않고 전 은하계에 발자취를 남겼을 것을. 현재는 제국과 반란세력을 합쳐도 이 거대한 항성세계의 5분의 1을 지배하고 있을 뿐 아닌가.

이렇듯 인류 역사의 진보를 저해한 책임은 전적으로 루돌프의 독선과 아집에 있었다. 무엇이 살아있는 신이란 말인가. 사신邪神이라 불러야 마땅하다.

구체제를 파괴하고 새로운 질서를 세우기 위해서는 강대한 권력과 무력이 필요하다. 그러나 자신은 루돌프의 전철을 밟지 않으리라. 황제는 될 것이다. 그러나 제위를 자신의 자손에게 물려주는 짓 따위는 하지 않는다.

루돌프는 혈통을, 유전자를 맹신했다. 그러나 유전자만큼 신용할 수 없는 것도 드물다. 라인하르트의 아버지는 천재도 위인도 아니었다. 자력으로 생활할 권력도 의지도 없어, 미모의 딸을 권력자에게 팔아넘겨 안락하고 방종한 생활에 빠진 **방탕아**였다. 7년 전에 아버지가 과도한 음주와 엽색 행각이 원인이 되어 급사했을 때, 라인하르트는 눈물 한 방울 흘리지 않았다. 최고급 백자로 만들어낸 듯한 누이의 뺨을 타고 흘러내리는 투명한 것을 보며 가슴이 미어지기는 했으나, 그것은 그녀에 대한 감정일 뿐이었다.

신용할 가치도 없는 유전의 증거로 골덴바움 황실의 현재 모습을 보라. 프리드리히 4세의 썩어 빠진 몸 안에 위대하고도 거대한 루돌프의 피가 한 방울이라도 흐르고 있다고 누가 상상할 수 있으리. 골덴바움 가의 피는 이미 혼탁해질 대로 혼탁해진 것이다.

프리드리히 4세의 형제자매 아홉은 모조리 죽었다. 프리드리히 4세 자신은 황후를 비롯한 여섯 명의 여성을 28회에 걸쳐 임신시켰으나 6회는 유산, 9회는 사산이었다. 간신히 태어난 열세 명 중에서는 생후 1년을 거치기 전에 네 명이, 성인이 되기 전에 다섯 명이, 성인이 된 후에 두 명이 사망했다. 남은 것은 브라운슈바이크 공작부인 아말리에와 리텐하임 후작부인 크리스티네 둘뿐이다. 모두 강대한 문벌귀족 집안으로 시집을 갔으나, 자손이라고는 각자 딸 하나가 있을 뿐이다. 그 외에는 성인이 된 후 사망한 황태자 루트비히가 남긴 아들이 하나 있었다. 이것이 현재 황실의 유일한 사내아이 에르빈 요제프로, 이제 막 다섯 살이 되었을 뿐이라 아직까지 황태손으로 책봉하지도 못했다.

궁정의 퇴폐를 한 몸에 모은 듯한 황제 프리드리히 4세는 라인하르트에게는 씁쓸한 증오와 경멸의 대상일 뿐이었으나, 단 두 가지 용인할 만한 점이 있었다.

첫째는 과거에 난산으로 수많은 총비를 죽게 만든 황제가 안네로제를 잃는 것을 두려워해 그녀를 임신시키지 않은 점이다. 여기에는 안네로제에게 아이가 태어났을 때 제위계승권을 둘러싼 쟁란이 발생하는 것을 우려한 귀족들의 압력도 있었다. 라인하르트의 입장에서 보자면 누이가 그 황제의 아이를 가진다는 것은 상상만 해도 끔찍했다.

그리고 두 번째는, 제위계승권을 가진 자가 극단적으로 적다는 점이었다. 황제의 손자녀 세 사람뿐이다. 이들만 배제하면 된다. 혹은 두 손녀 중 어느 한쪽과 결혼하는 방법도 있다. 어차피 형식일 뿐이지만.

아무튼 오베르슈타인은 도움이 될 것이다. 그 사내라면 어두운 정열과 집요한 의지로 황실과 귀족에 대한 권모술수를 획책해, 필요하다면 어린아이나 여성을 살해하는 일도 주저하지 않을 것이다. 이를 무의식 중에 깨달았기 때문에 키르히아이스는 오베르슈타인을 싫어한 것일 테지만, 그는 라인하르트에게 필요한 존재였다.

오베르슈타인 같은 사내를 필요로 하는 자신을 누님 안네로제나 키르히아이스는 과연 좋게 생각할까? 그러나 이는 해야만 하는 일이었다.

V

페잔 란데스헤르 루빈스키는 관저에서 경제전략에 관한 보좌관의 설명을 듣고 있었다.

"유니버스 파이낸스 사는 자유행성동맹에 심어둔 우리 자치령 정부의 위장기업으로, 바라토플 성계 제7, 제8행성의 고체 천연가스 채굴권을 취득했습니다. 채굴 가능한 매장량은 합계 4800만 입방 킬로미터에 달하며, 2년 후에는 손익분기점에 도달할 예정입니다."

루빈스키가 고개를 끄덕이는 것을 보며 보좌관은 보고를 이어나갔다.

"그리고 동맹에서도 손꼽히는 항성간 수송기업 산타크루스 라인 사의 주식 취득률이 41.9퍼센트에 달했습니다. 20개 이상의 명의로 분산되어 있으므로 눈치 채지는 못하겠지만, 이미 최대주주인 국영투자회사를 압도하고 있습니다."

"좋아. 하지만 과반수에 달할 때까지는 방심하지 말도록."

"물론입니다. 한편 제국 쪽에서는 제7변경성역의 농업개발 계획에 자본 참가가 결정되었습니다. 아이젠헤르츠 제2행성의 물 20경 톤을 8개의 건조 행성으로 운반해 50억 명 분의 식량을 증산한다는 그 계획입니다."

"자본 참가 비율은?"

"우리 정부의 위장기업 3사가 합계 84퍼센트를 차지하고 있습니다. 사실상 독점이지요. 다음으로는 잉골슈타트의 금속 라듐 공장에 대해서……."

보고를 다 들은 루빈스키는 일단 보좌관을 물러가게 한 후 황량함의 미를 자랑하는 벽 너머 풍경을 바라보았다.

현재까지 상황은 지극히 순조롭게 진행되고 있었다. 제국이든 동맹이든, 수뇌부는 전쟁이라고 하면 우주공간에서 전함끼리 아광속 미사일을 쏘아대는 것이 전부라고 생각하는 경향이 있다. 완고한 교조주의자들이 살육전에 몰두한 사이에 양국의 사회경제체제 근간은 페잔에 잠식당할 것이다. 지금도 양국이 발행하는 전시국채의 절반 정도는 페잔이 구입하고 있다.

인류의 발자취가 있는 우주는 모두 페잔이 경제적으로 통치한다. 제국정부도 동맹정부도, 페잔에 경제적 이익을 가져다주기 위해 정책을 대행하는 것에 불과한 존재로 전락하고 말리라. 시간은 조금 더 걸리겠지만, 그렇게 되면 목적의 최종단계까지는 코앞이다…….

물론 정치 혹은 군사적 상황을 경시해서는 안 된다. 단적인 예를 들자면, 제국과 동맹이 강대한 패권으로 정치적 통합을 이룰 경우 특권을 가져오는 페잔의 위치는 더 이상 아무런 의미도 없다. 고대로부터 해상 및 육상교역의 중추였던 교역도시가 새로이 출현한 통일왕조의 무력과 정치력에 굴복했던 역사를 또다시 되풀이할 것이다.

그렇다면 목적을 달성할 길은 영원히 사라지고 만다. 하물며 '신新 은하제국' 따위는 싹부터 뽑아버려야 한다.

'신 은하제국이라······.'

그 생각은 루빈스키에게 신선한 긴장감을 안겨주었다.

현재의 골덴바움 왕조 은하제국은 이미 늙고 힘이 없어, 다시 활성화되는 것은 불가능에 가깝다. 분열된 수많은 소왕국으로 변해 그 안에서 새로운 질서가 탄생하려면 몇 세기나 걸릴 것이다.

한편 자유행성동맹도 건국의 이상을 잃은 채 타성으로 흘러가고 있다. 경제건설과 사회개발의 정체현상에 민중들의 불만은 나날이 높아져만 가며, 동맹을 구성하는 여러 행성 사이에는 경제 격차를 둘러싼 반목이 끊이질 않는다. 카리스마 넘치는 지도자가 나타나 집권체제를 재구축하지 않는 한, 출구가 없는 상황은 이어질 것이다.

5세기 전, 거인 같은 몸으로 권력지향의 에너지를 뿜어내던 루돌프 폰 골덴바움은 은하연방의 정치구조를 찬탈해 신성불가침한 황제가 되었다. 합법적 수단에 의한 독재자의 출현. 이것이 다시 도래할 날이 올 것인가. 기성 권력구조를 찬탈한다면 단시일 내의 변화도 가능하다. 설령 적법하지 않다 해도······.

쿠데타.

권력이나 무력의 중추 가까이 있는 자들에게는 고전적이지만 유용한 방법이다. 그만큼 매력 있는 방법이기도 하다.

루빈스키는 콘솔의 버튼을 눌러 보좌관을 호출했다.

"양국에서 쿠데타가 일어날 가능성 말씀이십니까?"

란데스헤르의 명령은 그를 놀라게 했다.

"그야 명령만 내리신다면 당장 조사하겠습니다만, 무언가 그럴 조짐을 보이는 긴급한 정보라도 얻으신 겁니까?"

"그렇지는 않아. 그냥 지금 생각이 났을 뿐이지. 하지만 모든 가능성을 음미해서 나쁠 것은 없지 않겠나."

페잔의 통치자는 생각했다.

썩어가는 두뇌와 정신의 소유자들이 그럴 자격도 없이 권세를 탐하며 눌러앉아 있는 것은 불쾌하지만, 아직 당분간은 제국과 동맹의 현 체제가 존속해주어야만 한다. 제국도 동맹도 상상할 수 없는 페잔의 진정한 목적이 달성될 그날까지……

VI

자유행성동맹 최고평의회는 열한 명의 평의원으로 구성되어 있다. 의장, 부의장 겸 국무위원장, 서기, 국방위원장, 재정위원장, 법질서위원장, 천연자원위원장, 인적자원위원장, 경제개발위원장, 지역사회개발위원장, 정보교통위원장이 그 멤버이다. 그들은 진주색 외벽으로 장식된 장엄한 건물의 한자리에 모여 있었다.

창문이 없는 회의실은 두꺼운 벽과 다른 방들 사이에 위치했다. 그 방이란 대외연락실, 자료작성실, 정보가공실, 기기조작실 등이며, 또한 그 외곽을 경비병 대기실이 도넛 형태로 에워싸고 있다.

'이것을 과연 열린 정치의 장이라고 부를 수 있을까?'

재정위원장 조안 레벨로는 직경 7미터의 원탁 한쪽에 앉아 그렇게 생각했다. 어제오늘 일도 아니다. 적외선이 충만한 복도를 지나 회의실에 입실할 때마다 그런 의문에 사로잡히곤 했다.

그날, 우주력 796년 8월 6일. 회의에 한 의제가 올라왔다. 군부에서

제출된 출병안이었다. 점령한 이제르론 요새를 교두보로 삼아 제국으로 침입한다는 작전안을 군부의 청년 고급장교들이 직접 평의회에 제출한 것이다. 레벨로에게는 과격하다는 생각밖에 들지 않았다.

회의가 시작되자 레벨로는 전쟁 확대를 반대한다는 논지를 펼쳤다.

"표현은 좀 이상합니다만, 오늘날까지 은하제국과 우리 동맹은 재정이 간신히 허용하는 범위 내에서 전쟁을 하고 있었습니다. 그러나……"

아스타테 회전에서 전사한 장병의 유족 연금만 해도 매년 100억 디나르의 지출이 필요하다. 여기서 더욱 전쟁을 확대한다면 국가재정과 이를 지탱하는 경제는 반드시 파탄에 이를 것이다. 아니, 이미 재정은 적자가 된 지 오래였다.

아이러니컬하게도, 양 웬리 또한 이 재정난에 한몫을 하고 있었다. 그는 이제르론에서 50만 명의 포로를 얻었다. 이들을 먹이는 데만 해도 엄청난 예산이 필요한 것이다.

"재정을 건실하게 하는 방법이라면 옛날부터 국채를 더 발행하거나 세금을 증세하거나, 둘 중 하나였습니다. 그 외의 방법은 없습니다."

"지폐의 발행고를 높이는 것은 어떻소?"

부의장이 물었다.

"재원이 뒷받침해주지 않는 상태로 말입니까? 몇 년쯤 후에는 지폐의 액면이 아니라 무게로 상품을 매매하게 될 겁니다. 저는 초 인플레이션 시대의 무책임한 재정가로 후세에 오명을 남기는 일은 사양하고 싶군요."

"허나 전쟁에 패한다면 몇 년 후는 고사하고 내일조차 없소."

"그럼 전쟁을 그만둬야지요."

레벨로가 강한 어조로 말하자 실내가 잠잠해졌다.

"양 웬리 제독의 지략으로 우리는 이제르론을 얻었습니다. 제국군은 우리 동맹으로 침략할 거점을 잃은 겁니다. 유리한 조건으로 평화조약을 체결할 좋은 기회가 아닐까요?"

"하지만 이건 절대군주제에 대한 정의로운 전쟁이오. 놈들은 같은 하늘을 이고 살아갈 수 없는 존재요. 경제가 어렵다고 그만둬야겠소?"

몇몇이 입을 모아 반론했다.

정의로운 전쟁이라.

자유행성동맹 정부 재정위원장 조안 레벨로는 말없이 팔짱을 꼈다.

정의를 실현하기 위해 막대한 피를 흘리고 국가경제를 파국으로 몰아넣고 국민들의 고혈을 짜내야만 한다면, 정의란 탐욕스러운 신과도 같다. 끊임없이 산 제물을 요구하며, 만족할 줄을 모르는 것이다.

"잠깐 쉽시다……"

의장이 지친 목소리로 말하는 것이 들려왔다.

VII

점심식사를 한 후 회의는 재개되었다.

이번에 논지를 펼친 것은 교육, 고용, 노동 문제, 사회보장 등의 행정을 책임지고 있는 인적자원위원장 황 루이였다. 그도 출병에 반대하는 입장이었다.

"인적자원위원장의 입장은……"

황 루이는 몸집은 작지만 목소리는 크다. 혈색 좋은 피부에 짧지만 민첩해 보이는 팔다리를 가져 활력이 넘친다는 인상을 주었다.

"원래는 경제건설이나 사회개발에 투입해야 할 인재가 군사 방면에 치우치고 있는 현재 상태에 대해 불안을 금할 수 없습니다. 교육 및 직업훈련에 대한 투자가 매 분기 삭감되고 있다는 현실도 난감할 따름입니다. 노동자의 숙련도가 낮아졌다는 증거로, 최근 6개월간 발생한 직장 내 사고가 지난 분기보다 30퍼센트나 증가했습니다. 룸비니 성계에서 일어난 수송선단 사고에서는 400여 명의 인명과 50톤의 금속 라듐을 잃었으며, 이는 민간항주사의 훈련기간이 단축된 것과 큰 관계가 있는 것으로 보입니다. 게다가 항주사들은 인원부족으로 인해 과중한 노동에 시달리고 있습니다."

명확하고 또박또박한 말투였다.

"그래서 제안하는 바입니다만, 현재 군에 징용된 기술자, 수송 및 통신관계자 중 400만 명을 민간에 복귀시켰으면 합니다. 이는 최저한의 인원입니다."

동석한 평의원들을 둘러보는 황 루이의 시선이 국방위원장 트뤼니히트의 면상에서 멈추었다. 그는 미간을 찡그려 대답했다.

"그건 무리입니다. 그만한 인원을 후방근무에서 빼낸다면 군 조직은 와해되고 말 겁니다."

"국방위원장께선 그렇게 말씀하시지만, 이대로 가면 군 조직보다도 먼저 사회와 경제가 와해될 겁니다. 현재 수도의 생활물자 유통제어센터에서 일하는 오퍼레이터들의 평균연령을 알고 계십니까?"

"……모릅니다."

"마흔두 살입니다."

"딱히 이상한 숫자라는 생각은 안 드는데……."

황 루이는 기세 좋게 책상을 내리쳤다.

"그건 숫자의 착각일 뿐입니다! 인원의 80퍼센트가 스무 살 이하와 일흔 살 이상으로 이루어져 있단 말입니다. 평균을 내면 분명 마흔둘이지만, 사실 3, 40대의 중견 기술자는 전혀 없어요. 사회기구 전체에 걸쳐 소프트웨어가 서서히 약체화되고 있단 말입니다. 이게 얼마나 무시무시한 일인지, 현명한 평의회 각 부처 위원장들께서는 이해하실 거라 생각합니다만?"

황 루이는 입을 다물고 다시 일동을 둘러보았다. 그 시선을 똑바로 받아낸 사람은 레벨로 말고는 아무도 없었다. 어떤 자는 고개를 숙이고, 어떤 자는 은근슬쩍 시선을 돌리고, 어떤 자는 높은 천장을 올려다보았다.

레벨로가 황 루이의 말을 받았다.

"다시 말해 국민들의 부담을 덜어주어야 할 때가 됐다는 뜻입니다. 이제르론 요새를 손에 넣었으니 우리 동맹은 제국군이 국내로 침입하는 것을 저지할 수 있습니다. 그것도 매우 오랫동안 말이지요. 그렇다면 굳이 우리가 먼저 공격할 필연성은 없지 않습니까?"

레벨로는 역설했다.

"더 이상 국민의 희생을 강요하는 것은 민주주의의 원칙에도 어긋나는 일입니다. 국민들은 부담에 허덕이고 있습니다."

반박하는 목소리가 있었다. 평의원 중 유일한 여성인 정보교통위원장 코넬리아 윈저였다. 겨우 일주일 전에 새로 부임한 인물이었다.

"대의를 이해하려 들지 않는 국민의 이기주의에 영합할 필요는 없지요. 애초에 희생 없이 대사업을 달성한 예가 어디 있었나요?"

"국민들은 그 희생이 지나치게 크지 않느냐고 생각하기 시작했다는 겁니다, 윈저 여사."

레벨로는 그녀의 판에 박힌 관료주의적 발상을 타일러보려 했으나 효과는 없었다.

"아무리 희생이 크다 해도, 설령 모든 국민이 죽는다 해도 해야 할 일이 있는 거예요."

"그, 그게 정치가가 할 소리입니까?!"

자신도 모르게 언성을 높인 레벨로를 싹 무시하고, 윈저 여사는 좌중을 향해 잘 울리는 목소리로 의견을 늘어놓았다.

"우리에게는 숭고한 의무가 있습니다. 은하제국을 타도하고 그 압정과 위협으로부터 전 인류를 구할 의무가. 싸구려 인도주의에 도취되어 이러한 대의명분을 잊는 것이 과연 대도를 걷는 자세라 할 수 있을까요?"

그녀는 40대 전반의 우아함과 지성미를 겸비한 매력 있는 여성으로, 목소리에는 음악과도 같은 울림이 있었다. 그런 만큼 레벨로가 느낀 위협은 컸다. 그녀야말로 싸구려 영웅주의에 발목을 붙들린 것은 아닐까.

레벨로가 다시 반론하려 했을 때, 그때까지 침묵을 지키고 있던 의장 샌포드가 처음으로 발언했다.

"어흠……. 제가 어떤 자료를 가지고 왔는데, 모두들 단말기 화면을 보십시오."

평소에는 존재감이 희박하던 그가 갑작스럽게 발언하자 모두들 잠시 놀라 시선을 집중했으나, 이내 그의 말대로 단말기를 쳐다보았다.

"이건 우리 평의회에 대한 일반시민의 지지율입니다. 결코 좋지는 않지요."

31.9퍼센트라는 수치는 회의 참석자들의 예상과 크게 다르지 않았다. 윈저 여사의 전임자가 불명예스러운 뇌물 수수 사건으로 실각한 지 며칠 지나지 않은 데다, 레벨로나 황 루이가 지적한 것처럼 사회 및 경제의 정체현상도 심각했기 때문이다.

"반면, 이쪽이 비지지율입니다."

56.2퍼센트라는 수치에 한숨이 나왔다. 예상하지 못한 것은 아니지만 역시 낙담할 수밖에 없었다.

의장은 일동의 반응을 보며 말을 이었다.

"이대로 가다간 내년 초에 치러질 선거에서 이길 수 없을 겁니다. 화평파와 최고 강경파의 협공을 받아 과반수를 빼앗길 것이 뻔하죠. 그런데 말입니다……."

의장은 목소리를 낮추었다. 의식한 것인지 아닌지는 판단하기 어려웠으나, 듣는 자의 주의를 한층 강하게 끄는 효과가 있었다.

"컴퓨터가 계측한 바에 따르면, 앞으로 100일 내로 제국에 대해 혁혁한 군사상의 승리를 거둘 경우 지지율은 최저 15퍼센트 상승한다는 것이 거의 확실합니다."

좌중이 가볍게 술렁였다.

"군부의 제안을 투표로 결정합시다."

윈저 여사의 말에 이어 잠시간의 침묵을 거친 후 몇몇이 찬성하는 뜻을 내비쳤다. 그 침묵은 권력 유지와 선거의 패배에 따른 하야下野를 저울질하는 시간을 뜻했다.

"잠깐!"

레벨로는 자리에서 반쯤 일어났다. 태양등 아래인데도 그의 뺨은 노인처럼 창백했다.

"우리에겐 그럴 권리가 없습니다. 정권의 유지를 목적으로 무의미하게 출병을 결정하다니, 아무도 우리에게 그럴 권리를 준 적은 없소……!"

갈라지고 쉰 목소리가 새어 나왔다.

"어머나, 좋은 말씀은 혼자 다 하시네."

윈저 여사의 냉소에는 화사함마저 배어 있었다. 레벨로는 말을 잃고, 위정자 자신의 손으로 민주정치의 정신을 더럽히려 하는 광경을 멍하니 지켜보았다.

레벨로의 고뇌에 가득 찬 그 모습을, 조금 떨어진 자리에서 황 루이가 지켜보고 있었다.

"부탁이니 섣부른 짓은 하지 말게."

그는 속삭이면서 투표용 버튼에 둥그스름한 손가락을 뻗었다.

찬성 6, 반대 3, 기권 2. 유효투표수의 3분의 2 이상이 찬성함에 따라, 이 자리에서 제국 영내 침공이 결정되었다.

그러나 표결의 결과가 평의원들을 경악시켰다. 출병이 결정되었기 때문이 아니라, 반대한 세 표 중에서 한 표가 국방위원장 트뤼니히트의 것이었기 때문이다.

물론 나머지 두 표를 던진 것은 재정위원장 레벨로와 인적자원위원장 황 루이였으며, 이는 누구나 예상했다. 그러나 트뤼니히트는 자타가 인정하는 강경 주전파 아니던가.

"나는 애국자입니다. 그러나 애국자라고 항상 주전론만 펼치는 것은 아닙니다. 내가 이 출병에 반대했다는 것을 기록으로 분명히 남겨 주십시오."

의문의 목소리에 대한 그의 대답이었다.

같은 날, 통합작전본부는 양 웬리 소장이 제출한 예편원豫編願을 정식으로 기각하고, 반대로 그에게 중장 발령을 내렸다.

VIII

"그만두고 싶다고?"

양이 예편원을 제출했을 때 시톨레 원수의 반응은 그리 창조적이지 못했다. 하지만 한 손으로 예편원을 받아 들면서 한 손으로 퇴직금과 연금 카드를 건네주는 곡예를 기대한 것은 아니었으므로, 양은 가급적 애교 있게 고개를 끄덕여 보였다.

"하지만 자네는 이제 겨우 서른 살 아닌가."

"스물아홉입니다."

양은 스물이라는 숫자를 강조했다.

"아무튼 의학상 평균 수명의 3분의 1도 채우지 못했잖나. 인생을 포기하기에는 너무 이른 시기 아닐까?"

"본부장 각하, 그건 그렇지 않습니다."

젊은 제독은 이의를 제기했다.

"저는 인생을 포기하는 것이 아니라, 인생을 제 길로 되돌리려는 겁니다. 지금까지는 본의 아니게 우회할 수밖에 없었던 것뿐이죠. 저는 원래 역사의 창조자보다는 관찰자로 있고 싶었단 말입니다."

시톨레 원수는 두 손을 깍지 끼고 그 위에 두툼하고 단단한 턱을 얹었다.

"우리 군에 필요한 것은 역사연구가 양 웬리의 학식이 아니라, 용병가 양 웬리의 기량과 재능일세. 그것도 '굉장하다'는 수식어가 붙는 용병가 말일세."

'이미 각하의 아부에는 한 번 놀아나드렸지 않습니까.'

양은 속으로 그렇게 반론했다. 군과의 채무관계를 따지자면 아무리 봐도 군은 대출한도를 초과한 지 오래였다. 이제르론을 함락해준 것 하나만 따져도 거스름돈을 받을 만큼 충분하지 않을까.

하지만 시톨레 본부장의 공격은 단조롭지 않았다.

"제13함대는 어쩔 생각인가?"

은근하지만 효과가 있는 한마디에 양은 입을 딱 벌리고 말았다.

"이제 막 창설된 **자네의** 함대일세. 자네가 그만두면 그들은 어떻게 되겠나?"

"그건……."

그 사실을 잊어버렸던 것은 어리석었다고밖에는 할 수 없었다. 작전이 실패했음을 인정해야 한다. 한번 짊어진 멍에는 쉽게 벗어던질 수 있는 것이 아니었다.

결국 양은 예편원을 놓고 본부장 앞에서 물러났으나, 수리되지 않으리라는 것은 불을 보듯 뻔했다. 그는 묵묵히 중력 엘리베이터를 타고 건물을 내려갔다.

대합실 소파에 앉아 제복 차림을 한 사람들이 오가는 모습을 하릴없이 구경하던 율리안 민츠가 양의 모습을 멀리서 발견하고 벌떡 일어났다. 학교에서 돌아오는 길에 본부에 들르라고 미리 이야기해두었기 때문이다.

"가끔은 외식도 좋지 않겠어? 하고 싶은 이야기도 있고."

율리안에게는 그렇게만 말해두었다. 놀라게 해 줄 심산이었던 것이다. 사실은 말이다, 군을 그만뒀어. 앞으로는 편안하게 연금생활을 즐길 거다.

예정은 확정되지 않은 채, 달콤한 꿈은 현실의 쓸쓸한 한숨 한 차례로 사라지고 말았다.

'율리안에겐 뭐라고 해야 하나.'

무의식중에 걸음걸이를 늦추며 머리를 굴리고 있으려니 누군가가 옆에서 불렀다. 쳐다보자 발터 폰 쇤코프 대령이 경례를 하고 있었다. 그는 이번에 세운 공적에 따라 준장 승진이 내정되어 있었다.

"각하, 혹시 예편원을 제출하러 오신 겁니까?"

"그랬지. 하지만 기각될 게 뻔해."

"그렇겠지요. 군부가 각하를 놓아줄 리가 없으니까요."

제국 출신의 대령은 유쾌한 표정으로 양을 바라보았다.

"진지하게 말하자면, 저는 각하 같은 분이 군에 남아주셨으면 합니다. 각하는 상황판단이 정확하고, 운도 따라주지요. 각하의 밑에 있으면 무훈까진 세우지 않더라도 살아남을 가능성이 높아질 것 같습니다."

쇤코프는 본인을 앞에 두고 태연하게 상관을 품평해댔다.

"저는 늙어서 침대 위에서 제 인생을 마치기로 결정했습니다. 150년쯤 살아 쪼글쪼글해져서, 손자와 증손자 놈들이 드디어 짐짝 하나 치웠다고 기뻐 눈물을 흘리는 걸 보면서 뒈질 생각이죠. 장렬한 전사는 취향이 아니거든요. 부디 저를 그때까지 살아남게 해주십시오."

할 말만 하고 대령은 다시 경례했다. 얼빠진 얼굴로 경례를 받아주는 양에게 미소를 보냈다.

"시간을 잡아먹어서 죄송합니다. 자자, 애가 기다리니 가 보십시오."

카젤느가 그렇듯 쉰코프도 말 속에 적잖은 비아냥거림의 가시를 품고 있는 사람들이지만, 율리안 소년에게는 그들을 어디까지나 호의적으로 만드는 매력이 있는 모양이었다.

사신과 어깨를 나란히 하고 걸어가는 율리안을 이따금 쳐다보면서 양은 속으로 다소의 곤혹감을 느끼지 않을 수 없었다.

'기묘한 일이구만. 아직 결혼도 하지 않았는데 아버지 같은 감정을 맛보게 되다니……'

'마치 래빗March Rabbit'은 가게 이름에서 연상되는 것보다는 훨씬 조용한 분위기의 레스토랑으로, 내장은 모두 복고 양식으로 통일되어 있었다. 수직手織 테이블보가 드리워진 식탁에는 양초까지 놓여 있는 것이 양에게는 반가웠다. 그러나 예약하는 수고를 태만히 한 벌로 그날 밤은 조그만 행운의 요정과 친교를 나누지 못했다. TV 전화 한 통이면 끝날 수고를 애초에 수고라고 할 수도 없지만.

"죄송하지만 자리가 모두 찼습니다."

위엄과 체격과 멋들어진 수염을 함께 갖춘 초로의 웨이터가 묵직한 목소리로 말했다. 팁을 탐낸 거짓말이 아니란 것은 그리 넓지 않은 가게를 슬쩍 둘러보면 금세 알 수 있었다. 어스름한 조명 아래 모든 테이블에서 촛대가 작은 그림자를 일렁이고 있는 것이다. 손님이 없는 테이블에는 초를 밝히지 않는다.

"하는 수 없지. 다른 곳으로 가볼까……."

양이 머리를 긁었을 때, 벽 쪽에 위치한 테이블에서 우아할 만큼 세련된 동작으로 일어나는 인물이 있었다. 여성이었다. 진주색 드레스가 양초 불빛에 반사되어 시각에 환상적인 효과를 더해주었다.

"제독님."

그 목소리에 양은 자신도 모르게 우뚝 멈춰 섰다. 그의 부관 프레데리카 그린힐 중위는 가벼운 미소로 응했다.

"저도 사복 정도는 있답니다. ……아버지께서, 괜찮으시다면 합석하자고 하셔서요."

어느새 그녀 뒤에는 그녀의 부친이 서 있었다.

"여어, 양 **중장**."

통합작전본부차장 드와이트 그린힐 대장은 싹싹한 말투로 양을 불렀다. 상관과 동석하는 것은 솔직히 거북했지만, 이렇게 되면 제의를 받아들일 수밖에 없었다.

"소장입니다, 각하."

경례하면서 양은 정정했으나 상대는 개의치 않았다.

"늦어도 다음 주면 자네는 중장일세. 새 호칭에 일찌감치 적응하는 게 좋지 않겠나."

"와, 대단해요. 하실 말씀이란 게 그거였군요?"

율리안이 눈을 빛냈다.

"그 정도라면 저도 예상은 했지만, 그래도 역시 대단해요."

"하하, 하, 하……."

지극히 복잡한 심정을 단순한 웃음소리로 얼버무리면서, 양은 마음을 추스르고 자신의 피보호자를 그린힐 부녀에게 소개했다.

"오오, 네가 우등생 율리안이냐? 플라잉 볼 주니어급에서 연간 득점왕 금메달을 땄다지? 그야말로 문무겸비의 모범이로군."

플라잉 볼이란 중력을 0.15G로 제어한 돔 안에서 치르는 구기의 일종이다. 벽면을 따라 불규칙하게 고속으로 이동하는 골대에 공을 집어넣는 단순한 경기지만, 공중에서 볼 쟁탈전을 벌이거나 완만하게 회전하며 볼을 다루는 자세에는 춤을 보는 듯한 맛이 있으며, 선수의 개성에 따라 우아하게도 역동적으로도 표현할 수 있는 스포츠라 인기가 높았다.

"그랬냐, 율리안?"

무책임한 보호자는 놀라서 소년을 쳐다보고, 소년은 살짝 볼을 상기하며 고개를 끄덕였다.

"몰랐던 건 제독님뿐일걸요. 율리안 군은 이 도시에서 꽤 유명한데도요."

프레데리카가 은근슬쩍 놀리자 양은 얼굴을 붉혔다.

요리를 주문했다. 760년산 적포도주 세 잔과 진저에일 한 잔으로, 율리안 민츠의 득점왕 등극을 축하하며 건배. 그리고 요리가 나왔다.

접시 몇 개가 회수되었을 때쯤, 그린힐 대장이 생각지도 못한 화제를 꺼냈다.

"그런데 양 중장, 자네는 아직 결혼할 예정이 없나?"

양과 프레데리카의 나이프가 접시 위에서 동시에 쨍그랑 소리를 내자

전통 도자기 애호가인 초로의 웨이터는 자신도 모르게 눈썹을 꿈틀했다.

"글쎄요. 평화로워지면 생각해 보겠습니다."

프레데리카는 아무 말도 하지 않고 고개를 숙인 채 나이프와 포크를 놀리고 있었다. 그 손길이 다소 난폭했다. 율리안은 흥미진진하게 보호자를 보고 있었다.

"사실은 약혼녀를 남겨두고 전사한 친구가 있습니다. 그 생각을 하면 도저히, 지금은……."

아스타테 회전에서 전사한 장 로베르 랍 소령의 이야기였다. 그린힐 대장은 고개를 끄덕인 후 다시 화제를 바꾸었다.

"제시카 에드워즈는 알고 있겠지? 그녀가 지난주에 치러진 보궐선거에서 대의원代議員이 되었네. 테르누젠 행성구였지."

아무래도 그린힐 대장은 시톨레 원수와 마찬가지로 다종다양한 기습공격이 주특기인 모양이었다.

"으, 음. 반전파의 지지가 상당했나 보군요."

"그렇다네. 주전파의 공격도 당연히 있었네만……."

"예를 들면, 우국기사단 말씀입니까?"

"우국기사단? 이보게, 자네. 그들은 단순한 어릿광대일세. 애초에 논평할 가치조차 없지. 안 그런가? ……흠, 이 젤리 샐러드는 일품인걸."

"동감입니다."

양이 동감한 것은 젤리 샐러드에 관해서였다.

그 불쾌하기 짝이 없는 우국기사단이 어릿광대라는 것은 인정하지만, 과장되고 희극적인 행동들이 교묘하게 계산된 연출의 결과가 아니라고 단언할 수는 없을 것이다. 과거 루돌프 폰 골덴바움을 일찍부터 열광적으로 지지했던 젊은 세대들을 은하연방 위정자들은 쓴웃음과 연민 어린 미소로만 대하지 않았던가.

객석에서는 보이지 않는 두꺼운 커튼 너머에서는 누군가가 회심의 미소를 짓고 있을지도 모르는 일이다.

IX

해가 저물어 돌아오는 길, 컴퓨터로 관제되는 무인 택시의 좌석에서 양은 제시카 에드워즈에 대해 생각하고 있었다.

『저는 권력을 가진 사람들에게 항상 묻고자 합니다. 당신들은 어디에 있느냐고. 병사들을 사지로 보내놓고, 당신들은 어디서 무엇을 하고 있느냐고……』

그것이 제시카가 행한 선거 연설의 클라이맥스였다고 한다. 아스타테의 패배 후 열린 위령제의 광경을 떠올리지 않을 수 없었다. 능변가를 자처하는 국방위원장 트뤼니히트도 그녀의 고발에는 대항하지 못했다. 그만큼 그녀의 몸에는 주전파의 증오와 적의가 집중되어 있으리라. 그녀가 선택한 길은 이제르론 회랑보다도 더 어려운 난관임에 틀림없다.

그때 무인 택시가 급정거했다. 이런 일은 있을 수 없다. 자동차는 관성이 인체에 불필요한 영향을 줄 만한 운동을 하지 않는다. 물론 이는 관제 시스템이 작동할 때의 이야기다. 그렇다면 무언가 이상이 발생한 것이리라.

양은 수동으로 문을 열고 차도로 내려왔다. 거구를 힘겹게 흔들며 푸른 제복을 입은 경관이 달려왔다. 그는 양의 얼굴을 알고 있었는지, 국민적 영웅과 대면한 감격을 한바탕 늘어놓은 후 사정을 설명했다. 도시 교통제어 센터의 관제 컴퓨터에 이상이 발생했다는 것이었다.

"어떤 이상인가?"

"자세한 내용은 모르겠습니다만, 단순히 정보를 입력할 때 실수가 있었던 거라고 합니다. 뭐, 요즘은 어느 직장이나 베테랑이 부족하니까요. 이런 일도 드물지는 않지요."

경관은 웃었으나, 율리안 소년의 우호적이지 못한 시선을 알아차리고는 억지로 점잔 빼는 표정을 지었다.

"아, 어흠. 웃을 상황이 아니었군요. 그렇게 되었으니 이 지구에서는 앞으로 네 시간 정도 모든 교통 시스템이 정지될 것입니다. 자동주로와 자기반발로磁氣反撥路도 모두 움직이지 않습니다."

"모두?"

"그렇습니다. 모두."

어딘가 자랑스러워하는 것처럼 느껴질 정도였다. 양은 우스웠으나 사실은 웃을 일이 아니다. 이 사고와 경관의 발언으로 도출된 사실에 마음 한구석이 싸해졌기 때문이다. 사회를 관리하고 운영하는 시스템이 현저히 쇠약해졌다는 뜻이다. 전쟁의 악영향이 악마의 발소리보다도 조용히, 그러나 확실하게 사회를 좀먹고 있었다.

곁에서 율리안이 그를 올려다보며 말했다.

"제독님, 어떻게 할까요?"

"할 수 없지. 걷자꾸나."

양은 금방 결단을 내렸다.

"가끔은 괜찮아. 한 시간 정도면 도착하겠지. 운동도 되고."

"그렇군요."

이 결론에 경관이 눈을 크게 떴다.

"무슨 말씀을! 이제르론의 영웅을 걷게 하다니요. 저희가 랜드카나 에어카를 수배해 드리겠습니다. 타고 가십시오."

"나만 그런 특권을 누리면 곤란하지."

"사양하지 마십시오."

"아니, 사양하겠네."

표정과 목소리에 불쾌함이 드러나지 않도록 다소 노력은 필요했다.

"가자, 율리안."

"아이 아이 서Aye aye sir."

씩씩하게 대답한 소년이 경쾌하게 뛰어나가려다 갑자기 멈췄다. 양이 의아한 표정으로 돌아보았다.

"왜 그러냐, 율리안? 걷기 싫으냐?"

꼬리를 무는 불쾌감 때문에 목소리에 약간 가시가 돋쳐 있었는지도 모른다.

"아니요, 그렇지는 않은데."

"그럼 왜 따라오지 않지?"

"그쪽은 반대방향이거든요."

"……"

양은 발을 돌렸다. 우주전함의 지휘관은 함대의 진행방향만 제대로 잡으면 되는 거라고 억지를 부리지는 않았다. 실제로 이따금 자신이 없을 때도 있기 때문이다. 부사령관 피셔의 정확무비한 함대운용을 양이 높이 평가하는 이유 중 하나였다.

더 이상 움직이지 못하는 리니어 카의 끝없는 줄이 노상에 긴 벽을 세우고, 어찌할 줄을 모르는 사람들이 그 틈으로 우왕좌왕 돌아다니고 있었다. 그 틈을 두 사람은 유유히 통과했다.

"제독님, 별이 아름답네요."

밤하늘에 시선을 돌리며 율리안이 말했다. 무수한 별빛이 복잡하게 얽혀, 이 행성에 공기가 존재하는 것을 증명하듯 끊임없이 반짝이고 있었다.

양은 아름다운 밤하늘을 보면서도 딴생각을 하지 않을 수 없었다.

사람은 누구나 밤하늘에 손을 뻗어 자신에게 주어진 별을 붙잡으려 한다. 그러나 자신의 별이 어디에 있는지를 정확히 아는 사람은 드물다. 자신은, 양 웬리는 어떨까. 명확히 자신의 별을 인지하고 있을까. 상황에 휩쓸려 놓치고 만 것은 아닐까. 아니면 잘못 짚고 있는 것은 아닐까.

"저어, 제독님."

율리안이 다소 들뜬 목소리로 말했다.

"왜?"

"지금 저랑 제독님이 같은 별을 보고 있었어요. 저기요. 저기 크고 푸른 별……."

"음. 저 별은……."

"무슨 별인가요?"

"뭐였더라, 저게……."

기억의 끈을 더듬으면 해답은 발견할 수 있을 테지만, 굳이 그럴 마음은 들지 않았다. 그의 곁에 있는 이 소년이 굳이 그와 같은 별을 올려다

볼 필요는 없다고 생각했기 때문이었다.

사람은 자기만의 별을 붙잡아야만 한다. 설령 그 어떠한 흉성凶星이라 할지라도.

제 7 장

막간촌극

I

페잔 자치령에서 은하제국의 이익을 대표하는 자는 제국 고등판무관이다. 요펜 폰 렘샤이트 백작이 바로 그 인물이었다.

희끄무레한 머리와 투명에 가까운 눈동자를 가진 이 귀족은 루빈스키가 란데스헤르에 취임한 것과 동시에 제국 수도 오딘에서 파견되었으며, 사람들은 공공연히 그를 '하얀 여우'라는 별명으로 불렀다. 루빈스키의 별명 '검은 여우'에 대응하는 호칭임은 두말할 나위도 없다.

그날 밤, 그가 루빈스키에게서 비공식 초대를 받고 찾아간 곳은 란데스헤르의 집무실도 관저도, 심지어 사저私邸도 아니었다.

사반세기 전까지 소금기가 많은 산간의 작은 분지였던 곳이 오늘날에는 인조 호수로 바뀌었다. 그 호반에 법적으로는 루빈스키와 전혀 상관이 없는 산장이 세워져 있다. 소유주는 루빈스키의 수많은 미스트레스, 즉 정부情婦 중 하나였다.

"란데스헤르 각하께선 미스트레스를 몇이나 두고 계시는지요?"

언젠가 그런 질문을 받았을 때, 루빈스키는 즉시 답하지 못하고 심각한 표정으로 생각하더니 마침내 뻔뻔스러울 정도로 쾌활한 미소와 함께 이렇게 대답했다.

"열 명씩 묶어놔야 셀 수 있겠는걸."

물론 어느 정도는 과장된 것이겠지만, 완전히 허풍은 아니었다. 그의 몸과 마음에서 넘쳐나는 정력은 외견에서 풍기는 인상을 조금도 배신하지 않았던 것이다.

루빈스키는 인생을 매우 즐기는 타입이었다. 향기로운 술, 혀를 녹이는 요리, 심금을 뒤흔드는 명곡, 나긋나긋한 미녀. 모두 그가 애호하는 것들이다.

물론 이것들은 제일가는 오락이 되지는 못했다. 최고의 놀이는 따로 있다. 정략과 전략의 게임은 국가와 인간의 운명을 무형의 칩으로 삼아 이루어지지만, 그것이 가져다주는 흥분은 술과 여자에 비할 바가 아니다.

권모술수도 세련되면 예술이 될 수 있다고 루빈스키는 생각했다. 무력으로 위협하는 짓 따위 하류 중에서도 하류라고 해야 한다. 그 점에서 보자면, 간판은 다르더라도 제국과 동맹 사이에는 별다른 차이가 없다.

'말하자면 루돌프라는 괴물이 낳은, 서로 증오하는 쌍둥이인 셈이랄까.'

루빈스키의 생각에는 짓궂은 조소가 담겨 있었다.

"그런데 란데스헤르 각하. 오늘 밤에 이렇게 초청해주신 것은 무언가 하실 말씀이 있기 때문이 아닌지요?"

술잔을 대리석 테이블 위에 놓고 렘샤이트 백작이 물었다. 루빈스키는 그의 경계하는 표정을 한껏 즐기면서 대답했다.

"그렇습니다. 아마도 관심 있으실 만한 이야기라고 생각합니다만……자유행성동맹이 제국에 대해 전면 군사공세를 꾀하고 있다더군요."

그 대답의 의미를 제국 귀족이 받아들이는 데는 몇 초가 필요했다.

"동맹이?"

중얼거린 후, 백작은 자신의 말실수를 깨닫고 다시 고쳐 말했다.

"반도 놈들이 우리 제국에 괘씸한 행위를 꾸미고 있다는 말씀입니까, 각하?"

"제국이 자랑하는 이제르론 요새를 함락한 후, 동맹은 호전적인 분위기에 들끓고 있는 모양이더군요."

백작이 눈살을 찡그렸다.

"이제르론을 점령해 반도 놈들이 제국령 내에 교두보를 마련한 건 사실입니다. 하지만 그것이 곧바로 전면 침공으로 직결된다고는 볼 수 없지 않을까요?"

"하지만 동맹군은 명백하게 대규모 공격계획을 준비하고 있습니다."

"대규모라 하시면?"

"2000만 이상의 병력이지요. 아니, 3000만이 넘을지도 모른다더군요."

"3000만……!"

제국 귀족의 무색에 가까운 눈동자가 조명을 받아 희게 빛났다.

제국군이라 해도 일시에 그만한 대군을 동원한 적은 없다. 단순히 물량만 동원한다고 되는 것이 아니다. 그에 따른 조직, 관리, 운용 능력도 필요하다. 과연 동맹에 그만한 능력이 있을까.

어찌 됐든 중요한 정보임에는 틀림이 없지만…….

"하오나 란데스헤르 각하, 왜 그러한 정보를 가르쳐주시는 겁니까? 뭔가 목적이 있으신지요?"

"고등판무관 각하께서 그런 말씀을 하시다니, 이거 서운한걸요. 저희 페잔이 제국에 불이익이 될 만한 일을 한 번이라도 한 적이 있습니까?"

"아니요, 기억에 없군요. 물론 우리 제국은 언제나 페잔의 충성과 신의를 믿고 있습니다."

양측 모두 속이 뻔히 들여다보인다는 것을 알면서 하는 말이었다.

마침내 렘샤이트 백작은 돌아갔다. 그가 탄 랜드카가 황급히 멀어져 가는 것을 스크린으로 바라보며 루빈스키는 짓궂은 미소를 흘렸다.

고등판무관은 자신의 사무소로 달려가 제국 본성 오딘에 황급히 이 소식을 전할 것이다. 무시할 수 있는 정보는 아니니까.

이제르론을 잃은 제국군은 낯빛을 바꾸고 반격하겠지. 어차피 로엔그람 백작이 나오겠지만, 이번엔 지나치지 않을 정도로 제국군이 이겨줘야 한다.

그렇지 않으면 상황이 난감해지기 때문이다.

양 웬리가 반쪽짜리 함대로 이제르론을 공격하려 한다는 정보를 얻었을 때, 루빈스키는 그것을 제국에 알리지 않았다. 설마 성공하겠느냐는 생각도 있었지만, 양의 지략을 보고 싶기 때문이기도 했다.

결과는 루빈스키마저도 경악시킬 만한 것이었다. 그런 방법이 있었던가 싶어 감탄했다.

그러나 감탄만 하고 있을 수는 없다. 동맹 쪽에 기울어진 군사력의 균형을 제국 쪽으로 약간이나마 되돌려놓아야만 한다.

페잔 입장에선 그들이 더욱 열심히 싸워 피차 상처를 입어줘야만 하는 것이다.

II

은하제국 재상 대리이며 국무상서를 겸한 리히텐라데 후작은 어느 날 밤 재무상서 겔라흐 자작의 방문을 받았다. 장소는 그의 저택이었다.

카스트로프 동란의 사후처리가 일단락되어 이를 보고한다는 것이 재

무상서의 방문 목적이었다. 제국에는 지위 낮은 자가 자택에 앉은 채 TV 통신으로 보고하는 관습은 없다.

"카스트로프 공작의 영지 재산 처리가 일단락되었습니다. 금전으로 환산하면 약 5000억 제국 마르크가 됩니다."

"많이도 쌓아놨구려."

"정말입니다. 국고에 보태주기 위해 그렇게 열심히 쌓아놨다고 생각하면 조금 불쌍하기도 하지만……"

그의 앞에 나온 적포도주의 그윽한 향을 충분히 음미한 후 재무상서는 입을 가져다댔다. 국무상서는 잔을 내려놓더니 표정을 다잡았다.

"헌데 경과 잠시 할 이야기가 있소이다."

"무엇입니까?"

"조금 전 페잔의 렘샤이트 백작으로부터 긴급 연락이 있었소. 반란군이 우리 제국 영토 내로 대거 침입할 계획이라 하더이다."

"반란군이!"

국무상서는 고개를 끄덕였다. 재무상서가 테이블에 잔을 놓자 반쯤 남은 와인이 크게 출렁였다.

"그거 큰일이로군요."

"그렇소. 하지만 이를 기회로 볼 수도 있지 않을까 하오."

국무상서는 팔짱을 끼었다.

"우리는 싸워 이길 필요가 있기 때문이오. 내무상서 플레겔 경의 보고에 따르면 평민들 사이에서 또다시 혁명의 분위기가 조성되고 있다 하더이다. 이제르론을 잃었다는 것을 그들도 조금씩 알아차리고 있는 모양이오. 이를 불식하려면 반도들을 격파해 황실의 위신을 회복해야만 하지 않겠소? 물론 그와 함께 어느 정도는 단물도 빨게 해 주어야겠지. 사상범에 대한 특별사면이라든가, 세금을 가볍게 해 준다든가, 주가酒價를 인하해준다거나."

"너무 풀어주먼 평민 놈들은 기어오르게 마련입니다. 급진파란 것들의 지하문서를 본 적이 있습니다만, 인간은 의무보다도 먼저 권리를 가지고 있다느니 그딴 헛소리를 적어놨더군요. 특별사면을 해줬다가 놈들을 조장하는 결과가 되지는 않을까 두렵습니다."

"그러나 너무 조이기만 해선 통치를 할 수 없소."

국무상서는 다독이듯 말했다.

"그것도 그렇습니다만, 너무 민중에게 영합하는 것은…… 아니지, 이 이야기는 다른 기회에 하도록 하지요. 그보다도 반란군이 우리 제국을 침략한다는 정보의 출처는 역시 루빈스키 쪽입니까?"

국무상서는 고개를 끄덕였다.

"페잔의 검은 여우놈!"

재무상서는 소리 높여 혀를 찼다.

"반도 놈들보다도 페잔의 수전노들이 우리 제국에는 더더욱 위험하지 않을까, 저는 요즘 그런 기분이 듭니다. 무슨 꿍꿍이를 꾸미는 것인지 도무지 알 수가 없으니."

"동감이오. 허나 반도들의 위협에는 즉각 대처해야 하지 않겠소? 누구를 방어 임무에 내보내야 할지……."

"금발 애송이가 나서려 들 테니 놈을 보내시면 되지 않겠습니까?"

"다소 감정적이시구려. 그 애송이에게 맡겼을 때, 만약 놈이 성공한다면 또다시 성망이 높아져 우리로서는 놈에게 대항할 여지가 점점 줄어들지 않겠소? 반면 실패한다면 실패한 대로 우리는 지극히 불리한 전황 속에서 반란군과 싸워야겠지. 그때는 자칫하면 제국령 한복판에서, 승리에 기세등등해진 3000만의 대군과 포화를 나누게 될지도 모르오."

"각하께서는 지나치게 비관적이십니다."

재무상서는 그렇게 말하더니 몸을 불쑥 내밀고 설명하기 시작했다.

로엔그람 백작의 군대와 싸운다면, 설령 이긴다 해도 반란군 또한 큰 타격을 입지 않을 수 없을 것이다. 백작은 분명 무능하지는 않으니, 반란군에게 적잖은 손해를 입힐 것이 분명하다. 게다가 반란군은 본거지에서 아득히 먼 곳까지 원정을 나와 보급도 여의치 못할 것이다. 아울러 지리 조건도 생각해야만 한다.

우리는 지친 적과 여유롭게 싸울 수 있다. 아니, 그런 상황이라면 굳이 싸울 필요조차 없다. 지구전으로 끌고 가기만 해도 적은 물자 부족과 심리적 불안에 허덕이다 결국 철수할 수밖에 없을 것이다. 그때를 노려 추격타를 가하면 승리는 어렵지 않다……. 그것이 재무상서의 논지였다.

"그렇군. 애송이가 패했을 때는 패했을 때 나름대로 괜찮겠구려. 허나 이겼을 때는 어떻게 하려는 거요? 놈의 위세는 지금도 우리가 감당할 수 없을 정도가 아니오? 황제 폐하의 은총과 무훈 때문에 말이오. 놈이 거들먹거리는 꼴이 눈에 선하거늘……."

"거들먹거리도록 내버려두십시오. 고작해야 벼락출세한 애송이 하나쯤, 언제든지 요리할 수 있습니다. 24시간 내내 군대를 대동하는 것도 아니고."

"흐음……."

"반란군이 사멸하는 순간, 금발 애송이도 쓰러질 것입니다. 우리에게 필요한 동안에는 놈의 재능을 한껏 이용해야 하지 않겠습니까?"

재무상서는 냉랭하게 말했다.

III

우주력 796년 표준력 8월 12일. 자유행성동맹의 수도 하이네센에서는 은하제국 침공을 위한 작전회의가 열렸다.

통합작전본부 지하 회의실에 모인 것은 본부장 시톨레 원수 이하 36명의 장성이었으며, 그중에는 중장으로 갓 승진한 제13함대 사령관 양 웬리도 있었다.

양의 안색은 밝지 못했다. 예전에 쉰코프에게도 말했듯, 그는 이제르론을 함락하면 전쟁의 위기는 멀어질 것이라 생각했다. 결과는 완전히 반대였다. 양은 자신이 아직 어리다는 것을, 혹은 동맹의 수뇌진을 너무 만만하게 보았다는 것을 뼈저리게 깨달았다.

그렇다고는 해도 양 웬리가 이 시기의 출병론, 전쟁확대론의 논리적 정당성을 인정할 마음이 들지 않는 것도 당연했다.

이제르론의 승리는 단순히 양의 개인플레이가 성공한 것에 불과했으며, 동맹군이 그에 합당한 실력을 갖춘 것은 아니다. 군대는 지칠 대로 지쳤으며, 이를 지탱해 줄 국력도 하강선을 그리고 있는 실상이다.

하지만 양 자신은 알고 있는 그 사실을, 아무래도 행정부 및 군부의 수뇌들은 분별하지 못하는 모양이었다.

군사적 승리는 마약과도 같다. 이제르론 점령이라는 감미로운 마약은 사람들의 마음에 도사리고 있던 호전적인 환각을 단숨에 터뜨리고 말았다. 냉정해야 할 언론기관마저 이구동성으로 '제국영토 침공'을 부르짖고 있다. 정부의 교묘한 정보조작 탓도 있었겠지만.

'이제르론 공략의 대가가 너무 부족했나?'

양은 그런 생각을 했다. 만약 이것이 수만 명을 넘는 유혈의 결과였다면 상황이 달라졌을지도 모른다. 우리는 이겼다, 하지만 지쳤다, 한동안 쉬면서 과거를 돌아보고 미래를 구상해야 하지 않겠는가, 과연 이 전쟁에 가치가 있는 것일까. 그렇게 진절머리를 쳤을 것이다.

하지만 결과는 그렇지 않았다. 승리란 이리도 쉬운 것이다, 승리의 과실이란 이리도 달콤한 것이다. 사람들은 그런 인식을 품고 말았다. 아이러니컬하게도 그들을 그렇게 만들어놓은 것은 바로 양 웬리 본인이었다. 젊은 제독에게는 실로 난감한 사태였다. 이 심정을 대변하듯 최근에는 술에 손을 대는 빈도가 점점 늘어났다.

원정군의 진용에 대해선 아직 공식 발표는 없었으나 이미 결정된 상태였다.

총사령관에는 동맹군 우주함대 사령장관 라자르 로보스 원수 자신이 취임했다. 그는 시톨레 통합작전본부장 다음 가는 제복군인의 제2인자로, 시톨레와는 사반세기에 걸친 경쟁관계에 있었다.

부사령관은 두지 않고, 총참모장의 자리를 맡은 것은 드와이트 그린힐 대장, 즉 프레데리카의 아버지였다. 그 밑에 작전주임참모 코네프 중장, 정보주임참모 비로라이넨 소장, 후방주임참모에 카젤느 소장이 배치되었다. 사무처리 수완을 높이 평가받았던 알렉스 카젤느에게는 오랜만의 전방근무가 된 셈이다.

작전주임참모 밑에는 작전참모 다섯 명이 배치되었다. 그중 하나인 앤드류 포크 준장은 6년 전에 사관학교를 수석으로 졸업한 수재로, 제일 먼저 이번 원정 계획을 입안한 것이 바로 이 청년 장교였다.

정보참모와 후방참모는 각각 세 명씩.

이상 16명에게 전속부관과 통신 및 경비, 기타 인원이 배정되어 총사령부를 구성한다.

실전부대에는 우선 8개 우주함대가 동원되었다.

제3함대, 사령관 르페브르 중장.

제5함대, 사령관 뷰코크 중장.

제7함대, 사령관 호우드 중장.

제8함대, 사령관 애플턴 중장.

제9함대, 사령관 알 살렘 중장.

제10함대, 사령관 우란푸 중장.

제12함대, 사령관 보로딘 중장.

제13함대, 사령관 양 웬리 중장.

아스타테 회전 때 타격을 입었던 제4, 제6함대에 더해 이번에 새로 제2함대의 잔존병력이 양의 제13함대로 재편되어, 동맹군 우주함대를 편성하는 10개 함대 중 본국에 남는 것은 제1, 제11함대뿐이었다.

여기에 육전부대陸戰部隊라는 통칭으로 묶인 장갑기동보병裝甲機動步兵, 대기권 내 공중전대, 수륙양용전대, 수상부대, 레인저 부대, 그 외의 각종 독립부대가 더해졌다. 또한 국내 치안부대에서 중무장요원이 참가하게 되었다.

비전투요원에는 기술, 공병, 보급, 통신, 관제, 정비, 전자정보, 의료, 생활 등 각 분야에서 최대한의 인적자원이 동원되었다.

총동원 수 3022만 7400명. 이는 자유행성동맹 전군의 60퍼센트가 한꺼번에 동원되었다는 것을 의미한다. 동시에 동맹 총인구 130억의 0.23퍼센트이기도 했다.

역전의 제독들도 전례가 없는 거대한 작전계획을 앞두고 평정심을 유지할 수가 없는지, 나오지도 않는 땀을 끊임없이 닦거나 눈앞에 놓인 냉수를 자꾸 홀짝거리거나 곁에 앉은 동료와 사담을 나누는 모습이 눈에 뜨였다.

오전 9시 45분. 통합작전본부장 시톨레 원수가 수석부관 마리네스크 소장을 대동하고 입실하자 즉시 회의가 시작되었다.

"이번 제국령 원정 계획은 이미 최고평의회에 의해 결정된 사항이지만……."

입을 연 시톨레 원수의 표정과 목소리에도 고양감이라고는 없었다. 그가 이번 출병에 반대한다는 것을 열석한 뭇 장성들은 모두 알고 있었다.

"원정군의 구체적 행동계획안은 아직 수립되지 않았습니다. 오늘 회의는 이를 결정하기 위한 것입니다. 동맹군이 자유국가의, 자유를 수호하기 위한 군대임은 새삼 말할 것도 없습니다. 그 정신에 따라 활발한 제안과 토론이 이루어지기를 바랍니다."

적극성이 떨어지는 발언 속에서 본부장의 고뇌를 엿본 자도 있었으리라. 혹은 교육자 같은 어조에 가벼운 반발을 품은 자도 있을지 모른다. 본부장이 입을 닫자 한동안 침묵이 이어졌다. 저마다 생각에 잠긴 모양이었다.

양은 전날 카젤느로부터 들은 말을 머릿속에서 곱씹어보고 있었다.

『너도 알겠지만, 곧 통합선거가 있지. 한동안 대내적으로 불상사가 이어졌으니, 선거에 이기기 위해서는 국민들의 눈을 바깥쪽으로 돌릴 필요가 있는 거야. 그래서 이번 원정이 결정된 거고.』

통치자가 실정을 감추기 위해 동원하는 상투수단이다. 국부 하이네센이 들었더라면 통탄할 일이다. 그의 희망은 높이 50미터짜리 대리석상이 되는 것이 아니라 권력자들이 제멋대로 시민의 권리와 자유를 침범하지 않는 사회체제가 확립되는 것이었을 텐데.

인간이 누구나 늙는 것처럼, 어느 국가나 타락과 퇴폐의 운명에서 벗어날 수 없는 것인지도 모른다. 하지만 그렇다고 해도, 선거에 이겨 앞으로 4년간 정권을 유지하기 위해 3000만 명의 장병을 전장으로 보내겠다는 발상은 이해의 범주를 넘어섰다. 3000만 명의 인간, 3000만의 인생, 3000만의 운명, 3000만의 가능성, 3000만의 희로애락을 죽음의 땅으로 보내 희생자의 대열에 끼워 넣고, 안전한 곳에 있는 작자들은 이익을 독점하는 것이다.

전쟁을 하는 자와 시키는 자의 이 지극히 부조리한 상관관계는 문명이 발생한 이래 수많은 시대를 거쳤으면서도 도무지 개선될 여지가 없었다. 오히려 고대의 패왕들은 진두에 서서 직접 위험을 무릅썼던 만큼 그나마 나을지도 모른다. 전쟁을 시키는 자의 윤리성은 날이 갈수록 하락하는 것이 아닐까.

"이번 원정은 우리 동맹 개벽 이래의 거사라고 믿습니다. 참모 자격으로 이에 참가하게 되어, 무인으로서 진심으로 영광스럽게 생각합니다."

그것이 첫 발언이었다. 별다른 억양도 없이 마치 원고를 낭독하는 듯한 목소리의 주인은 앤드류 포크 준장이었다. 나이는 스물여섯이지만, 나이보다도 늙어 보여서 오히려 양이 더 어리게 여겨질 정도였다. 혈색이 좋지 못한 얼굴은 바짝 말라 광대뼈가 두드러져 보였지만, 외모 자체는 그리 나쁘지 않다. 다만 고개를 살짝 숙인 채 눈을 치뜨고 상대를 노려보는 듯한 눈초리와 일그러진 입매는 그에게 약간 어두운 인상을 주었다. 하기야 우등생이라는 표현과는 인연이 없는 양 같은 사람이 수재를 보면 눈앞에 편견의 색안경이 드리워지는 것일지도 모른다.

포크가 장황하게 군부의 거사, 다시 말해 자기 자신이 입안한 작전을 온갖 미사여구로 자화자찬한 후, 이어서 발언한 것은 제10함대 사령관 우란푸 중장이었다.

우란푸는 고대 지구세계의 절반을 정복했다는 기마민족의 후예로, 근골이 다부진 장년의 사내였다. 피부색은 갈색이며 두 눈은 날카롭게 빛난다. 동맹군의 뭇 제독들 가운데에서도 용장으로 국민들에게 인기가 높다.

"우리는 군인인 이상 가라고 명령하면 어디든지 갈 것입니다. 하물며 포악한 골덴바움 왕조의 본거지를 친다면 기꺼이 출정할 것입니다. 허나, 말할 필요도 없겠지만 거사와 무모함은 완전히 다른 말입니다. 주도면밀한 준비가 필요하겠지만, 우선 이 원정의 전략적 목적이 어디에 있는지 알고 싶습니다."

제국 영토로 침공해 적과 일전을 벌이고 그걸로 끝낼 것인가, 제국령 일부를 무력으로 점령한다면 일시로 점령할 것인가, 아니면 영원히 점령할 것인가, 만약 영원히 점령한다면 점령지를 요새화할 것인가 말 것인가, 나아가 제국군을 궤멸해 황제에게 평화를 맹세케 하기 전까지는 귀환하지 않을 작정인가, 애초에 작전에 따라 다르겠지만 단기 원정인가 장기 원정인가······.

"──잔소리처럼 들릴지 모르겠지만, 소상한 설명을 요구합니다."

우란푸가 착석하자, 대답을 촉구하듯 시톨레와 로보스 두 원수가 나란히 포크 준장에게 시선을 보냈다.

"대군을 동원해 제국 영토 깊숙이 진격할 것입니다. 그것만으로도 제국 놈들은 간담이 서늘해지지 않겠습니까?"

그것이 포크 준장의 답변이었다.

"그럼 싸우지는 않고 물러나는 건가?"

"그것은 고도의 유연성을 유지하며 임기응변으로 대처할 것입니다."

우란푸는 눈살을 찡그려 불만의 뜻을 표했다.

"조금 더 구체적으로 말해줄 수 있겠나? 지나치게 추상적이군."

"간단히 말해 주먹구구란 소리 아닌가?"

독설의 향신료가 가미된 발언이 포크의 입술을 한층 더 일그러뜨렸다. 발언자는 제5함대 사령관 뷰코크 중장이었다. 시톨레 원수, 로보스 원수, 그린힐 대장마저 몇 수 접고 들어가는 동맹군의 숙장宿將이다. 사관학교 졸업생이 아니라 사병부터 '자수성가' 했기 때문에 비록 계급은 그들보다 아래라 해도 나이와 경험은 훨씬 웃돈다. 용병가로서도 숙련의 경지에 달했다고 정평이 나 있었다.

너무나도 거리낌 없는 언동인 데다 정식으로 발언권을 얻었던 것도 아니었으므로, 포크는 정중하게 무시하기로 했는지 짐짓 딴청을 피웠다.

"그 외에 다른 의견은……."

한동안 망설임 끝에 양은 발언을 청했다.

"제국 영토로 침공할 시기를 현 시점으로 결정한 이유를 묻고 싶네."

설마 선거를 위해서라고 하지는 않겠지. 어떻게 대답할까 궁금해 하고 있으려니, 포크 준장은 거들먹거리며 설명을 시작했다.

"전쟁에는 시기란 것이 있습니다. 이를 놓친다는 것은 결국 운명 그 자체를 저버리는 행위입니다. 그때 결행했더라면 하고 나중에 후회해봤자 때는 이미 늦은 것입니다."

"다시 말해, 귀관은 지금이 바로 제국에 대해 공세로 나설 기회라고 말하는 건가?"

확인하기조차 낯부끄러웠지만, 양은 그렇게 물었다.

"대공세입니다."

포크가 양의 말을 정정했다. 과도한 수식어를 좋아하는 자인 모양이었다.

"이제르론을 잃은 후 제국군은 낭패에 빠져 어찌할 줄을 모르고 있을 것입니다. 바로 그런 시기에 동맹군의 전무후무한 대함대가 장사진을 이루며 자유와 정의의 깃발을 내걸고 나아간다면, 그 앞길에 승리 이외에 그 무엇이 있겠습니까?"

3차원 디스플레이를 가리키며 역설하는 포크의 목소리에는 자아도취의 기색이 역력했다.

"하지만 그 작전대로 간다면 적진 한복판으로 지나치게 깊이 파고들게 되네. 대열이 너무 길어져서 보급에도 연락에도 불편을 초래할 걸세. 게다가 이렇게 얇아진 측면을 적에게 얻어맞는다면 아군은 쉽게 분단될 텐데."

반론하는 양의 말투는 열기를 띠었으나, 그의 본심과 일치하는 것은 아니었다. 전략구상 그 자체가 엉망인데 작전에 소소한 배려를 기울인다 해서 얼마나 의미가 있을까. 그렇다고 해서 가만히 있을 수는 없는 노릇이었다.

"왜 분단의 위험만을 강조하시는 겁니까? 우리 함대의 중앙으로 끼어든 적은 앞뒤에서 협공을 당해 참패할 것이 분명합니다. 고려할 가치도 없는 위험입니다."

포크의 낙관론에 양은 지치기 시작했다. 그럼 네 마음대로 하라고 내뱉고 싶은 것을 꾹 참고, 양은 다시 반론했다.

"제국군의 지휘관은 아마도 로엔그람 백작이 될 걸세. 그의 군사적 재능은 상상을 초월하지. 그걸 고려해 좀 더 신중하게 계획을 입안해야 하지 않겠나."

그러자 포크보다 먼저 그린힐 대장이 대답했다.

"중장, 자네가 로엔그람 백작을 높이 평가하는 것은 잘 아네. 하지만 그는 아직 어려. 실패와 오류를 범하는 일도 있을 걸세."

그린힐 대장의 말은 양에게 그리 큰 의미를 주지 못했다.

"그건 그렇습니다. 하지만 승패란 결국 상대적이라…… 그가 범한 것 이상의 오류를 우리가 범한다면, 그가 이기고 우리가 패하는 것이 당연합니다."

애초에 대전제로 이 작전의 구상 자체가 잘못됐다는 말을 덧붙이고 싶었다.

"어찌 됐건 그것은 예측일 뿐입니다."

포크가 말을 끊었다.

"적을 과대평가해 필요 이상으로 두려워하는 것은 무인으로서 가장 부끄러워해야 할 행동입니다. 하물며 그것이 아군의 사기를 저해하고 결단과 행동을 무디게 한다면, 의도했든 아니든 결과적으로는 이적행위

利敵行爲나 마찬가지입니다. 주의해 주시기 바랍니다."

회의용 테이블이 요란한 소리를 냈다. 뷰코크 중장이 손바닥으로 내리친 것이었다.

"포크 준장, 귀관의 발언은 지나치게 무례하지 않나."

"어디가 말입니까?"

노제독의 날카로운 안광을 받으며 포크는 가슴을 활짝 폈다.

"귀관의 의견에 찬동하지 않고 신중론을 펼쳤다 해서 이적행위 운운하는 것이 올바른 발언이라 할 수 있나?"

"저는 일반론을 말씀드린 것뿐입니다. 개인에 대한 비방으로 받아들이시면 매우 유감스럽군요."

포크의 얄팍한 뺨이 실룩거렸다. 양에게는 그것이 똑똑히 보였다. 그는 화를 낼 생각도 없는 모양이었다.

"애초에 이 원정은 전제정치의 폭압에 신음하는 은하제국 250억 민중을 해방하고 구제하는 숭고한 대의를 실현키 위한 것입니다. 이에 반대하는 자는 결과적으로 제국을 옹호한다고밖에 말할 수 없습니다. 소관의 말이 틀렸습니까?"

언성이 높아지는 것에 반비례해 회의실은 조용해졌다. 감동한 것이 아니라 기가 막혔던 것이리라.

"설령 적이 지리적으로 유리하고, 대병력이 있고, 혹은 상상을 초월하는 신병기가 있다 하더라도 이를 이유로 물러나서는 안 됩니다. 우리가 해방군이며 호민군護民軍이라는 대의에 따라 행동한다면 제국의 민중은 환호하며 우리를 맞이하고, 기꺼이 협력할 것이며……."

포크의 연설이 꼬리에 꼬리를 물었다.

애당초 상상을 초월하는 신병기란 것은 없다. 적대하는 양 진영의 한쪽에서 발명되어 실용화를 거친 병기는 다른 진영에서도 최소한 이론적 실현까지 이른 경우가 대부분이다. 전차, 잠수함, 핵분열병기, 광선병기 등이 모두 그랬으며, 한 발 늦은 진영의 패배감은 '설마' 보다도 '역시' 라는 형태로 표현되었다. 인간의 상상력이란 개체 사이에는 큰 차이가 있지만 집단의 총합을 내 보면 근소한 차이만을 보일 뿐이다. 하물며 신병기의 출현은 기술력과 경제력이 축적되어야 가능한 것이다. 석기시대에 비행기가 등장할 수는 없는 노릇이다.

역사적으로 보더라도 신병기로 말미암아 승패가 결정된 것은 스페인 정복자들이 잉카를 침략했을 때를 간신히 꼽을 수 있을 정도이다. 그나마 그것도 잉카에서 전해져 오던 전설에 편승한 사기의 측면이 농후하다. 고대 그리스의 도시국가 시라쿠사의 아르키메데스는 수많은 과학병기를 고안했으나 로마 제국의 침공을 막아내지는 못했다.

상상을 초월한다는 표현은 오히려 용병사상의 전환기에서 자주 보인다. 물론 신병기의 발명 내지 도입으로 용병사상의 전환이 촉발된 경우도 분명 있다. 화기의 대량 사용, 항공전력에 의한 해상 지배, 전차와 항공기의 조합을 이용한 고속기동전술 등이 모두 그렇지만, 한니발의 포위섬멸전법, 나폴레옹의 각개격파, 마오쩌둥의 게릴라 전법, 칭기즈 칸의 기병집단전법, 손자의 심리정보전략, 에파미논다스의 중장보병 사선진斜線陳 등은 신병기와는 무관하게 고안, 창조된 것이었다.

양은 제국군의 신병기가 두려운 것이 아니었다. 두려운 것은 로엔그람 백작이라는 군사의 천재와 동맹군의 착오, 다시 말해 제국 국민이 현실의 평화와 생활 안정보다도 공상 속의 자유와 평등을 바란다는 생각이었다. 그것은 기대일 뿐 예측이 아니다. 그러한 요소를 계산에 넣고서 과연 제대로 된 작전계획을 입안할 수 있을까.

'구상 동기부터 믿기 힘들 정도로 무책임한 원정 작전이었는데, 이러다 운영도 무책임해지는 건 아닐까?'

양이 비관적인 예상에 잠긴 동안에도 원정군의 배치가 결정되고 있었다. 선봉은 우란푸 제독의 제10함대, 제2진이 양의 제13함대였다.

원정군 총사령관은 이제르론 요새에 위치하며, 작전기간 중에는 원정군 총사령관이 이제르론 요새 사령관을 겸임하게 되었다.

IV

양의 입장에선 아무런 성과도 얻지 못한 채 회의는 끝났다. 돌아가려던 양은 통합작전본부장 시톨레 원수의 호출을 받고 자리에 남았다. 허무하게 낭비된 에너지의 잔재가 소리 없이 허공에 떠돌았다.

"척 보니 역시 예편했어야 했다고 말하고 싶은 모양이로군."

시톨레의 목소리는 피로에 찌들어 있었다.

"나도 어리석었지. 이제르론을 얻으면 전쟁이 멀어질 거라고만 생각했으니 말일세. 그런데 현실은 이 모양이야."

양은 할 말을 잃고 침묵했다. 물론 시톨레 원수는 평화가 찾아와 자신의 지위가 안정되고 발언력과 영향력이 강화된다는 것도 분명히 계산에 두었겠지만, 주전파의 무책임한 모험주의나 정략 발상에 비교하면 그 심정은 훨씬 이해하기 쉬웠다.

"결국 난 내 계산에 발목을 붙들린 셈인가? 이제르론을 함락하지 못했더라면 주전파도 이렇게 위험한 도박에 나서지는 않았을지도 모를 일이지. 뭐, 나는 자업자득이네만 자네에게는 큰 폐를 끼치고 말았군."

"……군을 그만두실 겁니까?"

"지금은 그럴 수 없어. 하지만 이 원정이 끝나면 예편해야겠지. 실패하든 성공하든."

원정이 실패한다면 제복군인의 제1인자인 시톨레 원수는 당연히 책임을 지고 사임하라는 압박에 시달릴 것이다. 반면 성공할 경우, 원정군 총사령관 로보스 원수의 공적에 어울리는 새로운 지위는 통합작전본부장밖에 없다. 원정에 반대했다는 점도 불리하게 작용해, 시톨레 원수는 용퇴勇退라는 형식으로 지금의 지위에서 내몰릴 것이다. 어떻게 되든 그의 미래는 이미 결정되었다. 시톨레의 입장에선 각오를 할 수밖에 없다.

"이런 상황이니 솔직히 말하겠네만, 나는 이번 원정이 최소한의 희생으로 실패하기를 바라네."

"……"

"참패한다면 물론 많은 생명을 헛되이 잃겠지. 그렇다고 이기면 어떻게 되겠나? 주전파들은 득의양양해서 이성적인 판단 때문이든 정략 때문이든, 정부와 시민의 고삐에서 풀려날 걸세. 그리고 폭주해, 마침내 절벽 아래로 떨어지겠지. 이겨서는 안 될 상황에 이겼기 때문에 결국 패배로 빠져든 국가는 역사상 얼마든지 있지 않았나? 자네라면 잘 알겠지만."

"예……"

"자네의 예편원을 기각한 이유도, 이제는 이해해 주리라 생각하네. 오늘 이 사태까지 예상했던 것은 아니네만, 결과적으로 군부에서 자네의 존재는 한층 중요해졌어."

"……."

"자네는 역사에 박식하기 때문에 권력이나 무력을 경멸하는 경향이 있네. 무리도 아니지. 그러나 어떤 국가조직이든 이 두 가지와 무관할 수는 없어. 그렇다면 권력과 무력을 무능하고 부패한 자보다는 그렇지 않은 자의 손에 맡겨, 이성과 양심에 따라 운용해야 하지 않겠나? 나는 군인일세. 그러니 정치 이야기는 할 수 없어. 그러나 군부에만 한정지어 말한다면, 포크 준장, 그놈은 안 돼."

그 말에 담긴 강한 감정에 양은 다소 놀랐다.

시톨레도 한동안 자신의 감정을 조절하려 했다.

"놈은 이 작전계획을 개인 루트를 통해 직접, 최고평의회 의장의 비서에게 찔러 넣었다더군. 권력을 유지할 수단으로 설득한 것, 동기가 자신의 출세욕이었다는 건 내가 잘 알아. 놈은 군인이 올라갈 수 있는 최고의 지위를 노리고 있지만, 지금은 너무나도 강력한 라이벌이 있으니 그 인물을 웃도는 공적을 세우려는 게야. 사관학교 수석졸업생이 범부에게 질 수 없다는 이상한 의식도 있겠지."

"그렇군요."

양이 무심결에 맞장구를 치자, 시톨레 원수는 처음으로 웃음을 지었다.

"자네는 이따금 둔감할 때가 있군. 라이벌이란 게 달리 누가 있겠나. 자네 이야기일세."

"저라고요?"

"그래. 자네."

"하지만 본부장 각하, 저는……."

"자네가 자신을 어떻게 평가하는지는 중요하지 않아. 포크의 생각과,

놈이 목적을 위해 어떤 수단을 취했는지가 문제일 뿐. 나쁜 의미로 지나치게 정치적일세. 설령 그렇지 않다 해도……."

원수는 탄식했다.

"……오늘 회의에서 자네도 놈의 인품을 어느 정도는 알 수 있었을 테지. 놈은 자기 재능을 과시하기 위해 실적이 아니라 언변을 동원하고, 그것도 남을 깎아내려서 자신을 높이려 하네. 사실은 자기 생각만큼 재능도 없지만……. 그에게 남의 운명을 맡기는 것은 지나치게 위험하네."

잠시 생각하며 양이 입을 열었다.

"조금 전에, 군부에서 제 존재가 중요해졌다는 말씀을 하셨는데…… 그건 포크 준장에 대항하라는 말씀이셨습니까?"

"딱히 포크만을 의식할 필요는 없네. 자네가 군의 최고 지위에 오른다면 자연스럽게 그놈 같은 존재들을 견제하고 도태할 수 있을 걸세. 나는 그렇게 되기를 바라는 게야. 자네에게 폐가 된다는 것을 알면서도."

물에 젖은 옷처럼 침묵이 두 사람을 무겁게 휘감았다. 양은 이를 떨쳐버리기 위해 고개를 가로저을 수밖에 없었다.

"본부장 각하께서는 언제나 제게 무거운 과제만을 안겨주시는군요. 이제르론 공략 때도 그러셨습니다만……."

"그러나 자네는 성공하지 않았나?"

"그때는요. 하지만……."

말을 잠시 끊은 양은 다시 침묵을 지켰으나 이내 말을 이었다.

"저는 권력이나 무력을 경멸하는 것은 아닙니다. 아니, 사실은 두렵습니다. 권력이나 무력을 손에 넣었을 때 대부분의 인간이 추악하게 변모한 사례를 얼마든지 알고 있으니까요. 그리고 저는 변하지 않을 거란 자신도 없습니다."

"자네도 **대부분**이라고 했잖나. 바로 그걸세. 모든 인간이 변하는 법은 아니야."

"아무튼 저는 이래 봬도 군자君子를 자처하는 몸이니, 위험한 곳에는 가까이 가고 싶지 않습니다. 제가 할 수 있는 범위 내에서 일을 하고 나면, 그다음에는 느긋하게 마음 편하게 지내고 싶습니다. 그렇게 생각하는 건 천성이 게으름뱅이라 그럴까요?"

"그렇고말고. 게으름뱅이지."

입을 꾹 다문 양을 바라보며 시톨레 원수는 껄껄 웃었다.

"나도 이제까지 온갖 고생을 다 했네. 나만 고생하고 남이 느긋하게 마음 편하게 지내는 꼴을 보는 건 썩 내키지 않는걸. 자네도 재능에 합당한 고생을 좀 해줘야지, 안 그러면 불공평하지 않나."

"……불공평한가요?"

양은 쓴웃음을 짓는 것 외에는 달리 감정을 표현할 방법을 몰랐다. 시톨레는 사서 한 고생이겠지만 자신은 그렇지 않다고 생각한 것이다. 아무튼 군을 그만둘 시기를 놓쳤다는 것만은 분명한 사실이었다.

V

라인하르트 앞에는 그의 원수부에 소속된 젊은 제독들이 서 있었다.

키르히아이스, 미터마이어, 로이엔탈, 비텐펠트, 루츠, 바렌, 켐프, 그리고 오베르슈타인. 제국군의 인적자원들 중 정수만을 뽑아왔다고 라인하르트가 믿어 의심치 않는 장수들이었다. 그러나 앞으로도 질과 양을 더더욱 늘려야만 한다. 이 원수부에 등용되는 것이 곧 유능한 인재로 평가받는 것이라는 말이 나오도록 해야만 한다. 실제로 그렇게 되어가고 있으나, 라인하르트는 현 상태를 더더욱 발전시키고 싶었다.

"제국군 정보부로부터 다음과 같은 보고가 있었다."

라인하르트는 일동을 둘러보았다. 제독들은 자세를 똑바로 했다.

"얼마 전, 자유행성동맹을 참칭하는 변경의 반도들은 제국의 전초기지인 이제르론을 강탈하는 데 성공했다. 물론 이는 경들도 잘 알고 있을 터. 하지만 그 후 반도들은 이제르론에 막대한 병력을 집결하고 있다. 추정 병력은 함정 20만 척, 장병 3000만. 아울러 이것은 최소추정치일 뿐이다."

제독들 사이에서 탄성이 흘러나왔다. 대군을 지휘하고 통솔하는 것은 모든 무인들의 소망이기도 하다. 적이긴 하지만 그 웅대한 규모에는 감탄을 금할 수 없었던 것이다.

"이것이 의미하는 바는 명명백백해 의문의 여지조차 없다. 다시 말해 반도들은 우리 제국의 중추부를 향해 전면공격을 감행할 심산인 것이다."

라인하르트의 두 눈은 불타는 것 같았다.

"국무상서 각하의 내명을 받아, 이 군사적 위협에 대해 본관이 방어 및 요격을 맡았다. 이틀 내로 칙명이 내려올 것이다. 이는 무인으로서 큰 영예가 아닐 수 없다. 경들의 선전을 기대하겠다."

딱딱한 어조로 말을 잇던 그가 갑자기 웃음을 지었다. 활력과 기상에 가득 찬 매력 넘치는 웃음이다. 하지만 안네로제와 키르히아이스에게만 보여주는 사심 없는 투명한 미소는 아니었다.

"요컨대 다른 부대는 죄다 황궁의 장식물일 뿐, 전혀 도움이 되지 않기 때문이지. 승진과 훈장을 손에 넣을 좋은 기회 아니겠나?"

제독들도 웃었다. 그들도 지위와 특권만을 좀먹는 문벌귀족들에게는 공통된 반감을 품고 있다. 라인하르트가 그들을 등용한 것은 재능 때문만은 아니었다.

"그럼 다음으로는 경들과 협의를 하고 싶은데. 우리는 어느 곳에서 적을 요격하는 것이 좋겠나?"

미터마이어와 비텐펠트가 같은 의견을 제시했다. 반란군은 이제르론 회랑을 통해 침공할 것이다. 그들이 회랑을 지나 제국령으로 들어왔을 때 치는 것이 어떻겠는가. 적이 나타나는 지점을 분명히 알 수 있고, 그 선두를 치는 것도 반 포위상태를 펼치는 것도 가능하므로 싸우기에 용이하리라. 그런 의견이었다.

"아니야……."

라인하르트는 고개를 가로저었다. 회랑에서 제국 중추부로 빠져나오는 포인트는 적도 기습이 있으리라 예측할 것이다. 따라서 선두함대에는 정예를 배치할 테고, 이를 친다 해봤자 나머지 병력이 회랑에서 빠져나오지 않는다면 이쪽으로서도 그 이상 공세를 펼칠 방법이 없다.

"적을 더욱 깊이 끌어들여야 한다."

라인하르트는 자신의 의견을 피력했다. 단시간의 토의 끝에 제독들도 찬성했다.

적을 제국 영토 내로 깊숙이 끌어들여, 전선과 보급선이 있는 대로 늘어나 한계에 달했을 때 전력을 집중해 친다. 요격하는 측에서는 필승의 전법이라 할 수 있으리라.

"하지만 시간이 지나치게 소요될 것입니다."

미터마이어가 자신의 생각을 말했다. 그는 다른 제독들에 비해 몸집이 작은 편이며, 다부진 몸이 매우 준민해 보이는 청년 장교였다. 정리가 잘 되지 않는 벌꿀색 머리카락과 회색 눈동자를 가졌다.

동맹의 반도들도 공전절후한 거사라 칭한 이상, 진용과 장비, 보급에는 만전을 기할 것이다. 그 물량이 떨어지고 전의가 쇠할 때까지는 상당한 시간이 필요할 터. 미터마이어의 다소 의구심을 담은 감상은 당연한 것이라 할 수 있었지만, 라인하르트는 자신감 가득한 눈빛으로 부하 제독들을 둘러보았다.

"아니, 그리 오래 버티진 못할 것이다. 길어야 50일일 테지. 오베르슈타인, 작전의 기본을 설명하도록."

지명을 받은 반백의 참모가 앞으로 나와 설명을 시작하자, 제독들 사이에 경악의 공기가 소리도 없이 퍼져 나갔다.

우주력 796년 8월 22일, 자유행성동맹의 제국령 원정군은 총사령부를 이제르론 요새 내에 설치했다. 이를 전후하여 3000만의 장병은 함렬을 이으며 매일같이 수도 하이네센과 그 주변 성역에서 원정길에 나섰다.

제8장

사선死線

I

첫 1개월, 동맹군의 전 우주함대는 숨 막히는 흥분을 벗 삼고 있었다. 그러나 우정이 식은 자리에 남은 것은 시큰둥해진 기분과, 그보다도 더 나쁜 것, 즉 불안과 초조함뿐이었다. 장교는 병사들이 없는 곳에서, 병사들은 장교가 없는 곳에서 의문을 토로했다.

"왜 적은 모습을 드러내지 않는가?"

동맹군은 우란푸 제독의 제10함대를 선두로 제국령 내에 500광년가량 침입했다. 200을 헤아리는 항성계가 동맹군의 수중에 떨어졌고, 그 중 30 남짓한 수가 저개발 지역이라고는 하나 유인성계였다. 그곳에는 합계 5000만 정도의 민간인이 있었다. 이들을 지배하기 위한 총독, 변경백邊境伯, 징세관, 군인들은 이미 도망쳐 저항다운 저항은 전혀 없었다.

"우리는 해방군입니다."

남은 농민 및 광부들 앞에서, 점령지의 민심을 안정시키기 위해 파견된 동맹군의 선무장교宣撫將校들은 그렇게 부르짖었다.

"우리는 여러분께 자유와 평등을 약속합니다. 이제 전제주의의 압정에 괴로워하지 않아도 되는 것입니다. 여러분께는 모든 정치상의 권리가 주어져, 자유로운 시민으로서 새로운 생활이 시작될 것입니다."

그리고 선무장교들은 낙담했다. 열렬한 환호의 외침이 그들을 맞아주지 않았기 때문이다. 딱히 관심도 없다는 듯 열정 어린 웅변을 흘려들은 후, 농민 대표는 이렇게 말했다.

"정치상의 권리인지 뭔지보다도 우선 살 권리나 좀 주쇼. 식량이 없단 말이우. 아기에게 먹일 젖도 없다우. 군대가 전부 쓸어가서. 자유니 평등보다도 먼저 빵이랑 우유를 약속해 주실 수 없겠수?"

"물론 약속드립니다."

이상이라고는 전혀 느껴지지 않는 현실적이고 무미건조한 요구에 내심 실망하면서도 선무장교들은 그렇게 대답했다. 왜냐하면 그들은 해방군이기 때문이다. 제정의 무거운 속박에 허덕이는 가엾은 민중에게 생활을 보장해주는 것은 전투 이상으로 중요한 책무였다.

그들은 각 함대의 보급부에서 식량을 공출하는 한편 이제르론의 총사령부에 다음과 같은 요청을 올렸다. 5000만 명의 180일분 식량, 200종류에 달하는 식용식물의 종자, 인조단백 제조 플랜트 40, 수경水耕 플랜트 60, 아울러 이를 수송할 선박.

『해방지구의 주민을 기아상태에서 영원히 구하기 위해서는 최소 이만한 물자가 필요하다. 해방지구가 확대됨에 따라 이 수치는 순차적으로 증가할 것이다.』

말미에 그런 주석을 달아놓은 요구서를 보고 원정군의 후방주임참모인 카젤느 소장은 자신도 모르게 신음소리를 냈다.

5000만 명이 180일 동안 먹을 식량이라면 곡물만 따져도 1000만 톤에 달한다. 20만 톤급 수송선이 50척 필요하다는 소리다. 애당초 이는 이제르론의 식량생산 및 저장능력을 한참 웃도는 것이었다.

"이제르론의 창고를 모조리 비워도 곡물은 700만 톤밖에 없습니다. 인조단백 플랜트와 수경 플랜트를 최대한 가동한다 해도……"

"부족한 건 나도 알아."

카젤느는 부하의 보고를 가로막았다. 동맹군 장병 3000만 명에 대한 보급계획은 카젤느가 입안했으며, 이를 운영하는 데에도 그는 자신감을 가지고 있었다.

하지만 전군의 두 배 가까운 비전투원이 더해진다면 이야기가 달라진다. 계획의 규모를 세 배로 수정해야만 하며, 더군다나 상황은 시급을 요한다. 각 함대의 보급부가 과도한 부담을 견디지 못해 비명을 질러대는 정경을 카젤느는 쉽게 떠올릴 수 있었다.

'아무리 그래도 그렇지, 선무장교란 것들은 죄다 저능아들뿐인가?'

그가 그렇게 생각한 것은 요구서의 말미에 적힌 부분을 보았을 때였다.

『해방지구의 확대에 따라 이 수치는 순차적으로 증가할 것이다.』

이 말은 곧 보급 부담이 날로 증가한다는 뜻이 아닌가. 세력범위가 커진다고 천진난만하게 좋아할 때가 아니다.

게다가 여기에는 무시무시한 암시까지 있었다.

카젤느는 총사령관 로보스 원수에게 면회를 청했다. 총사령관 집무실에는 작전참모 포크 준장도 있었다. 이는 예상했던 바였다. 참모장 그린힐 대장보다도 총사령관에게 두터운 신임을 받고 있는 그는 항상 로보스 원수의 곁에서 눈을 빛낸다. 이러다 보니 원정군 사이에선 '총사령관은 작전참모의 마이크에 불과하다'는 험담까지 공공연히 나도는 판이었다.

"선무반의 요구에 대해 할 말이 있다고 했나?"

로보스 원수는 살집 두툼한 턱을 쓰다듬으며 말했다.

"말해보도록. 안 그래도 바쁘니 가급적 간결하게."

무능한 자가 원수까지 올랐을 리가 없다. 로보스는 전선에서 무훈을 세웠고, 후방에서는 착실한 사무처리 능력을 보였으며, 대규모 부대를 통솔해 참모팀을 관리할 수도 있는 사내였다. 적어도 40대까지는 그랬다. 하지만 지금은 눈에 띄게 쇠약해졌다. 만사에 무기력하고, 특히 판단, 통찰, 결단에 관한 에너지가 결핍된 것 같았다. 그렇기 때문에 포크 준장의 독주와 독단을 용납하고 있는 것이리라.

지난날의 영재가 왜 이렇게 되었는가, 그 원인에 대해서는 온갖 설이 나돌았다. 청소년 시절에 두뇌와 육체를 혹사하는 바람에 뇌연화증이 생겼다느니, 만성 심장질환 때문이라느니, 시톨레 원수와 통합작전본부장 자리를 다투다 패배한 후유증이라느니 등등, 장병들은 상상의 날개를 펼치기 바빴다.

그 날개가 지나치게 펼쳐진 나머지, 항간에는 미녀만 보면 자제할 줄 모르는 로보스가 하룻밤을 함께했던 여자에게서 나쁜 병을 옮아왔기 때문이라는 설마저 나돌았다. 그 설에는 후일담까지 있었는데, 원수를 불명예스러운 병에 걸리게 한 여자는 사실 제국의 공작원이었다는 것이다. 그 말을 들은 남자들은 한 차례 웃음을 터뜨린 후 어쩐지 으스스해지는 것을 느끼고 몸을 움츠렸다.

"그럼 짧게 말씀드리겠습니다. 각하, 아군은 위기에 직면했습니다. 그것도 중대한 위기입니다."

카젤느는 일부러 고압적으로 나서며 상대의 반응을 살폈다. 로보스 원수는 턱을 쓰다듬던 손을 멈추고, 의아한 시선으로 후방주임참모의 얼굴을 들여다보았다. 포크 준장은 파르스름한 입술을 슬쩍 일그러뜨렸지만 그것은 단순한 버릇일 뿐이었다.

"갑자기 무슨 소리를 하는 겐가."

원수의 목소리에 놀라움은 담겨 있지 않았으나, 침착하기 때문이라기보다는 감성이 둔감해졌기 때문이 아닐까 카젤느는 생각했다.

"선무반의 요구는 이미 알고 계시리라 생각합니다만."

카젤느는 그렇게 말했으나, 이는 생각하기에 따라서는 무례한 발언이었을지도 모른다. 적어도 포크는 분명히 그렇게 생각한 듯 입술을 한층 더 일그러뜨렸으나 딱히 발언을 하지는 않았다. 나중에 트집을 잡을 생각일지도 모른다.

"알고 있네. 다소 과도한 요구라는 생각도 들지만, 점령 정책상 어쩔 수 없지 않나."

"총사령부에는 그만한 물자가 없습니다."

"본국에 요구하면 되지. 경제관료 놈들이 히스테리를 일으킬지도 모르지만, 보내주지 않을 수는 없을걸."

"예, 분명 보내야 주겠지요. 하지만 그런 물자가 이제르론까지 도착했다 쳐도, 그다음에는 어떻게 되겠습니까?"

원수는 다시 턱을 쓰다듬기 시작했다. 아무리 문질러도 넘쳐나는 살이 빠지진 않을 텐데. 카젤느는 다소 악감정을 품고 그렇게 생각했다.

"그건 또 무슨 의미인가, 소장?"

"이것은 아군에게 과도한 보급 부담을 지우려는 적의 작전이라는 말입니다!"

강한 어조였다. 사실은 그것도 모르냐고 소리를 지르고 싶은 심정이었다.

"다시 말해 적은 수송선단을 공격해 아군의 보급선을 끊고자 획책하고 있다. 그것이 후방주임참모 각하의 의견이로군요."

포크 준장이 끼어들며 말했다. 말이 끊긴 것은 불쾌했지만 카젤느는 고개를 끄덕였다.

"하지만 이제르론에서 최전선까지는 모두 아군이 점령하고 있습니다. 그리 걱정하실 필요는 없지 않을까요? 아, 물론 만약을 위해 호위는 붙일 것입니다."

"호오, 만약을 위해 말인가?"

카젤느는 한껏 비아냥거려주었다. 포크가 어떻게 생각하든 알 바 아니었다.

'얀, 부탁이니 살아서 돌아와다오.'

카젤느는 벗에게 속으로 빌었다. 죽기에는 너무나도 바보 같은 전투라는 생각을 금할 수가 없었다.

II

동맹 수도 하이네센에선 원정군의 어마어마한 요구에 대해 찬반론이 격렬한 대립을 보였다.

찬성파는 주장했다.

"원래 이 원정의 목적은 제정의 중압에 허덕이는 제국 민중을 해방하는 것이었다. 5000만이나 되는 민중을 기아에서 구하는 것은 인도적으로 봐도 당연한 일이다. 또한 아군이 그들을 구제해준다는 것을 알면 제정에 대한 반발심과 맞물려 민심이 동맹에 기울 것이 분명하다. 군사적 이유로나 정치적 의의로나, 원정군의 요구에 응해 점령지 주민들에게 식량과 기타 물자를 공급해야 한다."

반론이 있었다.

"이 원정은 처음부터 무모한 것이었다. 당초의 예정만 해도 필요 경비는 2000억 디나르였으며, 이는 금년도 국가 예산의 5.4퍼센트, 군사예산의 10퍼센트 이상에 달한다. 이것만으로도 재정결산이 예산을 대폭으로 웃돌 것이 분명한데, 여기다 점령지를 확보하고 주민들에게 식량까지 공급한다면 재정이 파탄에 이를 것이 분명하다. 이제는 원정을 중지하고 점령지를 포기한 후 이제르론으로 귀환해야 한다. 이제르론만 확보해 놓으면 제국의 침공은 막을 수 있으니까."

주의주장에 타산과 감정이 뒤섞여 격론은 끊임없이 이어질 것 같았으나, 이제르론에서 날아든 보고가 사태를 수습했다.

『아군 장병에게 전사할 기회를 달라. 손가락만 빨며 하루하루를 보내면 불명예스러운 아사의 기회에 직면할 뿐이다!』

이는 보고라기보다는 숫제 비명에 가까웠다.

요구대로 물자를 모아 수송이 시작되었으나, 곧 지난번과 거의 같은 양의 추가 요구가 날아들었다. 점령지는 확대되고, 점령지 주민의 수는 1억을 넘어섰다. 당연히 필요한 물자의 양은 늘어날 수밖에 없었다.

이렇게 되니 찬성파도 당혹스러웠다. 반대파는 말했다.

"애초에 뭐라고 했나. 끝이 없지 않은가. 5000만이 1억이 되었다. 조만간 1억이 2억으로 늘어날 것이다. 제국은 우리 동맹의 재정을 파괴할 생각이다. 멍청하게 속아 넘어간 정부와 군부는 책임을 모면할 수 없을 것이다. 이젠 달리 방법이 없다. 철군하라!"

재정위원장 조안 레벨로는 최고평의회에서 이렇게 발언했다.

"제국은 무고한 민중을 무기 삼아 아군의 침공에 대항하고 있습니다.

가증스러운 방법이지만, 아군이 해방과 구제를 대의명분으로 내세운 이상 유효한 방법이라는 것을 인정할 수밖에 없습니다. 이제는 철군해야만 합니다. 그렇지 않으면 아군은 굶주린 민중을 짊어진 채 허덕이다 힘이 다했을 때 총반격을 당해 일방적으로 패할 것입니다."

출병에 찬성했던 사람들은 찍소리도 하지 못했다. 묵묵히, 혹은 초라하게 그저 자리에 앉아있을 뿐이었다.

정보교통위원장 원저 여사는 단아한 얼굴을 딱딱하게 굳힌 채 아무것도 비추지 않는 컴퓨터 단말기의 회색 화면만을 바라보았다.

이젠 철군 외에 방법이 없다는 것은 원저 부인도 잘 알고 있었다. 이제까지 있었던 지출은 어쩔 수 없다 쳐도, 더 이상의 비용은 재정이 감당하지 못한다.

하지만 이대로 아무런 전과도 올리지 못하고 허무하게 철수해서는 출병을 지지한 그녀의 입장이 난처해진다. 처음부터 출병반대파였던 사람들은 물론이거니와, 그녀를 지지하던 주전파 사람들도 그녀의 정치 책임을 추궁할 것이 분명했다. 정치가를 지망한 이래 줄곧 염원했던 평의회 의장 자리도 멀어지리라.

'원정군 총사령부의 무능한 것들은 대체 뭘 하는 거람!'

원저 여사는 분노로 이를 갈았다. 깔끔하게 손질한 손톱이 손바닥에 파고들 정도로 손을 굳게 쥐었다.

'철수는 어쩔 수 없어. 하지만 그때까지 단 한 번만이라도 좋으니, 제국군과 싸워 이겨달란 말이다. 그러면 내 체면도 살고, 후세에 이 원정이 어리석음과 낭비의 상징으로 비난을 받을 일도 없어질 텐데…….'

그녀는 노령의 평의회 의장을 쳐다보았다. 둔중하게, 무감정하게 책고권력자의 자리를 차지하고 있는 노인. '누구에게도 선택받지 않았다' 고 조롱당하는 국가원수. 정계의 역학이 불러온 저급한 게임 덕에 어부지리를 얻은 정치꾼.

'저자가 선거 이야기를 꺼내는 바람에 나까지 넘어갔잖아!'

그녀는 자신을 이 곤궁에 몰아넣은 의장을 진심으로 증오했다.

한편 국방위원장 트뤼니히트는 자신의 선견지명에 만족하고 있었다.

이렇게 될 줄은 이미 알고 있었다. 현재의 국력과 전력으로 제국을 침공해 성공할 리가 없다. 가까운 장래에 원정군은 무참하게 패하고, 현 정권은 시민의 지지를 잃을 것이다. 하지만 트뤼니히트는 무모한 출병에 반대한 진정한 용기와 풍부한 식견을 평가받아, 상처를 입기는커녕 오히려 인기를 높일 수 있으리라. 조안 레벨로나 황 루이가 경쟁상대로 남지만 그들에게는 군부나 군수산업의 지지가 없다. 결국 최종적으로는 트뤼니히트가 평의회 의장의 자리에 오를 것이다.

그러면 된 것이다. 마음속으로 그는 회심의 미소를 짓고 있었다. '제국을 타도한 동맹 사상 최고의 원수'라는 칭호는 자신에게 주어져야 한다. 자신 외에 그 명예에 어울리는 자는 아무도 없다.

결국 철수론은 부결되었다.

"전선에서 모종의 결과가 나올 때까지 군의 행동에 제한을 가하는 일은 옳지 않다."

이것이 주전파가 다소 주눅 든 어조로 펼친 주장이었다. '결과'란 트뤼니히트에게도 매우 필요한 것이었다. 하기야 주전파와 그가 기대하는 '결과'의 내용은 전혀 다른 것이었지만.

III

『본국으로부터 물자가 도착할 때까지 필요한 물자는 각 함대가 현지에서 조달하라.』

이 방침이 전해졌을 때 동맹군 각 함대 수뇌부는 낯빛이 창백해졌다.

"현지조달이라고?! 우리더러 약탈을 하라는 소리인가!"

"원정군 총사령부는 대체 무슨 생각을 하는 거냐? 해적 두목 노릇이라도 하고 싶나?"

"보급계획의 실패가 곧 전략적 후퇴로 이어진다는 건 용병의 상식이다! 자신들의 책임을 전선에 뒤집어씌우고 앉았군."

"총사령부에선 보급체제가 만전의 상태라고 하지 않았나. 큰소리치던 게 누구냐."

"애초에 없는 걸 어디서 어떻게 조달하라는 건지."

양은 이러한 떠들썩한 목소리에 가담하진 않았으나 생각만은 같았다. 총사령부는 무책임하기 짝이 없었지만, 처음부터 무책임한 동기로 결정된 출병이었던 이상 실제 운영이 무책임해지는 것도 당연할지 모른다. 카젤느의 고뇌가 손에 잡힐 듯이 느껴졌다.

'그렇다 해도, 이젠 슬슬 한계가 왔군.'

점령지 주민에게 공출을 계속한 결과 제13함대의 식량은 거의 바닥이 난 상태였다. 보급을 담당하는 우노 대령이 불안과 불만을 터뜨렸다.

"민중이 원하는 것은 이상도 정의도 아닙니다. 오로지 식량뿐이죠. 제국군이 식량을 날라다주면 저들은 땅에 꿇어 엎드려서 황제 폐하 만

노제독의 목소리는 통렬했다. 박력으로도 관록으로도 도저히 포크가 나설 자리는 없었다.

젊은 참모는 한순간 주눅이 들었지만 오만하게 받아쳤다.

『총사령관 각하께 대한 면담 및 보고는 모두 저를 통해주시기 바랍니다. 어떤 이유로 면담을 요청하신 것입니까?』

"귀관에게 밝힐 필요는 없다."

뷰코크도 자기 나이를 잊고 시비조로 나섰다.

『그럼 바꿔드릴 수 없습니다.』

"뭐야……?"

『아무리 지위가 높은 분이라 해도 규칙은 준수하셔야 합니다. 통신을 끊어도 되겠습니까?』

'네놈이 멋대로 만들어놓은 규칙 아니더냐!'

그렇게 생각했지만 지금은 뷰코크가 양보할 수밖에 없었다.

"전선의 각 함대 사령관은 철수를 바라고 있다. 그 건에 대해 총사령관 각하의 양해를 얻고 싶다."

『철수라고요?』

포크 준장의 입술은 노제독이 예상했던 형태로 일그러졌다.

『양 제독님이라면 모를까, 용맹하시기로 소문난 뷰코크 제독님께서 싸우지도 않고 철수를 주장하시다니, 이거 실망이군요.』

"야비한 소리는 집어치워라."

뷰코크는 가차 없이 대꾸했다.

"애초에 귀관들이 이처럼 무모한 출병안을 입안하지 않았으면 될 일이었다. 이젠 좀 책임을 자각하는 게 어떨까?"

『소관이라면 철수 따위 하지 않을 것입니다. 제국군을 일격에 쓸어버릴 좋은 기회인데 무엇을 두려워하시는 겁니까?』

불손하고도 부주의한 이 한마디가 노제독의 두 눈에 초신성 같은 섬광을 터뜨렸다.

"그래? 그렇다면 바꿔주마. 난 이제르론으로 귀환할 테니, 귀관이 내 대신 전선으로 나오면 되겠군."

포크의 입술은 더할 나위 없이 일그러졌다.

『억지를 부리시는군요.』

"억지를 부린 건 귀관이었지. 그것도 안전한 곳에서 꼼짝도 하지 않고."

『──소관을 모욕하시는 겁니까?』

"큰소리만 쳐대는 데 질렸을 뿐이다. 귀관은 자기의 재능을 과시하기 위해 언변이 아니라 실적을 제시해야 하지 않겠나? 남에게 명령할 만한 자격이 자신에게 있는지 없는지, 직접 시험해 보는 게 어떨까?"

포크의 말라빠진 얼굴에서 핏기가 사라져가는 소리가 들리는 것 같았다. 뒤이어 나타난 광경은 노제독의 상상이 아니었다. 젊은 참모장교의 두 눈이 초점을 잃더니 낭패와 공포가 안면 가득 퍼져 나갔다. 콧구멍이 실룩거리고, 입술이 일그러진 사각형으로 벌어졌다. 두 손이 올라와선 그 얼굴을 뷰코크의 시야에서 가리더니, 1초 정도 후에는 신음인지 비명인지 알 수 없는 목소리가 울려 퍼졌다.

아연실색해 지켜보는 뷰코크의 눈앞에서 포크의 모습은 통신 스크린 밑으로 침몰했다. 대신 우왕좌왕하는 사람들의 모습이 보였으나, 사정을 설명해주는 자는 아무도 없었다.

"저 친구는 지금 뭘 하는 겐가?"

"글쎄요······."

뷰코크의 곁에 서 있던 클레멘테 대위도 상관의 의문에는 대답할 수 없었다. 노제독은 스크린 앞에서 2분 정도 기다릴 수밖에 없었다.

마침내 군의관들이 입는 하얀 제복을 걸친 장년 사내가 화면에 나타나 경례를 올렸다.

『야마무라 의무소령입니다. 현재 포크 준장 각하는 의무실에서 치료를 받고 있습니다. 그 사정에 대해 제가 설명을 드리겠습니다.』

공연히 뜸을 들인다 싶었다.

"포크 준장은 무슨 병인가?"

『전환성 히스테리에 의한 신경성 맹목증입니다.』

"히스테리?!"

『예. 좌절감이 큰 흥분을 일으켜 시신경이 일시 마비되는 것입니다. 15분 정도 지나면 시력이 회복되겠지만, 앞으로도 계속 발작이 일어날 가능성이 있습니다. 원인이 마음에 있는 것이라 이를 제거하지 않는 한······.』

"그러려면 어떻게 해야 하나?"

『그의 말을 거역해서는 안 됩니다. 좌절감과 패배감을 주어서도 안 됩니다. 모두가 그의 말을 따라주고, 모든 일이 자기 생각대로 돌아가야만 합니다.』

"······진심으로 하는 말인가, 군의관?"

『이건 어리광만 부리며 자라서 자아가 이상 비대해진 유아 시절에 흔히 보이는 증상입니다. 선악의 문제가 아닙니다. 자아와 욕망이 충족되지 않는다는 것만이 중요하죠. 따라서 제독님들께서 무례를 사죄하시고, 분골쇄신 그의 작전을 수행해, 승리를 얻어, 그가 칭송을 한 몸에 받아야…… 그제야 비로소 병의 원인이 사라지는 겁니다.』

"거 듣던 중 반가운 소리로군."

이제 뷰코크는 화낼 생각도 나지 않았다.

"그의 히스테리를 치료하기 위해 3000만이나 되는 장병이 사지에 서야만 한단 말인가? 훌륭한데. 감격의 눈물에 빠져 죽을 것만 같아."

군의관은 힘없이 웃었다.

『포크 준장의 병을 치료하는 것만 우선한다면 그렇게 될 수밖에 없겠죠. 물론 시야를 전군 수준까지 넓히면 자연스럽게 다른 해결책이 나올 겁니다.』

"자네 말이 맞네. 그 친구가 군복을 벗으면 될 일이야."

노제독의 어조는 신랄했다.

"이게 오히려 잘된 일일 수도 있지. 초콜릿을 달라고 떼를 쓰며 울어 대는 아이와 똑같은 정신수준밖에 못 가진 놈이 3000만 장병의 군사軍師라는 걸 알면 제국군 놈들은 춤을 추며 기뻐할걸."

『……아무튼, 의학 이외의 사항은 제 권한 밖입니다. 총참모장 각하를 바꿔드리겠습니다.』

뷰코크는 씁쓸한 심정이었다. 선거에서 이기는 것만이 목적인 정치꾼과 소아성 히스테리를 일으키는 수재형 군인이 야합해 3000만의 장병이 동원된 셈이다. 이를 알고도 진지하게 싸우려는 자는 자학적인 나르시시스트 아니면 엄청난 전쟁광일 것이다.

『제독님…….』

군의관 대신 통신 스크린에 나타난 것은 원정군 총참모장 그린힐 대장이었다. 단정한 신사 같은 용모에 우려의 빛이 짙게 드리워져 있었다.

"어이쿠, 총참모장 각하. 다망하실 텐데, 이거 황공하군요."

노골적으로 비아냥거려도 미움을 사지 않는 것이 이 노제독의 인덕일 것이다.

그린힐도 군의관과 같은 힘없는 웃음을 지었다.

『이쪽이야말로 흉한 꼴을 보여드려서 죄송합니다. 포크 준장에게는 곧 요양 조치가 내려질 것입니다. 물론 총사령관 각하의 재가가 있어야겠지만…….』

"그래서, 제13함대가 제안한 철수 요청에 대해선 어떻게 되었습니까? 저는 전면적으로 찬성할 겁니다. 전선의 병사들은 싸울 수 있는 상태가 아니니까요. 심리적으로도 육체적으로도."

『잠시만 기다려 주십시오. 이것도 총사령관 각하의 재가가 필요합니다. 즉답드릴 만한 문제가 아니란 점을 이해해 주셨으면 합니다.』

지극히 관료다운 대답에 뷰코크 중장은 지긋지긋하다는 표정을 지어 보였다.

"총참모장 각하. 무례라는 것을 잘 알고 말씀드리는 겁니다만, 총사령관 각하와 직접 면담할 수 있도록 주선해 주실 수 없겠습니까?"

『각하께서는 지금 오침午寢 중이십니다.』

노제독은 허연 눈썹을 치켜세우며 몇 차례 눈을 깜빡였다. 그리고 천천히 반문했다.

"지금 뭐라고 하셨습니까, 총참모장 각하?"

그린힐 대장의 대답은 숫제 장중할 정도였다.

『총사령관 각하께서는 지금 취침 중이십니다. 적습 외에는 깨우지 말라고 하셨으므로, 제독님의 요청은 기상 후에 전해드리겠습니다. 그때까지 기다려 주시기 바랍니다.』

뷰코크는 그 말에 대답하려 들지 않았다. 알아차리기도 힘들 정도로 살짝 두 눈썹이 오르내렸다.

"……예, 알겠습니다."

감정을 억제한 목소리가 노제독의 입에서 튀어나온 것은 거의 1분이 지난 후였다.

"이제부터는 전선지휘관으로서 부하들의 목숨에 대한 의무를 수행해야겠군요. 수고를 끼쳐드려 죄송합니다. 총사령관 각하께서 기침하시면 좋은 꿈 꾸셨느냐고 뷰코크가 물어보더라 전해주시기 바랍니다."

『제독님…….』

통신은 뷰코크 쪽에서 끊어졌다.

회백색 평판으로 변한 스크린을 그린힐은 답답한 표정으로 바라보고 있었다.

IV

정찰부대의 보고서를 모두 읽은 라인하르트는 한 차례 고개를 끄덕이더니 붉은 머리 지크프리트 키르히아이스 중장을 불러 중대한 임무를 전했다.

"이제르론에서 전선으로 수송선단이 파견되었다. 적의 목숨줄이지. 네게 준 병력을 모두 동원해 쳐라. 세부 운용은 네 재량에 맡기겠다."

"알겠습니다."

"정보, 조직, 물자, 모두 필요한 대로 써도 좋다."

경례를 남기고 몸을 돌려 나가려는 키르히아이스를 라인하르트는 급히 불러 세웠다. 의아한 표정으로 돌아선 벗에게 젊은 원수는 말했다.

"이기기 위해서야, 키르히아이스."

그는 알고 있었던 것이다. 피점령지의 민중을 굶주리게 해 적의 수족을 묶어놓는다는 신랄한 전법에 키르히아이스가 비판적이라는 사실을. 그는 한 마디도 하지 않았을뿐더러 표정조차 바꾸지 않았지만, 라인하르트는 잘 알고 있었다. 지크프리트 키르히아이스는 그런 사람이다.

키르히아이스가 다시 한 번 경례를 하고 나가자, 라인하르트는 나머지 장수들에게 말했다.

"키르히아이스 제독이 반란군의 수송부대를 격멸하는 것과 동시에 우리는 전면공격에 나설 것이다. 또한 이와 함께 위장정보를 유포한다. 수송부대는 공격을 받았으나 무사하다고. 반란군의 마지막 희망이 끊어진다면, 자칫 궁지에 몰린 나머지 쥐가 고양이를 무는 불상사도 일어날 수 있으니, 이를 미연에 방지하기 위해서다. 아울러 적에게 아군이 공세에 나섰음을 감추기 위해서이기도 하지. 물론 언젠가는 알아차리겠지만, 늦을수록 좋을 것이다."

그는 자신의 옆에 앉아 있는 사내를 흘끔 보았다. 예전에 그의 곁에 있던 것은 키가 큰 붉은 머리 청년으로 정해져 있었으나, 현재 그곳에 있는 것은 반백의 참모 오베르슈타인이었다. 자신이 결정한 일임에도 약간의 위화감이 있었다.

"아울러 아군 보급부대는 피점령지 탈환과 동시에 주민에게 식량을 공급한다. 반란군 침공에 대항하기 위해서라고는 하나 폐하의 신민을 기아상태로 놓아두는 것은 아군의 본의가 아니었다. 또한 이는 변경 주민에게 제국이야말로 통치능력과 책임을 지니고 있다는 것을 사실로 인식시키기 위해서도 필요한 조치이다."

라인하르트의 본심은 '제국'이 아니라 자신이 인심을 얻는 데 있었다. 하지만 일부러 이 자리에서 그것을 말할 필요는 없었다.

그레드윈 스코트 제독이 이끄는 동맹군 수송선단은 10만 톤급 수송함 100척, 호위함 26척으로 이루어져 있었다. 호위함의 숫자에 대해 후방 주임참모 카젤느 소장은 지나치게 부족하다고 이의를 제기하며 최소 100척은 동원해야 한다고 주장했다.

그러나 그의 주장은 기각되었다. 고작 수송선단을 치기 위해 제국군이 그렇게 많은 부대를 동원할 거라 생각할 수 없으며, 너무 많은 함대를 파견하면 총사령부의 경비가 허술해진다는 것이 그 이유였다. 전선에서 아득히 멀리, 그것도 난공불락의 요새에 있으면서 그게 무슨 소리란 말인가. 카젤느는 이만저만 속이 끓는 것이 아니었다.

스코트 제독은 카젤느보다도 훨씬 낙관적이었다. 출발 전 카젤느가 적을 조심하라고 신신당부했던 것도 흘려들은 채, 함교에도 오르지 않고 개인실에서 부하를 상대로 3차원 체스를 즐기고 있었던 것이다.

낯빛이 창백해진 함대참모 니콜스키 중령이 스코트 제독을 부르러 왔을 때, 그는 막 체크메이트를 선언하려던 참이었던지라 불쾌하게 물었다.

"전선에 무슨 일이라도 있었나? 소란스럽군."

"전선이라고요?"

니콜스키 중령은 아연실색해 사령관을 쳐다보았다.

"여기가 바로 전선입니다. 저것이 안 보이십니까, 각하?"

그의 손가락 끝에서, 함교의 메인 스크린과 연결된 조그만 패널은 급격하게 넓어져 가는 하얀 빛의 구름을 비추고 있었다.

스코트 제독은 순간 말을 잃었다. 아무리 그라고 해도 그것이 아군이라고 생각하지는 않았다. 적의 대부대에 포위당한 것이 아닌가!

"이럴 수가……. 믿을 수 없어."

스코트는 겨우 목소리를 쥐어짜냈다.

"고작해야 수송선단 하나에 왜 이런 대군을……?"

함교로 이어지는 복도를 니콜스키가 모는 수소동력차로 달리면서 제독은 어리석게도 끊임없이 자문하고 있었다. 당신은 자기 임무가 얼마나 중요한지도 모르는 거냐고 니콜스키가 막 소리를 지르려 했을 때, 복도의 스피커에서 오퍼레이터의 외침이 터져 나왔다.

『적 미사일 다수, 본함으로 접근!』

그 목소리는 한순간 후 비명으로 바뀌었다.

『대응 불능! 수가 너무 많다!』

제국군 총기함 브륀힐트.

통신장교가 좌석에서 일어나 흥분으로 상기된 얼굴을 라인하르트에게 향했다.

"키르히아이스 제독으로부터 연락! 낭보입니다. 적 수송선단은 전멸, 아울러 호위함 26척을 완전파괴. 아군 측의 피해는 전함 중파 1척, 발퀴레 14기뿐."

환성이 함교를 뒤덮었다. 이제르론 함락 이래, 전략적 필요성 때문이라고는 하나 싸우지 않고 후퇴만을 거듭했던 제국군에게는 오랜만에 맛보는 승리의 쾌감이었기 때문이다.

라인하르트는 대기하던 장수들에게 명령을 내렸다.

"미터마이어, 로이엔탈, 비텐펠트, 켐프, 메크링거, 바렌, 루츠. 미리 전달한 계획에 따라 총력을 기울여 반란군을 쳐라!"

"예!"

씩씩하게 대답하고 전선으로 향하려는 제독들을 라인하르트가 잠시 불러 세우더니, 당번병에게 명령해 모두에게 포도주를 따르도록 했다. 전승을 미리 축하하는 잔이었다.

"승리는 이미 정해졌다. 이제부터는 이를 완전히 손에 넣어야 한다. 분수를 모르는 반란군을 살려서 돌려보내선 안 된다. 그럴 조건은 충분히 갖춰졌다. 경들에게 대신大神 오딘의 은총이 있기를. 프로지트건배!"

"프로지트!"

제독들은 소리를 모아 외치며 포도주를 단숨에 비운 후 관습에 따라 잔을 바닥에 내던졌다. 무수한 빛의 파편이 바닥에서 화려하게 춤추었다.

제독들이 나간 후 라인하르트는 스크린을 가만히 바라보았다. 그는 바닥에 흩뿌려진 빛보다도 훨씬 싸늘하고 무미건조한 빛무리를 보고 있었다. 그러나 그는 그 빛을 좋아했다. 그 빛을 손에 넣기 위해 지금 자신은 이렇게 있는 것이다.

V

표준력 10월 10일 16시.

중력경도법重力傾度法에 의거해 함대를 행성 뤼겐 위성궤도상에 배치했던 우란푸 제독은 적습을 감지했다. 주위에 배치한 2만 개의 정찰위성 중 2시 방향의 100개가량이 무수한 광점을 비춘 후로 영상 송신이 두절된 것이다.

"온다."

우란푸는 중얼거렸다. 긴장의 전류가 말단신경까지 흐르는 것을 느꼈다.

"오퍼레이터, 적과 접촉할 때까지 시간은 얼마나 남았나."

"6분 내지 7분입니다."

"좋아. 전 함대, 총력전 준비. 통신장교, 총사령부 및 제13함대에 연락하라. 적과 조우했다고."

경보가 울려 퍼지고, 기함의 함교 내에서는 명령과 응답이 바쁘게 오갔다.

우란푸는 부하들에게 말했다.

"곧 제13함대도 지원 와줄 것이다. '기적의 양'이 말이다. 그러면 적을 협공할 수 있다. 승리는 의심할 여지가 없다."

모름지기 지휘관이라면 자기 자신은 믿지 않는 사실이라 해도 부하들에게는 믿게끔 만들어야만 하는 법이다. 이미 우란푸는 지금쯤 양 웬리 또한 다수의 적에게 공격을 받아 제10함대를 구하러 올 여유가 없을 것이라 내다보고 있었다.

제국군의 대공세가 시작된 것이다.

프레데리카 그린힐 중위가 하얀 얼굴에 긴장의 빛을 띠며 사령관을 올려다보았다.

"각하! 우란푸 제독으로부터 초광속통신이 들어왔습니다."

"적습인가?"

"예. 16시 7분, 적과 교전상태에 돌입했다고 합니다."

"드디어 시작됐군……."

그 말끝에 경보의 외침이 겹쳐졌다. 5분 후, 제13함대는 켐프 제독이 이끄는 제국군과 포화를 나누고 있었다.

"11시 방향 적 미사일 다수 접근!"

오퍼레이터의 외침에 기함 히페리온의 함장 마리노 대령이 날카롭게 반응했다.

"9시 방향으로 디코이decoy를 사출하라!"

양은 침묵한 채 함대의 작전지휘라는 자신의 직무에만 몰두하고 있었다. 함정 단위의 방어와 응전은 함장의 직무이니 여기까지 사령관이 간섭해서는 안 된다. 애초에 머리가 따라가 주질 못한다.

레이저 수폭 미사일이 용맹한 사냥개처럼 짓쳐들어왔다. 핵분열에 의존하지 않고 레이저의 초고열로 핵융합을 일으키는 병기이다.

여기에 대항해 디코이 로켓이 발사되었다. 열과 전파를 요란하게 방출해 미사일의 감지 시스템을 침묵시키는 것이다. 수많은 미사일이 급격한 각도로 기수를 돌리며 디코이를 쫓아갔다.

에너지와 에너지, 물질과 물질이 충돌하며 암흑의 허공을 불길한 광채로 물들여나갔다.

"스파르타니안 출격 준비!"

명령이 하달되자 스파르타니안 탑승요원 수천 명의 몸과 마음에 기분 좋은 긴장감이 내달렸다. 자신의 기량과 반사신경에 강렬한 자신감을 가진 군신軍神의 아들들에게 죽음에 대한 공포 따위는 모욕의 대상일 뿐이었다.

"자아, 한바탕 설쳐 보실까?"

기함 히페리온의 함상에서 활기차게 외친 것은 에이스(격추왕) 칭호를 가진 워렌 휴즈 대위였다.

히페리온은 네 명의 에이스를 거느리고 있다. 휴즈 외에 살레 아지즈 셰이클리 대위, 올리비에 포플랭 대위, 이반 코네프 대위가 바로 그들이었다. 이들은 에이스 칭호를 과시하기 위해 자신의 애기愛機에 스페이드, 다이아몬드, 하트, 클럽의 에이스A 무늬를 특수한 도료로 그려놓았다. 전쟁도 스포츠의 일종이라고 생각할 수 있는 배짱이 그들을 아직까지 살려놓은 요소 중 하나였으리라.

"다섯 대쯤 격추하고 올 테니까 시원한 샴페인이나 준비해놓으라고."

애기에 뛰어오른 포플랭이 정비병에게 말했으나 대답은 시큰둥했다.

"언제 키핑이라도 해놨습니까? 물은 떠다놓죠."

"쳇, 멋대가리 없는 놈."

투덜거리면서 포플랭은 나머지 셋과 함께 우주공간으로 뛰쳐나갔다. 스파르타니안의 날개가 폭발광을 반사해 무지갯빛으로 번뜩였다. 적의를 담은 미사일이 쇄도하고 광선이 짓쳐들어왔다.

하지만 네 명은 이구동성으로 호언장담한다.

"누가 맞을 줄 아냐?"

몇 번이나 사선을 넘나들며 살아남은 전사의 자부심에서 우러나온 말이었다.

입신의 경지에 달한 기량을 과시하듯 급선회해 미사일을 피한다. 이를 추격하려던 미사일의 가느다란 동체가 급변하는 가속도를 견디지 못하고 한가운데에서 부러졌다. 이를 조롱하듯 날개를 흔들어대는 그들 앞에 제국군의 발퀴레가 달려나와 도그파이트dogfight를 청했다.

휴즈, 셰이클리, 코네프의 기체가 기꺼이 이를 받아들이며 한 대, 또 한 대, 적기를 불덩어리로 만들어놓았다.

단 한 사람, 포플랭만이 의아함과 분노로 뺨을 시뻘겋게 물들이고 있었다. 1초에 140발씩 발사되는 우라늄 238탄이 아까부터 전혀 맞질 않았다. 금속관통능력이 뛰어나며, 명중하면 초고열을 발하며 폭발해 적을 확실하게 장사지낼 수 있는 탄열彈列이 허무하게 우주로 빨려 나가기만 하는 것이다. 그를 제외한 세 명은 이미 합계 7기를 제물로 바쳤는데도.

"이게 무슨 꼬락서니냐!"

요란하게 혀를 찬 것은 제국군의 지휘관 켐프 중장이었다.

켐프도 과거에는 에이스였다. 은색 발퀴레를 몰아 수십 기의 적을 사신의 품에 내던졌던 역전의 용장이다. 상당한 장신이지만 그렇게 느껴지지 않을 정도로 어깨가 딱 벌어졌다. 갈색 머리카락은 짧고 단정했다.

"저 정도 적에게 애를 먹다니. 후방에서 반포위 태세를 취해 함포 사정거리 내로 몰아넣어라!"

그 지시는 매우 적확했다. 3기의 발퀴레가 휴즈 대위의 스파르타니안

을 후방에서 반포위해 전함의 주포 사정거리 내로 교묘하게 몰아넣었다. 위험을 감지한 휴즈는 급선회하며 발퀴레의 조종석에 우라늄 238탄을 쏘아, 조종석이 떨어져 나간 틈을 누비고 빠져나가려 했다. 하지만 적함의 부포副砲까지는 계산에 넣지 못했다. 광선이 번뜩이고, 휴즈와 그의 애기를 일격에 이 세상에서 지워버렸다.

같은 전법으로 셰이클리도 목숨을 잃었다. 나머지 두 명의 에이스는 간신히 추격을 뿌리치고 함포의 사각지대로 숨어들었다.

4기의 적을 물리친 코네프는 그렇다 쳐도, 도망치기 바빠 한 대도 격추하지 못하고 돌아온 포플랭의 자존심은 구제할 길 없을 정도로 상처를 입었다.

탄환이 한 발도 명중하지 않았던 이유가 판명되었을 때 상심은 분노가 되어 폭발했다. 모함으로 돌아와 조종석에서 뛰어내린 포플랭은 달려온 정비병의 멱살을 잡았다.

"아군을 적의 아가리에 처넣은 정비주임을 당장 끌고 와! 죽여버릴 테다!"

주임인 토다 기술대위가 뛰어오자 포플랭의 욕설이 터져 나왔다.

"기총의 조준이 9도에서 12도까지 뒤틀렸단 말이다! 정비를 제대로 한 거냐, 이 월급 도둑놈아!"

토다 기술대위는 미간에 주름을 잡았다.

"제대로 했고말고. 인간은 거저 만들 수 있지만 전투정에는 비용이 들어간단 말이다. 정비에 얼마나 주의를 기울이고 있는데."

"너 이 새끼, 그걸 지금 센스 있는 농담이라고 지껄이고 앉았냐?"

전투용 헬멧이 바닥에 내동댕이쳐지더니 높이 튀어올랐다. 포플랭의 녹색 눈에 노기의 불꽃이 타오르고 있었다. 그 모습에 토다도 눈을 험악하게 떴다.

"지금 싸우자는 거냐, **잠자리** 자식아?"

"오냐, 그래, 싸워보자. 난 말이다, 이제까지 전투에서 네놈보다 잘난 제국놈을 몇 명이나 죽였는지 셀 수도 없어. 너 같은 놈은 한 손으로도 충분하다. 핸디캡 놓고 붙어주마!"

"웃기고 있네! 자기 실력을 남의 책임으로 돌리고 앉았어."

말리는 목소리가 여기저기서 들렸지만 그때는 이미 주먹이 오가고 있었다. 토다는 두세 차례 펀치를 피했지만 결국 수세에 몰려 몸을 가린 채 휘청거리기 시작했다. 포플랭이 다시 팔을 치켜들었을 때, 누군가가 그 팔을 붙들었다.

"멍청한 놈. 적당히 못하겠나."

쇤코프 준장이 쓸쓸하게 말했다.

싸움은 진정되었다. 이제르론 공략의 용사에게 고개를 숙이지 않는 자는 없다. 물론 당사자인 쇤코프에겐 이런 자리밖에 주어지지 않는 것이 내심 쓸쓸했지만……

우란푸의 제10함대를 공격한 제국군의 지휘관은 비텐펠트 중장이었다. 그는 오렌지색의 긴 머리에 엷은 갈색 눈이었으며, 가느다란 얼굴에 다부진 몸집이 약간 언밸런스한 느낌을 주었다. 미간이 좁으며 안광이 날카로워 그의 호전성이 엿보였다.

또한 그는 휘하의 전 함정을 검게 칠해 '슈바르츠 란첸라이터Schwarz Lanzenreiter, 흑색창기병黑色槍騎兵'라 칭했다. 누구나 인정하는 날래고 용맹한 함대였다. 그의 함대에 우란푸는 큰 피해를 입었다. 하지만 동시에 비슷한 피해를 입혔다. 상대비율이 아니라 절대숫자로.

비텐펠트 함대는 제10함대보다도 숫자가 많았으며, 또한 병사들은 굶주리지 않았다. 지휘관도 부하도 활력이 넘쳐나, 상당한 타격을 입었음에도 마침내 그들은 동맹군을 완전한 포위망 안에 가두는 데 성공했다.

전진도 후퇴도 불가능해진 제10함대는 비텐펠트 군의 집중포화를 피할 수가 없었다.

"쏘면 맞는다!"

제국군의 포술장교들은 밀집한 동맹군의 함정에 에너지 광선과 미사일의 호우를 쏟아부었다.

에너지 중화자장이 찢어지고 함정의 외각에 견딜 수 없는 충격이 가해졌다. 그것이 함내에 도달하면 폭발이 발생해 죽음의 열풍이 장병들을 휩쓸었다.

파괴되어 추진력을 잃은 함정은 행성의 중력에 붙들려 추락해갔다. 행성 주민들 중 절반 정도는 밤하늘에서 무수한 유성을 보았으며, 아이들은 한순간 굶주림도 잊고 불길한 아름다움에 넋을 잃었다.

VI

제10함대의 전력은 바닥을 드러내기 시작했다. 함정의 40퍼센트를 잃고, 남은 함의 반수도 전투불능에 빠진 참상이었다.

함대참모장 찬 소장이 창백한 얼굴로 사령관을 쳐다보았다.

"각하, 이미 전투를 속행하는 것은 불가능합니다. 항복 내지는 도망을 선택할 수밖에 없습니다."

"불명예스러운 양자택일이로군. 그렇지 않나?"

우란푸 중장은 자조를 띠었다.

"항복은 성미에 안 맞아. 도망치도록 하지. 전 함대에 명령하라."

도망치려 해도 혈로를 뚫어야만 했다. 우란푸는 잔존전력을 방추진형으로 재편성하고 이를 포위망 한쪽으로 단숨에 몰아붙였다. 우란푸는 전력을 집중해 사용하는 방법을 잘 알고 있었다.

그는 절묘하고도 과감한 이 전법으로 부하의 반수를 사지에서 탈출시키는 데 성공했다. 하지만 자신은 전사했다.

그의 기함은 끝까지 포위망 안에 남아 적과 싸우고 있었으나, 이탈하려던 순간 미사일 발사관이 적의 광선에 직격당해 폭발한 것이었다.

전선 곳곳에서 동맹군은 패배의 쓴맛을 보고 있었다.

제12함대 사령관 보로딘 중장은 루츠 함대의 급습을 받아 기함 외에 겨우 8척의 포함만 남을 때까지 싸우고, 전투도 탈출도 불가능해지자 블래스터로 자신의 머리를 쏘았다. 지휘권을 물려받은 코널리 소장은 동력을 정지시키고 투항했다.

제5함대는 로이엔탈에게, 제9함대는 미터마이어에게, 제7함대는 이미 수송선단을 전멸시키고 달려온 키르히아이스에게, 제3함대는 바렌에게, 제8함대는 메크링거에게 각각 맹공을 받아 후퇴에 후퇴를 거듭하고 있었다.

유일한 예외가 양의 제13함대였다. 켐프 함대와 대치한 그는 교묘한 반월진형半月陣形을 펼쳐 적의 공세를 피하면서, 좌우 양익兩翼을 교대로 두드려 적의 출혈을 유도했다.

의외의 타격에 놀란 켐프는 출혈과다로 꼴사납게 쇠약사하느니 과감하게 근본적인 수술을 단행해야 한다고 결론짓고 후퇴해 부대를 재편하려 했다.

적이 물러나는 것을 본 양은 이 기회를 틈타 공세에 나서지는 않았다. 이 전투는 이기는 것보다도 살아남는 데 의의가 있다고 생각했기 때문이다. 설령 여기서 켐프에게 이긴다 해도 어차피 전체적으로 우세한 적에게 결국 일방적으로 두들겨 맞을 것이 뻔했다. 적이 물러난 틈에 가급적 멀리 도망치는 것이 상책이다.

"좋아. 전 함대, 도망쳐라!"

양이 엄숙하게 명령했다.

제13함대는 도망쳤다. 다만 질서정연하게.

우세한 적이 자신들을 쫓아오기는커녕 오히려 급속 후퇴를 시작하자 켐프는 놀라지 않을 수 없었다. 추격을 받아 상당한 피해를 입을 것을 각오했는데 헛물을 켜고 말았다.

"왜 놈들은 승리의 여세를 몰아서 치고 들어오지 않는 거냐?"

켐프는 자문하고, 참모들에게 의견을 물었다.

부하들의 반응은 두 가지로 나뉘었다. 동맹군의 다른 부대가 궁지에 몰렸으니 원군으로 가려는 것이 아닐까 하는 의견과, 아군에게 허점을 보여 경솔하게 공세로 나오도록 유인해 철저한 타격을 입히려 한다는 의견이었다.

테오도르 폰 뤼케 소위라는 사관학교를 갓 졸업한 젊은 장교가 주저

주저하며 말했다.

"제가…… 아니, 소관이 보기에는, 적이 전의도 없이 그저 도망치는 것 같습니다."

그 발언은 깔끔하게 무시당해, 뤼케 소위는 혼자 얼굴을 붉힌 채 물러나고 말았다. 그는 사실에서 가장 가까운 거리에 있었지만 당사자를 포함해 누구 하나 그 사실을 알아차리지 못했을 뿐이었다.

전술가로서 풍부한 상식을 갖춘 켐프는 숙고 끝에 적의 퇴각이 함정이라는 결론을 내리고 재반격을 단념한 후 함대의 재편작업에 착수했다.

그사이에 양 웬리와 그의 군단은 줄행랑을 쳐, 제국군이 'C 전구戰區'라 명명한 공역에 도달했으나 그곳에서 제국군에게 포착되어 새로운 전투를 치르게 되었다.

한편 알 살렘 제독이 지휘하는 동맹군 제9함대는 제국군 미터마이어 함대의 맹공을 받아 패주를 거듭하고 있었다. 살렘 제독은 지휘체계가 무너지는 것을 막느라 필사적이었다.

이때 미터마이어의 추격이 지나치게 신속했던 나머지, 쫓는 제국군의 선두함대와 쫓기는 동맹군의 후미함대가 한데 뒤섞여 양측의 함정이 현측을 나란히 하고 달리는 사태가 벌어졌다. 육안관측창으로 적함의 마크를 코앞에서 보고 경악하는 병사들이 속출했다.

또한 좁은 공역에 고밀도 물질반응이 일어나는 바람에 함정의 충돌회피 시스템은 항로를 재계산하느라 과부하에 걸릴 지경이었다. 그럼에도 모든 방향을 적과 아군에게 차단당해 빙글빙글 제자리를 맴도는 함정마저 있었다.

전투는 치를 수 없었다. 이렇게 고밀도로 밀집한 상황에서 막대한 에너지를 개방했다가는 제어할 수 없는 에너지 폭풍이 발생해 모두가 휩쓸릴 것이 명백했기 때문이다.

다만 접촉과 충돌은 일어났다. 안전한 진행방향을 발견하지 못하고 이율배반의 궁지에 몰린 충돌회피 시스템의 '발광'을 막기 위해 조종을 수동으로 전환한 함이 있었기 때문이었다.

항주사들은 진땀을 흘렸다. 이것은 전투복의 온도조절기능과는 관계가 없는 일이었다. 조종 콘솔에 매달린 그들은 충돌을 회피하려는 공통된 목적을 위해 노력하는 적의 모습을 눈앞에서 보고 있었다.

이 혼란은 미터마이어가 부하들에게 명령해 스피드를 늦추고 피아간의 거리를 유지하도록 명령한 덕에 겨우 수습되었다. 하지만 동맹군에게 이는 적의 추격이 재조직되었다는 것을 뜻할 뿐이었다. 안전한 거리를 두고 날아드는 제국군의 포화에 잇달아 함정과 인명을 잃어나갔다.

기함 팔라메데스도 기체 일곱 군데를 파손당하고, 사령관 알 살렘 중장도 늑골이 부러지는 중상을 입었다. 부사령관 모튼 소장이 지휘권을 물려받아 잔존병력을 간신히 통솔하면서 기나긴 패배의 길을 더듬어갔다.

패배의 고뇌는 물론 그들만의 것은 아니었다. 동맹군의 각 함대가 모두 같은 비원을 맛보아야만 했다.

양 웬리의 제13함대조차 예외는 아니었다.

이때 첫 전장에서 6광시光時. 약 65억 킬로미터 후퇴한 양의 제13함대는 네 배의 적과 대항해야만 하는 상황이었다. 게다가 이 방면, C 전구의 제국군 지휘관 키르히아이스는 이미 제7함대를 물리쳤으면서도 병력과 물자를 연속으로 최전선에 투입해 끊임없는 전투로 동맹군의 저항을 깎아내고 있었다.

이 전법은 기략의 산물이 아니라 정통에 가까운 것이었으며, 운용 면에서도 지극히 견실했으므로 양은 한숨을 내쉴 수밖에 없었다.

"파고들 틈도 도망갈 틈도 없구만. 로엔그람 백작은 우수한 부하들을 거느린 모양이야. **잔꾀**에 의존하지 않는 훌륭한 용병인걸……."

감탄하고만 있을 때는 아니었다. 정공법으로 싸우다간 물량에서 열세인 동맹군이 패배에 몰릴 것은 불을 보듯 뻔했다.

생각한 끝에 양은 어떤 전법을 취해야할지를 결정했다. 확보한 공역을 버리고 적의 손에 양보한다. 하지만 질서정연하게 후퇴하며 적을 U자 진형 한복판으로 유인하고, 대형과 보급선이 한도까지 늘어났을 때를 틈타 총력을 기울여 세 방향에서 반격한다.

"이 방법밖에는 없어. 물론 적이 넘어온다는 전제 하에 말이지만……."

양의 전법은 병력을 축적할 시간과 완전히 독립된 지휘권을 보장받았더라면 어느 정도 성공을 거두고 제국군의 전진을 저지할 수도 있었다.

하지만 그는 그 어느 쪽도 손에 넣을 수 없었다. 만인을 압도하는 양감으로 닥쳐오는 제국군의 맹공에 견디면서, 절치부심해 함대를 U자형으로 재편해가는 양에게 이제르론 측의 명령이 떨어진 것이었다.

『이번 달 14일을 기해 암릿처 항성계 A 공점으로 집결하기 위해 즉시 전투를 중지하고 전역을 이탈하라.』

그 말을 들었을 때 양의 얼굴에 씁쓸한 실망의 그림자가 드리워지는 것을 프레데리카는 똑똑히 보았다. 그림자는 순식간에 사라졌지만, 대신 한숨이 나왔다.

"말은 참 쉽게들 하지."

그가 한 말은 그것뿐이었지만, 이 상태에서 적을 앞에 두고 도망치는 것이 얼마나 어려운지 프레데리카는 이해할 수 있었다. 하물며 적은 무능하지 않았다. 켐프 함대 때와 마찬가지로, 도망칠 수 있었다면 처음부터 도망쳤을 것이다. 그럴 수 없는 상대이기 때문에 싸우고 있는 것이다.

양은 명령에 따랐다. 하지만 그의 함대는 이 곤란한 퇴각전에서 그때까지 잃은 것의 몇 배나 되는 희생자를 내야만 했다.

제국군 총기함 브륀힐트의 함교에서 라인하르트는 오베르슈타인의 보고를 듣고 있었다.

"적은 패주하면서도 나름 질서를 갖추고 암릿처 성계로 향하고 있다 합니다."

"이제르론 회랑으로 가는 입구 근처로군. 하지만 단순히 도망치는 것만은 아닐 거야. 경은 어떻게 생각하나?"

"집결해 재공세에 나설 생각이겠지요. 늦게나마 병력을 분산시켰던 잘못을 깨달은 것으로 보입니다."

"분명 늦긴 늦었지."

이마에서 눈썹 위로 드리워진 금발을 모양 좋은 손가락으로 틀어 올리며 라인하르트는 싸늘하게 미소 지었다.

"어떻게 대응하시겠습니까, 각하?"

"당연히 아군도 암릿처로 집결한다. 적이 암릿처를 묘지로 선택했으니, 그 희망을 들어줘야 하지 않겠나?"

제 9 장

암릿처

I

 항성 암릿처는 끊임없이 묵묵한 포효를 내지르고 있었다. 핵융합의 초고열 속에서 무수한 원자가 서로 충돌하고 분열하고 재생하는, 그 지칠 줄 모르는 반복이 막대한 에너지를 허공으로 발산했다. 수많은 원소가 수많은 색채의 불꽃을 1만 킬로미터 단위로 피워 올려 붉게, 노랗게, 혹은 보라색으로, 보는 이들의 시야를 물들였다.

 『영 찝찝하구먼.』

 통신 패널 속에서 뷰코크 중장이 희끄무레한 눈썹을 찡그리고 있었다. 양은 동의하는 뜻으로 고개를 끄덕였다.

 "하긴, 불길한 색이로군요."

 『색도 색이지만, 이 항성의 이름도 그래. 도통 마음에 들지 않아.』

 "암릿처Amlitzer가 말입니까?"

 『머리글자가 A 아닌가. 아스타테Astate와 똑같아. 아군에게는 귀문이라는 생각밖에 안 드는군.』

 "그것까지는 미처 생각을 못했습니다."

 노제독의 걱정을 비웃을 생각은 들지 않았다. 반세기를 우주의 심연 속에서 보낸 뱃사람에게는 특별한 감성과 경험이 있을 것이다. 양은 암릿처를 결전장으로 정한 총사령부의 판단보다는 노제독의 미신 같은 말이 더 그럴듯하다고 느꼈다.

 양의 기분도 밝다고는 할 수 없었다. 선전했다고는 하나 휘하 함대의 10퍼센트를 잃고, 반격할 방법도 모두 잃은 채 후퇴했기 때문이다. 피로

감만이 몸을 짓눌렀다. 이제르론에서 물자를 보급받고 부상자를 후송하고 부대를 재편하는 사이에 탱크 베드에서 수면을 취했지만, 머리는 여전히 맑지 못했다.

'이래서는 안 되는데.'

지휘관과 병력의 과반수를 잃은 제10함대도 현재는 13함대에 편입되었다. 보아하니 패잔병을 처리하는 재능만은 총사령부도 인정해 준 모양이지만, 책임이 가중되는 것을 고맙다고 할 수만은 없었다. 책임감이든 재능이든 한계가 있는 법이다. 아무리 기대를 받아도, 혹은 강요를 받아도 불가능한 것은 불가능한 것이다. '불평꾼 유수프'는 아니지만, 왜 이런 고생을 해야만 한단 말인가.

『아무튼 총사령부 놈들은 전선으로 한번 나와봐야 해. 장병들이 얼마나 고생을 하는지 알 수 있을 테니.』

통신을 끊으면서 뷰코크가 남긴 말이었다. 부대의 배치를 조정하기 위한 통신이 나중에는 총사령부에 대한 비판이 되고 말았다.

양은 이를 탈선이라 부를 생각은 없었다. 속이 끓는 것은 그도 마찬가지였던 것이다.

"식사하십시오, 각하."

영상이 사라진 통신 패널에서 눈을 떼고 돌아보니 쟁반을 든 프레데리카 그린힐 중위가 서 있었다. 쟁반 위에는 소시지와 채소를 끼워 넣은 글루텐 로스트, 날개콩 수프, 칼슘 강화 호밀빵, 요구르트를 끼얹은 과일 샐러드, 로열젤리 맛이 가미된 알칼리성 음료가 있었다.

"고맙네. 하지만 식욕이 없어. 그보다도 브랜디나 한 잔 줬으면 하는데."

그의 부관은 그 요구를 눈으로 거절했다. 양은 불만스러운 표정으로 그녀를 바라보았다.

"왜 안 된다는 건가?"

"술이 과하시다고 율리안이 안 그러던가요?"

"뭐야, 자네들 둘이 짜고 있었어?"

"몸을 걱정하는 겁니다."

"하지만 그 정도는 내 마음대로 해도 되잖나? 음주량이 늘어났다고 해봤자 이제 겨우 보통 사람들 수준인걸. 몸을 해칠 정도까지 가려면 천 광년은 더 남았네."

프레데리카가 그 말에 막 대답하려 했을 때 귀에 거슬리는 경보가 울려 퍼졌다.

『적 접근 중! 적 접근 중! 적 접근 중!』

양은 부관에게 슬쩍 손을 흔들어 보였다.

"들었지, 중위? 살아남는다면 여생은 영양에도 신경을 쓰도록 하겠네."

동맹군의 병력은 이미 반감된 상태였다. 특히 용맹한 명 전술가였던 우란푸 제독의 죽음은 큰 타격이라고 할 수 있었다. 사기도 높지 않았다. 모든 준비를 갖추고 승리의 기세를 몰아 정공법으로 치고 들어오는 제국군에게 과연 얼마나 저항할 수 있을까.

로이엔탈, 미터마이어, 켐프, 비텐펠트 등 제국군의 용장들은 전함의 함수를 가지런히 정렬하고 밀집대형으로 돌진해 왔다. 그것은 자질구레한 전법을 무시한 채 힘으로 밀어붙이는 공격처럼 보였으나, 사실은 동맹군의 배후로 돌아가 협공을 준비하는 키르히아이스의 별동대가 있다는 것을 감추려는 속셈이었다. 또한 동맹군에게 여유를 주지 않을 만큼 맹공을 가하겠다는 의도도 있었다.

"좋아. 전 함, 최대 전투속도."

양은 명령했다.

제13함대는 움직이기 시작했다.

양군의 격돌이 시작되었다. 무수한 광선과 미사일이 오가며 폭발의 빛이 어둠을 불태웠다. 찢겨 나간 함체가 에너지 폭풍에 휩쓸려 기괴한 춤을 추며 날아올랐다. 그 한가운데를 제13함대는 방약무인하게 가로지르며 전방의 적을 향해 달려들었다.

그것은 양의 지령으로 피셔가 세심하게 산출한 감속과 가속의 스케줄에 따라 실행되었다. 제13함대는 항성 암릿처의 거대한 불꽃 뒤에서 용맹하게 뛰쳐나갔다. 그것은 원심력에 의해 태양에서 뜯겨 날아간 코로나를 방불케 했다.

생각지도 못한 방향에서 이 속공을 받은 제국군의 지휘관은 미터마이어였다. 그는 용감한 제독이었지만 의표를 찔리니 그대로 선수를 빼앗길 수밖에 없었다.

제13함대의 첫 공격은 미터마이어 함대에게 문자 그대로 통한의 일격이 되었다.

그것은 과밀할 정도로 집중된 화력이었다. 한 척의 전함, 그것도 함체의 한 곳에 6, 7개의 레이저 수폭 미사일이 명중했을 때 그 어떤 방어수단이 유효하단 말인가?

미터마이어의 기함은 수없는 불덩어리에 에워싸였다. 그리고 결국 좌현에 손상을 입는 바람에 후퇴할 수밖에 없었다. 후퇴하면서도 진형을 유연하게 바꾸어 피해를 최소한도로 유지하고 반격의 기회를 노리는 모

습에서는 비범한 전술가의 모습이 엿보였다.

양은 어느 정도 피해를 입힌 것으로 만족하고 깊이 추격하지는 않았다.

'그건 그렇다 쳐도, 로엔그람 백작에겐 왜 이리 인재가 많은 거람. 아군도 우란푸 제독이나 보로딘 제독이 살아있었더라면, 하다못해 엇비슷하게는 싸워볼 수 있었을 텐데……'

그 순간 비텐펠트의 함대가 함렬 가운데에서 고속으로 튀어나오더니 제13함대와 제8함대 사이의 공역으로 끼어들었다. 편의상 D4 공역이라 부르는 곳이었다. 대담하다고 해야 할지 무모하다고 해야 할지 알 수 없는 행동이었다.

"각하. 새로운 적이 2시 방향에 나타났습니다."

그 보고에 대한 양의 대답은 너무나도 **솔직담백**한 것이었다.

"흐음, 그거 큰일 났네."

하지만 양에게는 라인하르트와 공통된 장점이 있었다. 그는 금방 이성을 회복하고 명령을 내렸다.

장갑이 두꺼운 거함이 측면에 늘어서 적의 화력에 대한 벽을 구축했다. 그 틈새로, 장갑은 약하지만 기동력과 화력이 뛰어난 포함과 미사일함이 가차 없는 공격을 퍼부었다.

비텐펠트 함대의 곳곳에 잇달아 구멍이 뚫렸다. 하지만 함대의 속도는 떨어질 줄을 몰랐다. 반격도 격렬해서, 거함의 벽 일부가 무너져 양의 간담을 서늘케 했다.

그래도 제13함대에 중대한 피해는 없었으나, 제8함대가 입은 상처는 깊고도 컸다. 비텐펠트의 속도와 기세에 대응하지 못해 측면에서 함렬이 뜯겨 나가 물리적으로도 에너지적으로도 저항할 방법을 잃어가고 있었다.

전함 율리시스는 제국군의 포격에 피해를 입었다. 이 피해는 '경미하지만 심각한 것'이었다. 박살 난 것은 미생물을 이용한 배수처리 시스템이었다. 율리시스의 승무원들은 역류하는 오물에 발을 담근 채 전투를 치러야만 했다. 생환하면 평생 우려먹을 수 있는 농담의 소재가 되겠지만, 이대로 죽는다면 지극히 비참하고도 불명예스러운 일이다.

양은 자신의 눈앞에서 우군이 우주의 심연 속에 녹아들려 하는 광경을 보았다. 제8함대가 양떼라면 비텐펠트 함대는 늑대떼였다. 동맹군의 함정은 우왕좌왕 도망치다 날카롭고 모진 공격에 파괴되었다.

'제8함대를 구해야 할까.'

양도 망설일 때가 있다. 구하러 간다면 적의 공세를 보건대 난전이 벌어질 것이며, 체계가 잡힌 지휘는 불가능할 것이 뻔했다. 그것은 자살행위에 가까웠다. 결국 그는 포격을 밀집하도록 명령할 수밖에 없었다.

"진격! 진격! 승리의 여신께서 너희에게 속옷을 내비치신다!"

비텐펠트의 호령은 천박하다 해도 할 말이 없었지만 부하들의 사기를 높인 것은 분명했다. 측면에서 날아드는 포화도 개의치 않는 '슈바르츠 란첸라이터' 함대는 D4 공역을 완전히 제압하고 말았다. 동맹군은 분단된 것처럼 보였다.

"아무래도 이긴 모양이군."

라인하르트는 오베르슈타인을 돌아보며 아주 살짝 목소리에 희색을 띠었다.

'아무래도 진 모양이군.'

거의 동시에 그렇게 생각한 것은 양이었지만, 그 말을 입에 담을 수는 없었다.

예로부터 지휘관의 발언은 마치 개념을 구현하는 마력을 지닌 것처럼, 지휘관이 '졌다'고 말할 때는 반드시 패하는 법이다. 물론 그 반대의 경우는 극히 드물지만.

아무래도 이긴 모양이라고 생각한 것은 비텐펠트도 마찬가지였다. 이미 동맹군 제8함대는 와해되었으며, 협공당할 우려도 없었다.

"좋아, 얼마 안 남았다. 숨통을 끊어버려라!"

의기양양해진 비텐펠트는 상당한 전력을 유지하고 있는 동맹군 제13함대에 근접격투전으로 치명상을 주어야겠다고 생각했다.

"모함母艦 기능이 있는 모든 함은 발퀴레를 발진시켜라. 다른 함은 장거리포에서 단거리포로 전환. 접근해서 싸운다."

적극적인 의도. 그러나 양은 이를 이미 알아차리고 있었다.

양은 제국군의 화력이 일시적으로 약해진 이유가 공격법을 전환했기 때문이라는 사실을 한순간에 깨달았지만, 다른 지휘관이라도 시간은 걸렸을지언정 비텐펠트의 의도를 알아차릴 수는 있었으리라. 비텐펠트는 지나치게 서둘렀다. 양은 그 실수를 놓치지 않고 최대한 파고들기로 했다.

"적을 끌어들여라. 전 포문 연사 준비!"

몇 분 후, D4 공역의 제국군은 단숨에 패배에 직면하게 되었다.

이를 본 라인하르트는 자신도 모르게 소리를 질렀다.

"비텐펠트는 실수했어. 발퀴레를 너무 일찍 내보낸 거야. 이래서야 적의 포격에 머리를 들이민 꼴이 아닌가!"

오베르슈타인의 냉정함도 이따금 무너지는 일이 있는 모양이었다. 안 그래도 창백했던 얼굴이 혜성 꼬리에 비친 것 같은 색으로 변했다.

"자기 손으로 승리를 마무리하고 싶었던 모양이군요……."

그렇게 대꾸하는 목소리는 신음에 가까웠다.

비텐펠트 군을 밀착거리 사격의 범위로 끌어들인 동맹군은 파괴와 살육을 마음껏 누렸다. 레일 캐논이 뿜어내는 초경도강 포탄은 전함의 장갑을 관통했고, 작렬하는 핵융합 유산탄과 광자탄은 승무원과 함께 발퀴레를 미립자 구름으로 바꿔놓고 말았다.

유채색과 무채색 섬광이 이리저리 교차하며 매초마다 지옥문을 열고 병사들을 들여보냈다.

비텐펠트가 자랑하는 '슈바르츠 란첸라이터'의 검은색은 이제 마치 수의의 색처럼 느껴졌다.

통신장교가 라인하르트를 돌아보며 외쳤다.

"각하! 비텐펠트 제독으로부터 통신입니다! 속히 원군을 보내달라고 합니다!"

"원군?"

금발의 젊은 원수는 날카롭게 반응했다. 통신장교가 움찔했다.

"예, 각하. 원군입니다. 제독은 이대로 전황이 유지되면 패배할 것이라고 합니다."

라인하르트의 발밑에서 군화 뒤축이 요란한 소리를 냈다. 가동식 의자가 있었더라면 걷어차 쓰러뜨렸을지도 모른다.

"놈은 내가 함대를 펑펑 만들어내는 마법의 항아리라도 가지고 있는 줄 아나!"

라인하르트는 소리를 질렀지만, 이내 분노를 억제했다. 최고사령관은 항상 냉정해야만 한다.

"비텐펠트에게 전하라. 총사령부에 잉여 병력은 없다. 다른 전선으로 병력을 돌렸다간 전체 전선의 균형이 무너진다. 현재 병력으로 부서를 사수하고 무인의 책무를 다하라."

잠시 입을 다문 후, 다시 명령했다.

"이후 비텐펠트에게서 오는 통신은 모두 끊어라. 적에게 방수된다면 아군의 궁지를 알리는 꼴이 된다."

다시 스크린에 푸른 얼음빛 눈을 돌리는 라인하르트를 오베르슈타인의 시선이 따라갔다.

냉엄하지만 올바른 조치라고 반백의 참모장은 생각했다. 다만.

'누구에게나 공평하게 이러한 조치를 내릴 수 있을까? 패왕에게 성역이 있어서는 안 되는 법인데……'

라인하르트는 스크린을 보며 중얼거렸다.

"잘 하고 있군, 저자들도."

총사령부가 먼 후방에 있어 지휘 체계가 원활하게 기능하지 못하는데도, 동맹군은 선전했다. 특히 제13함대의 활약은 괄목할 만했다. 사령관은 바로 그 양 웬리라고 한다. 명장 밑에 약졸 없다는 말은 명언이다.

'내가 앞으로 나아갈 길은 저 사내가 가로막고 있단 말인가.'

라인하르트는 문득 오베르슈타인을 돌아보았다.

"키르히아이스는 아직도 오지 않았나?"

"예."

간단하게 대답한 참모장은, 의식했는지 아닌지는 모르겠지만 살짝 비꼬듯 질문했다.

"걱정되십니까, 각하?"

"누가 걱정을 했다고 그러나. 확인했을 뿐이다."

딱 잘라 대답한 라인하르트는 입을 다문 채 다시 스크린을 노려보았다.

그 무렵, 전군의 30퍼센트라는 대병력을 지휘하던 키르히아이스는 항성 암릿처를 크게 우회해 동맹군의 배후로 돌아들어가고 있었다.

"예정보다 조금 늦어졌다. 서둘러라."

동맹군의 감시를 피하기 위해 키르히아이스는 항성 암릿처의 표면 부근을 항행했으나, 예측했던 것보다도 강한 자력과 중력 탓에 항법 시스템이 영향을 받아 항법사들은 원시적인 필산筆算으로 항로를 산정해야만 했다. 그런 이유로 그의 함대는 속도가 떨어졌으나, 겨우 목적했던 공역에 도달했다.

동맹군의 배후. 그곳에는 광대하고도 두터운 기뢰밭이 있었다.

설령 제국군이 배후로 돌아온다 해도 4000만 개의 핵융합기뢰가 진행을 가로막을 것이라고 동맹군 수뇌부는 그렇게 믿어 의심치 않았다. 양 웬리도 완전히 안심했던 것은 아니었지만, 적이 기뢰밭에 대응할 유효한 수단을 보유했더라도 단시간 내에 돌파하기는 어려울 테니, 그들이 전장에 도착할 때까지 응전태세를 갖출 수 있지 않을까 생각했던 것이다.

하지만 제국군의 전법은 양의 예측마저도 뛰어넘었다.

"지향성 제플 입자를 방출하라."

키르히아이스의 명령이 전달되었다.

제국군은 동맹군보다 한발 앞서 지향성이 있는 제플 입자의 개발에 성공한 것이다. 이를 실전에 사용한 것은 이번이 처음이었다.

원통형의 방출장치 세 대가 공작함에 이끌려 기뢰밭으로 다가갔다.

"서두르지 않으면 해치울 적이 모두 사라질지도 모르겠군요."

참모 진처 대령이 큰 소리로 말하는 바람에 키르히아이스는 슬쩍 쓴웃음을 지었다.

농밀한 입자가 성간물질의 구름처럼 기뢰밭을 누비며 퍼져갔다. 기뢰에 갖추어진 열량 및 질량 감지 시스템도 반응하지 않았다.

선두함에서 보고가 도착했다.

"제플 입자, 기뢰밭 맞은편까지 도달했습니다."

"좋아. 점화!"

키르히아이스가 외치자 선두함의 광선포 3문이 신중하게 각각 다른 방향을 겨누고 광선을 사출했다.

다음 순간, 세 줄기의 거대한 불기둥이 기뢰밭을 갈랐다. 백열하는 빛은 사라지면서 기뢰밭의 세 곳을 크게 도려냈고, 그 위치에 있던 기뢰는 소멸했다.

기뢰밭 한가운데에 직경 200킬로미터, 길이 30만킬로미터의 터널형 안전통로가 세 곳, 순식간에 만들어졌다.

"전 함대 돌격! 최대 전투속도로!"

붉은 머리의 젊은 제독이 내린 명령이 제국군을 고무했다. 3만 척을 헤아리는 그의 함대는 세 곳의 터널을 유성우처럼 뚫고 나가 동맹군의 무방비한 등 뒤로 육박했다.

"배후에 적의 대군!"

수를 가늠할 수 없을 정도로 무수한 발광체를 감지하고 동맹군의 오퍼레이터들이 절규할 때, 키르히아이스 군의 선두부대는 포격으로 동맹군의 함렬에 잇달아 구멍을 뚫기 시작했다.

동맹군의 지휘관들은 경악해 우왕좌왕했다. 그것은 몇 배로 증폭되어 병사들에게 전해졌고, 그 순간 동맹군의 전선은 붕괴했다.

함렬이 무너지고, 무질서하게 흩어지기 시작한 동맹군에게 제국군은 포화를 퍼부어 가차 없이 두들기고 꿰뚫어나갔다.

승패는 결정적이었다.

아군이 완전히 무너져가는 광경을 양은 묵묵히 바라보고 있었다. 인간이 모든 상황을 상정할 수는 없다는 사실을 새삼 뼈저리게 깨달았다.

"어떻게 할까요, 사령관 각하."

마른침을 삼키는 큰 소리를 내며 파트리체프가 물었다.

"글쎄. 도망치기는 아직 이르겠지?"

어쩐지 강 건너 불구경이라도 하는 듯한 대답이었다.

반면 제국군 총기함 브륀힐트의 함교는 승리로 들끓고 있었다.

"10만 척의 추격전이라니, 나도 처음 보는군."

라인하르트의 목소리는 젊은이답게 들떠 있었다. 반백의 참모장은 무미건조하게 반응했다.

"기함을 전진시킬까요, 각하?"

"아니, 관두지. 이 단계에서 내가 끼어들면 부하들의 무훈을 가로채려는 거냐는 소리를 들을 테니까."

물론 그것은 농담이었지만 라인하르트의 심리적 여유를 드러내는 말이기도 했다.

전투 자체는 종막으로 치닫고 있었으나, 살육과 파괴의 격렬함은 쇠할 줄을 몰랐다. 열광 어린 공격과 절망에 빠진 반격이 수도 없이 되풀이되어, 국지적으로는 제국군이 열세에 빠진 공역마저 있었다.

이 상황에서 전술적 승리에 얼마나 의미가 있을지는 모르겠지만, 승리를 눈앞에 둔 자는 이를 더욱 확실하게 하고자 노력하고, 패배에 직면한 자는 불명예를 회복하기 위해 한 사람이라도 많은 병사를 길동무로 삼으려는 것 같았다.

하지만 이와 같은 열렬한 투쟁 이상으로 승자인 제국군에게 유혈을 안겨준 것은 양 웬리가 조직한 질서정연한 저항이었으며, 그는 아군을 안전권으로 피신시키기 위해 아직도 전장에 남아있었다.

국지적으로 화력을 집중해 제국군의 화력을 분단하고 지휘체계를 혼란시켜 각개 타격을 입히는 것이 그의 전법이었다.

양은 자멸이나 자폭을 비장한 죽음이라 칭송하며 자아도취에 빠지는 자들과는 거리가 멀었다. 그는 패주하는 아군을 원호하면서 제13함대의 퇴로까지 확보해 철수할 찬스를 노리고 있었다.

메인 스크린과 전술 컴퓨터의 패널을 교대로 노려보던 오베르슈타인 참모가 라인하르트에게 경고했다.

"키르히아이스 제독이든 누구든 좋으니 비텐펠트 제독을 원호하도록 해야 합니다. 적의 지휘관은 포위의 가장 약한 부분을 노려 단숨에 돌파할 생각입니다. 조금 전에는 사정이 그렇지 못했지만, 지금은 아군의 병력에 여유가 있으니 원군을 보내셔야 합니다."

라인하르트는 황금색 머리카락을 쓸어 올리며 시선을 재빠르게 옮겼

다. 스크린으로, 몇몇 패널로, 그리고 참모장의 얼굴로.

"그렇게 하지. 하지만 비텐펠트 이 작자 하나의 실수가 대체 전군에 얼마나 큰 영향을 미쳤는지!"

라인하르트의 명령이 초광속통신을 타고 허공을 날아갔다. 이를 수신한 키르히아이스는 진영을 확장해 비텐펠트 함대의 후방으로 방어선을 한 겹 더 치려 했다.

철수할 기회를 재고 있던 양은 제국군의 이러한 움직임을 알아차리고, 그 순간 피가 멈추는 기분을 맛보았다.

'퇴로를 차단당했다! 너무 늦었나? 좀 더 일찍감치 탈출했어야 했나……?'

하지만 이때 행운이 양의 편을 들었다.

키르히아이스 함대의 갑작스러운 행동을 보고 그 진행방향에 있던 동맹군의 전함이 혼란에 빠지는 바람에, 거대한 질량체가 근처에 있는데도 워프를 한 것이다.

딱히 드문 일은 아니었다. 도주할 수 없다는 것을 깨달은 우주선이 확실한 죽음보다는 미지의 공포를 택해 진로도 산정하지 못한 채 아공간으로 도망치는 것이다. 도주가 불가능하다면 항복하는 방법도 있으며, 그러한 의사를 보이기 위한 신호 규정도 존재한다. 하지만 흥분해 이성을 잃은 사람은 그런 것을 기억해내지 못한다. 아공간으로 도망친 사람이 어떠한 운명을 맞는지, 그것은 사후세계에 대한 정설이 없는 것과 마찬가지로 아무도 모른다.

그래도 그들은 자신의 운명을 자신의 손으로 선택한 셈이지만, 그렇지 않은 자에게는 난데없는 재앙일 뿐이다. 전방의 적함이 사라지고, 그와 함께 무시무시한 시공진동이 발생한 것을 알아차린 제국군 각 함의 오퍼레이터들은 폐활량이 허락하는 한 위험을 알렸다. 그 목소리에 회피를 명령하는 노호가 겹쳐졌다. 전방에 전개한 함대들이 무질서한 파동에 휩쓸리면서 혼란 속에 몇 척이 충돌하고 파손되었다.

이 때문에 키르히아이스는 함대를 재편하느라 시간을 빼앗겼고, 이 귀중한 시간은 고스란히 양에게 돌아갔다.

비텐펠트는 명예회복에 열중해 소수의 부하를 이끌고 용감히 싸우고 있었다. 그러나 이는 눈앞에 나타난 적에게 그때그때 임기응변으로 대응하는 것일 뿐 전황 전체를 보는 움직임은 아니었다.

그가 키르히아이스의 움직임에 주의를 기울였더라면 사령탑과 통신이 끊어졌다 해도 양의 의도를 깨닫고 퇴로를 효과적으로 차단할 수 있었을지도 모른다.

하지만 아군과의 유기적 연대를 잃은 이상 비텐펠트 함대는 그저 소수부대일 뿐이었다.

그리고 소수부대로 전락해버린 비텐펠트 함대에 양은 모든 잔존병력을 기울여 공격을 가했다.

비텐펠트에게는 조금 전의 실수를 만회해야겠다는 전의가 있었으며 그만한 능력도 있었으나, 이를 살려주기 위한 병력이 결정적으로 부족했다. 그리고 그것은 전황에 대처할 시간 여유가 부족하다는 뜻이기도 했다.

눈 깜짝할 사이에 비텐펠트 함대는 기함까지 포함해도 두 손으로 셀 수 있을 정도까지 격침당하고 말았다. 그럼에도 반격을 부르짖는 지휘관을 오이겐 대령 이하 참모들이 필사적으로 만류하지 않았더라면 그들은 문자 그대로 전멸했을 것이다.

이렇게 확보한 퇴로를 통해 양이 이끄는 동맹군 제13함대는 잇달아 전장을 이탈했다. 질서를 유지하고 흘러가는 광점의 무리를 비텐펠트는 코앞에서 멍하니, 라인하르트는 멀리서 분노와 실망으로 몸을 떨며 지켜볼 수밖에 없었다.

비텐펠트와 라인하르트 사이에는 미터마이어, 로이엔탈, 그리고 퇴로 차단을 단념해야만 했던 키르히아이스가 있었다. 젊고 유능한 세 제독들은 통신회선을 열고 대화를 나누었다.

『대단한 놈이 있군, 반란군에도.』

솔직한 어조로 미터마이어가 칭찬을 하자 로이엔탈이 동의했다.

『그래. 다음에 만날 때가 기대되는걸.』

로이엔탈은 검은색에 가까운 암갈색 머리를 가진 대단한 미남자지만, 처음 그를 본 사람들이 놀라는 것은 무엇보다도 좌우의 눈동자 색이 다르기 때문이다. 오른쪽 눈이 검은색, 왼쪽 눈이 푸른색인, '금은요동金銀妖瞳'이라 불리는 일종의 이상이다.

추격하자는 말은 아무도 하지 않았다.

그럴 기회를 놓쳤다는 것을 그들은 이미 알고 있었다. 또한 함부로 적을 추격하는 것이 얼마나 어리석은 행위인지도 잘 안다. 투쟁본능만으로는 자기 자신이 살아남을 수도, 부하를 살릴 수도 없다.

『반란군은 제국령에서 쫓겨나 이제르론으로 도망칠 걸세. 이만큼 이겼으면 충분하겠지. 당분간은 재침공할 마음도 먹지 않을 테고, 또한 그럴 힘도 없을 테니까.』

로이엔탈의 목소리에 이번엔 미터마이어가 고개를 끄덕였다.

키르히아이스는 사라져가는 광점을 눈으로 좇고 있었다.

'라인하르트 님은 어떻게 생각하고 계실까.'

아스타테 회전에 이어 마지막 단계에서 또다시 완승의 자부심에 상처를 입고 만 것이다. 지난번만큼 관대한 기분은 느끼지 못할지도 모른다.

"총사령부로부터 통신! 남은 적을 소탕하며 귀환하라 합니다!"

통신장교가 알렸다.

II

"경들의 노고가 컸소."

총기함 브륀힐트 함교에서, 라인하르트는 귀환한 제독들을 치하했다.

로이엔탈, 미터마이어, 켐프, 메크링거, 바렌, 루츠의 손을 하나하나 잡아주며 무훈을 칭송하고, 승진을 약속했다. 키르히아이스에게는 왼쪽 어깨를 가볍게 두드려주었을 뿐 아무 말도 하지 않았으나, 두 사람은 그것만으로도 충분했다.

젊은 제국원수의 수려한 얼굴에 씁쓸한 그림자가 드리워진 것은 오베르슈타인이 비텐펠트가 귀함했다고 알렸을 때였다.

프리츠 요제프 비텐펠트의 함대는 —— 아직도 함대라고 부를 수 있다면 —— 초라하게 돌아온 참이었다. 이 전투에서 제국군 중 비텐펠트만큼 부하와 함정을 많이 잃은 자는 없었다. 동료인 로이엔탈이나 미터마이어도 하나같이 격전을 치렀으니, 피해의 규모를 남의 탓으로 돌릴 수도 없는 노릇이었다.

전승의 환희가 민망한 침묵에 자리를 양보하고 물러났다. 창백한 얼굴의 비텐펠트는 각오를 다진 듯, 장교들 앞으로 걸어 나와 깊이 고개를 숙였다.

"전투에는 이겼으니 경도 건투했다고 말하고 싶지만, 그럴 수도 없다."

라인하르트의 목소리는 채찍질 소리를 연상케 했다. 적의 대함대와 직면해도 눈썹 하나 깜짝하지 않았던 용장들이 자신도 모르게 어깨를 움츠렸다.

"알고 있겠지만, 경은 공을 세우려다 조바심을 낸 나머지 나아가서는 안 될 시기에 달려들고 말았다. 자칫하면 모든 전선의 균형이 와해되어, 별동대가 도착하기도 전에 아군은 패배할 수도 있었다. 아울러 황제 폐하의 군대를 헛되이 낭비했다. 내 말에 이의가 있나?"

"없습니다."

대답하는 목소리는 낮고 기운이 없었다. 라인하르트는 잠시 입을 다문 후 말을 이었다.

"무문武門은 신상필벌에 의해 성립하는 법. 수도 오딘으로 귀환하는 즉시 경의 책임을 묻겠다. 경의 함대는 키르히아이스 제독의 지휘 하에 들어갈 것이다. 돌아가 별도의 명령이 있을 때까지 근신하라!"

누구나 가혹하다고 느꼈을 것이다. 소리 없는 술렁임이 가스 성운처럼 피어올랐다.

"해산!"

그 한 마디로 라인하르트는 술렁임을 끊어버리고 총사령관실을 향해 큰 걸음으로 걸어갔다.

불운한 비텐펠트의 주위에 동료들이 모여들어 위로의 말을 건넸다. 이를 흘끔 보며 키르히아이스가 라인하르트의 뒤를 따라갔다.

오베르슈타인이 그의 뒷모습을 가만히 지켜보고 있었다.

참모장은 마음속으로 중얼거렸다.

'유능한 자지만…… 로엔그람 백작과 친하다는 것을 특권처럼 생각하면 곤란하지. 패왕은 사사로운 정과는 무관해야 하는 법.'

총사령관의 개인실로 통하는 인적 없는 복도에서 키르히아이스는 라인하르트를 따라가 말을 건넸다.

"각하, 재고해 주십시오."

라인하르트는 휙 돌아섰다. 그 동작에도 격한 감정이 느껴졌다. 푸른 얼음빛 눈동자 한가운데에서 불꽃이 피어나고 있다. 다른 사람들 앞에서는 억제했던 분노가 단숨에 터져 나온 것 같았다.

"왜 말리는 거지? 비텐펠트는 자기 책무를 다하지 못했어. 변명의 여지가 없잖나. 벌을 받아 마땅하지 않으냐고!"

"각하, 화를 내시는 겁니까?"

"화내는 게 뭐가 잘못이야!"

"제가 여쭙고 싶은 것은 무엇에 대해 화를 내시는가 하는 겁니다."

그 말을 이해하지 못한 라인하르트는 붉은 머리 벗을 가만히 바라보았다. 키르히아이스는 침착하게 그의 시선을 받아들였다.

"각하."

"각하는 집어치워. 무슨 말을 하려는 거야, 키르히아이스. 제대로 이야기해봐."

"그럼, 라인하르트 님. 라인하르트 님이 화를 내시는 것은 비텐펠트 제독이 실수를 했기 때문입니까?"

"당연하지."

"저는 그렇게 생각하지 않습니다. 라인하르트 님의 분노는 사실 자신에 대한 것 아닙니까? 양 제독에게 공을 던져준 자신에게. 비텐펠트는 단지 거기에 **말려들었을** 뿐입니다."

라인하르트는 무언가 말을 하려다 입을 꾹 다물었다. 주먹을 쥔 두 손이 파르르 떨리고 있었다. 키르히아이스는 가볍게 한숨을 쉬고, 갑자기 친근함이 어린 눈으로 금발 젊은이를 바라보았다.

"양 제독에게 공을 준 것이 그렇게 분하신가요?"

"분하고말고! 당연한 거 아냐?!"

라인하르트는 소리를 지르며 주먹으로 손바닥을 힘껏 쳤다.

"아스타테 때는 참을 수 있었어. 하지만 두 번은 용서 못 해! 왜 놈은 언제나 내가 완승을 거두기 직전에만 나타나서 방해를 하는 거지?!"

"그에게는 그의 불만이 있을 겁니다. 왜 자신은 처음부터 로엔그람 백작과 맞붙을 수 없는가 하고."

"……"

"라인하르트 님. 길이 평탄하지 않다는 것을 명심하셔야 합니다. 지존의 자리에 오르기 위해 난관이 있는 것은 당연하지 않습니까? 패도의 장애물은 양 제독만이 아닙니다. 그것을 혼자서 배제할 수 있다고 생각하십니까?"

"……"

"한 번의 실패 때문에 그동안의 많은 공을 무시하신다면 마음을 얻을 수 없습니다. 라인하르트 님은 이미 전면에 양 제독, 등 뒤에 문벌귀족이라는 두 강적을 두고 계십니다. 부하들 중에도 적을 만들어서는 안 됩니다."

라인하르트는 한동안 꼼짝도 하지 않았으나, 큰 한숨과 함께 온몸에서 힘을 뺐다.

"알았어. 내가 잘못했어. 비텐펠트의 죄는 묻지 않도록 하지."

키르히아이스는 고개를 숙였다. 비텐펠트 한 사람 때문에 안도한 것은 아니었다. 라인하르트가 직언을 받아들일 도량을 지녔다는 것을 확인해 기뻤던 것이다.

"네가 그렇게 전해주겠어?"

"아니요. 그래선 안 됩니다."

키르히아이스가 일언지하에 거절하자 라인하르트는 그의 뜻을 이해하고 고개를 끄덕였다.

"그렇군. 내가 직접 말해야만 의미가 있으니까."

라인하르트가 관용을 베풀었다는 것을 키르히아이스가 전할 경우, 라인하르트에게 질책을 당한 비텐펠트는 라인하르트를 원망하는 한편 키르히아이스에게 감사하게 될 것이다. 사람의 심리란 그런 것이다. 그래서는 라인하르트에게 관용을 청한 의미가 없다. 그래서 키르히아이스는 라인하르트의 말을 거절한 것이었다.

라인하르트는 발을 돌리려 했으나, 몸을 멈추더니 다시 심복부하이자 절친한 벗을 돌아보았다.

"키르히아이스."

"예, 라인하르트 님."

"……내가 우주를 손에 넣을 수 있을 거라 생각해?"

지크프리트 키르히아이스는 벗의 푸른 얼음빛 눈동자를 똑바로 바라보았다.

"라인하르트 님 외에 그 누가 해낼 수 있겠습니까?"

자유행성동맹군의 패잔병들은 초라하게 대열을 지어 이제르론 요새로 가는 귀환길에 올랐다.

전사 및 행방불명자는 어림잡아 2000만. 컴퓨터가 산출한 이 숫자는 생존자들의 마음에 싸늘한 바늘을 꽂았다.

사투의 한가운데에 있었으면서도 제13함대만은 과반수의 생존자를 유지했다.

"마술사 양은 이번에도 기적을 일으켰다!"

흑발의 젊은 제독을 바라보는 부하들의 눈에는 이제 신앙과도 같은 빛이 어려 있었다.

그 절대적 신뢰의 대상은 기함 히페리온 함교에 있었다. 버릇없게도 지휘 콘솔에 두 다리를 쭉 뻗은 채, 배 위에는 깍지 낀 두 손을 얹고 눈을 감고 있다. 젊은 피부 밑에 피로의 그늘이 짙게 드리워져 있었다.

"각하……."

슬쩍 눈을 떠 보니 부관 프레데리카 그린힐 중위가 주저주저하며 서 있었다.

양은 검은 군용 베레모에 한 손을 걸쳤다.

"숙녀 앞이지만 실례하겠네."

"얼마든지요. 그보다 커피를 가져올까 하는데, 생각 있으신가요?"

"홍차가 좋겠는걸."

"예."

"가능하다면 브랜디도 듬뿍 넣어서."

"예."

프레데리카가 걸어가려 할 때, 갑자기 양은 그녀를 불러 세웠다.

"중위…… 나는 이래 봬도 역사를 좀 공부했네. 그래서 알지만, 인간 사회에 흐르는 사상의 경향은 크게 두 가지로 나눌 수 있지. 생명 이상의 가치가 존재한다는 생각과, 생명보다 귀한 것은 없다는 생각이야. 인간은 전쟁을 시작할 때는 전자를 구실로 삼고, 전쟁을 끝낼 때는 후자를 이유로 들어. 그걸 수백 년, 수천 년 동안이나 계속했단 말이지……."

"……."

"앞으로 몇천 년이나 그런 짓을 계속할까?"

"……각하."

"아니, 인류 전체까지는 바라지도 않아. 난 과연, 흘린 피의 양에 합당한 무언가를 해낼 수 있을까."

프레데리카는 대답하지 못하고 그저 서 있었다. 양은 문득 그 사실을 깨달았는지 살짝 당혹스러운 표정을 지었다.

"미안, 이상한 소리를 했군. 마음에 두지 말게."

"……아니요, 괜찮습니다. 홍차를 끓여오도록 하겠습니다. 브랜디를 조금 넣어서."

"듬뿍."

"예, 듬뿍."

브랜디를 허락해 준 것은 일종의 포상일까 생각했지만, 양은 프레데리카의 뒷모습을 끝까지 지켜보지 않았다. 그는 다시 눈을 감고, 중얼거렸다.

"……로엔그람 백작은 혹시 제2의 루돌프가 되고 싶은 걸까……."

물론 아무도 대답하지 않았다.

프레데리카가 홍차를 쟁반에 받쳐 들고 돌아왔을 때, 양 웬리는 그 자세 그대로 베레모를 얼굴 위에 얹은 채 자고 있었다.

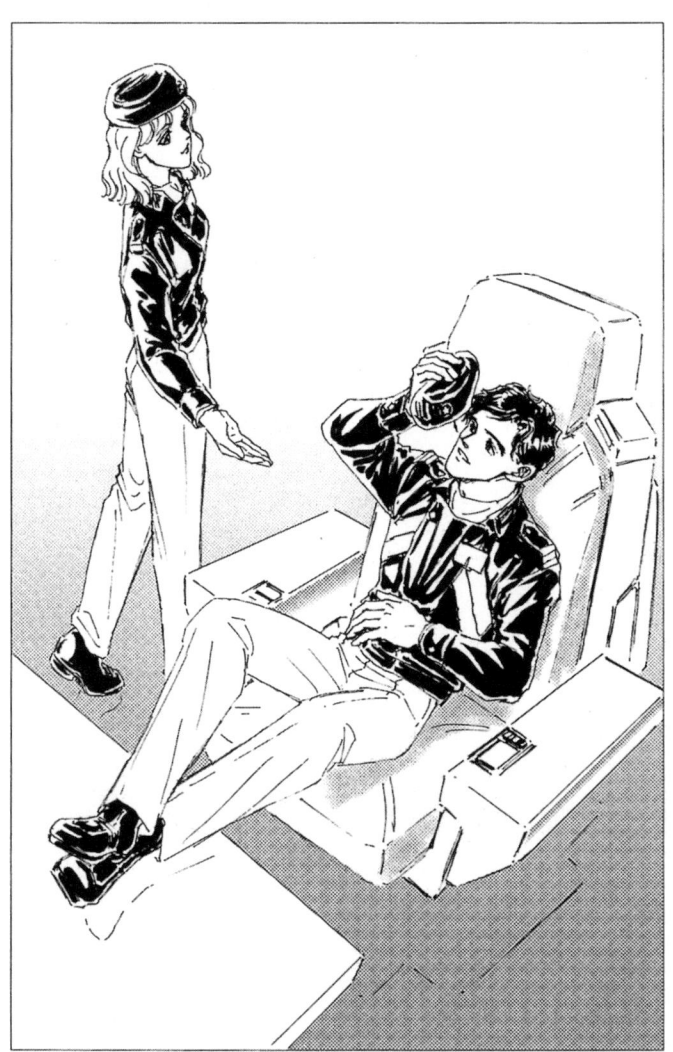

©Harajun, fixro2n 2023 / KADOKAWA CORPORATION

황금의 경험치 1~2권

하라쥰 지음 | fixro2n 일러스트 | 김장준 옮김

주인공 레아가 정신력 능력치를 올리고 얻은
히든 스킬 『사역』.
그것은 권속이 된 캐릭터가 획득한 경험치를
자신에게 집약하는 어처구니없는 스킬이었다.
레이드 보스급 몬스터마저 다채로운 정신 마법으로 굴복시키며
줄줄이 권속을 늘려나간 레아는 끝없이 불어나는 경험치로
자신과 부하를 강화!
자신만의 최강 군단을 만든 끝에
결국 이 세계에서 『특정 재해 생물』로 판정받는데……?

모처럼 마왕이 됐으니까 멸망시켜 볼까, 인류를!

© Kumo Kagyu,so-bin 2022
© 2022 Drecom Co.,Ltd.
Wizardry™ is a trademark of Drecom Co.,Ltd.

블레이드&바스타드 1~4권

카규 쿠모 지음 | so-bin 일러스트 | 김성래 옮김

아무도 공략한 적 없는 《미궁》 깊은 곳에서 발견된
〔던전〕

존재하지 않아야 하는 모험가의 시체—.

소생했지만 기억을 잃어버린 남자 이알마스는 단독으로 《미궁》에 진입해서
〔솔로〕

모험가의 시체를 회수하는 나날을 보내고 있었다.

《소생》이 성공하든 실패해서 재가 되든 개의치 않고
〔카도르토〕

대가를 요구하는 모습을 멸시하면서도 실력은 인정해주는 모험가들.

이처럼 재투성이로 살아가는 이알마스의 일상은

괴멸된 모험가 파티의 유일한 생존자,

「잔반」이라고 불리는 소녀 검사와의 만남을 계기로 변화를 맞이한다!
〔가비지〕

카규 쿠모와 so-bin이 선보이는 다크 판타지, 등장!!

라이트노벨의 새로운 빛! L북스의 신간은 매월 20일에 발매됩니다. http://cafe.naver.com/lnovel11

©TETSUYA SANO 2017 ILLUSTRATION:loundraw(FLAT STUDIO)
KADOKAWA CORPORATION

이 세상에 i를 담아서

사노 테츠야 지음 | loundraw 일러스트 | 박정원 옮김

「현실에 기대를 하니까 안 되는 거야.」

삶에 어려움을 느끼며 지루한 학교생활을 보내던 나에게
어느 날 날아온 한 통의 메일.
그러나 그것은 도착할 리 없는 메일이었다.
뒤틀려버린 나의 유일한 이성 친구이자 천재 소설가, 요시노 시온.
반년 전에 죽은 그녀가 보내는 이 비현실적인 메일로
나는 잃어버린 시간을 되찾아간다.

하지만
그녀가 남긴 마지막 말에 다다랐을 때,
그곳에서는 충격적인 결말이 기다리고 있었는데…….

소설을 사랑하는 모든 이들에게 전하는 최고의 감동!

라이트노벨의 새로운 빛! L노벨의 신간은 매월 10일에 발매됩니다. http://cafe.naver.com/lnovel11

© TETSUYA SANO ILLUSTRATION : loundraw(THINKR/POPCONE)
KADOKAWA CORPORATION ASCII MEDIA WORKS

너는 달밤에 빛나고

사노 테츠야 지음 | loundraw 일러스트 | 박정원 옮김

"이제 곧 마지막 순간이 다가옵니다. 이것이 정말 마지막 부탁입니다······."

소중한 사람이 죽은 뒤로 모든 것을 포기한 채 살아가던 나는
고등학교에서 '발광병(發光病)'으로 입원 중인 소녀를 만나게 된다.
소녀의 이름은 와타라세 마미즈.
그녀가 걸린 '발광병'은 달빛을 받으면 몸이 희미하게 빛나고,
죽음이 가까워질수록 그 빛이 강해진다고 한다.
나는 시한부 인생인 마미즈에게 죽기 전에 하고 싶은 일을 듣고 제안한다.
"그거, 내가 도와줘도 될까?"
"정말?"
그 약속을 계기로 멈추었던 나의 시간이 다시 움직이기 시작한다.

**지금 이 순간을 살아가는 모든 이들에게 전하고픈 최고의 러브 스토리
제23회 전격소설대상 대상 수상작!**

라이트노벨의 새로운 빛! L노벨의 신간은 매월 10일에 발매됩니다. http://cafe.naver.com/lnovel11

ⓒ Mayo Hoshino, Sota Ishiki, Shinano, Kanami Minakami 2020
FutabashaPublishers Ltd.

YOASOBI 소설집 밤을 달리다
호시노 마요, 이시키 소우타, 시나노, 미나카미 카나미 지음 | 김진아 옮김

「소설을 음악으로 만들어내는 유닛」
YOASOBI의 음악
「밤을 달리다」
「그 꿈을 덧그리며」
「아마도」
「앙코르」의 모티브가 된 원작 소설집!

상당히 어려운 표현인데요. (웃음) 몇 번이나 정권을 빼앗을 기회가 있었던 양이 스스로 결정한 행동규범을 벗어나지 않은 이유도 그것 때문인가요?

다나카___ 머리로 생각하는 것과 기질이 맞물리는가 하는 건 상당히 어려운 문제니까요. 좀 잔인하게 말하자면, 양에게는 그럴 각오가 없었던 거죠. 자신이 생각하는 군인의 기준에서 일탈할 각오랄까. 그래서 양은 제국 쪽에 태어나 라인하르트 밑에서 자신을 지켰더라면 행복했을지도 모르지요. 뭐, 제국군에서 양이 출세할 수 있었을지는 둘째치더라도.

성실한 사람이 많으니까요, 제국에는.

다나카___ 군인이 되고 싶지 않았으니 아예 군인의 틀에서 벗어나도 되지 않을까, 쉰코프 같은 캐릭터들은 실제로도 그렇게 생각했죠. 하지만 양은 그러질 못한 거예요.

그게 조금 전에 말씀하신 '각오가 없었다' 는 이야기군요.

다나카___ 작자인 저도 굳이 말하자면 "아예 확 질러버려!"라고 생각하는 쪽이거든요. "너 지금 뭐 하는 거냐?" 싶으면서도 "하지만 이놈은 이런 놈이니까." 하고 납득하죠. 그래서 스스로 만든 캐릭터라고 해도, 그런 부분에선 이미 작가 마음대로 안 굴러가 주는 거예요.

To be continued

그래도 동맹 쪽 캐릭터들에게선 인간미가 많이 느껴지는걸요.

다나카___ 예. 이건 당시 반쯤 농담으로 했던 말입니다만, 낮에는 동맹 이야기를 쓰고 밤에는 제국 이야기를 썼습니다.

아하. 커피와 홍차를 마시면서 동맹 이야기를 쓰고, 와인을 기울이면서 제국 이야기를 쓰는 건가요?

다나카___ 그랬더라면 멋있었겠지만, 실제로는 고타쓰에 들어앉아 할머니가 만들어준 누비솜 한텐을 걸치고 썼습니다. (웃음) 다만 제국 쪽 이야기는 정말 철저하게 고지식한 모습으로, 대화 같은 것도 거의 무대극을 쓰는 듯한 느낌으로 설정했습니다. 반면 동맹 쪽은 TV 드라마가 되는 거죠. 가끔 코믹한 연애 요소가 들어가는 식으로. (웃음)

라인하르트와 양에 대한 이야기로 돌아가보죠.
두 캐릭터를 간단히 설명해 주실 수 있을까요?

다나카___ 라인하르트란 어떤 의미로는 단순한 캐릭터입니다. 전술적 세련도는 차치하고서라도, 가치관은 매우 단순해요. 목표를 내걸고 그곳을 향해 전력질주하면서, 부딪치는 건 모조리 튕겨내버린다는, 뭐, 비텐펠트와 비슷하죠. (웃음)

그렇군요. (웃음) 그럼 양은 어떨까요?

다나카___ 음, 건설적으로 삐딱해지면 양이 됩니다.

제국군과 동맹군 시점을 나눠 쓸 때는 어떤 느낌으로 쓰셨나요?

다나카__ 우선 한쪽 팀은 철저하게 멋있게 해주자 생각했습니다. 그림으로 그린 듯한 캐릭터들로. 그래서 나머지 한쪽은 그림이 안 돼도 좋다고 생각했던 것도 사실이지만요. (웃음)

하기야 키르히아이스는 멋있으니까요. 미터마이어나 로이엔탈도.

다나카__ 그거죠. 비텐펠트도 비텐펠트대로 멋있다고 생각하는 분들이 계실 거예요. 아까 동맹 쪽은 그림은 안 된다고 말씀드렸지만, 되냐 안 되냐를 떠나서 양의 주변 인물배치는 고민을 많이 했습니다. 뷰코크 제독을 등장시킨 건 지금 생각해 보면 나폴레옹 전쟁 때 블뤼허와 그나이제나우 콤비 같은 느낌을 생각했던 걸지도 모르겠군요. 처음엔 총지휘는 뷰코크가 잡고, 양은 참모 같은 형태였던 건지……

그랬군요. (웃음)

다나카__ 그래서 동맹 측을 보면 제가 생각한 것 이상으로 '양 함대'라는 존재가 튀어 보이죠. 물론 그 안에서 나름 멋진 역할을 짊어진 사람도 있지만요.

여성에게 인기 있는 남자는 제국에도 동맹에도 있군요.

다나카__ 『은하영웅전설』이란 다양한 타입의 플레이보이가 나오는 소설이라는 말을 들은 적이 있습니다. (웃음) 그건 사실일지도 모르지만요. 로이엔탈과 포플랭과 쉔코프는 각각 느낌이 다르니까요.

절대로 여성에게 인기를 끌지 못한다." 그렇게 단언하길래, "그렇구나. 인기가 없구나. 그럼 내가 해주마." (웃음)

그렇군요. (쓴웃음) 그럼 양이라는 이름은 어디서 나왔나요?

다나카__ 음, 그 부분은 정말 창작 과정에서, 본인도 생각 못한 화학반응 같은 게 있었달까……. 한쪽이 독일계 이름으로 통일돼 있으면 다른 한쪽은 역시 다른 민족, 다른 인종, 복합문화계 이름이 되어야겠지, 하고. 그럼 이건 철저하게 독일어 같지 않은 쪽이 좋겠다. 그럼 아예 동양계도 괜찮지 않을까 생각한 거예요. 어차피 혼혈이 많이 이루어진 시대일 테고요. 그래서 양이 어떻게 이런 이름이 되었는가에 대해서는 '자연스럽게 나왔다'고밖에 대답드릴 수가 없겠네요.

어디서 따왔다거나, 누가 모델이라든가 하는 건 아니군요.

다나카__ 네네, 그렇죠. 율리안 같은 경우는, 얘는 처음부터 동유럽계 이름으로 하자는 생각이 있었어요. 아무튼 일본인이 듣기에 익숙하진 않지만 발음은 좋은 걸로. 그래서 옛날 국제연감에서 주워왔습니다.

그럼 자연스럽게 생긴 것과 의도하고 찾은 것 두 종류가 있는 셈이군요.

다나카__ 하지만 어느 정도 진행하다 보니 꽤 이미지에 딱 들어맞게 나오더군요. 다만 처음에 어쩌다 그런 이름을 점찍게 되었는가 하는 건 영 설명하기가 힘드네요.

그 외에 의식하고 결정하셨던 것이 있다면?

다나카__ 역사상의 라이벌들을 살펴보자면, 예를 들면 나폴레옹과 웰링턴을 보면 같은 해에 태어났죠. 하지만 저는 한쪽이 철저한 천재 타입이라면 다른 사람은 경험이라고 해야 하나, 생각이 깊다고 해야 하나, 영감하고는 다른 것을 가지고 있었으면 해요. 후천적 획득형 자질이라고 할까? 그렇게 되면 아무래도 라인하르트보다는 연상으로 설정해야겠다, 그런 식으로 해나갔던 것 같습니다. 예를 들면 다케다 신겐과 우에스기 겐신은 나이가 아홉 살 차이가 나죠. 그래서 라인하르트와 양은 아홉 살 차이로 했던 겁니다.

이름에 대해서도 좀 여쭤보겠습니다. 라인하르트만이 아니라 제국 측 인물들은 독일어풍 이름으로 통일되어 있는데, 어떤 의도가 있었는지요?

다나카__ 굳이 말하자면 취사선택取捨選擇 중 '사捨'가 먼저 나온 케이스겠지요. 까놓고 말하자면, 앵글로색슨 풍의 이름은 좀 재미가 없겠다 싶었어요. (웃음)

존이니 짐이니 하는 것 말이죠.

다나카__ 맞아요, 맞아요. "톰, 우주를 손에 넣자." 이건 좀 아니죠. "그럼 넌 제리냐?" 싶잖아요. (웃음) 그래서 어떻게 좀 안 될까, 영어의 앵글로색슨 계열 이름보다는 일본인에게 거리감이 있는 이름으로 하고 싶다는 생각이 들었죠. 그런데 그 무렵, 분명 패션 쪽에 있던 분이 했던 이야기일 거예요. "여성에게 인기를 끌고 싶으면 프랑스나 이탈리아 계열 이름이어야 한다. 독일계나 러시아계 이름은

그러면 그 무렵에는 양도 없고 라인하르트도 없었겠군요.

다나카__ 이름은 있었어요. 그 시대보다 수백 년 전 전쟁에서 활약했던 역사상의 인물로 설정한 이름이었지만요. 원래 이야기에는 불로불사인 주인공이 몇 세기 전 대전에도 관여하고 있었지만 모르는 척 했다, 그런 설정도 있었습니다.

그 시점에선 두 사람은 '역사상의 인물'에 지나지 않았던 거군요.

다나카__ 애초에 그 설정에서 온 거니까, 미래 시점에서 과거를 돌아본다는 형태가 남아 이런 식으로 서술하게 된 걸지도 모르겠네요.

그러면 『은하영웅전설』을 쓰게 된 후 양과 라인하르트 중 어느 쪽이 먼저 '실존인물'로 태어났나요?

다나카__ 캐릭터로 완성된 건 둘이 거의 동시였죠. 이건 제 버릇인데, 이런 역사물 캐릭터들은 한 쌍으로 튀어나오는 경우가 많아요. 다만 순서로 따지면 라인하르트 쪽이 빨랐습니다. 라인하르트가 완성되고, 그 라이벌을 생각하던 중 '이 캐릭터는 라인하르트에게 없는 걸 가졌고……' 하는 식으로 만든 기억이 나네요.

구체적인 모델이 있나요?

다나카__ 라인하르트는 매우 화려한 모델이 여럿 있습니다. 나폴레옹이라든가 알렉산더 대왕이라든가, 스웨덴의 칼 12세라든가. 그런 모델에게서 필요한 부분을 이것저것 따와서 합쳐 만든 거죠. 양의 모델은 그보다 조금 더 수수하지만요.

은하영웅전설을 만드는 법

다나카 요시키 인터뷰____Part 1

―

구성
라이트스태프

다나카 요시키 작품의 대표작이라고 할 수 있는 『은하영웅전설』이 이번에 도쿠마 듀얼 문고로 발매되었습니다. 이를 기념해 몇 가지 말씀을 여쭙고자 합니다. 우선 이 책이 처음으로 세상에 나왔던 것은 지금으로부터 몇 년 전인가요?

다나카__ 어디 보자, 벌써 18년이나 됐네요. 음, 젊었구나. 그때는 서른 살이 되는 게 정말 큰일이라는 생각을 했으니까요. (웃음)

『은하영웅전설』의 전신이 된 작품이 존재한다는 이야기를 들은 적이 있는데요.

다나카__ 좀 더 본래의 의미로 '스페이스 오페라'에 가까운 작품이었죠. 가공의 역사를 배경으로 가공의 캐릭터들이 활약하는…… 말하고 보니 역사소설이 아니라 시대소설이군요. 그 내용을 편집자 분께 말씀드렸더니, '이 앞쪽의 역사 설정이 재미있네' 그러시더군요. '음, 그런가? 하기야 설정에 힘을 좀 주기는 했지' 싶었죠.

젊은 사령관을 바라보며, 율리안은 문득 생각했다.

'이분은 나보다 열다섯 살 연상이지만, 15년 후에 내가 이분의 수준을 따라잡을 수 있을까?'

소년에게 그것은 너무나도 먼 거리인 것처럼 여겨졌다.

무수한 마음을 싣고 우주가 회전한다.

우주력 796년, 제국력 487년. 라인하르트 폰 로엔그람 후작도, 양 웬리도, 자신의 미래를 모두 예지하는 것은 아니었다.

을 때에야 양은 비로소 정신을 차렸다.

"아, 고마워."

"무슨 생각을 하고 계셨나요?"

과감하게 물어보자, 동맹군 최연소 대장은 소년처럼 멋쩍어하는 표정을 지었다.

"남에게 할 만한 이야기는 아니야. 나 원. 인간은 이기는 것만 생각하다 보면 한없이 비열해진다니깐."

"……?"

"그보다 요즘 쉰코프에게 사격을 배우고 있다며? 좀 어떠냐?"

"준장님께서 말씀하시기로는 제가 소질이 있다던걸요."

"오, 그거 다행이군."

"사령관님은 사격 연습을 조금도 하지 않으시는데, 그래도 괜찮나요?"

양은 웃었다.

"내겐 재능이 없나봐. 노력할 마음도 안 들고. 아마 이젠 내가 동맹군에서 제일 사격을 못하지 않을까?"

"그럼 어떻게 자신을 지키시려고요?"

"사령관이 직접 총을 들고 자신을 지켜야만 한다면 전쟁은 이미 진 거지. 내가 생각할 일은 그런 꼴이 되지 않으려면 어떻게 해야 하는가 라고."

"그건 그러네요. 그럼 제가 지켜드릴게요."

"그래, 너만 믿으마."

양은 웃으면서 찻잔에 손을 가져갔다.

V

"유혹이 느껴지는군."

율리안이 가져온 홍차에는 손도 대지 않고 생각에 잠겨 있던 양이 중얼거렸다. 컵을 내려놓은 율리안은 커다란 눈동자를 활짝 뜨고 그 모습을 바라보면서도, 질문을 거부하는 분위기를 느끼고 침묵을 지켰다.

리히텐라데-로엔그람 추축의 신속한 성립으로 소강상태에 들어간 듯했던 제국의 정세가 이대로 안정기에 접어들 수는 없으리라. 브라운슈바이크-리텐하임 진영은 무력으로 궐기할 것이다. 아니, 궐기할 수밖에 없게 되겠지. 그러면 제국을 양분하는 내란이 발생한다.

그때 치밀하게 정세를 읽고 개입한다면. 예를 들어 브라운슈바이크 진영과 짜고 로엔그람 후작을 협공해 쓰러뜨린 후, 곧바로 기수를 돌려 브라운슈바이크 진영을 물리친다면, 은하제국은 멸망할 것이다.

혹은 브라운슈바이크에게 책략을 주어 라인하르트와 호각으로 싸우게 하고 양측이 피폐의 극에 달했을 때 둘을 한꺼번에 친다면…….

자신이라면 아마도 할 수 있으리라. 양 자신은 오히려 혐오해 마지않는, 용병가로서의 재능이 그렇게 자부하는 것이다. 유혹을 느낀다고 양이 중얼거린 것은 이 때문이었다.

만약 자신이 독재자였다면 그렇게 했으리라. 그러나 그는 민주국가의 일개 군인에 불과했다. 행동은 자연스럽게 제약된다. 그 제약을 넘어선다면 그는 루돌프의 후계자가 되고 만다.

율리안이 식어버린 찻잔을 치우고 다시 뜨거운 차를 책상 위에 놓았

"아니면 나일까……."

IV

"문벌귀족들과는 언젠가 자웅을 겨루어야만 해. 제국을 양분하는 전쟁이 되겠지."

라인하르트의 말에 키르히아이스는 고개를 끄덕였다.

"미터마이어, 로이엔탈 제독과 협의해 순조롭게 작전을 입안하고 있습니다. 다만 한 가지 걱정되는 것이 있습니다."

"반란군이 어떻게 나올까, 그것 때문이지?"

"그렇습니다."

제국의 국내 세력이 리히텐라데-로엔그람 추축과 브라운슈바이크-리텐하임 진영으로 양분되어 내란에 돌입했을 때, 그 틈을 타 동맹군이 다시 침공한다면 어떻게 될 것인가. 작전을 입안하고 실행하는 데는 자신이 있는 키르히아이스도 그 점에 불안을 느끼고 있었다.

금발 청년은 붉은 머리 벗에게 슬쩍 웃어 보였다.

"걱정 마라, 키르히아이스. 내게 생각이 있거든. 양 웬리가 제아무리 절묘한 용병술을 자랑한다 해도 이제르론에서 나오지 못하게 할 책략이."

"그게 무엇입니까?"

"말하자면 이런 거지."

푸른 얼음빛 눈동자를 뜨겁게 빛내며, 라인하르트는 설명을 시작했다.

지 않도록 충고해 둔 것뿐이니라. 저 만프레트 2세, 그리고 그대의 선대 란데스헤르가 어찌 목숨을 잃었는지 잘 알고 있으렷다.』

만프레트 2세는 제국과 동맹을 평화 위에 공존시키려는 이상을 가지고 이를 실행에 옮기려 했다. 또한 루빈스키의 전임 바렌코프는 지구의 조종을 받는 것을 싫어해 자주적인 행동을 꾀했다. 양쪽 모두 지구에는 불리한 소행을 하려 했던 자들이었다.

"소신이 란데스헤르가 될 수 있었던 것은 어디까지나 예하의 지지에 힘입은 바. 은혜를 저버리는 일은 없을 것이옵니다."

『그렇다면 됐다. 그 기특함이 그대 자신을 지켜줄 것이니라.』

정기통신을 마치고 방을 나온 루빈스키는 대리석 테라스에 서서 밤하늘을 올려다보았다. 지구가 보이지 않는 것은 다행이었다. 이차원異次元에서 현세로 돌아온 듯한 안도감이, 서서히 평상시의 아드리안 루빈스키에게 어울리는 듬직한 자신감을 회복시켜주었다.

페잔이 단순히 페잔만의 것이었다면, 루빈스키가 곧 은하계 우주를 실질적으로 지배하는 존재가 될 수도 있었으리라. 그러나 유감스럽게도 현실은 다르다.

역사를 800년 거슬러 올라가 다시 지구를 뭇 별들의 수도로 삼으려는 편집광들에게 그는 일개 하인에 불과했다.

하지만 앞으로도 영원히 그렇게 될까? 그래야만 할 정당한 이유는 이 우주 어디에도 존재하지 않을 터.

"과연 누가 살아남을까. 제국일까, 동맹일까, 지구일까……."

그렇게 혼잣말하며 루빈스키는 그의 별명대로 여우처럼 입가를 치켜세웠다.

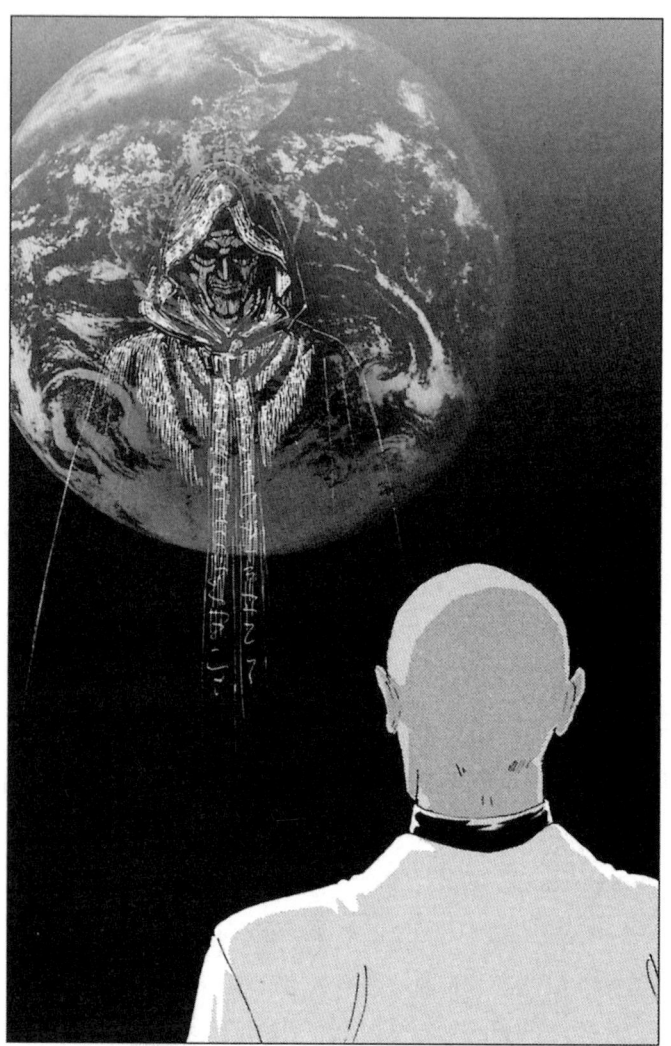

두서는 것을 느꼈다.

『역사의 흐름이란 가속하는 법. 특히 은하제국과 자유행성동맹 두 진영에서는 권력과 무력의 집약이 진행되고 있느니라. 여기에 곧 새로운 민중의 **파도**가 더해질 터. 양 진영에 숨어 있던 지구 회귀의 정신운동이 지상에 나타나리라. 그 조직화와 자금조달은 그대 페잔인들에게 맡겨두었을 터. 준비에 소홀함은 없으렷다.』

"여부가 있겠사옵니까."

『우리의 위대한 선조들은 이를 위해 페잔이라는 행성을 선택해, 지구에 충성을 맹세한 자들을 파견하여 부를 축적토록 허하였노라. 병력으로 제국과 동맹에 대항할 수는 없느니. 페잔이 그 특수한 위치를 살려 경제력으로 세속을 지배하며, 지구가 신앙으로 정신을 지배하면……포화와 유혈에 의존하지 않고도 우주는 지구의 손에 탈환될 것이니라. 실현에 몇 세기를 요하는 원대한 계획이었도다. 당대에 이르러 겨우 선조들의 위대한 지혜가 결실을 맺는구나…….』

그때 사념파의 분위기가 일변하더니, 날카롭게 이름을 불렀다.

『루빈스키여.』

"예……?!"

『배신은 용납하지 않겠노라.』

페잔 란데스헤르를 아는 자가 이 자리에 한 사람이라도 있었더라면 이 사내도 온몸에서 식은땀을 흘릴 때가 있구나 싶어 눈을 크게 떴을 것이다.

"처, 천부당만부당한 말씀이옵니다."

『그대에게는 재능도 패기도 있다……. 까닭에 좋지 못한 유혹에 얽히는 그날까지 나의 심기는 밝지 못할 것이니라.』

가슴 전체를 메우고 있던 것을 내뿜는 듯 커다란 한숨이 사고 속에서 느껴졌다.

지구.

3000광년 너머 허공에 떠 있는 행성의 모습이 루빈스키의 뇌리에 선명한 영상이 되어 떠올랐다.

인류에 의해 철저한 수탈과 파괴의 대상이 된 끝에 버림받은 변경의 행성. 노쇠와 황폐, 피폐와 빈곤. 사막과 바위산과 엉성한 수풀 속에 뿔뿔이 흩어진 유적. 오염되어 영원히 비옥함을 잃어버린 흙에 매달려 근근이 살아가는 소수의 인간. 영광의 잔재와, 바닥에 고인 원념. 루돌프조차 무시했던 무력한 행성. 과거만이 있을 뿐 미래가 없는 태양계 제3행성.

그러나 모두가 잊어버린 이 행성이야말로 페잔의 숨겨진 지배자였다. 레오폴드 라프의 자금은 빈곤에 찌들어있어야 할 지구에서 온 것이었다.

『지구는 800년이라는 오랜 기간에 걸쳐 부당한 멸시를 받아왔노라. 허나 굴욕을 풀 날이 다가왔도다. 지구야말로 인류의 요람이자 전 우주를 지배할 중심이라고, 모성母星을 버리고 떠난 배은망덕한 도당이 스스로 과오를 깨달을 날이 2, 3년 안으로 도래할 것이니라.』

"시기가 그렇게나 촉박하옵니까?"

『의심하는 것이냐, 페잔 란데스헤르여.』

사고파가 낮고 음습한 웃음의 선율을 연주했다. 총대주교라 불린 제정일치祭政一致의 지구통치자가 던진 웃음에 루빈스키는 온몸의 털이 곤

보내고 있었다. 이런 나날이 언제까지고 이어진다면 하는 바람이었다.

III

제국과 동맹이 간신히 새로운 체제를 갖추고 헐떡이며 미래로 가는 계단을 오르기 시작했을 무렵, 페잔 자치령에서는 란데스헤르 루빈스키가 자신의 사저 후미진 방에 앉아 있었다.

창문이 없는 그 방은 두꺼운 납판에 에워싸여 밀폐되어 있었으며, 공간 그 자체가 극성화極性化 처리가 되어 있었다.

콘솔의 스위치를 켜자 통신장치가 작동했다. 그것을 육안으로 식별하기는 어려웠다. 왜냐하면 이 밀실 그 자체가 통신장치이며, 루빈스키의 사고파 그 자체를 초광속통신의 특수한 파장으로 바꿔 수천 광년 너머의 우주공간으로 보내게 되어 있기 때문이다.

"저입니다. 응답을 청하옵니다."

루빈스키는 언제나 극비리에 이루어지는 정기통신을 명확한 언어의 형태로 떠올렸다.

『나란 것이 어디의 누구이더냐?』

우주 저편에서 날아온 대답은 더할 나위 없이 오만했다.

"페잔 란데스헤르 루빈스키입니다. 총대주교 예하猊下께서는 그간 일안만강하셨는지요."

루빈스키의 말이라고는 생각할 수 없을 정도로 저자세였다.

『만강할 리가 있겠느냐……. 지구는 아직까지도 정당한 지위를 회복하지 못했거늘. 지구가 지난 과거와 마찬가지로 모든 인류의 숭배를 받

것을 눈치 채고 있었으며, 내심 이를 환영했다.

'부디 폭발해다오. 새 황제에 대한 반역자로 처단해 문벌귀족 세력을 일소해 주마.'

프리드리히 4세의 사위인 대귀족 둘을 물리치면, 나머지는 라인하르트의 패권에 굴복할 수밖에 없으리라. 모조리 흙바닥에 무릎을 꿇고 복종을 맹세할 터. 그때는 자연스럽게 리히텐라데 공작과 맺은 맹약도 깨질 것이다.

'늙은 너구리놈, 일인지하 만인지상의 위치에 오른 지금 축배를 드는 게 좋을 거다.'

한편 라인하르트와 맺은 추축관계를 영원히 지속할 생각이 없는 것은 리히텐라데 공작도 마찬가지였다. 브라운슈바이크 공작이나 리텐하임 후작이 폭발하기를 기대한다는 점에서는 그도 라인하르트와 똑같았다. 라인하르트의 무력으로 그들을 진압하면, 이젠 라인하르트 같은 위험인물에게는 볼일이 없는 것이다.

지크프리트 키르히아이스는 라인하르트의 뜻을 받들어 브라운슈바이크 공작과 리텐하임 후작을 수괴로 하는 문벌귀족 연합의 무력반란을 상정하고 그에 대한 전쟁 준비를 착착 진행하고 있었다.

그는 자신의 등에 쏠리는 오베르슈타인의 차갑고도 메마른 시선을 알고 있었으나, 아무리 그래도 라인하르트나 안네로제와의 사이를 갈라놓지는 못할 테고, 스스로도 켕기는 구석은 없었으므로 필요 이상 경계하지는 않기로 했다.

임무에 매진하는 한편, 예전과는 비교가 되지 않을 정도로 안네로제와 만날 기회가 늘어난 키르히아이스는 충실하고도 행복한 하루하루를 의구심을 품었던 것은 오히려 오베르슈타인이었다. 그는 중장으로 승진해 우주함대 총참모장과 로엔그람 원수부 사무장을 겸임하게 되었는데, 하루는 라인하르트에게 면회를 청해 귀가 따가워지는 진언을 올렸다.

"죽마고우도 좋습니다. 유능한 부장副將도 좋습니다. 하지만 이 둘이 동일인물이어서는 위험합니다. 애초에 부사령장관을 둘 필요도 없으니 키르히아이스 제독을 다른 제독들과 같은 위치에 두어야 하지 않겠습니까?"

"나서지 마라, 오베르슈타인. 이미 결정한 일이니."

젊은 우주함대 사령장관은 언짢은 감정이 배어나는 한마디로 참모의 입을 막아버렸다. 그는 오베르슈타인의 기략은 높이 평가하지만 마음을 나눌 만한 벗이라고 생각하지는 않았다. 그의 분신에 대한 참소讒訴와도 같은 말에는 기분이 좋을 수 없었다.

황제가 죽은 후 그뤼네발트 백작부인 안네로제는 궁정에서 물러나 라인하르트가 자신과 누이를 위해 마련한 슈바르첸의 저택으로 거처를 옮겼다. 누이를 맞이한 라인하르트는 소년처럼 당차게 말했다.

"이제 누님께 고생은 시켜드리지 않을 겁니다. 앞으로는 부디 행복하게 사세요."

라인하르트에게는 평범한 말이었으나, 그만큼 진심이 깃들어 있었다.

하지만 그에게는 비정한 야심가라는, 누이에게는 보여주고 싶지 않은 또 다른 일면이 있었다.

그는 브라운슈바이크 공작과 리텐하임 후작이 비밀리에 동맹을 맺은 에르빈 요제프 2세의 즉위식이 거행된 날, 유모에게 안긴 어린 황제에게 중신 대표 두 사람은 공손하게 충성을 맹세했다. 문관 대표는 섭정직에 취임한 리히텐라데 공작, 무관 대표는 라인하르트였다. 열석한 귀족, 관료, 군인들은 두 사람이 새 체제의 기둥임을 어쩔 수 없이 인정해야만 했다.

이 새 체제에서 소외된 문벌귀족들은 문자 그대로 이를 갈아붙였다. 브라운슈바이크 공작과 리텐하임 후작은 새 체제에 대한 증오로 굳게 뭉쳐 새로운 관계를 만들었다.

"리히텐라데 공작은 선제 프리드리히 4세의 붕어와 함께 역할을 마치고 국정에서 물러났어야 할 폐물이다. 게다가 로엔그람 후작은 뭐란 말인가. 화려한 무훈을 세웠다고는 하나 허울만 귀족인 빈민가 태생이며, 그의 누이에 대한 선제의 총애를 이용해 영달한 하극상의 전형 같은 애송이에 불과하다. 이러한 놈들이 국정을 독차지하도록 내버려두어야 하는가?"

문벌귀족들은 삿된 불만을 마치 국가 전체의 감정인 것처럼 호도하며 새 체제가 무너지기를 갈망했다.

이처럼 공통된, 그것도 강대한 적이 있는 한 리히텐라데-로엔그람 추축파는 금성철벽과도 같은 강건함을 발휘할 것이며, 그럴 수밖에 없었다.

로엔그람 후작이 된 라인하르트는 지크프리트 키르히아이스를 단번에 상급대장까지 승진시켜 우주함대 부사령장관에 임명했다.

이 인사에는 리히텐라데 공작도 적극 찬성했다. 그는 아직도 키르히아이스에게 은혜를 베풀어두겠다는 생각을 버리지 않았던 것이다.

을 거느려야 할 판이었다. 만약 소녀들에게 마음을 정한 연인이 있다 해도 그녀들의 의사는 무시될 것 또한 명백했다.

그러나 국새와 조칙을 관장하는 국무상서 리히텐라데 후작은 강대한 세력을 지닌 외척들이 제국을 사유화하도록 내버려둘 생각은 전혀 없었다.

그는 제국의 앞길을 걱정했으며, 또한 그 이상으로 자신의 지위와 권력을 사랑했다. 그는 고故 프리드리히 4세의 적손인 에르빈 요제프를 옹립하기로 결의했으나, 반대하는 자들의 강대한 세력을 생각하면 자신의 진영을 강화할 필요가 있었다. 아울러 경비견은 강하고도 제어하기 쉬워야 한다.

숙고 끝에, 리히텐라데 후작은 한 인물을 선택했다. 제어하기 쉽다고는 할 수 없다. 오히려 위험한 인물이다. 하지만 강하다는 점에서는 이론의 여지가 없었다.

이렇게 라인하르트 폰 로엔그람 백작은 공작이 된 리히텐라데에 의해 후작으로 추대되는 한편, 제국 우주함대 사령장관의 자리에 올랐다.

에르빈 요제프의 즉위가 공표되자 브라운슈바이크 공작을 비롯한 문벌귀족들은 제일 먼저 경악하고, 이어서 실망하고, 마침내 길길이 날뛰었다.

하지만 리히텐라데 **공작**과 로엔그람 **후작**의, 피차 이기적인 동기로 맞잡은 손이 만들어낸 추축은 의외로 강건했다. 한쪽은 상대의 무력과 평민계급에 대한 인기가 필요했으며, 한쪽은 상대의 국정에 관한 권한과 궁정 내의 영향력을 탐냈다. 그리고 두 사람 모두 새 황제의 권위를 최대한 이용해 자신의 지위와 권력을 확립해야만 했기 때문이다.

라인하르트는 키르히아이스에게 보여주는 것과는 다른 종류의 웃음을 미모 위에 잠시 번뜩였다.

"그렇다면 한껏 비싸게 팔아치워야겠는걸."

세간에서는 황제의 갑작스러운 죽음으로 라인하르트 폰 로엔그람 백작의 지위가 적잖이 흔들릴 것이라 생각했다.

그러나 결과는 반대였다. 국무상서 리히텐라데 후작에 의해 이제 겨우 다섯 살 된 황손 에르빈 요제프가 차기 황제로 등극했기 때문이다.

이 어린아이는 선제 프리드리히 4세의 직계이므로 즉위 자체는 이상할 것이 없었다. 다만 너무나도 어린 데다, 무엇보다도 유력한 문벌귀족의 배경이 없다는 것이 불리하다고 여겨졌다.

이럴 경우 올해 열여섯 살인 브라운슈바이크 공작 부처의 딸 엘리자베트 내지는 리텐하임 후작 부처의 딸인 열네 살의 자비네가 부친의 가문과 권세를 등에 업고 여제가 되어도 이상할 것이 없는 상황이다. 선례도 여러 차례 있었다. 이럴 경우 어린 여제를 부친이 섭정으로 보좌하는 형태가 될 것이다.

브라운슈바이크 공작이든 리텐하임 후작이든, 자신감도 야망도 있는 자들인 만큼 그 사태를 예상하고, 예상을 실현시키기 위해 비공식적으로, 그러나 활발한 궁정공작을 펼쳤다.

특히 젊은 독신 자제를 둔 대귀족이 표적이 되었다.

"만약 우리 딸이 제위에 오르는 것을 응원해준다면 경의 자제를 새 여제의 남편으로 맞이할 수 있도록 생각해 보겠소."

구두 약속을 모두 지킨다면 황제의 손녀 둘은 수십 명이나 되는 남편

싸늘하기 짝이 없는 목소리가 라인하르트를 단숨에 현실의 물가로 끌어올렸다. 확인할 것도 없이, 오베르슈타인이었다.

"**황제는 후계자를 정하지 않은 채 죽었습니다.**"

공공연히 경어를 생략한 그 말에 라인하르트와 키르히아이스를 제외한 다른 장수들이 한순간 놀라 숨을 들이켰다.

"왜들 놀라시는지?"

반백의 참모는 의안을 무기질적으로 빛내며 일동을 둘러보았다.

"본관이 충성을 맹세한 것은 로엔그람 제국원수 각하뿐이오. 설령 황제라 해도 경어를 붙일 대상은 되지 못하오."

그렇게 내뱉고는 다시 라인하르트를 바라본다.

"각하, 황제는 후계자를 정하지 않은 채 죽었습니다. 그렇다면 황제의 세 손자녀를 둘러싸고 제위계승 항쟁이 발생할 것이 분명합니다. 어떻게든 수습된다 해도 그것은 한순간일 뿐. 늦든 이르든 피를 보지 않고 끝날 수는 없을 것입니다."

"……경의 말이 옳다."

날카롭고도 잔혹한 야심가의 표정으로, 젊은 제국원수는 고개를 끄덕였다.

"셋 중 누구에게 붙을까에 따라 나의 운명도 결정되겠군. 그래서, 세 손자 중 누구의 배후에 선 누가 내게 악수를 청할 거라 생각하나?"

"아마도 리히텐라데 후작이겠지요. 다른 두 사람에게는 고유한 무력이 있지만 리히텐라데 후작에게는 그것이 없습니다. 각하의 무력을 절실히 탐낼 것입니다."

"그렇군."

II

 암릿처에서 대승을 거두고 개선한 라인하르트를 맞이한 것은 제국 수도 오딘의 지표를 가득 메운 것만 같은 조기弔旗의 물결이었다.
 황제 붕어崩御!
 사인은 급성 심장질환이라고 했다. 방탕과 치우친 식생활로 인해 황제의 육체가 쇠약해진 것이 아니라, 골덴바움 황가의 혈통 그 자체가 흐려져 생명체로서 쇠약해졌다는 것을 증명하듯 갑작스러운 죽음이었다.
 '황제가 죽어?'
 황망한 표정을 짓고 있는 휘하 장성들을 바라보며, 라인하르트를 속으로 중얼거렸다.
 '심장질환이라고……? 자연사란 말인가? 그 작자에게는 아깝기 짝이 없군.'
 앞으로 5년, 아니, 2년만 오래 살았더라면 그가 범한 죄악에 합당한 죽음을 안겨주었을 것을.
 시선을 키르히아이스에게 돌리자, 같은 심경을 품은 그의 눈동자가 보였다.
 그것은 라인하르트만큼 격렬하지는 않았으나, 어쩌면 그보다도 더 깊을지도 모른다. 10년 전, 그들 두 사람으로부터 아름답고도 자상한 안네로제를 강탈한 사내가 죽은 것이다. 지나온 세월이 회상의 빛을 투과해 눈부신 광채를 뿜어내며 그들 주위를 어지러이 춤추는 것만 같았다.
 "각하."

는 모양이었다.

처음부터 따라갈 작정으로 준비를 하고 있는 율리안을 보며, 망설인 끝에 양은 결국 그를 데려가기로 했다. 어차피 위에서 자신의 살림을 돌봐줄 사병을 배치할 테니, 그렇게 따지면 차라리 율리안에게 맡기는 편이 이래저래 마음 편할 것이다. 자신과 같은 길을 걷기를 바라지 않으면서도, 양은 율리안을 보내고 싶지 않았던 것이다. 율리안은 군에서 병장 대우 군무원軍務員이라는 신분을 얻어 급료도 받게 되었다.

물론 율리안만이 양을 따라온 것은 아니었다.

부관은 프레데리카 그린힐. 주둔함대 부사령관은 피셔. 그리고 요새 방어 지휘관은 쉰코프였다. 참모로는 무라이와 파트리체프, 그리고 아스타테 회전에서 양을 보좌했던 라오를 데려갔다. 요새 제1공전대장空戰隊長에는 포플랭을 임명했다. 그 외에 구 제10함대에서 참가한 참모들도 있어 '양 함대'는 진용을 갖춰나가기 시작했다.

'여기다 카젤느 선배가 사무까지 담당해 준다면 바랄 나위가 없겠는데.'

양은 가급적 빨리 그를 불러들여야겠다고 마음먹었다.

그렇다 쳐도 제국군의 동향이 영 마음에 걸렸다. 로엔그람 백작은 그렇다 쳐도, 그의 무훈에 자극받은 대귀족 출신 제독들이 동맹군의 저항력이 약해진 이 시기를 노리고 침공을 꾀하는 것은 아닐까.

하지만 그 불안은 다행히 현실로 이루어지지 않았다. 은하제국 내에 심상찮은 사태가 발생해, 원정을 행할 여유가 사라져버렸기 때문이다.

그것은 황제 프리드리히 4세의 갑작스러운 죽음이었다.

혈해 위에서만 세울 수 있는 것이므로.

율리안이 휴가 여행을 제안한 것은 '낙담한' 데다 음주량이 한층 늘어난 양을 보다 못했기 때문일 것이다. 그가 비록 술에 취해 주정을 부리는 성격은 아니라지만, 즐겁게 마시는 술이 아닌 만큼 몸에 좋을 리도 없다.

양 본인도 어느 정도 자각은 있었는지 율리안의 제안에 고분고분 응했다. 녹음이 우거진 자연 속에서 3주일을 보내 알코올 기운을 싹 빼고 수도로 돌아오니 발령장이 그를 기다리고 있었다.

이제르론 요새 사령관 겸 이제르론 주둔함대 사령관 겸 동맹군 최고참모회의 의원.

그것이 양 웬리에게 주어진 새로운 신분이었다. 계급도 대장으로 승진했다. 20대의 대장은 몇몇 전례가 있기는 했으나, 1년 안에 3계급을 승진한 장성은 사상 최초라고 한다.

이제르론 주둔함대는 구 제10, 제13함대를 합친 것으로 '양 함대'라는 통칭이 공식 채용되었다.

젊은 국가적 영웅에게 동맹군은 최상급의 호의를 보여준 것이나 마찬가지였다. 다만 그것은 양의 본의와는 거리가 먼 것이었다. 그는 출세보다도 은퇴를, 무인으로서 명예를 누리기보다도 민간인으로서 평화를 누리기를 원했으니까.

아무튼 양은 이제르론에 부임해 국방의 제일선을 총지휘하게 되었다.

당연히 하이네센에선 더 이상 살지 못한다. 그와 함께 율리안 소년을 어떻게 할지가 양의 새로운 고민거리가 되었다. 카젤느 부인의 친정에 맡겨두는 방법도 생각했으나 율리안은 양의 곁을 떠날 생각이 전혀 없양 웬리의 처우는 금방 결정되지는 못했다.

그는 자신이 지휘하던 제13함대 장병의 70퍼센트 이상을 생환시켰으며, 그 생환률은 비할 데 없이 높았다. 그가 안전한 장소에 숨어 있었다는 비난은 그 누구도 꺼내지 못했다. 제13함대는 항상 격전 한가운데에 있었으며, 그것도 끝까지 전장에 남아 아군을 탈출시키는 데 주력했던 것이다.

쿠브르슬리는 양이 통합작전본부의 참모총장에 취임해주기를 바랐다. 뷰코크는 양에게 우주함대 총참모장 자리를 마련하겠노라 밝혔다.

한편 제13함대의 장병들에게는 이제 양 이외의 다른 사람이 지휘관 자리에 앉는다는 것은 생각할 수도 없는 일이었다. 쉰코프가 매우 적절하게 표현했듯, 병사들은 능력과 운을 모두 겸비한 지휘관을 탐내는 법이다. 그것이 그들에게는 살아남기 위한 최선의 방법이기 때문이다.

처우에 대한 결정이 오락가락하는 동안, 양은 장기휴가를 얻어 행성 미트라로 여행을 갔다. 하이네센의 관사는 불패의 영웅을 만나고 싶다고 밀려드는 시민들이며 저널리스트들 때문에 외출하기도 힘들었으며, TV 전화도 그치질 않았기 때문이다. 휴가라도 내지 않는다면 버티지 못할 판이었다.

문장전송기는 초 단위로 편지를 토해냈다. 그중 우국기사단 본부에서 보낸 『애국의 명장을 칭송하노라』라는 한 문장은 양을 실소케 하였다. 하지만 제13함대에서 전사한 병사의 어머니가 보낸 한마디를 보았을 때는 양도 적잖이 낙담했다.

『당신도 어차피 살인자들과 똑같은 족속일 뿐이다』

사실 오십보백보인 것이다. 명예도 영광도, 이름 없는 병사들의 시산도 하이네센을 떠났다. 암릿처 회전의 보급 실패에 누군가가 책임을 져야만 했던 것이다. 그는 가족을 수도에 남기고 500광년 떨어진 변경 땅에 부임했다. 카젤느 여사는 두 어린 딸을 데리고 친정으로 갔다.

포크 준장은 요양 후 예비역 편입을 명령받아, 더 이상 야심을 펼칠 수 없게 되었다.

이렇게 동맹군의 수뇌부는 인적자원의 현저한 결핍상태에 빠졌다. 과연 무슨 수로 이 공백을 메울 수 있단 말인가.

통합작전본부장 자리에 올라, 그에 따라 중장에서 대장으로 승진한 것은 이제까지 제1함대 사령관이었던 쿠브르슬리였다.

그는 아스타테, 암릿처 양쪽 전투에 모두 참가하지 않았으며, 따라서 패전의 책임을 질 일도 없었다. 그는 그간 수도 경비와 국내 치안 임무를 맡아, 우주해적을 토벌하고 항로의 안전을 확보하는 전통 있는 임무에서 견실한 성과를 올렸다. 사관학교를 우수한 성적으로 졸업해 언젠가 군인이 오를 수 있는 최고봉에 오를 거라고 확실시되던 자였으나, 본인도 생각지 못한 속도로 그것이 실현된 셈이었다.

쿠브르슬리의 후임으로 제1함대 사령관이 된 것은 아스타테 회전에서 부상을 입고 요양하던 파에타 중장이었다.

우주함대 사령장관에 취임한 것은 뷰코크로, 당연히 그와 함께 대장으로 승진했다. 숙장이 숙장에게 어울리는 지위에 오른지라, 이 인사는 군 내외를 막론하고 호평을 얻었다. 아무리 명성이 높은 뷰코크라 해도 병사 출신인 이상 이러한 사태가 아니었더라면 우주함대 사령장관의 자리에는 오르지 못했을 것이다. 그런 의미로 보자면 참패라는 불행 속에서 매우 아이러니컬하고도 좋은 결과가 태어났다고 할 수 있으리라.

을 말하는 것인가? 권력자의 보신인가? 군인의 야심인가? 2000만이나 되는 장병의 피를 헛되이 흘리고, 그 몇 배나 되는 유족의 눈물을 흘리게 해놓고도 그것이 존중해야 할 가치라고 하는가?!"

이렇게 힐문당하면 입을 다물 수밖에 없었다. 극히 일부의, 양심이 결핍된 자들을 제외하면 누구나 자신이 무사히 살아있다는 사실에 수치를 느꼈기 때문이었다.

동맹의 최고평의회 멤버는 모조리 사표를 제출했다.

주전파의 목소리가 잦아들자 상대적으로 반전파가 각광을 받게 되었다. 원정에 반대표를 던진 세 평의원은 식견을 높이 평가받았으며, 국방위원장 트뤼니히트는 이듬해 선거까지 잠정 정권수반의 자리에 앉게 되었다.

자택 서재에서 트뤼니히트는 자신의 선견지명을 자랑스러워하며 축배를 들었다. 그의 직함에서 '잠정'이라는 글자가 사라질 날까지 그리 오래 기다릴 필요는 없으리라.

군부에서는 통합작전본부장 시톨레 원수와 우주함대 사령장관 로보스 원수가 함께 사임했다. 로보스는 그의 실패로 경쟁자 시톨레의 발목까지 잡았다고 뒷손가락질을 당해야만 했다.

용전 끝에 전사한 두 함대 사령관 우란푸 중장과 보로딘 중장은 2계급 특진해 원수 칭호를 받았다. 동맹군에는 상급대장이라는 계급이 없으며 대장 위가 곧바로 원수이다.

그린힐 대장은 좌천되어 국방위원회 사무총국의 사열부장 자리에 올랐다. 대 제국 군사행동의 제일선에서 물러난 셈이었다.

카젤느 소장도 좌천되어, 국내의 제14보급기지 사령관 직책으로 수

I

……마지막 결전장이 된 성역의 이름을 따 '암릿처 회전'이라 불리게 된 이 일련의 전투는 자유행성동맹군의 전면 철수로 마무리되었다. 동맹군은 은하제국군의 전략적 후퇴에 따라 일시적으로 점거했던 200여 개의 변경 항성계를 모두 포기하고 간신히 이제르론 요새만을 확보하는 데 그쳤다.

동맹군이 동원한 병력은 3000만 명을 넘었으나, 이제르론을 거쳐 고국으로 생환한 사람은 1000만 명이 채 못 되어 미귀환율이 70퍼센트에 달하는 참상을 보였다.

이 패배는 당연히 동맹의 정치, 경제, 사회, 군사 각 방면에 거대한 그림자를 드리웠다. 재정당국은 이미 날아간 경비와 앞으로 날아갈 경비, 다시 말해 유족에 대한 위로금과 연금 등을 계산하고 새파랗게 질려버렸다. 아스타테에서 입었던 손해는 비교할 수도 없었다.

이처럼 무모한 원정을 강행한 정부와 군부에 대해 유족 및 반전파의 격렬한 비난과 탄핵이 쏟아졌다. 저열한 선거용 전략과 히스테리성 참모의 출세욕 때문에 남편과 아들을 잃은 시민들의 분노는 정부와 군부를 가만히 두지 않았다.

"인명과 금전을 낭비했다고 하지만 그 이상으로 존중해야 할 가치가 있지 않은가. 감정에 사로잡혀 반전주의에 빠져서는 안 된다."

주전파 중 아직도 그렇게 항변하는 자가 있었지만,

"금전은 둘째 치더라도 인명 이상으로 존중해야 할 가치란 대체 무엇

제 10 장

새로운 서장

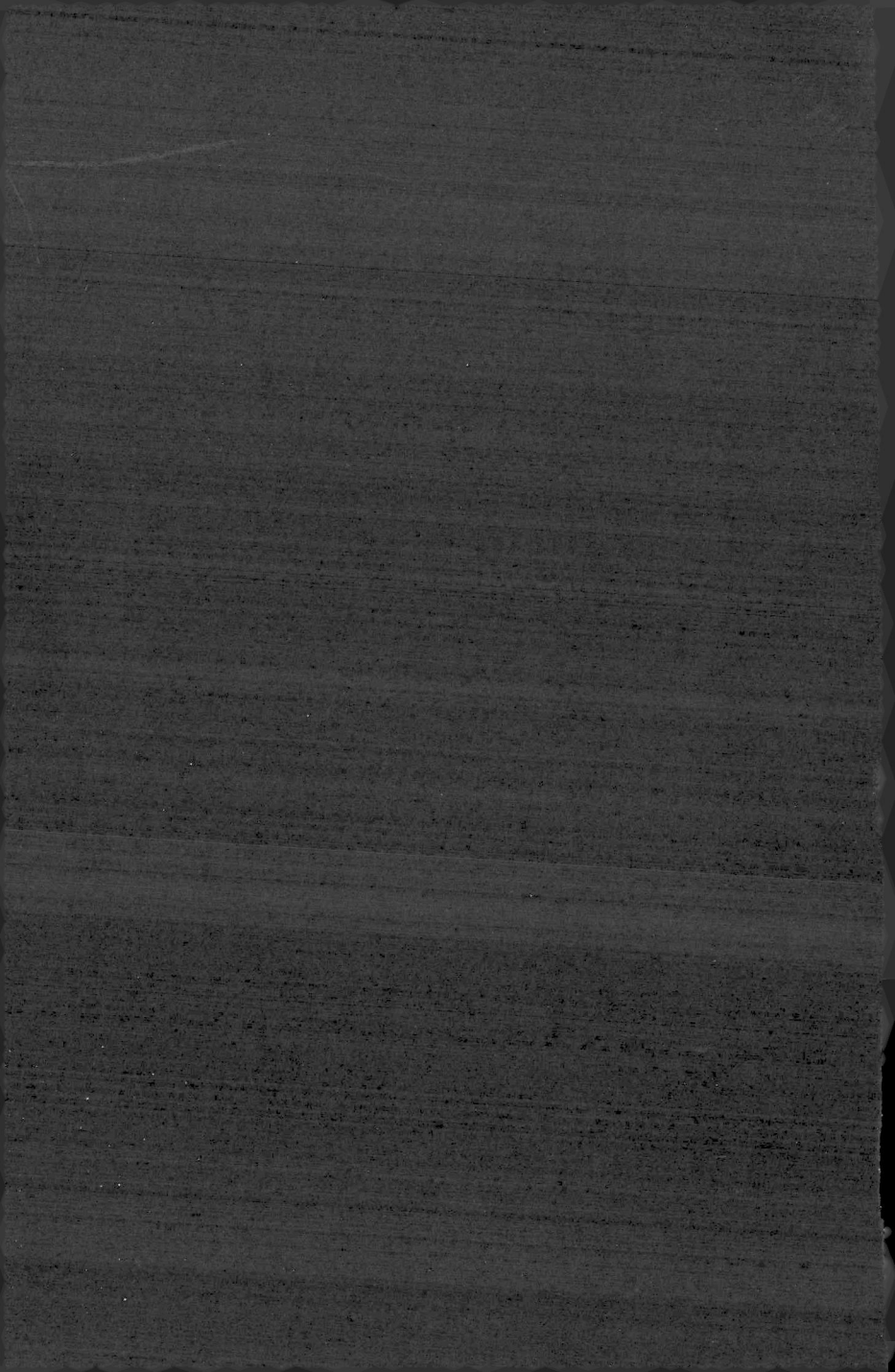